MOEWIG

EIN PLAYBOY TASCHENBUCH
IM MOEWIG VERLAG

PLAYBOY

SCIENCE FICTION

Die besten Stories von 1940

ausgewählt von

Isaac Asimov

MOEWIG

Titel der Originalausgabe: Isaac Asimov Presents:
The Great SF Stories 2 (1940)
Aus dem Amerikanischen von Eva Malsch

Umschlagillustration: Carl Lundgren
Umschlagentwurf und -gestaltung: Franz Wöllzenmüller, München
Verkaufspreis inkl. gesetzl. Mehrwertsteuer
Auslieferung in Österreich:
Pressegroßvertrieb Salzburg, Niederalm 300, A-5081 Anif
Printed in Germany 1980
Gesamtherstellung: Ebner Ulm
ISBN 3-8118-6711-3

Inhalt

Einführung

Für die irreale Welt war es ein weiteres schlimmes Jahr. Der Krieg, der 1939 begonnen hatte, wurde fortgesetzt, und am 9. April fielen die Deutschen in Norwegen und Dänemark ein. Am 10. Mai nahm Neville Chamberlain unter enormem Druck seinen Hut, ging nach Hause und löste die Regierung auf, die durch eine neue unter der Führung Winston S. Churchills ersetzt wurde. Am selben Tag drangen die Deutschen in Belgien und Holland ein. Drei Tage später kapitulierte die holländische Armee, und Churchill erkannte die Verzweiflung, die in den Herzen vieler Briten wuchs, und hielt seine berühmte ‚Blut, Tränen, Mühsal und Schweiß'-Rede. Sie hatte keinen Einfluß auf die Kampfaktionen, denn die Belgier kapitulierten am 28. Mai und das britische Expeditionskorps wurde von der Küste bei Dünkirchen evakuiert und entkam der zerstörerischen Macht der vorrückenden Deutschen nur mit knapper Not.

Am 14. Juni besetzten die Deutschen Paris, und Frankreich kapitulierte offiziell am 22. Juni. Die Schlacht mit Großbritannien tobte während der frühen Morgenstunden den ganzen August hindurch, und erreichte einen Höhepunkt in der Woche vom 11. bis zum 18., als die RAF um ihr Überleben kämpfte und die Deutschen in der Nacht des 23. die Städte zu bombardieren begannen und das Bombardement mit einem heftigen Luftangriff auf London eröffneten. Am 3. September wurden auch die USA in den Krieg einbezogen, als Roosevelt das Leih-Pacht-System einführte und den Briten amerikanische Zerstörer für Stützpunkte in Neufundland und der Karibik zur Verfügung stellte.

Am 16. September trat in den USA die allgemeine Wehrpflicht in Kraft, und die Einberufung begann.

Am 3. November brachte Franklin Delano Roosevelt seinem Gegner Wendell Wilkie eine Wahlniederlage bei und bereitete sich auf seine dritte Amtsperiode als Präsident der Vereinigten Staaten vor.

1940 gab Albert Einstein eine Abhandlung heraus, in der er behauptete, es gäbe keine Theorie, die eine logische Basis für die physikalische Wissenschaft in ihre derzeitige Definition schaffen könnte. Carl Jung publizierte die *Interpretation der Persönlichkeit.* Tom Harmon von der Michigan-Universität gewann den Heusman-Preis. Darius Milhaud komponierte *Medea.* Ernest Hemingway hatte einen großen Erfolg mit *Wem die Stunde schlägt,* während Minnesota die nationale College-Football-Meisterschaft gewann. Charlie Chaplin spielte die Hauptrolle und führte Regie in *Der große Diktator* (worüber sich Hitler nicht amüsierte). In den Vereinigten Staaten gab es 32 400 000 Privatautos. Der Rekord über eine Meile lag immer noch bei 4:06:4 und war 1937 von Sydney Wooderson aufgestellt worden.

Auf der kalifornischen Universität begann man den ersten Zyklotron zu konstruieren. George Santayana veröffentlichte *Das Königreich des Geistes.* Whistler malte die *Miß Laura Ridly.* Alice Marble war immer noch die beste Tennisspielerin und Joe Louis immer noch Weltmeister im Schwergewicht. Igor Strawinsky komponierte seine *Symphonie in C,* und außerdem entstand Eugene O'Neills Meisterwerk *Eines langen Tages Reise in die Nacht,* das jedoch erst sechzehn Jahre später aufgeführt wurde. Lawson Little gewann die offene Golfmeisterschaft der USA.

Alfred Hitchcocks *Rebecca* und *Gaslicht* gehörten zu den Spitzenfilmen des Jahres. Unter Howard Floreys Leitung entwickelte ein Forscherteam das Penicillin. Das meistgesungene Lied des Jahres war die *Lili Marlene,* nicht nur in der deutschen Armee. James Stewart und Ginger Rogers gewannen Akademiepreise. Johnny Mize führte im Baseball mit 43 Vier-Mal-Läufen (Hank Greenberg hatte 41), während ein Mann namens Debs Garms den Schläger-Titel mit einer Durchschnittsleistung von 355 gewann. In den Vereinigten Staaten wurden 264 000 Ehen geschieden. Lew Dawidowitsch Trotzky wurde mit einem Eispickel ermordet, während Neville Chamberlain sowohl an Krebs als auch an Desillusionierung starb.

Und Mel Brooks war immer noch Melvin Kaminsky.

Aber in der realen Welt war es ein weiteres sehr gutes Jahr.

In der realen Welt wurde die zweite Science-fiction-Weltkonferenz abgehalten, im fernen Chicago. In der realen Welt wurde der neunzehnjährige Fred Pohl (für zehn Dollar pro Woche) Herausgeber von zwei neuen Science-fiction-Magazinen, *Astonishing Stories* und *Super Science Stories,* während drei weitere Magazine, *Captain Future, Science-fiction-Quarterly* und *Comet Stories* ebenfalls das Licht der Welt erblickten.

In der realen Welt traten noch andere wichtige Leute ihre erste Reise in die Realität an: im Februar Leigh Brackett mit *Die Suche nach dem Mars* und H. B. Fyfe mit *Ausgesperrt,* im März James Blish mit *Reservetank,* im April C. M. Kornbluth und Richard Wilson mit *Die Stiefsöhne des Mars* und im Juli Frederic Pohl als Koautor von *Vor dem Universum.*

In der realen Welt passierten noch mehr großartige Dinge. *Die Schreibmaschine im Himmel* von L. Ron Hubbard und *Dunkler als du glaubst* von Jack Williamson wurden in *Unknown* veröffentlicht. *Astounding Science-fiction* brachte drei große Serien heraus – *Wenn das so weitergeht* von Robert A. Heinlein, *Das letzte Blackout* von L. Ron Hubbard (wie großartig er doch sein konnte!) und die unsterbliche Reihe *Slan* von A. E. van Vogt.

Die Fantasy-Autoren E. F. Benson und Talbot Mundy fanden den Tod, ebenso wie Farnsworth Wright, der große Herausgeber der unsterblichen *Weird Tales.*

Aber die ferne Zukunft hatte schon begonnen, da Angela Carter, Thomas Disch, Peter Haining, Alexei Panshon und Norman Spinrad auf die Welt gekommen waren.

Kehren wir zurück in jenes glanzvolle Jahr 1940 und erfreuen wir uns an den besten Stories, die uns die reale Welt hinterlassen hat.

Willard Hawkins

Die Schrumpfkugel

Laurence M. Janifer entriß diese gute Story der Vergessenheit, indem er sie in Master's Choice *nachdruckte. Wenn auch die frühe Science-fiction den Ruf besaß (und noch besitzt), genaue Prophezeiungen zu treffen und Geschichten hervorzubringen, deren Inhalt ‚heute Phantasie und morgen Wirklichkeit' war, fanden gewisse Themen relativ wenig Beachtung. Das galt vor allem für den Energieverbrauch. Viele Schriftsteller ‚erfanden' ganz einfach neue Energiequellen oder sie beschäftigten sich überhaupt nicht mit diesem Problem.*

Hier finden Sie eine der wenigen frühen Stories, die sich mit den Konsequenzen dieser besonderen menschlichen Aktivität befaßte.

*(Ein Glück, daß ich den guten alten Marty habe! Ich bilde mir zwar ein, daß ich jede Story kenne, die in den dreißiger und vierziger Jahren veröffentlicht wurde. Aber aus irgendeinem Grund ist mir diese Geschichte entgangen, und ich kenne Willard Hawkins nicht. Das ist sehr beunruhigend, denn dies ist eine der Stories, die sich schon vor Hiroshima mit der Kernspaltung befaßte. Natürlich führt die Kernspaltung von Elementen, die weniger komplex sind als Eisen, zu einem Energie*verbrauch. *Aber was soll's? Nobody ist perfect. Das Wichtigste in dieser Geschichte ist ein gewisses satirisches Element. I. A.)*

Auszüge aus dem Tagebuch Frank Baxters, Bakkalaureus und Magister der Naturwissenschaft

23. Juni 1945: Heute glaubte ich, daß ich meinem Ziel nähergekommen wäre, aber die Ergebnisse waren enttäuschend, wenn auch bemerkenswert. Das einzig Wichtige, was ich demonstriert habe, ist die Tatsache, daß es mit meiner neuen Technik des Neutronenbombardements nicht nötig ist, die Experimente auf schwerere Elemente zu beschränken. Dadurch wird das For-

schungsgebiet enorm erweitert. Im heutigen Experiment ersetzte ich das Uran durch einen gewöhnlichen Kohleklumpen. Er wurde auf ein winziges Etwas reduziert. Wahrscheinlich oxydierte er, was auf einen Defekt im Apparat oder auf einen Fehler in meinem Verfahren zurückzuführen ist.

Trotzdem finde ich es bemerkenswert, daß es trotz der fast augenblicklichen Verbrennung zu keiner Explosion kam. Es wurde auch keine Hitze erzeugt, soweit ich es feststellen konnte. Gedankenlos griff ich nach dem verbrannten Gegenstand, einem kleinen glatten Knopf, und er fühlte sich nicht einmal warm an.

24. Juni 1945: Ich wiederholte das Experiment von gestern, indem ich sorgfältig jede Stufe kontrollierte. Die Ergebnisse sind praktisch identisch mit den gestrigen. Stehe ich auf der Schwelle zum Erfolg? Aber das ist absurd. Wenn mein Neutronenbombardement, wie ich den Resultaten meiner Experimente entnehmen darf, eine fortgesetzte Reaktion auslöst, die erst beendet wird, wenn jedes Atom der Materie gespalten ist, würde eine ungeheure Energie erzeugt werden. Ich wäre gar nicht mehr hier, zumindest nicht in einem Stück, und könnte nicht von meiner Entdekkung berichten. Sogar die Verbrennung meines Kohleklumpens würde bei einer solchen Augenblicksgeschwindigkeit einer Explosion von Dynamit in der gleichen Menge entsprechen.

Das ist sehr verwirrend, denn die Tatsache, daß der Klumpen auf einen Bruchteil seines ursprünglichen Gewichts und seiner anfänglichen Größe reduziert wurde, bleibt bestehen. Es gibt nur eine einzige Lösung dieses Rätsels: Der größere Teil der Materie muß in Energie umgewandelt worden sein. Die Frage ist nur – was wurde aus dieser Energie?

28. Juni 1945: Habe meine Experimente fortgesetzt und meine Entdeckung mehrmals überprüft. Anscheinend habe ich ein neues Prinzip der Umwandlung von Materie in Energie gefunden. Hier sind die bisherigen Ergebnisse:

Ich nahm dasselbe Experiment mit einem Stein vor und erzielte ein identisches Resultat. Ich versuchte es mit einem Klumpen Erde, einem Stück Holz, einem Türknauf aus Messing. Der einzige Unterschied der Resultate bestand in der verschiedenen Größe und Konsistenz des verbrannten Überbleibsels. Ich wog die Substanz jedesmal, ebenso den Rückstand nach dem Neutronenbombardement. Die ursprüngliche Substanz schien auf etwa ein Zwanzigstel der Ausgangsmasse reduziert worden zu sein, was aber aufgrund der verschieden starken Magnetfelder und Regulationen des Apparats differierte. Diese Faktoren schienen auch die Zusammensetzung des Rückstands zu beeinflussen.

Das essentielle Problem verwirrte mich. Warum kann ich die Kraft, die ich erzeugt habe, nicht eruieren? Was ist das für eine Kraft? Solange ich dieses Problem nicht lösen kann, ist meine Entdeckung sinnlos.

Ich habe Bernard Ogilvie geschrieben, meinem alten Zimmerkameraden im College, und ihn gebeten, hierherzukommen und die Resultate meiner Experimente zu überprüfen. Er ist ein tüchtiger Ingenieur, und ich habe Vertrauen zu seiner Ehrlichkeit und Vernunft – obwohl es so aussieht, als hätte ihn der Kommerzialismus von der rein wissenschaftlichen Arbeit abgelenkt.

15. Juli 1945: Ogilvie ist nun seit drei Tagen hier. Er ist schrecklich aufgeregt, und ich bereue es schon, daß ich ihm geschrieben habe. Er hat mir in keiner Weise geholfen, mein Problem zu lösen, denn er scheint sich viel mehr für die Nebenprodukte zu interessieren als für das Experiment selbst. Ich hatte gehofft, er würde mir helfen, das Geheimnis zu ergründen, was aus der Energie wird, die dieser Prozeß erzeugt. Statt dessen ist er offenbar fasziniert von den kleinen Klümpchen, die nach jedem Experiment übrigbleiben.

Als ich ihm zeigte, daß man die Struktur und Substanz der Klümpchen durch gewisse Regulationen im Apparat kontrollieren kann, war er vor Begeisterung ganz aus dem Häuschen. Seit seiner Ankunft habe ich nichts anderes getan, als diese Rückstände zu produzieren. Wir haben sie in allen möglichen Konsistenzen hergestellt, von harten kleinen Knöpfen bis zu schwammigen Dingern, die wie Käse aussehen.

Die Analysen haben bewiesen, daß sie aus verschiedenen Elementen zusammengesetzt sind, hauptsächlich aus Kohlenstoff und Kieselerde. Ogilvie glaubt anscheinend, daß eine tatsächliche Transmutation der Elemente stattgefunden hat. Das bezweifle ich. Diese Materie ist einfach eine Form von Asche – ein Rückstand.

Wir haben den Apparat vergrößert und einen Fülltrichter angebracht, in den wir Steine und Schutt schaufeln, faktisch alles, was wir zwischen die Finger bekommen, auch Abfall. Wenn mein Experiment doch fehlschlagen sollte, habe ich wenigstens die ironische Genugtuung, einen idealen Müllschlucker produziert zu haben. Ogilvie behauptet, daß man schon allein damit ein Vermögen verdienen kann.

20. Juli 1945: Bernard Ogilvie ist abgereist. Nun kann ich mich wieder mit dem Kern des Problems befassen. Er nahm ein paar Rückstandproben und Pläne meines Apparats mit. Bevor er ging, verriet er mir, was er vorhat. Er glaubt, daß der Prozeß, den ich entwickelt habe, die Plastikindustrie revolutionieren wird. Was war es doch für eine Zeitverschwendung, ihn hierherzuholen! Ein großer Geist, verdorben durch den Kommerzialismus! Eine epochale Entdeckung vor Augen, kann er nur an die Möglichkeit denken, rohes Material gewinnbringend umzufunktionieren. Er glaubt, daß man das Zeug beliebig gestalten kann – vielleicht durch eine Gußform, die in den Apparat eingebaut wird.

Ich habe das Abkommen unterschrieben, das er aufgesetzt hat – teilweise, um ihn loszuwerden, wie ich gestehen muß. Dadurch hat er die Vollmacht erhalten, den Prozeß in meinem Namen patentieren zu lassen. Ich bekomme den Hauptanteil an allen Geräten, die seine Ingenieure aufgrund meiner Entdeckung konstruieren werden. Ogilvie selbst besitzt das Verkaufsrecht, aber in dem Abkommen steht eine Klausel, daß dieses Recht nach seinem Tod auf meine Erben übergehen wird. Er glaubt, daß wir bald Millionäre sein werden.

Ich glaube viel eher, daß er eine viel zu rege Phantasie hat. Außerdem – was soll ich mit einer so absurden Geldsumme anfangen? Ein paar Dollar könnte ich allerdings gebrauchen, um meine Geräte zu verbessern. Ich muß eine Möglichkeit finden, diese Energie einzufangen und zu kontrollieren.

Auszüge aus dem Tagebuch Quentin Baxters, Präsident der Plastoscene-AG

3. August 2065: Heute machte ich eine Entdeckung, die mich sehr bewegte – so sehr, daß ich dieses Tagebuch begann, um meine

Gefühle und Gedanken für die Nachwelt festzuhalten. Bisher hatte ich geglaubt, daß nur dumme, eitle Menschen Tagebücher führen. Aber nun sehe ich das in einem anderen Licht.

Die Entdeckung, die meinen Standpunkt so veränderte, war das Tagebuch meines Urgroßvaters Frank Baxter, der das Plastoscene erfunden hatte.

Ich habe mich oft gefragt, was für ein Mensch mein Ahnherr war. In den Geschichtsbüchern steht fast nichts über ihn. Nun habe ich das Gefühl, daß ich ihn genausogut kenne wie meine besten Freunde. Wie sehr unterscheidet sich doch der Eindruck, den man durch dieses Tagebuch gewinnt, von dem Bild, das sich die Welt von meinem Urgroßvater macht!

Die meisten Leute glauben zweifellos, daß der Entdecker des Plastoscene-Prinzips nichts weiter wollte, als menschliche Bedürfnisse mit einer simplen Methode zu befriedigen, durch die all die vielen Arbeitsgänge seiner Zeit ersetzt werden konnten.

Offenbar war die Entdeckung ein Zufall. Frank Baxter interessierte sich nicht für die weitere Entwicklung, hielt sie für unwichtig. Wenn man sich das vorstellt ... Eine Erfindung, revolutionärer als die Entdeckung des Feuers – und der Erfinder hat nicht begriffen, wie wichtig sie war ... Am Ende seines Lebens betrachtete er sie nur als Nebenprodukt. Er starb mit der Überzeugung, ein Versager zu sein, weil er das Ziel, das er anstrebte, nicht erreicht hatte – die Erzeugung von Atomkraft.

In gewissem Sinne ist es seinem Freund Bernard Ogilvie zu verdanken, daß wir die Erfindung heute verwerten können. Ogilvie erkannte die Möglichkeiten, die in dem neuen Prinzip steckten. Auch hier vermittelt uns das Tagebuch ein ganz anderes Bild als unsere Schulweisheit. Die Historiker lehrten uns, Frank Baxter als überlegenen Geist zu betrachten, während Bernard Ogilvie als untergeordneter Schüler bezeichnet wurde.

In Wirklichkeit war Ogilvie ein kluger Geschäftsmann, der die Möglichkeiten sah, die in dieser Entdeckung steckten, und sie nutzte – nicht so sehr zum Wohle der Menschheit, sondern zu seinem persönlichen Gewinn. Trotzdem müssen wir ihm eine gewissenhafte Ehrlichkeit bescheinigen, die in seiner Zeit Seltenheitswert hatte. Es wäre ihm leichtgefallen, den unpraktischen, träumerischen Wissenschaftler zu übervorteilen. Statt dessen sorgte er dafür, daß der Erfinder des Prozesses die Früchte seiner

Arbeit erntete, und es ist ihm allein zu verdanken, daß das Plastoscene nun schon seit über einem Jahrhundert im Besitz unserer Familie ist.

Diese beiden außergewöhnlichen Männer verdienen unsere Bewunderung.

Vermutlich sahen weder mein Urgroßvater noch Ogilvie voraus, welche Veränderungen diese Entdeckung mit sich bringen würde. Mein Ahnherr blieb bis zum Ende seiner Tage ein weltfremder Träumer, der sich ausschließlich mit dem vergeblichen Bemühen befaßte, die Energie einzufangen, die er erzeugt hatte. Der Reichtum, den ihm die Plastoscene-AG einbrachte, offenbar das größte Privatvermögen der damaligen Zeit, war für ihn eine vage Abstraktion. Ich fand in seinem Tagebuch ein paar Anspielungen darauf, aber sie verraten eher Ärger als Genugtuung. Er ging in seinem Zorn über die Verpflichtungen, die seine Position mit sich brachte und die ihn für ein paar Stunden von seinen Experimenten fernhielten, sogar so weit, seinem Tagebuch anzuvertrauen, daß er die Millionen am liebsten in Münzen umwechseln und sie in einen Konversionstrichter werfen würde, wo sie sich vielleicht in etwas Nützliches verwandeln würden.

Irgendwie ist es seltsam, daß das Problem, das ihn bewegt hatte, bisher nicht gelöst wurde. Die Wissenschaftler sind immer noch in zwei Lager gespalten. Die einen vertreten die Theorie, daß die Kraft, die durch die Umwandlung von Elementen erzeugt wird, in die vierte Dimension entweicht. Die anderen behaupten, daß sie kosmischen Strahlen gleicht, die sich mit unglaublicher Geschwindigkeit im unendlichen Universum zerstreuen. Nach dieser Theorie verändern die Strahlen die gewöhnliche Materie nicht, weil sie von ihnen durchdrungen wird, ohne daß sie irgendeine Wirkung ausüben.

5. August 2065: Ich habe das Tagebuch meines Urgroßvaters mehrmals gelesen und eine verwandte Seele gefunden. Sein Lebensstil erscheint mir viel erstrebenswerter als jener, den mir das Erbe aufgezwungen hat. Die Verantwortung, die auf meinen Schultern lastet, die ich als Oberhaupt der Baxter-Dynastie zu tragen habe, wird mir immer unangenehmer. Manchmal frage ich mich sogar, ob das Plastoscene tatsächlich ein so großer Segen für die Menschheit war.

Vielleicht liegt der wahre Segen in der Zukunft. Jedes Entwicklungsstadium wurde durch ökonomische Neuorientierungen bestimmt. Manche haben über Nacht die Welt erschüttert. Ich war schon oft froh, weil ich nicht in jenen beschwerlichen Tagen gelebt habe, wo eine Industrie nach der anderen vom unbarmherzigen Moloch des technologischen Fortschritts vernichtet wurde. Zum Beispiel, als Hunderttausende, die in der Metallindustrie tätig waren, ihre Arbeitsplätze verloren. Es war unvermeidlich, daß das Plastoscene, das die Produktionskosten erheblich senkte, diese Industrie verdrängte. Aber ich finde, man hätte diesen Schritt auch unternehmen können, ohne die Arbeiter und Angestellten einer solchen Belastung auszusetzen, die schließlich zu einer Art Bürgerkrieg führte. Wenn wir uns die Zeit nehmen, darüber nachzudenken, werden wir feststellen, daß fast jeder Artikel, den wir im täglichen Leben benutzen, eine oder mehrere jener Industrien repräsentiert, die auf ähnliche Weise vernichtet wurden, Industrien, von denen der Lebensunterhalt zahlloser Menschen abhing.

Wir haben letzten Endes eine stabile Gesellschaftsform erreicht – aber ich bin damit nicht restlos zufrieden. Wie sieht es aus auf unserer Welt? Ein paar Aktiengesellschaften gruppieren sich um eine Superaktiengesellschaft, die Plastoscene-AG, deren Leiter ich auf Grund der Erbfolge bin – Gott helfe mir! Mir untersteht eine Gesellschaftsklasse, die sich aus Wissenschaftlern, leitenden Angestellten, Technikern und Mechanikern zusammensetzt. Auch in dieser Klasse spielt die Erbfolge eine große Rolle, weil es im Vergleich zum Heer der Arbeitslosen nur wenige Stellen gibt, die besetzt werden können. Ich habe gehört, daß es für einen Mann, dessen Vater keinen Posten hat, nahezu unmöglich ist, einen Ausbildungsplatz zu bekommen, um sich für eine der eifersüchtig gehüteten Planstellen zu qualifizieren.

Außerhalb dieser Gruppe steht die größte Masse der menschlichen Gesellschaft. Diese Millionen werden ernährt und gekleidet, man stellt ihnen Häuser zur Verfügung, sie haben einen Lebensstandard, den ihre Vorfahren als luxuriös betrachtet hätten. Trotzdem sind sie bedauernswert, denn sie haben keinen Lebensinhalt und repräsentieren eine minderwertige Klasse. Besonders schrecklich finde ich das Gesetz, daß jedes Mitglied dieser gezwungenermaßen untätigen Gesellschaftsschicht zum Verbrecher stempelt, wenn es bei einer nützlichen Arbeit ertappt wird. Die alarmierende Anzahl von Gefangenen in unseren Strafanstalten, von Verurteilten, die dieses Verbrechen begangen haben, beweist mir, daß die Menschheit instinktiv nach einer nützlichen Beschäftigung strebt. Und dieser Instinkt läßt sich nicht durch Gesetze abtöten.

Auch von einem anderen Standpunkt aus betrachtet ist die Situation ungesund. Ich fände es nur normal, wenn die menschliche Gesellschaft Fortschritte machen würde. Aber wir können unsere Augen nicht vor der Tatsache verschließen, daß die besten Wissenschaftler, die unsere Welt je hervorgebracht hat, schon seit über einem Vierteljahrhundert keinen technologischen Fortschritt erreicht haben. Ist die Wissenschaft steril geworden? Nein. Jeder Schuljunge kennt die Antwort auf diese Frage.

Unsere Wissenschaftler wagen es nicht, ihre Entdeckungen publik zu machen. Und von mir erwartet man, daß ich die Augen vor dem verschließe, was ich weiß. Ja, ich weiß sehr gut, daß jede essentielle technologische Entdeckung totgeschwiegen wird. Die simple häßliche Wahrheit besteht darin, daß wir es nicht wagen, eine technologische Entdeckung zu nutzen, die zu weiteren Entlassungen führen würde. Eine technische Errungenschaft, die eine ganze Angestelltengruppe zum Nichtstun verurteilen würde, könnte eine neue Revolution heraufbeschwören.

Ist die menschliche Gesellschaft aufgrund ihrer größten Entdeckung zur Sterilität verdammt?

17. Oktober 2089: Fast ein Vierteljahrhundert ist vergangen, seit ich das Tagebuch meines Urgroßvaters, Frank Baxter, zum erstenmal gelesen habe. Kürzlich hatte ich das Bedürfnis, es meinem Sohn zu zeigen, und bevor es mir richtig bewußt wurde, las ich die Aufzeichnungen noch einmal vom ersten bis zum letzten Wort. Sie erschütterten mich noch tiefer als damals, in meinen jungen Jahren. Ich muß die vergilbten, brüchigen Seiten kopieren lassen, auf permanentem Plastoscene-Pergament, damit meine Nachkommen unsere beiden Tagebücher lesen können, damit die Leistung Frank Baxters sie ebenso begeistert wie mich.

Die Lektüre weckte Gedanken, die lange Zeit in meinem Gehirn geschlummert hatten. Ich nähere mich nun dem Ende meines Weges. Bald werde ich die Leitung der Plastoscene-AG meinem Sohn übergeben – falls er diesen Posten anstrebt. Vielleicht hat er andere Pläne. Er hat seinen Doktor der Plastoscene-Technologie gemacht. Es wäre möglich, daß ihm Macht und Ruhm ebensowenig bedeuten wie mir – schon seit vielen Jahren. Morgen werde ich ihn zu mir rufen lassen.

18. Oktober 2089: Ich habe mit Philip gesprochen, aber ich fürchte, daß ich versagt habe. Er berichtete ganz offen von seinen Experimenten. Scheinbar beschäftigte er sich mit einer Methode, an der Levinson vor ein paar Jahren zu arbeiten begonnen hatte. Wie wir wissen, erfordert das Plastoscene-Prinzip komplizierte Regulationen. Wenn wir einen neuen Gegenstand herstellen wollen, zum Beispiel ein spezielles Gyroskoplager, stellt der verantwortliche Ingenieur die Maschine zuerst so ein, daß sie ein Material von einer gewissen Härte und Temperatur produziert. Dann reguliert er die Kontrollen, durch die Größe und Form der Masse bestimmt werden. Schließlich, nachdem er in etwa das gewünschte Resultat erzielt hat, verfeinert er das Produkt mit einem Mikrometer, geht aber dabei großteils experimentell vor, schaltet einen Fehler nach dem anderen aus, bis Qualität, Dimensionen und so weiter dem Test seiner Präzisionsinstrumente gewachsen sind. Wenn der gewünschte Gegenstand komplex ist, wenn zum Beispiel zwei oder mehrere chemische Zusammensetzungen im Spiel sind, werden die Regulationen entsprechend diffiziler. Bisher gelang es uns nicht, schmackhafte Nahrung zu produzieren, obwohl unsere Ingenieure ein paar Konglomerate hergestellt haben, die angeblich nahrhaft sind. Ich nehme an, die Ingenieure haben absichtlich dafür gesorgt, daß das Zeug widerlich schmeckt.

Sobald die nötigen Regulationen eruiert sind, werden sie auf Mikrofilmen festgehalten. Danach muß man die entsprechenden Filme nur noch in die Kontrollbox spannen, wo das elektrische Auge automatisch all die Regulationen vornimmt, für die ursprünglich Techniker gebraucht wurden. Nun hat Levinson den Vorschlag gemacht, natürliche Objekte durch fotografische Mittel in Plastoscene nachzubilden.

Diesen Prozeß hat Philip offenbar perfektioniert. Bei seiner Methode wird ein dreidimensionales Rastersystem verwendet, das die Zusammensetzung, die Form und die exakte molekulare

Struktur des Gegenstands bestimmt, der reproduziert werden soll.

Diese Daten werden auf einem Mikrofilm festgehalten, der dann nur in die Kontrollbox gespannt werden muß, um den gewünschten Gegenstand beliebig oft herzustellen.

„Stell dir doch vor, wieviel Arbeit wir uns dadurch ersparen!" rief Philip begeistert.

„Nun können wir nicht nur die kompliziertesten Dinge produzieren, ohne sie erst mühsam zusammenzusetzen, wir können auch natürliche Lebensmittel erzeugen, mit allen geschmacklichen und nahrhaften Eigenschaften. Ich habe synthetische Radieschen gegessen. Ich habe sogar synthetische Hühner gekostet. Man kann sie von den natürlichen, deren Fotos bei der Herstellung verwendet wurden, nicht unterscheiden."

„Du meinst – du kannst Leben reproduzieren?" fragte ich leicht erschrocken.

Er runzelt die Stirn. „Nein. Damit ist das Rastersystem überfordert. Ich kann Tiere reproduzieren, die ihren natürlichen Vorbildern bis aufs Haar gleichen – aber sie sind leblos. Die Radieschen, von denen ich dir erzählt habe, werden nicht in der Erde wachsen. Sie können sich nicht selber reproduzieren. Aber chemisch und in der Zellstruktur sind sie identische Imitationen der Originale."

„Philip, das ist eine erstaunlicher Fortschritt. Damit ist die letzte Leistungsgrenze des Plastoscenes überwunden. Nun können wir nicht nur Maschinenteile, sondern ganze Maschinen produzieren. Wir können Lebensmittel ..."

Ich brach ab, als ich sah, wie sich sein Gesichtsausdruck plötzlich änderte.

„Das stimmt, Vater", sagte er kühl. „Aber es ist nur ein Wunschtraum. Ich hätte nicht gedacht, daß du dich von meinem Märchen beeindrucken lassen würdest. Und jetzt muß ich gehen. Ich habe meine Verabredung."

Er verließ das Zimmer, bevor ich meiner Verwirrung Herr wurde.

23. Oktober 2089: Philip ging mir tagelang aus dem Weg, aber schließlich gelang es mir doch, ihn zur Rede zu stellen.

Ich begann das Gespräch, indem ich erwähnte, daß ich ihm nun bald die Leitung der Plastoscene-AG übertragen würde.

Er zögerte, dann stieß er hervor: „Vater – ich weiß, daß ich dir jetzt weh tun werde – aber ich will nicht in deine Fußstapfen treten. Ich möchte ein einfaches Rädchen im Getriebe der technischen Abteilung bleiben."

„Du kannst dich dieser Verantwortung nicht entziehen, ohne das Gesicht zu verlieren", erinnerte ich ihn.

„Warum sollte ich diese Verantwortung übernehmen?" fragte er erregt. „Ich habe mir nicht gewünscht, dein Sohn zu werden."

„Ich habe mir auch nicht gewünscht, der Sohn meines Vaters zu werden", konterte ich, „oder der Urenkel eines gewissen Erfinders, der im zwanzigsten Jahrhundert starb. Philip, ich möchte dich nur um einen einzigen Gefallen bitten. Nimm dieses kleine Buch, lies es, dann gib es mir zurück und sag mir, was du davon hältst."

Ich überreichte ihm Frank Baxters Tagebuch.

24. Oktober 2089: Heute brachte mir Philip das Tagebuch zurück. Er gab zu, daß er die ganze Nacht wach geblieben war, um es zu lesen.

„Aber leider hat die Lektüre nicht die Wirkung auf mich ausgeübt, die du dir offenbar erhofft hast", fuhr er fort. „Statt mir den Gedanken zu suggerieren, daß es die göttliche Pflicht der Baxters ist, die Dynastie fortzusetzen, ließ mich dieses Tagebuch erkennen, daß es viel eher unsere Aufgabe wäre, den Schaden wiedergutzumachen, den wir angerichtet haben. Dieser alte Bursche, Frank Baxter, wollte das gräßliche Zeug ja gar nicht produzieren."

„Das gräßliche Zeug?" wiederholte ich.

„Sei nicht so schockiert, Vater", bat er. „Ich kann nicht gegen die Gefühle ankämpfen, die mich bewegen. Vielleicht glaubst du, daß wir besser dran sind als die Menschen zu deines Urgroßvaters Lebzeiten. Aber das bezweifle ich. Sie hatten Arbeit. Vielleicht war es auch damals schwierig, eine Stellung zu finden. Aber die Leute wurden nicht zum Nichtstun gezwungen – so wie heutzutage. Zum Beispiel Frank Baxter – er konnte wissenschaftlich arbeiten, im Bewußtsein, daß er am technischen Fortschritt der Menschheit mitwirkte. Er wurde nicht dazu gezwungen, seine Erfindungen geheimzuhalten, aus Angst, sie könnten ..."

Plötzlich brach er ab. Vermutlich war ihm klargeworden, daß er viel mehr gesagt hatte, als er eigentlich wollte.

„Mein Junge ..." Ich sprach ganz langsam und eindringlich. „Ich weiß, was du empfindest. Und dieses Wissen macht mich viel glücklicher, als du dir vorstellen kannst."

Verwirrt starrte ich ihn an. „Du meinst – du willst gar nicht, daß ich dein Nachfolger werde?"

Und da erklärte ich ihm meinen Plan.

Aus dem Tagebuch Ran Raxlers, Ehrenstudent zehnten Grades, nördliche zentrale Abschlußklasse, 2653

28. Dezember 2653: Heute hatte ich zwei aufregende Erlebnisse. Zuerst machte ich eine Entdeckung, direkt nachdem ich das Diplom in der Abschlußklasse bekommen hatte. Da ich einer von den zwanzig Besten bin, steht es bereits fest, daß ich dieses Jahr im Produktionswerk eingesetzt werde.

Aber zunächst muß ich von meiner Entdeckung berichten. In einem Schrank, der mit Familienerbgut vollgestopft war, fand ich zwei alte Tagebücher. Ich hatte den Schrank im letzten Augenblick gerettet, bevor er in die Müllgrube wandern sollte. Wenige Minuten später wäre er im öffentlichen Plastoscene-Umformer gelandet.

In unserer Familie geht das Gerücht um, daß wir vom Entdekker des Plastoscene abstammen, und dieses Gerücht wird durch meinen Fund bestätigt. Auch der Name ist signifikant – Frank Baxter. Vor- und Nachnamen haben sich im Lauf der Generationen verändert. Mein Großvater hieß bereits Ran Raxler. Hier fiel ein Buchstabe weg, dort wurde einer verändert, und diese Entwicklung konnte logischerweise dazu führen, daß aus Frank Baxter Ran Raxler wurde.

Wie wunderbar wird es sein, wenn ich der Welt das authentische Tagebuch des Mannes präsentieren kann, der das Plastosceneprinzip entdeckt hat! Nicht jene irreale, legendäre Gestalt, die aus unseren Familiengerüchten hervorgegangen war, sondern einen Menschen aus Fleisch und Blut! Das wird viele Leute schockieren. Denn offenbar stolperte er ganz zufällig über diese Entdeckung und betrachtete sie bis zum Ende seiner Tage als unwichtiges Nebenprodukt seiner Experimente.

Und dieser spätere Baxter, Quentin, der das andere Tagebuch schrieb und beide zusammen aufbewahrte ... Er war ebenso wie sein Sohn Philip ein Märtyrer des Fortschritts. Das Tagebuch wirft ein ganz anderes Licht auf die Motive der beiden als die Geschichtsschreibung. Sie waren keine selbstsüchtigen Oligarchen, die durch einen Massenaufstand gestürzt wurden, sondern die Urheber der Revolution, wie dieses Tagebuch eindeutig beweist.

Die letzte Eintragung im Tagebuch lautet: ‚Und da erklärte ich ihm meinen Plan.' Zusammen mit den historischen Fakten macht der Inhalt der Aufzeichnungen deutlich, wie dieser Plan ausgesehen haben muß. Soweit ich es rekonstruieren kann, müssen die Baxters, Vater und Sohn, beschlossen haben, die erbliche Kontrollgewalt über das Plastoscene-System, die in den Händen einer kleinen Gruppe lag, abzuschaffen und es zum Allgemeingut der gesamten Menschheit zu machen.

Der Sohn hatte das Rastersystem perfektioniert, das zur heutigen unbegrenzten Leistungsfähigkeit des Plastoscene geführt hatte. Er hatte seine Erfindung geheimhalten wollen. Es war im Kreis der Techniker Ehrensache geworden, solche Errungenschaften nicht publik zu machen, sondern nur wenige vertrauenswürdige Freunde einzuweihen. Das erscheint uns auf den ersten Blick unbegreiflich, aber wir müssen uns klarmachen, daß solche Entdeckung einen Aufruhr in der damaligen Gesellschaft bewirken konnten. Um dies zu verdeutlichen, muß ich auf die historische Tatsache hinweisen, daß die Lebensmittel in jener Zeit hauptsächlich auf natürliche Weise produziert wurden. Das wurde durch einen komplizierten technischen Prozeß bewerkstelligt, den ich nicht erklären kann, aber ich habe gehört, daß es in der Universität von Antarctica ein Labor gibt, wo diese Methode für fortgeschrittene Studienklassen demonstriert wird. Außerdem wissen wir aufgrund der erhaltenen Mikrofilme, wie diese Nahrung ausgesehen hat.

Das Recht, eine solche Nahrung für die menschlichen Bedürfnisse zu produzieren, wurde von der großen landwirtschaftlichen Aristokratie eifersüchtig gehütet. Natürlich wurde diese Gesellschaftsschicht, zusammen mit einigen anderen, durch Philips Erfindung überflüssig.

Wir wissen, was geschah. Trotz der Gesetze, die es verboten, daß Plastoscene-Umformer von anderen Leuten als konzessionierten Technikern benutzt wurden, tauchten plötzlich überall Maschinen auf, die man illegal in Betrieb setzte. Da diese Maschinen nach dem neuen Rastersystem arbeiteten, ist es offensichtlich, daß sie von den Baxters an strategischen Punkten verteilt worden waren.

Zuerst wurden sie konfisziert und zerstört. Aber da sich die Maschinen durch Mikrofilme, die zur Standardausrüstung gehörten, selbst reproduzieren konnten, war es hoffnungslos, mit ihrer Ausbreitung in der gesamten Masse der Menschheit Schritt halten zu wollen. Die herrschenden Hierarchien wandten sich verzweifelt an die Vertreter des Gesetzes und an die Baxters, deren erbliche Kontrollgewalt über das Plastoscene-Monopol bisher verhindert hatte, daß das System der ganzen Menschheit zugute kam. Da spielten die Baxters, Vater und Sohn, ihre Trumpfkarte aus. Sie gaben eine Proklamation heraus, mit der sie das Plastoscene-Prinzip für alle Zeit der gesamten menschlichen Rasse vermachten. Aus der Geschichtsschreibung geht hervor, daß sie dazu gezwungen waren, jedoch nicht, auf welche Weise. Während dieser Periode herrschte große Verwirrung, viel Blut wurde vergossen. Kein Wunder, daß die Historiker falsche Schlüsse zogen. Manche nahmen sogar an, daß die Baxters von Revolutionären ermordet wurden, zusammen mit anderen Mitgliedern der kleinen Klasse von Eigentümern, die ihr Monopol verzweifelt verteidigten. Aber nach der Lektüre von Quentin Baxters Tagebuch neige ich eher zu der Auffassung, daß sie von Mitgliedern ihrer eigenen Klasse umgebracht wurden, die sie als Verräter betrachtete.

Wir sollten dankbar sein, daß diese alten Tage der blutrünstigen Kämpfe vorbei sind, daß eine ähnliche Situation nie mehr entstehen wird. Welchen Grund sollten die Menschen auch haben, gegeneinander zu kämpfen? Genauso, wie wir alle unsere Bedürfnisse mit Hilfe des Plastoscenes befriedigen können, sind auch unsere Nachbarn dazu in der Lage.

30. März 2654: Ich habe meinen Dienst im Produktionswerk beendet. Was waren das für aufregende Wochen! Wenn man an dem großen Prozeß beteiligt ist, der Millionen von Menschen am Leben erhält, hat man das Gefühl, nicht umsonst auf dieser Welt zu sein.

Ohne solche Erfahrungen kann man sich kaum vorstellen, welche enormen Mengen von rohem Material benötigt werden, um den Fortbestand der menschlichen Rasse zu sichern und ihre Bedürfnisse zu befriedigen. Wie glücklich kann ich mich doch preisen, weil ich als einer von wenigen das Privileg verdient habe, das tun zu dürfen, was unsere Vorfahren ‚Arbeit' nannten!

In früheren Zeiten muß dies ein schwieriges Problem gewesen sein. Während wir nun Konzentrate von Rohmaterial in der Form von Plastoscene-B verwenden, mußten unsere Vorväter wirkliches Gestein zu den Maschinen transportieren, das in Steinbrüchen gewonnen wurde. Wenn der Verteilungsprozeß auch maschinell durchgeführt wurde und automatisiert war, diese Arbeitsmethode war trotzdem mühsam, da das Material vor der Umformung zwanzigmal so umfangreich ist wie das fertige Produkt.

Heute haben wir natürlich den Zwischenprozeß, in dessen Verlauf Erde und Gestein in den Produktionswerken zu Plastoscene-B-Blöcken umgeformt werden. Dieses Verfahren repräsentiert in gewissem Sinn den Umwandlungsprozeß in arretiertem Zustand. Das Rohmaterial in diesen Blöcken ist zu einem Zehntel seines ursprünglichen Gewichts reduziert und dem Volumen nach kleiner als das Endprodukt, da die Masse durch die dicht aneinandergedrängten Moleküle vergrößert wird.

Der Vorrat an Konzentraten, den eine normale Familie in einem Jahr braucht, kann nun leicht im Standard-Umformer gelagert werden. Sogar die großen öffentlichen Umformer haben eine Kapazität, um für drei Monate all das Material zu liefern, das für Wohnungs- und Straßenbau sowie für die Renovierung der Erholungszentren und ähnliche Zwecke gebraucht wird. Ich habe gehört, daß man in südamerikanischen Labors erfolgreich mit flüssigen Konzentraten experimentiert hat, die von den großen Produktionswerken direkt durch Leitungen zu den Konsumenten befördert werden.

An meinem letzten Arbeitstag amüsierte mich eine Frage, die mir ein zehnjähriger Junge stellte, der Sohn eines Aufsichtsbeamten. Wir standen auf einem Wall und blickten in eine der großen Produktionsgruben, die mehrere hundert Fuß tief und einige Meilen breit war. Der gesamte Raum war mit einem verwirrenden Netzwerk aus Türmen, Tragbalken, Kränen, Spiralen und Kabeln gefüllt, zwischen denen die verschiedenartigsten Transporter umherrasten. Tief unter uns lag das Zentrum der ganzen Aktivität, der riesengroße Umformer, in dem das Gestein zu Plastoscene-B reduziert wurde.

Ehrfürchtig betrachtete der kleine Junge die Szenerie, dann wandte er sich zu mir und fragte: „Was werden wir tun, wenn dieses Loch so groß wird, daß es die ganze Welt einnimmt?"

Ich lachte, aber ich konnte diese Frage verstehen. Der Mensch ist ein so winziges Wesen, daß es ihm schwerfällt, sich vorzustellen, wie unendlich klein ein Loch, das ihm ungeheuer vorkommt, im Vergleich zur Erdoberfläche ist. Die Relation ist ungefähr so wie zwischen einem Nadelstich und einem Ball, den ein Kind in die Luft wirft.

Aus der Einleitung zu dem Bericht über unseren Achtzigjährigen Krieg, unterzeichnet von Glux Gluxton, Chefhistoriker des wissenschaftlichen Naphali-Instituts.

Der Achtzigjährige Krieg ist vorbei. Er wurde am Morgen des neunundzwanzigsten Tages im fünften Monat durch die Unterzeichnung eines ewig gültigen Freundschaftsvertrages in Latex beendet.

Nach den Vertragsbedingungen unterwerfen sich alle Erdenbewohner den Gesetzen des Weltgerichtshofs. Der Gerichtshof, der ständig durch Berichte des Internationalen Wissenschaftlichen Instituts informiert wird, soll die absolute Kontrollgewalt über die Umformung grundlegender Substanzen in Plastoscene erhalten, so daß weitere Dispute zwischen einzelnen Regionen und Kontinenten unmöglich gemacht werden.

Meine ehrenwerten Mitarbeiter und ich wurden beauftragt, einen geschichtlichen Bericht über die Ursachen zu schreiben, die zu diesem langen Krieg führten. Ob wir erfolgreich waren, muß die Nachwelt beurteilen. Wie soll man, konfrontiert mit einer so komplizierten Situation, mit Sicherheit feststellen können, worin die essentiellen Ursachen lagen? Obwohl die gängige Bezeichnung ‚Achtzigjähriger Krieg' lautet, sollte man, um genau zu sein, von den Kriegen sprechen, die achtzig Jahre lang andauerten. Denn jene Periode wurde bestimmt durch eine konstante Folge von einzelnen Kriegen, die in mehreren Teilen der Welt aus unterschiedlichen Gründen ausbrachen.

Am häufigsten wurden natürlich Kriege verursacht, wenn benachbarte Regionen um das Recht stritten, ihre Umformer-Gruben über gewisse Grenzen hinaus auszudehnen. Aber es gab noch andere schwerwiegende Gründe – zum Beispiel, als man feststellte, daß die antarktischen Meereswasser-Umformer solche Massen verschlangen, daß der Meeresspiegel gesenkt wurde. Eine ähnliche Situation war entstanden, als das Wasser der großen Seen auf dem nordamerikanischen Kontinent verbraucht war. Dispute, Allianzen und Gegenallianzen, Regionen, die sich erbittert bekämpften, und schließlich Kriegsmaschinen, die mit schrecklicher zerstörerischer Gewalt wüteten – was für ein unglaubliches Blutbad mußte die Welt erdulden!

Jetzt haben wir uns zum Ziel gesetzt, die Erdoberfläche zu glätten, die häßlichen, verlassenen Gruben aufzufüllen, um eine zu schnelle Senkung des Meeresspiegels zu verhindern, werden die Antarktis und andere Regionen, die nur über eine begrenzte Landfläche verfügen, von begünstigten Gebieten mit Konzentraten versorgt.

Ist angesichts eines solchen Freundschaftsvertrags, den die Repräsentanten der kriegsmüden Erdenvölker mit so viel gutem Willen unterzeichnet haben, die Behauptung utopisch, daß ein dauerhafter Friede gesichert ist? Die Historiker sind anderer Meinung.

Aus dem Bericht Ragnar Dughs, Delegierter bei der Weltfriedenskonferenz, adressiert an den 117. Distrikt (Sonnenumlauf 1092, Umdrehung 148)

Meine geliebten Brüder! Es ist mir eine große Genugtuung, den Distrikt, der mir die Ehre erwiesen hat, mich als seinen Repräsentanten zu entsenden, über die Friedensvorschläge der Mehrheit zu informieren.

Wenn ich eure Gesichter auf dem Bildschirm sehe, lese ich in euren Augen die gleiche tiefe Freude, die auch mich bei dem

Gedanken erfüllt, daß die grausame Ära des Blutvergießens ein Ende gefunden hat, daß von nun an jede Kriegsgefahr gebannt ist. Ist diese Behauptung zu optimistisch? Ich sehe euren Gesichtern an, daß sie es nicht ist. Denn wir haben die Kriegsursache beseitigt – die Übervölkerung der Erde.

Die geplanten Restriktionen mögen drastisch erscheinen, aber die menschliche Rasse wird sich daran gewöhnen. Wir dürfen nicht vergessen, daß sie noch drastischer wären, wenn die Kriege die Erdenbevölkerung nicht so stark reduziert hätten. Ich bin froh, daß es nicht für notwendig befunden wurde, ein Gesetz zu erlassen, daß es den Frauen für zehn Jahre verbietet, Kinder auf die Welt zu bringen.

So, wie die Dinge stehen, wird es genügen, die Geburten pro Sonnenumlauf auf ein Kind zu beschränken, das jeweils auf die Welt kommen darf, wenn drei Menschen gestorben sind, und zwar in jedem Distrikt. Die Wissenschaftler sind überzeugt, daß sich die Erdenbevölkerung dadurch ausreichend verringern wird, um die Lage zu entschärfen.

Den Vorschlag der Minderheit, mehr Raum für die Menschheit zu schaffen, indem man auf verschiedenen Ebenen konzentrische Hüllen rings um die Erde baut, lehne ich grundsätzlich ab. Er ist undurchführbar, vor allem, weil die Umformung einer so gewaltigen Materialmasse, wie sie für den Bau der diversen Wohnflächen gebraucht würde, die Erde gefährlich verkleinern würde.

Deshalb wollen wir für den Vorschlag der Mehrheit stimmen, den Fortbestand der Menschheit und der Kugel, auf der wir leben, sichern und die letzten Gründe aus der Welt schaffen, die unsere Völker veranlassen könnten, Krieg zu führen.

Aus den Erinnerungen Xlars XVII. des Fürsten von Ples

Zyklus 188, 400-43: Wie schrecklich ist diese jüngere Generation! Ich bin froh, daß die neuen Gesetze die Nachkommenschaft auf ein Kind pro Distrikt und Zyklus beschränken. Mein Neffe Ryk LVX hatte sich im Museum der Antike mit Folklore-Wissen vollgestopft und danach die Frechheit zu behaupten, es gäbe Berichte, aus denen hervorginge, daß die Menschheit schon vor dem Plastoscope existiert hätte. Warum neigen die Leute immer wieder dazu, sich von übernatürlichem Unsinn die Gehirne umnebeln zu lassen?

„Es gibt da eine Theorie“, erklärte er mir kühn, „daß die Welt früher einmal teilweise aus Nahrung zusammengesetzt war, die aus der Kruste hervorbrach und sofort genießbar war. Es wird sogar behauptet, daß der Teppich, den wir jetzt über die Erdoberfläche gebreitet haben, in gewisser Weise jener Substanz gleicht, die damals die Erde in natürlicher Form bedeckte.“

„Und was ist aus dieser – dieser Absonderung der Steine geworden?“ fragte ich sarkastisch.

Natürlich hatte er eine Antwort parat. „Das Plastoscene wurde entdeckt und verhalf der Menschheit zu einer einfacheren Methode, ihre Bedürfnisse zu befriedigen. Aber im Lauf der Zeit wurde die Oberfläche der Erde, die das Wachstumsprinzip enthielt, aufgebraucht. Ich behaupte nicht, daß das eine Tatsache ist“, fügte er hastig hinzu, „aber eine Theorie, die ernstzunehmende Grundlagen hat.“

Ich bemühte mich aufrichtig, geduldig zu sein und an die Vernunft meines Neffen zu appellieren.

„Es stimmt, daß die Erde während der langen Existenz der menschlichen Rasse mehrmals ihrer Oberfläche beraubt wurde“, sagte ich. Auf diesem Planeten gibt es nur eine einzige plausible Lebenstheorie. Ursprünglich besaß der Mensch, genauer gesagt, sein evolutionärer Vorgänger, einen ungeheuer kräftigen Verdauungsapparat. Er konsumierte Steine, formte sie in Nahrung um und dann in die Elemente, die er brauchte, um seinen Körper zu ernähren. Und dieser riesige Apparat befand sich innerhalb seines Körpers. Als der Mensch eine gewisse Intelligenz entwickelt hatte, lernte er Plastoscene mit mechanischen Mitteln zu produzieren. Er konsumierte dieses Produkt als Nahrung, benutzte es aber auch, um zahllose andere Bedürfnisse seines täglichen Lebens zu befriedigen. Deshalb benötigte er die Organe innerhalb seines Körpers nicht mehr, um Plastoscene direkt aus Steinen zu beziehen. Allmählich verkümmerten die Organe und verschwanden schließlich ganz. Nur ihre Rudimente blieben übrig, um sich im gegenwärtigen menschlichen Verdauungstrakt zu vereinen.“

Das brachte den jungen Mann für einige Zeit zum Schweigen, aber ich bezweifle nicht, daß er bald mit irgendeiner anderen phantastischen Wahnidee zu mir kommen wird. Bei anderer

Gelegenheit war es, daß unsere Erde und Luna, statt Zwillingsplaneten zu sein, irgendwann einmal verschieden groß waren und daß Luna sich um die Erde drehte, so wie sich einige der fernen Monde um ihre Planeten drehen. Diese Theorie wurde gründlich widerlegt. Es stimmt natürlich, daß sich die Erdmasse jedesmal verringert, wenn wir an der Oberfläche kratzen, um unsere lebenswichtigen Konsumgüter produzieren zu können. Aber es ist unwahrscheinlich, daß die Erde früher mehrmals so groß gewesen sein soll wie ihr Begleitplanet. Und genau das wollen uns diese phantasiebegabten Theoretiker einreden. Zweifellos vergessen sie, daß das Volumen einer großen Kugel proportional zur daraus resultierenden Bevölkerungszahl größer ist als der Umfang einer kleineren Kugel. Unser Planet in seiner jetzigen Form, könnte die Menschheit für unendlich lange Zeiten ernähren, obwohl er nur einen Bruchteil der gewaltigen Masse ausmacht, von der diese Theoretiker immer wieder reden. Sie vergessen, daß sich eine Verkleinerung unseres Planeten mit wachsender Beschleunigung vollziehen würde. Je kleiner unsere Erde wäre, desto schneller müßte sie schrumpfen. Also müßte die riesige Kugel, von der sie sprechen, bis in alle Ewigkeit existieren.

Aber das ist unmöglich. So unmöglich wie die Vorstellung, daß einmal eine Zeit kommen wird, wo die Menschen keine Erde mehr haben werden, die sie umformen können ...

Fritz Leiber

Die automatische Pistole

Fritz Leiber ist jahrelang mit heiler Haut davongekommen – und das, obwohl er hauptsächlich Fantasy Stories schreibt, während er doch zu den besten Science-fiction-Autoren zählt. Er gewann sechs Hugo- und zwei Nebula-Preise für Geschichten und Romane wie ‚Ich muß mal wieder würfeln' *(1967) und* ‚Die große Zeit' *(1958). Aber es sind die* ‚Gray-Mouser'-*Stories, die seine treuen Anhänger am liebsten lesen. Zwei seiner frühen Werke sind Klassiker* – ‚Die Hexe' (‚Unknown', *1943) und* ‚Sammle dich, Finsternis', *ursprünglich eine dreiteilige Serie in* Astounding, *1943. Nur wenige Schriftsteller konnten über eine so lange Schaffensperiode hinweg einen so hohen Standard halten.*

‚Die automatische Pistole' *ist eine seiner besten Kurzgeschichten.*

(Was ich an Fritz immer besonders unfair gefunden und worüber ich mich oft genug beklagt habe, auch schriftlich, ist die Tatsache, daß er groß und distinguiert ist und gut aussieht. Er sieht aus wie ein Shakespeare-Schauspieler, und sein Vater war auch einer – noch dazu ein guter. Warum ist das so unfair? Weil Schriftsteller die Pflicht haben, exzentrische Sonderlinge zu sein, verdammt noch mal. Deswegen bin ich jetzt immer glimpflich davongekommen. Ich kann schlampig oder kindisch sein, und alle lächeln und sagen nachsichtig: „Nun ja, er ist eben ein Schriftsteller." Aber dann sehen sie Fritz, und plötzlich werde ich nach unglaublich hohen Kriterien beurteilt. Ach ja … I. A.)

Inky erlaubte niemandem, seine automatische Pistole zu benutzen oder auch nur anzurühren. Sie war blauschwarz und gewichtig, und wenn man nur ein einziges Mal abdrückte, kamen acht 45er Kugeln fast gleichzeitig heraus.

Inky war eine Art Mechaniker, wenn es um seine Automatic ging. Er konnte sie auseinandernehmen und wieder zusammensetzen, und er polierte die Innenseite des Abzugs regelmäßig mit einer Feile.

Glasses sagte ihm einmal: „Du wirst dieses Ding noch so hochzüchten, daß es in deiner Hosentasche explodiert und dir alle Zehen wegschießt."

Ich erinnere mich, daß Inky darüber lächelte und sich nicht die Mühe machte zu antworten. Er war ein drahtiger kleiner Mann mit einem bleichen Gesicht, von dem er den blauschwarzen Schatten seines Bartes nie entfernen konnte, so gründlich er sich auch rasieren mochte. Auch sein Haar war schwarz, und er sprach mit ausländischem Akzent. Kurz, nachdem die Prohibition begonnen hatte, kam er mit Anton Larsen zusammen, in jenen Tagen, wo Skiffs mit umgebauten Automotoren und Zollkuttern in der New York Bay und vor der Jersey-Küste Fangen spielten und keine Lichter benutzten, um das Spiel interessanter zu gestalten. Larsen und Kozacs holten ihren Fusel von einem Dampfer und schafften ihn dann in die Nähe der Twin Lights in New Jersey.

Dort fingen Glasses und ich für die beiden zu arbeiten an. Glasses, der wie eine Kreuzung zwischen einem College-Professor und einem Autoverkäufer aussah, kam aus irgendeinem Teil von New York City, und ich war Kleinstadtpolizist gewesen, bevor ich beschlossen hatte, ein respektableres Leben zu führen. Wir transportierten das Zeug in einem Laster zurück nach New York.

Inky fuhr immer mit uns, Larsen nur gelegentlich. Keiner der beiden redete viel – Larsen, weil er es sinnlos fand, irgendwas zu sagen, solange er keine Befehle erteilte oder Angebote machte, und Inky ... Nun, Inky war wohl nicht allzu glücklich, wenn er sich auf amerikanisch unterhalten mußte. Jedesmal, wenn Inky mit uns fuhr, zog er seine Automatic aus der Tasche, streichelte sie und redete ihr gut zu – mit Flüsterstimme. Einmal, als wir gemütlich den Highway hinabzuckelten, fragte Glasses höflich, aber mit Nachdruck: „Warum bist du eigentlich so versessen auf dieses Schießeisen? Solche Dinger gibt es doch wie Sand am Meer, und alle sehen gleich aus."

„Meinst du?" Inky warf uns einen raschen Blick aus seinen kleinen, glitzernden schwarzen Augen zu und hielt ausnahmsweise eine kleine Rede. „Laß dir eins sagen Glasses." Wenn er diesen Namen aussprach, klang es wie ‚Hlasses'. „Du wirst auf dieser Welt keine zwei Dinge finden, die völlig gleich sind. Alles ist verschieden – Menschen, Schießeisen, Scotch-Flaschen. Die Leute haben alle verschiedene Fingerabdrücke. Und von allen Pistolen, die in derselben Fabrik hergestellt wurden wie die da, sieht keine einzige genauso aus wie meine. Ich könnte meine unter Hunderten herausfinden. Auch wenn ich den Abzug nicht glattgefeilt hätte."

Wir widersprachen ihm nicht. Was er da gesagt hatte, klang plausibel. Er liebte dieses Schießeisen. Wenn er schlief, lag es unter seinem Kissen. Ich glaube, es war niemals weiter als drei Fuß von ihm entfernt, solange er lebte. Irgendwie ist es verrückt, daß ein Mann einer Pistole solche Gefühle entgegenbringt.

Als Larsen einmal mit uns fuhr, bemerkte er sarkastisch: „Das ist eine hübsche kleine Kanone, Inky, aber es geht mir auf die Nerven, daß du dauernd mit ihr redest – noch dazu, wenn kein Mensch versteht, was du da sagst. Hat dir das Ding eigentlich schon mal geantwortet?"

Inky lächelte nicht. „Meine Pistole kennt nur acht Wörter – und die sind alle gleich. Es sind acht Bleikugeln."

Das war ein so guter Witz, daß wir schallend lachten.

„Laß mal sehen", sagte Larsen und streckte die Hand nach dem Ding aus.

Aber Inky steckte es in die Tasche und zog es während der restlichen Fahrt nicht mehr hervor.

Danach machte sich Larsen ständig über die Pistole lustig. Er war ein hartnäckiger Bursche mit einem seltsamen Sinn für Humor, und er machte seine Witze immer wieder, auch noch nach langer Zeit, als sie kein Mensch mehr lustig fand. Schließlich tat er so, als wollte er die Automatic kaufen, und machte Inky verrückte Angebote, die von hundert bis zu zweihundert Dollar reichten.

„Zweihundertfünfundsiebzig Dollar, Inky", sagte er eines Abends, als wir mit einer Ladung Kognak und irischem Whisky an Keansburg vorbeiratterten. „Das ist mein letztes Angebot, und ich rate dir, es anzunehmen."

Inky schüttelte den Kopf schnitt eine komische Grimasse und fletschte die Zähne. Da verlor Larsen zu meiner großen Überraschung die Geduld. (Ich fuhr den Laster beinahe in den Straßengraben.) „Gib die verdammte Kanone her!“ schrie er, packte Inky an den Schultern und rüttelte ihn. Ich wurde beinahe vom Sitz geworfen.

Wahrscheinlich wäre irgend jemand verletzt worden, oder es wäre noch was Schlimmeres passiert, wenn uns in diesem Moment nicht ein Bulle auf einem Motorrad aufgehalten und sein Schweigegeld verlangt hätte. Als er davongefahren war, hatten sich Larsen und Inky so weit beruhigt, daß keine Gefahr mehr drohte, und die Rauferei war beendet. Wir brachten unsere Fracht ins Lagerhaus, und niemand sagte ein Wort.

Später, als Glasses und ich Kaffee in einem kleinen Restaurant tranken, das die ganze Nacht geöffnet hatte, sagte ich: „Diese beiden Burschen sind verrückt. Warum müssen sie sich so aufführen – gerade jetzt, wo das Geschäft so gut geht? Ich bin zwar nicht so schlau wie Larsen, aber ich würde niemals wegen eines Schießeisens zu raufen anfangen – wie ein kleiner dummer Junge.“

Glasses lächelte nur, als er genau einen halben Löffel Zucker in seinen Kaffee schüttete.

„Und Inky ist genauso schlimm“, fuhr ich fort. „Ich sage dir, Glasses, es ist nicht normal, daß ein Mann so ein Theater mit einem kleinen Stück Metall macht. Ich verstehe ja, daß er das Schießeisen mag und daß er sich ohne das Ding irgendwie verloren vorkommt. Ohne meinen Glücksdollar bin ich auch nur ein halber Mensch. Aber es geht mir auf die Nerven, daß er das Ding dauernd streichelt und ihm zärtliche Worte zuflüstert. Und jetzt benimmt sich Larsen auch noch so komisch.“

Glasses zuckte mit den Schultern. „Mit der Zeit werden wir eben alle ein bißchen nervös – kein Wunder, nachdem so viele Alkoholschmuggler von Straßenräubern abgeknallt wurden. Und deshalb fallen wir einander auf den Wecker und fangen wegen solcher Bagatellen wie automatischen Pistolen zu streiten an.“

„Da mag was dran sein.“

Glasses blinzelte mir zu. „Na klar, No Nose. Aber ich habe noch eine andere Erklärung für das, was heute abend passiert ist.“

„Welche denn?“

Er beugte sich vor und flüsterte in spöttisch-geheimnisvollem Ton: „Vielleicht ist die Kanone verzaubert.“

Ich gab ihm ziemlich unhöflich zu verstehen, daß er jemand anderen zum Narren halten sollte.

Von diesem Abend an wechselten Larsen und Inky Kozacs kein privates Wort mehr. Über die Automatic wurde nie mehr gesprochen, weder scherzhaft noch im ernst. Und Inky holte sie nur hervor, wenn Larsen nicht dabei war.

Nun, die Jahre gingen dahin, und der Alkoholschmuggel blieb ein einträgliches Geschäft, aber die Straßenräuber vermehrten sich rapide, und Inky bekam ein paarmal die Chance, uns zu zeigen, was für einen hübschen Krach seine Automatic machen konnte. Dann hatten wir Ärger mit einer anderen Gang, deren Anführer ein Ire namens Luke Dugan war, und mußten höllisch aufpassen und ständig unsere Routen ändern.

Trotzdem lief das Geschäft immer noch gut. Ich konnte weiterhin fast allen meinen Verwandten finanziell unter die Arme greifen, und Glasses legte jeden Monat ein paar Dollar auf die Seite – für seinen sogenannten Perserkatzen-Fonds. Ich glaube, Larsen gab sein ganzes Geld für Frauen aus. Er gehörte zu den Typen, die alle Freuden des Lebens genießen, ohne jemals zu lächeln, die aber trotzdem nichts anderes im Kopf haben.

Was Inky Kozacs mit seinen Moneten machte, wußten wir nicht. Wir hörten nie, daß er mal Geld zum Fenster rausgeworfen hätte, also nahmen wir an, daß er es sparte – wahrscheinlich in einem Safe, das würde ihm ähnlich sehen. Vielleicht wollte er irgendwann einmal in die ‚alte Heimat' zurückkehren, wo immer das sein mochte, und dort den großen Mann markieren. Jedenfalls erzählte er uns nie von seinen Plänen. Als uns der Kongreß um unseren Job brachte, hatte Inky sicher eine Menge Zaster auf der hohen Kante. Wir waren keine Halsabschneider gewesen, aber stets auf unsere Kosten gekommen.

Und dann kam die Nacht, wo wir unsere letzte Ladung nach New York transportieren. Wir mußten das Geschäft bald drangeben, weil die großen Syndikate jede Woche mehr Schutzzoll verlangten. Kleine unabhängige Geschäftsleute hatten kaum noch Chancen, nicht einmal, wenn sie so clever waren wie Larsen. So machten Glasses und ich erst mal zwei Monate Urlaub, bevor wir überlegten, was wir demnächst tun wollten – er mit seinen Perserkatzen und ich mit meinen hilflosen Verwandten. Vorläufig blieben wir beisammen. Dann las ich eines Morgens in der Zeitung, daß Inky Kozacs entführt worden war. Später hatte man ihn erschossen aufgefunden, auf einem Schuttabladeplatz in der Nähe von Elizabeth, New Jersey.

„Dann hat ihn Luke Dugan also doch noch erwischt", sagte Glasses.

„Ein böses Ende", meinte ich. „Noch dazu, wo er überhaupt keinen Spaß an seinem vielen Geld hatte. Ich bin froh, Glasses, daß Dugan uns beide nicht für voll nimmt und sich gar nicht erst mit uns abgibt."

„Darüber bin ich auch froh. Sag mal, No Nose, steht in der Zeitung was von Inkys Schießeisen?"

Ich erzählte ihm, was in dem Artikel stand – daß der Tote unbewaffnet gewesen war und daß man auch keine Waffe auf dem Schuttabladeplatz gefunden hatte.

Glasses meinte, er könnte sich nicht vorstellen, daß Inkys Automatic nun in der Hosentasche eines anderen steckte. Ich stimmte ihm zu, und wir überlegten eine Zeitlang, ob Inky wohl die Chance gehabt hatte, sich zu verteidigen.

Zwei Stunden später rief Larsen an und sagte, wir sollten uns mit ihm im Versteck treffen. Er erzählte uns, daß Luke Dugan es auch auf ihn abgesehen hätte.

Das Versteck ist ein Holzbungalow mit drei Zimmern und einer großen Wellblechgarage. In der Garage hatte der Laster gestanden, manchmal hatten wir auch eine Ladung Alkohol darin gelagert, wenn wir hörten, daß die Polizei zur Abwechslung mal ein paar Schmuggler verhaften wollte. Der Bungalow steht in der Nähe von Keansburg, etwa eineinhalb Meilen vom betonierten Highway entfernt und eine Viertelmeile von der Bucht und dem kleinen Meeresarm, wo wir unser Boot versteckten. An der Seite, die der Bucht zugewandt ist, wächst steifes, scharfkantiges, über mannshohes Seegras fast bis ans Haus heran, im Norden und Westen.

Unter dem Seegras ist der Boden sumpfig, aber bei Hitze und Ebbe wird er trocken und rissig. An manchen Stellen fließen kleine Bäche hindurch. Auch wenn nur eine ganz sanfte Brise weht, reiben sich die Gräser aneinander und machen ein komisches raschelndes Geräusch.

Im Osten liegen ein paar Fenster und dahinter Keansburg, ein sehr billiger Ferienort. Viele Häuser stehen auf Pfählen, wegen der Flut und der Stürme. In den kleinen Lagunen konnte man Boot fahren, und die Fischer gehen dort auf Krabbenfang.

Im Süden des Verstecks führt eine Sandstraße zum betonierten Highway. Das nächste Haus ist etwa eine halbe Meile entfernt.

Am späten Nachmittag kamen Glasses und ich dort an. Wir brachten Lebensmittel für ein paar Tage mit, weil wir annahmen, daß Larsen im Bungalow bleiben wollte. Als die Sonne unterging, hörten wir sein Coupé vorfahren, und ich ging hinaus, um es in die große, leere Garage zu bringen und seinen Koffer ins Haus zu tragen. Als ich hineinging, redete Larsen gerade mit Glasses. Er war ziemlich groß und hatte Schultern wie ein Ringer. Sein Kopf war fast kahl, und das bißchen Haar, das er noch übrig hatte, war schmutzig-gelb. Seine Augen waren winzig, und sein Gesicht wirkte nicht besonders ausdrucksvoll. Und so konnte ich auch keinen Ausdruck darin entdecken, als er sagte: „Inky hat's erwischt."

„Offenbar sind Luke Dugans verrückte Revolvermänner ziemlich nachtragend", meinte ich.

Larsen nickte und runzelte die Stirn.

„Inky hat's erwischt", wiederholte er, packte seinen Koffer und ging zum Schlafzimmer. „Ich will ein paar Tage hierbleiben – nur für den Fall, daß sie auch hinter mir her sind. Und ihr beide werdet mir Gesellschaft leisten."

Glasses blinzelte mir zu und begann zu kochen. Ich knipste die Lampen an und machte die Fensterläden zu. Dabei warf ich einen besorgten Blick auf die leere Straße. Eigentlich gefiel es mir ganz und gar nicht, daß ich in einem einsamen Haus auf eine Bande von Revolvermännern warten sollte. Und Glasses war wohl auch nicht sonderlich begeistert. Ich fand, daß es viel vernünftiger gewesen wäre, wenn sich Larsen irgendwoanders verkrochen hätte, zweitausend Meilen von New York entfernt. Aber da ich Larsen kannte, war ich klug genug, mir einen Kommentar zu verkneifen.

Nachdem wir Cornedbeef und Bohnen mit Bier hinuntergespült hatten, saßen wir um den Tisch herum und tranken Kaffee. Larsen zog eine Automatic aus seiner Tasche, begann damit zu spielen, und ich sah sofort, daß es Inkys Kanone war. Etwa fünf

Minuten lang sagte niemand ein Wort. Das Schweigen war so greifbar, daß man es hätte in Stücke schneiden und als Eiswürfel verkaufen können. Glasses fingerte an seiner Kaffeetasse herum und goß Sahne hinein – tröpfchenweise. Ich formte kleine Kügelchen aus einem Stück Brot und war wütend auf mich selbst, weil ich mich so unbehaglich fühlte und weil sich mein Magen zusammenkrampfte.

Schließlich sah Larsen uns an und sagte: „Ein Jammer, daß Inky das Ding nicht bei sich hatte, als sie ihn in das Auto zerrten. Er gab es mir, als er beschlossen hatte, in seine alte Heimat zurückzukehren. Er wollte es nicht mehr haben, nachdem er seinen gefährlichen Job drangegeben hatte."

„Jedenfalls bin ich froh, daß sein Mörder das Schießeisen nicht bekommen hat", sagte Glasses hastig. Er wirkte sehr nervös und redete offenbar nur, um irgend etwas zu sagen, um zu verhindern, daß sich diese drückende Stille wieder auf uns herabsenkte. „Komisch, daß Inky das Ding hergegeben hat – aber ich kann seine Gefühle verstehen. Für ihn war die Automatic eng mit unserem Job verknüpft, und als alles vorbei war, bedeutete sie ihm nichts mehr."

Larsen grunzte, und das hieß, das Glasses den Mund halten sollte.

„Was passiert nun mit Inkys Geld?" fragte ich.

Larsen zuckte mit den Schultern und fuhr fort, mit der Automatic zu spielen, hebelte eine Patrone in die Kammer, entspannte den Hahn und so weiter. Das erinnerte mich so sehr an das Getue, das Inky immer mit dem Ding gemacht hatte, daß ich ganz kribblig wurde und mir schließlich einbildete, ich hätte Luke Dugans Revolvermänner durch das Seegras heranktriechen hören. Schließlich stand ich auf und begann auf und ab zu gehen.

Dann passierte es. Larsen hatte den Hahn gespannt und hob den Daumen, um ihn über den Abzug gleiten zu lassen, als ihm das Ding plötzlich aus der Hand fiel. Als es auf dem Boden aufschlug, explodierte es mit einem grellen Blitz und ohrenbetäubendem Krach, und die Kugel schlitzte den Boden auf, so dicht vor meinen Füßen, daß mir ziemlich mulmig zumute wurde.

Als ich merkte, daß ich nichts abgekriegt hatte, schrie ich, ohne zu überlegen: „Ich habe Inky immer gesagt, daß diese verdammte Kanone viel zu leicht losgehen kann. Dieser Narr!"

„Inky ist viel zu weit weg, um dich zu hören“, bemerkte Glasses.

Larsen saß reglos da und starrte mit seinen Schweinsaugen auf die Automatic, die zwischen seinen Füßen lag. Dann gab er einen seltsamen Schnaufer von sich, hob sie auf und legte sie auf den Tisch.

„Wirf das Ding lieber weg. Es ist zu gefährlich. Es wird dir kein Glück bringen“, sagte ich zu Larsen – und dann wünschte ich, daß ich es nicht gesagt hätte, denn er bedachte mich mit einem wütenden Blick und einem schwedischen Fluch.

„Halt die Klappe, No Nose. Und sag mir nicht, was ich zu tun oder zu lassen habe! Ich kann mit dir fertig werden, und genausogut werde ich auch mit Inkys Kanone fertig. Und jetzt gehe ich ins Bett.“

Er machte die Schlafzimmertür hinter sich zu, und Glasses und ich mußten von allein draufkommen, daß er von uns erwartete, auf dem Fußboden zu schlafen.

Aber wir wollten nicht schlafen – vielleicht, weil wir immer noch an Luke Dugan denken mußten. Deshalb holten wir Spielkarten aus einer Schublade und begannen Stud Poker zu spielen. Wir sprachen im Flüsterton. Stud Poker ist so ähnlich wie das normale Poker – nur daß vier von den fünf Karten offen auf dem Tisch gelegt werden und eine verdeckt.

Man wettet jedesmal, um einen bestimmten Betrag, wenn eine Karte ausgeteilt wird, und deshalb wechselt eine schöne Summe den Besitzer, auch wenn man nur bis zu zehn Cent einsetzt, so wie wir. Das ist eine ganz gute Methode, Dummköpfen Geld abzuknöpfen, und Glasses und ich schlugen immer, wenn wir nichts besseres zu tun hatten, mit diesem Spiel die Zeit tot. Aber da wir beide gleich schlau oder dumm waren (wie man’s nimmt) konnte keiner von uns auf die Dauer gewinnen.

Es war sehr still, und wir hörten nur Larsens Schnarchen und das Rascheln des Seegrases und hin und wieder das Klicken von Centstücken.

Etwa nach einer Stunde blickte Glasses zufällig auf Inkys Automatic, die am anderen Ende des Tisches lag. Und die Art, wie er plötzlich zusammenzuckte, veranlaßte mich, auch hinzustarren. Ich hatte sofort das Gefühl, daß da irgendwas nicht stimmte, und ein ganz komischer Schauer lief mir über den

Rücken. Dann streckte Glasses zwei dünne Finger aus und drehte das Schießeisen um hundertachtzig Grad herum. Da wußte ich, was nicht gestimmt hatte. Als Larsen die Automatic auf den Tisch gelegt hatte, da hatte sie zur Haustür gezeigt, wie ich mich zu erinnern glaubte. Aber als Glasses und ich sie ansahen, war die Mündung auf die Schlafzimmertür gerichtet. Nun ja – wenn man nervös ist, spielt einem die Phantasie manchmal Streiche.

Eine halbe Stunde später zeigte die Automatic wieder auf die Schlafzimmertür. Diesmal drehte Glasses sie blitzschnell um, und ich wurde immer nervöser. Glasses stieß einen leisen Pfiff aus, stand auf, legte die Kanone auf verschiedene Stellen und rüttelte am Tisch, um zu sehen, ob sie sich bewegte.

„Jetzt weiß ich, was passiert ist", flüsterte er schließlich. „Wenn das Ding auf der Seite liegt, balanciert es irgendwie auf der Sicherung. Aber der Tisch wackelt, und wenn wir die Karten draufklatschen, wackelt er noch stärker, und deshalb hat sich die Kanone langsam im Kreis gedreht."

„Das ist mir egal", flüsterte ich zurück. „Ich will nicht im Schlaf abgeknallt werden, nur weil der Tisch wackelt. Wahrscheinlich geht dieses empfindliche Ding schon los, wenn ein Zug zwei Meilen entfernt vorüberrumpelt. Gib's mal her!"

Glasses brachte mir das Schießeisen und paßte auf, daß die Mündung dabei immer auf den Boden gerichtet war. Ich entlud es, legte es auf den Tisch zurück und steckte die Kugeln in meine Jackentasche. Dann versuchten wir weiterzuspielen.

„Ich setze zehn Cent auf meine rote Kugel", sagte ich. (Eine ‚Kugel' bedeutet ein As, und ich nannte meins eine rote Kugel, weil es das Herz-As war.)

„Mit meinem König gewinne ich deine zehn Cent", erwiderte Glasses.

Aber es war sinnlos. Eingekeilt zwischen Inkys Automatic und Luke Dugan, konnte ich mich nicht auf meine Karten konzentrieren.

„Erinnerst du dich an den Abend, als du sagtest, daß Inkys Kanone vielleicht verhext ist?" fragte ich.

„Ich rede viel, wenn der Tag lang ist, No Nose, und das meiste kann man vergessen. Kümmere dich lieber um deine Karten. Einen Nickel auf meine beiden Siebener."

Ich befolgte seinen Ratschlag, aber ich hatte Pech und verlor fünf oder sechs Dollar. Um zwei Uhr waren wir ziemlich müde und nicht mehr ganz so nervös. Also wickelten wir uns in unsere Decken und versuchten zu schlafen. Ich lauschte auf das Rascheln des Seegrases und das Pfeifen einer Lokomotive, die in zwei Meilen Entfernung vorüberfuhr, und machte mir Sorgen über Luke Dugans Aktivitäten, aber dann schlief ich endlich ein.

Die Sonne war noch nicht aufgegangen, als mich ein klickendes Geräusch weckte. Ein schwaches, grünliches Licht drang durch die Spalten der Fensterläden herein. Ich lag ganz still und wußte genau, worauf ich lauschte, aber ich war so nervös, daß ich gar nicht merkte, wie heiß mir war, weil ich ohne Laken geschlafen hatte, und wie sehr mein Gesicht und die Hände von den Moskitostichen juckten. Dann hörte ich es wieder, und es klang ganz genauso wie das harte Klicken eines Pistolenhahns, der gegen eine leere Kammer stößt. Ich hörte es zweimal. Das Geräusch schien aus dem Innern des Raumes zu kommen. Ich warf meine Decke ab und rüttelte Glasses wach.

„Es ist Inkys verdammte Automatic“, wisperte ich zitternd. „Sie versucht sich selber abzudrücken.“

Wenn ein Mensch plötzlich geweckt wird und zuwenig Schlaf gefunden hat, fühlt er sich vielleicht genauso wie ich in jenem Augenblick und sagt verrückte Dinge, ohne nachzudenken. Glasses blinzelte mich an, dann rieb er sich die Augen und grinste. Ich konnte das Grinsen in dem schwachen Licht kaum sehen, aber ich hörte es aus seiner Stimme heraus, als er sagte: „No Nose, ich glaube, du mußt dich bald in psychiatrische Behandlung begeben.“

„Ich schwöre dir, daß der Hahn geklickt hat.“

Glasses gähnte. „Und als nächstes wirst du mir erzählen, daß die Kanone Inkys Hausgeist war.“

„Was?“ Ich kratzte mich am Kopf und kam mir ziemlich dumm vor. Manchmal macht mich Glasses ganz fertig, wenn er seine College-Professor-Show abzieht.

„No Nose“, fuhr er fort, „hast du schon mal von Magiern gehört?“

Ich ging zu einem der Fenster und spähte durch die Spalten der Läden, um mich zu vergewissern, daß niemand draußen war. Ich sah niemanden, und ich hatte auch nicht damit gerechnet.

„Was meinst du? Klar. Ich habe einen Burschen gekannt, einen Holländer aus Pennsylvania, und der erzählte mir, daß die Magier die Leute verfluchen. Sein Onkel war verflucht worden und starb kurz danach."

Glasses nickte. „Weißt du, No Nose, der Teufel gibt allen Zauberern schwarze Katzen oder Hunde oder Kröten, und die folgen ihnen überallhin und beraten und beschützen sie – und üben auch Rache, wenn den Zauberern ein Unrecht geschehen ist. Früher nannte man diese Tierchen Hausgeister. Man könnte sagen, daß sie Trabanten waren, die der Höllenfürst losgeschickt hat, um seinen Auserwählten beizustehen. Die Magier unterhielten sich mit ihnen in einer Sprache, die sonst niemand verstehen konnte. Nun komme ich zum springenden Punkt. Die Zeiten ändern sich, die Stilrichtungen ändern sich, und genauso ändert sich auch der Stil der Hausgeister. Inkys Kanone ist schwarz, nicht wahr? Und er redete mit ihr in einer Sprache, die wir nicht verstanden. Erinnerst du dich?"

„Du bist verrückt", sagte ich, weil ich mich nicht auf den Arm nehmen lassen wollte.

„Aber nein, No Nose." Er warf mir einen unschuldigen Blick zu. „Du hast mir doch eben gesagt, daß die Kanone von Leben erfüllt ist, daß sie sich selber abdrücken kann, ohne menschliche Hilfe. Oder hast du das nicht gesagt?"

„Du bist verrückt", wiederholte ich und kam mir dümmer vor denn je und bereute zutiefst, daß ich Glasses geweckt hatte. „Schau mal, die Automatic liegt immer noch auf dem Tisch, an der Stelle, wo ich sie gestern hingelegt habe, und die Kugeln stecken immer noch in meiner Tasche."

„Glücklicherweise", sagte er mit Bühnenstimme und versuchte einen Leichenbestatter zu mimen. „Nun, nachdem du mich so früh geweckt hast, werde ich losmarschieren und die Zeitung unseres Nachbarn holen. Du kannst mir ja inzwischen ein Bad einlassen."

Ich wartete, bis ich sicher sein konnte, daß er wirklich gegangen war, denn ich wollte nicht, daß er sich noch einmal über mich lustig machte. Dann inspizierte ich die Automatic. Zuerst suchte ich nach der Handelsmarke oder dem Namen des Herstellers. Ich entdeckte eine Stelle, die abgefeilt worden war und wo sich vielleicht einmal eine Bezeichung befunden hatte, aber das war alles. Vorher hätte ich schwören können, daß ich das Fabrikat nach einer raschen Untersuchung identifizieren könnte, aber es gelang mir nicht. Das Ding sah zwar im großen und ganzen wie eine gewöhnliche Automatic aus, aber die Einzelheiten – der Griff, der Abzugsbügel, die Sicherung – wirkten fremdartig. Wahrscheinlich war es ein ausländisches Fabrikat, daß ich eben noch nie zuvor gesehen hatte.

Nachdem ich das Ding etwa zwei Minuten lang zwischen den Fingern gehabt hatte, merkte ich, daß sich das Metall seltsam anfühlte.

Soweit ich es feststellen konnte, war es ganz gewöhnlicher blauschwarzer Stahl, aber es war zu glatt und erweckte in mir den Wunsch, den Lauf immer wieder zu streicheln. Ich kann es nicht besser erklären – das Metall kam mir irgendwie angenehm vor. Schließlich merkte ich, daß das Scheißeisen meine Nerven angriff und meine Phantasie viel zusehr anregte, und so legte ich es auf den Kaminsims.

Als Glasses zurückkam, war die Sonne aufgegangen, und er grinste nicht mehr. Er warf mir eine Zeitung auf die Knie und hob eine Hand mit gespreizten Fingern. Das bedeutete, daß ich die Seite fünf aufschlagen sollte. ‚Anton Larsen gesucht', las ich. ‚Polizei glaubt, daß Ex-Alkoholschmuggler Kozacs von Kollegen ermordet wurde.'

Als ich den Kopf hob, sah ich Larsen in der Schlafzimmertür stehen. Er trug seine Pyjamahose, war ganz gelb im Gesicht und sah elend aus. Seine Lider waren geschwollen, die Schweinsaugen starrten uns an.

„Guten Morgen, Boß", sagte Glasses langsam. „Wir haben gerade in der Zeitung gelesen, daß man dir einen üblen Streich spielen will. Man behauptet, daß du Inky erschossen hast. Nicht Luke Dugan ..."

Larsen grunzte, kam zu uns, griff nach der Zeitung, warf einen raschen Blick darauf, dann grunzte er noch einmal, ging zur Spüle und spritzte sich kaltes Wasser ins Gesicht.

„So", sagte er und drehte sich zu uns um. „So. Um so besser, daß wir hier draußen im Versteck sind."

Es war der längste und schlimmste Tag, den ich jemals erlebt habe. Larsen schien nicht richtig aufzuwachen. Wäre er ein Fremder gewesen, hätte ich einen Opiumrausch diagnostiziert. Er saß einfach nur herum in seiner Pyjamahose, und zu Mittag sah er immer noch aus, als wäre er eben erst aus dem Bett gerollt. Am schlimmsten war, daß er nichts sagte und uns nicht in seine Pläne einweihte. Natürlich hatte er nie viel geredet, aber diesmal war es irgendwie anders. Seine komischen Schweinsaugen machten mich halb wahnsinnig. Er saß zwar reglos da, aber die Augen irrten unablässig umher. Er sah aus, als hätte er tatsächlich einen Opiumrausch und würde jeden Augenblick anfangen, Amok zu laufen.

Schließlich ging er auch Glasses auf die Nerven, was mich überraschte, denn Glasses nimmt normalerweise alles gelassen hin. Er begann Vorschläge zu machen – daß wir uns die allerneueste Zeitung besorgen und einen gewissen Anwalt in New York anrufen sollten. Und ich sollte meinen Cousin Jake bitten, sich vor der Polizeistation in Keansburg herumzutreiben und herauszufinden, was da vorging. Und so weiter. Larsen brachte ihn jedesmal ziemlich schnell zum Schweigen.

Einmal glaubte ich, daß er sich auf Glasses stürzen würde. Und Glasses, dieser Narr, hörte nicht auf, ihn zu quälen. Ich sah, daß es bald zu einer Prügelei kommen würde. Das sah ich so deutlich wie die kaum existente Nase vor meinem Gesicht. Ich hatte keine Ahnung, warum Glasses immer weiterredete. Wahrscheinlich werden die College-Professor-Typen, wenn sie erst mal aus dem Häuschen geraten sind, noch viel verrückter als die Dummköpfe von meinem Schlag. Sie haben ausgebildete Gehirne, und die können's nicht lassen, ständig neue Ideen zu produzieren, und das ist manchmal fatal.

Ich versuchte die Nerven zu behalten, und sagte mir immer wieder: Larsen ist okay. Er ist nur ein bißchen durcheinander. Wir alle sind durcheinander. Immerhin kenne ich ihn schon seit zehn Jahren. Er ist okay. Mir wurde nur vage bewußt, daß ich mir das immer wieder einredete, weil ich zu glauben begann, daß Larsen *nicht* okay war.

Um zwei Uhr ging's dann los. Larsen riß die Augen auf, als wäre ihm soeben was Wichtiges eingefallen, und sprang so schnell auf, daß ich nach Luke Dugans Revolvermännern Ausschau hielt – oder nach der Polizei. Aber es war weder das eine noch das andere. Larsen hatte die Automatic auf dem Kaminsims entdeckt. Und als er daran herumfummelte, merkte er natürlich sofort, daß sie nicht geladen waren.

„Wer hat da dran herumgespielt?“ fragte er mit rauher Stimme. „Und warum?“

Glasses konnte den Mund nicht halten.

„Es wäre ja immerhin möglich gewesen, daß du dir mit diesem Ding weh tust.“

Larsen ging zu ihm, schlug ihn ins Gesicht, warf ihn zu Boden. Ich umklammerte den Stuhl, auf dem ich gesessen hatte, um ihn gegebenenfalls als Waffe zu benutzen, und wartete. Glasses wand sich eine Weile auf dem Boden, bis er seine Schmerzen unter Kontrolle hatte. Dann hob er den Kopf, und aus seinem linken Auge begannen Tränen zu tropfen, weil Larsen ihn auf die linke Backe geschlagen hatte. Wenigstens war er jetzt vernünftig genug, nichts mehr zu sagen und auch nicht zu grinsen. Manche Narren grinsen nämlich in solchen Situationen, weil sie sich einbilden, daß sie damit ihre Tapferkeit beweisen. Ich gebe zu, daß auch Glasses damit seine Courage gezeigt hätte – aber er hätte ebenso kundgetan, daß er ein Idiot war.

Nach etwa zwanzig Sekunden hatte Larsen beschlossen, ihn nicht ins Gesicht zu treten.

„Wirst du jetzt endlich den Mund halten?“ fragte er.

Glasses nickte, und ich ließ den Stuhl los.

„Wo ist die Ladung?“ fragte Larsen.

Ich holte die Kugeln aus meiner Tasche, legte sie absichtlich langsam auf den Tisch.

Larsen lud die Automatic. Es machte mich ganz krank, mitanzusehen, wie seine großen Hände über das blauschwarze Metall glitten, weil ich mich erinnerte, wie es sich angefühlt hatte.

„Niemand außer mir rührt dieses Ding an, verstanden?“ sagte er.

Und damit ging er ins Schlafzimmer und schloß die Tür hinter sich.

Alles, was ich denken konnte, war: Glasses hatte recht, als er sagte, Inkys Automatic hätte Larsen verrückt gemacht. Es war genauso wie damals mit Inky. Er muß die Kanone immer bei sich haben. Und es hat ihn den ganzen Vormittag wahnsinnig gemacht, daß er sie nicht hatte. Aber er hat es jetzt erst bemerkt.

Dann kniete ich neben Glasses nieder, der immer noch auf dem Boden lag. Er hatte sich auf die Ellbogen gestützt und starrte die

Schlafzimmertür an. Der Abdruck von Larsens Hand zeichnete sich ziegelrot auf seinem Gesicht ab. Über dem Wangenknochen war die Haut geplatzt, und eine schmale Blutspur rieselte herab.

Ganz leise flüsterte ich ihm zu, was ich von Larsen hielt. „Wir müssen die Polizei verständigen", schloß ich. „Oder ihn überrumpeln und unschädlich machen, wenn er rauskommt."

Glasses schüttelte den Kopf. Er starrte immer noch auf die Tür. Die Lider seines linken Auges zuckten krampfhaft. Dann schauderte er, und aus seiner Kehle kam ein komisches Grunzen.

„Ich kann es nicht glauben", sagte er. „Es ist zu schrecklich."

„Er hat Inky umgebracht", wisperte ich ihm ins Ohr. „Ich bin mir fast sicher. Und dich hätte er auch beinahe getötet."

„Das meine ich nicht", sagte Glasses.

„Was denn sonst?"

Glasses schüttelte noch einmal den Kopf, als wollte er versuchen, böse Gedanken zu vertreiben.

„Etwas, das ich gesehen habe", antwortete er. „Oder eher etwas, das ich erkannt habe."

„Die – die Automatic?" fragte ich. Meine Lippen waren ganz trocken, und das Sprechen fiel mir schwer.

Er warf mir einen seltsamen Blick zu und stand auf.

„Wir müssen jetzt beide vernünftig sein", sagte er und fügte dann im Flüsterton hinzu: „Wir können vorläufig nichts tun. Er ist auf der Hut, und wir sind unbewaffnet. Vielleicht haben wir nachts eine bessere Chance."

Nach einiger Zeit rief Larsen nach mir. Er wollte heißes Wasser haben, damit er sich rasieren konnte. Ich brachte es ihm, und als ich Cornedbeef briet, kam er heraus und setzte sich an den Tisch. Er war jetzt gewaschen und rasiert, und die wenigen Haare auf seinem Schädel waren glattgekämmt. Er war angezogen und hatte sogar den Hut auf. Aber er sah immer noch gelb und elend aus, wie ein Mann im Opiumrausch. Wir aßen Cornedbeef und Bohnen und tranken Bier, und niemand sagte ein Wort. Es wurde dunkel, und eine sanfte Brise ließ das Seegras rascheln und winseln.

Schließlich stand Larsen auf, ging um den Tisch herum und sagte: „Spielen wir Stud Poker."

Während ich die Teller wegräumte, holte er seinen Koffer und legte ihn auf ein Wandtischchen. Dann zog er Inkys Automatic aus der Tasche, starrte sie sekundenlang an. Flüchtig glitt ein seltsamer Ausdruck über sein sonst so steinernes Gesicht – ein Ausdruck, in dem sich Unentschlossenheit mit Verwirrung zu mischen schien, vielleicht sogar mit Furcht. Dann legte er die Automatic in den Koffer, ließ ihn zuschappen und schnallte die Riemen fest.

„Nach dem Spiel gehen wir“, sagte er.

Ich war nicht ganz sicher, ob ich aufatmen sollte oder nicht.

Wir spielten mit Einsätzen bis zu zehn Cent, und Larsen gewann von Anfang an. Es war ein merkwürdiges Spiel. Ich zitterte vor Nervosität und Glasses saß da mit seiner geschwollenen linken Wange und blinzelte durch sein rechtes Brillenglas, weil das linke zerbrochen war, als Larsen ihn niedergeschlagen hatte. Und Larsen war vollständig angezogen, als würde er auf dem Bahnhof auf einen Zug warten. Die Fensterläden waren alle geschlossen, und die Glühbirne mit ihrem Schirm aus Kanzleipapier hing von der Decke und warf einen hellen Lichtkreis auf den Tisch, während der übrige Raum im Dunkel lag. Und danach würden wir gehen, hatte er gesagt. Wohin?

Als Larsen fünf Dollar gewonnen hatte, hörte ich das Geräusch zum erstenmal. Zuerst war ich mir nicht ganz sicher, weil es so leise war und weil das Seegras raschelte, aber es jagte mir von Anfang an eine seltsame Angst ein.

Larsen hatte wieder mal einen König.

„Du kannst heute abend gar nicht verlieren“, meinte Glasses – und stöhnte, weil das Grinsen in seiner Wange weh tat.

Larsen runzelte die Stirn.

Entweder paßte es ihm nicht, daß er soviel Glück im Spiel hatte, oder Glasses’ Bemerkung gefiel ihm nicht. Seine Schweinsaugen irrten wieder umher, genauso wie am Vormittag, als er uns so nervös gemacht hatte. Und ich dachte immer wieder: Vielleicht hat er Inky Kozacs getötet. Glasses und ich sind für ihn nur kleine Fische. Vielleicht überlegt er jetzt, ob er uns umbringen soll. Oder er kann uns vielleicht gebrauchen und fragt sich, wieviel er uns mitteilen soll. Wenn er irgendwas versucht, werfe ich den Tisch auf ihn – das heißt, wenn ich eine Gelegenheit dazu finde. Er kam mir jetzt wie ein Fremder vor, obwohl ich ihn seit zehn Jahren kannte, obwohl er mein Boß gewesen war und mir ein gutes Gehalt gezahlt hatte.

Dann hörte ich das Geräusch wieder – diesmal etwas deutlicher. Es war merkwürdig und schwer zu beschreiben – es klang, als würde eine Ratte, die in mehrere Decken eingewikkelt ist, versuchen sich zu befreien. Ich hob den Kopf und sah, daß Glasses blaß geworden war. Dadurch trat das rote Mal auf seiner Wange noch stärker hervor.

„Zehn Cent auf meine schwarze Kugel“, sagte Larsen und warf die Münze in den Pot.

„Ich halte mit“, antwortete ich und legte zwei Nickel dazu.

Glasses warf sein Geld ebenfalls in den Pot und gab jedem von uns eine Karte.

Und dann spürte ich, wie mir das Blut aus dem Gesicht wich, denn das Geräusch schien aus Larsens Koffer zu kommen, und ich erinnerte mich, daß er Inkys Automatic hineingelegt hatte.

Das Geräusch wurde jetzt lauter. Glasses konnte nicht mehr stillsitzen und schweigen. Ich schob seinen Stuhl zurück und begann zu flüstern. „Ich glaube, ich höre ...“

Dann sah er den verrückten, mörderischen Blick in Larsens Augen und war vernünftig genug, mit schwachem Lächeln hinzuzufügen: „Ich glaube, ich höre den Elf-Uhr-Zug.“

„Sitz still“, sagte Larsen. „Ganz still. Es ist erst zehn Uhr fünfundvierzig. Du hörst überhaupt nichts. Noch mal zehn Cent auf mein As.“

„Ich setze dagegen“, krächzte ich. Aber ich wußte nicht, was ich sagte.

Ich starrte auf die Karten, versuchte alles andere aus meinen Gedanken zu verbannen. Alle Karten waren ausgeteilt worden. Ich hatte einen Buben und ein paar kleinere Karten. Und ich wußte, daß auch die verdeckte Karte ein Bube war. Zwei Buben ... Glasses hatte einen König. Larsens Kreuz-As war die höchste Karte, die auf dem Tisch lag.

Ich hörte das Geräusch immer noch. Irgend etwas schien sich zu winden, um sich zu schlagen. Ein erstickter Laut ...

„Ich erhöhe um zehn Cent“, sagte Larsen sehr laut – wahrscheinlich nur, um möglichst viel Lärm zu machen, und nicht, weil er glaubte, besonders gute Karten zu haben.

Ich wandte mich zu Larsen und tat so, als würde es mich wahnsinnig interessieren, ob er nun weiter erhöhen oder nichts mehr einsetzen wollte. Seine Augen hatten nun aufgehört, umherzuirren, starrten geradeaus auf den Koffer. Sein Mund war seltsam verzerrt. Nach einer Weile begannen sich seine Lippen zu bewegen. Seine Stimme war so leise, daß ich die Worte kaum verstehen konnte.

„Noch zehn Cent. Ich habe Inky getötet, wißt ihr? Was ist mit deinem Buben, No Nose?“

„Ich setze zehn Cent darauf“, sagte ich automatisch.

Seine Antwort war fast unhörbar. „Du hast keine Chance zu gewinnen, No Nose. Wißt ihr – er hatte das Geld nicht bei sich, obwohl er gesagt hatte, daß er es mitbringen würde. Aber ich fand das Versteck – in seinem Zimmer. Ich kann's nicht selbst holen. Die Bullen würden mich erkennen. Aber ihr beide könnt das für mich tun. Deshalb fahren wir heute abend nach New York. Ich erhöhe um zehn Cent. Was sagt ihr dazu?“

„Ich fahre mit dir“, hörte ich mich sagen.

Die Geräusche verstummten – nicht allmählich, sondern ganz plötzlich. Ich wünschte mir sehnlicher denn je, aufzuspringen, etwas zu tun. Aber ich saß auf meinem Stuhl, wie festgefroren.

Larsen drehte das Karo-As um. Wieder konnte ich seine Stimme kaum hören.

„Zwei Asse. Inkys kleine Kanone hat ihn nicht beschützt, wißt ihr? Er hatte nicht einmal die Chance, sie zu benutzen. Kreuz und Karo. Ein Paar Kugeln. Ich habe gewonnen.“

Und dann passierte es.

Ich brauche Ihnen nicht lang und breit zu erzählen, was wir danach taten. Wir begruben die Leiche im Seegras, machten im Bungalow sauber, dann fuhren wir das Coupé ein paar Meilen landeinwärts und ließen es stehen. Wir nahmen die Automatic auseinander, hämmerten auf den Einzelteilen herum, so lange, bis sie völlig verformt waren, dann warfen wir sie ins Wasser der Bucht, eins nach dem anderen. Wir fanden Inkys Geld nicht, und wir suchten auch nicht danach. Die Polizei belästigte uns nicht. Wir priesen uns glücklich, weil wir vernünftig genug gewesen waren, einfach zu verschwinden, nachdem es passiert war.

Nachdem Rauch und Flammen aus den kleinen runden Löchern gequollen waren und der ganze Koffer gezuckt und gezittert hatte von den Rückstößen – nachdem die acht Kugeln herausgeschossen waren und Anton Larsen beinahe in zwei Teile zerrissen hatten …

Jack Williamson

Späte Einsicht

1978 waren fünfzig Jahre vergangen, seit Jack Williamson seine erste Science-fiction-Story veröffentlicht hatte, und er gilt immer noch als Doyen der SF-Autoren. Seit jener ersten Geschichte, ‚Der Metallmann‘, *erschienen in der Dezemberausgabe 1928 der* Amazing Stories, *schrieb er zahlreiche hervorragende Science-fiction- und Fantasy-Stories. Seine lange Liste von Serien in den S-f-Magazinen der dreißiger Jahre machte ihn berühmt, aber er bemühte sich auch danach, seine Werke ständig zu verbessern.*

Es wird oft behauptet, und das mit einer gewissen Berechtigung, daß es dem goldenen Zeitalter der S-f an charakterlicher Entwicklung gemangelt hätte. Diese kraftvolle Geschichte von Verrat und Einsicht, geschrieben in einer Ära, wo die USA von einem intensiven Nationalismus geprägt waren, soll beweisen, daß es bemerkenswerte Ausnahmen gegeben hat.

(Jack Williamson ist einer der liebenswertesten in der ganzen liebenswerten Schar von Science-fiction-Autoren. Er ist ruhig und sanftmütig, und es macht ihm trotzdem nicht das geringste aus, von Schreihälsen wie Randall Garrett, Lester del Rey, Harlan Ellison und meiner Wenigkeit umringt zu werden. Jack war der erste Profi, der mich akzeptiert hat. Als meine erste Story erschien – Von Vesta verbannt *in der Märzausgabe 1939 von* Amazing *– bekam ich sofort eine Postkarte von Jack, und darauf stand: ‚Willkommen in unseren Reihen!‘ Über diese Karte freute ich mich sehr. Sie war meine Eintrittskarte in die Branche und viel wichtiger als meine Story. Ich habe sie nie vergessen, im Gegensatz zu Jack. Denn als ich ihn fragte, ob er sich daran erinnerte, sah er mich verständnislos an. Aber ich denke immer noch daran. I. A.)*

Irgend etwas stimmte nicht mit der Zigarre.

Aber Brek Veronar warf sie nicht weg. Erdentabak war hier auf Ceres eine Kostbarkeit. Er biß noch ein Stück vom Ende ab und drückte ein zweitesmal auf das Feuerzeug. Diesmal zog die Zigarre, aber sie verströmte einen beißenden, verwirrenden Geruch nach verbranntem Papier.

Brek Veronar – geborener William Webster, Erdenmann – saß in seinem gut ausgestatteten Büro, das an das Arsenal-Labor grenzte.

Hinter dem Perdurit-Fenster ragte, vergrößert in der kristallisch klaren synthetischen Atmosphäre des Asteroiden, die Reihe der gewaltigen Forts mit ihren Türmen auf, die den Astrophon-Stützpunkt schützten. Ihre mächtigen Vierundzwanzig-Zoll-Geschütze mit Veronars automatischem Visier gekoppelt, konnten theoretisch jedes Ziel innerhalb der Jupiterlaufbahn erreichen. Eine Flottenschwadron lag auf dem Feld dahinter, sieben ungeheure, tödlich-schwarze Zigarrengebilde. In weiter Ferne, über den zerklüfteten roten Klippen eines zweiten Plateaus, erhoben sich die bunten Kuppeln und Türme von Astrophon, der Hauptstadt des Astrarchen.

Brek Veronar, ein hochgewachsener, hagerer Mann, trug den hellen, enganliegenden Seidenanzug der Astrarchie. Sein Haar war gefärbt, um die grauen Strähnen zu verbergen, parfümiert und gekräuselt. Das Gesicht, weiß und glatt nach mehreren kosmetischen Behandlungen, bildete einen schroffen Kontrast zur Strahlkraft seiner grauen, weit auseinanderstehenden Augen. Nur die Zigarre hätte verraten, daß er auf der Erde geboren war, aber er rauchte nur in der Einsamkeit seines verschlossenen Labors.

Er wollte nicht als Renegat bezeichnet werden.

Seltsamerweise lenkte ihn der Geruch nach verbranntem Papier von der komplizierten Skizze eines neuen Raketen-Torpedo-Selbststeuergeräts ab, die vor ihm auf dem Schreibtisch lag, führte ihn zurück in die Vergangenheit, über zwanzig Jahre hinweg. Seine Gedanken wanderten zu der Universität auf dem gelben niederen Hügel am Rand der alten Marsstadt Toran, zu jenem schicksalhaften Tag, als Bill Webster seinem Heimatplaneten Erde die Treue gebrochen und sich dem Astrarchen angeschlossen hatte.

Tony Grimm und Elora Ronee hatten dagegen protestiert. Tony war dieser sommersprossige, übermütige Rotschopf gewesen, mit dem er sechs Jahre zuvor von der Erde auf den Mars gekommen war. Bill und Tony hatten die beiden Stipendien für Maschinenbau erhalten, die jährlich vergeben wurden. Elora Ronee war ein schönes, dunkeläugiges Marsmädchen, die Tochter des Geodäsieprofessors, ein stolzer Abkömmling der ersten Kolonisten. Bill war ebenso verliebt in sie gewesen wie Tony.

An jenem trockenen, hellen Nachmittag hatten sie alle drei das gelbe Adobegebäude verlassen und waren über die gewellte, steinige, ockergelbe Wüste gegangen. Tonys gebräuntes Gesicht mit den blauen Augen war ausnahmsweise todernst gewesen.

„Das kannst du nicht tun, Bill“, protestierte er. „Kein Erdenmensch darf so etwas tun.“

„Es hat keinen Sinn mehr, darüber zu reden“, erwiderte Bill Webster. „Der Astrarch braucht einen Militäringenieur. Seine Agenten haben mir zweihunderttausend Dollar pro Jahr angeboten, dazu Leistungsprämien. Auf der Erde kann man als Wissenschaftler höchstens ein Zehntel von dieser Summe verdienen.“

Elora Ronee sah ihn entsetzt an. „Aber was wird aus deiner eigenen Forschungsarbeit – aus deiner neuen Reaktionsröhre? Du hast versprochen, daß du das Monopol des Astrarchen im Raumtransportwesen brechen wirst. Hast du das vergessen?“
„Die Röhre war nur ein Traum“, sagte Bill Webster, „aber vielleicht war sie der Grund, warum er den Vertrag mir angeboten hat und nicht Tony. Und solche Jobs kann man nicht ablehnen.“ Tony packte ihn am Arm. „Du kannst dich nicht gegen deine eigene Welt stellen, Bill. Du kannst nicht alles aufgeben, was uns Erdenmenschen wichtig ist. Bedenk doch, was der Astrarch ist – ein Superpirat.“

Bill Webster wirbelte mit der Fußspitze gelben Staub auf. „Ich kenne die historischen Fakten. Ich weiß, daß die Astrarchie von den Raumpiraten gegründet wurde, die ihre Stützpunkte auf den Asteroiden etablierten und dann allmählich von ihren Raubzügen zum Handel übergingen. „Seine Stimme klang gekränkt aber auch trotzig. „Ich finde, daß die Astrarchie ebenso respektabel ist wie die Nationen der Erde, des Mars und der Jupiter-Föderation. Und sie ist reicher und mächtiger als alle anderen zusammen.“

Das Marsmädchen runzelte die Stirn und schüttelte den dunklen Kopf. „Laß dir doch nicht Sand in die Augen streuen, Bill! Begreifst du denn nicht, daß der Astrarch nicht besser ist als die alten Piraten? Seine Flotten kapern immer noch alle unabhängigen Schiffe, oder er zwingt die Eigentümer, Lösegeld dafür zu bezahlen – und das unter dem Deckmantel der Raumpatrouille.“ Sie machte eine Pause, um Atem zu holen, dann stieß sie erregt hervor: „Überall, auch hier auf dem Mars, treiben seine Agenten und Residenten ihr Unwesen, verteilen Schmiergelder und säen Zwietracht. Der Astrarch benutzt seinen Reichtum und seine Macht, um die Regierung jedes unabhängigen Planeten zu unterminieren. Er will das ganze System erobern.“ Ihre braunen Augen verengten sich. „Und du wirst ihm nicht dabei helfen, Bill. Das – kannst du nicht tun.“

Bill Webster blickte in das schöne Gesicht – und plötzlich wollte er den gelben Staubfleck von der kleinen Stupsnase küssen. Er hatte Elora Ronee geliebt, hatte gehofft, sie würde eines Tages mit ihm auf die Erde gehen. Vielleicht liebte er sie immer noch. Aber nun war ihm klar, daß sie sich immer nur für Tony Grimm interessiert hatte.

Wütend trat er nach einem von Eisen geröteten Kieselstein. „Wenn sich die Dinge anders entwickelt hätten, Elora – vielleicht ...“ Dann zuckte er mit den Schultern und wandte sich an Tony. „Jedenfalls fliege ich heute nacht nach Astrophon.“

Nachdem sie ihm an jenem Abend beim Packen geholfen hatten, verbrannte er seine alten Bücher und Papiere. Hell loderte das Feuer in der dünnen Marsluft, verströmte eine Wolke aus ätzendem Rauch.

Dieser scharfe Geruch von verbranntem Papier hatte Brek Veronars Erinnerungen geweckt. Die Zigarre stammte aus einer Schachtel, die eben erst von der Erde gekommen war. Er konnte sich diesen Luxus leisten. Manchmal bedauerte er es fast, daß er zu den Günstlingen des Astrarchen zählte. Die Raumoffiziere, auch seine eifersüchtigen Untergebenen im Arsenal-Labor, konnten nie vergessen, daß er ein Erdenmann war – ein Renegat.

Der Duft der Zigarre irritierte ihn.

Entschlossen drückte er die glühende Spitze aus, nahm die äußeren braunen Blätter ab. Ein eng zusammengerollter Papierzylinder kam zum Vorschein. Er zog das Gummiband herab, rollte das Papier auseinander. Als er die Schriftzüge sah, begann sein Herz schneller zu schlagen.

Elora Ronees Handschrift ...

Brek Veronar kannte diese anmutige Handschrift. Denn Bill Webster hatte einmal ein Briefchen von Elora bekommen, als er noch auf die Universität gegangen war. Atemlos begann er zu lesen.

‚Lieber Bill, dies ist die einzige Möglichkeit, Kontakt mit Dir aufzunehmen und die Spione des Astrarchen auszuschalten. Dein alter Name Bill wird Dir vielleicht seltsam erscheinen. Aber Tony und ich wollen Dich daran erinnern, daß Du ein Erdenmann bist. Du kannst nicht wissen, wie sehr die Erde unter dem Druck leidet, den der Astrarch auf sie ausübt. Sie hat ihre Unabhängigkeit verloren. Die schwache, korrupte Regierung ist nur noch eine Marionette der Astrarchie. Die Erdenbevölkerung stöhnt unter den hohen Steuern, unter ungerechten Geldstrafen, unter dem unfairen Konkurrenzkampf, zu dem sie von den Handelsreisenden des Astrarchen gezwungen wird. Aber die Erde hat sich noch nicht völlig unterworfen, Bill. Wir werden um unsere Freiheit kämpfen. Für diesen Plan haben Tony und ich viele Jahre unseres Lebens geopfert, ebenso wie Millionen anderer Erdenbürger. Zumindest haben wir eine Chance, unsere verlorene Freiheit wiederzugewinnen. Aber wir brauchen Dich, Bill – wir brauchen Dich dringend. Komm zurück, um Deiner alten Heimat willen! Du mußt den Astrarchen fragen, ob Du eine Urlaubsreise auf den Mars machen darfst. Er wird Dir diesen Wunsch nicht abschlagen. Am 8. April wird ein Schiff auf Dich warten, in der Wüste bei Toran, wo wir damals vor Deiner Abreise spazierengegangen sind. Wie immer Du dich auch entscheiden wirst, Bill, wir verlassen uns darauf, daß Du diesen Brief vernichten und seinen Wortlaut geheimhalten wirst. Aber wir glauben, daß Du zurückkommen wirst, um der Erde und Deinen alten Freunden beizustehen. Tony und Elora.‘

Lange Zeit saß Brek Veronar an seinem Schreibtisch und starrte auf das zerknitterte, versengte Papier. Tränen verschleierten seinen Blick, und dann glaubte er das schöne, ausdrucksvolle Gesicht des Marsmädchens vor sich zu sehen, die flehenden braunen Augen. Schließlich seufzte er und griff langsam nach seinem Feuerzeug. Er hielt den Zettel in die Flamme, bis sie ihn verzehrt hatte.

Am nächsten Tag kamen vier Raumoffiziere ins Labor. Sie wirkten unverschämt in der protzigen, rotgoldenen Uniform des Astrarchen, und in der Stimme des Captains klang Haß mit.

„Erdenmann, Sie stehen unter Arrest – auf Befehl des Astrarchen. Sie werden uns sofort in sein Quartier an Bord der *Warrior Queen* begleiten."

Brek Veronar wußte, daß er unbeliebt war, aber man hatte ihm diese Gefühle nur selten so offen gezeigt. Beunruhigt schloß er sein Büro ab und folgte den vier Offizieren.

Die *Warrior Queen,* das Flaggschiff der astrarchischen Raumflotte, lag auf ihrem Anlaufgestell am Rand des Feldes hinter den niederen grauen Forts. Mit ihrer Länge von tausend Fuß und einer Million Tonnen Kampfmetall, mit vierundsechzig Zwanzig-Zoll-Geschützen, in acht kugelförmigen Türmen montiert, war sie die gewaltigste Zerstörungsmaschine, die das System je gesehen hatte.

Brek Veronar vergaß beinahe seine Besorgnis über einem Gefühl stillen Stolzes, als sie in einem schnellen Elektroauto über das Feld fuhren. Dies war sein automatisches Visier, mit anderen Worten, der achronische Veronar-Felddetektor, der geodätische Achron-Integrations-Entfernungsmesser, der die Schußweite selbständig berechnete und das Feuer dieser mächtigen Geschütze dirigierte. Es war das Gehirn des Schiffs.

Kein Wunder, daß diese Männer neidisch waren ...

„Kommen Sie, Renegat!" sagte der Captain mit ausdrucksloser Miene und unheilvoller Stimme. „Der Astrarch wartet."

Bunt uniformierte Wachtposten führten sie in die kleine, aber luxuriöse Suite des Astrarchen, achtern vom Instrumentenraum und vor dem automatischen Visier, eingebettet in den gepanzerten Mittelteil des Schiffsrumpfs. Der Astrarch wandte sich von einem Kartenprojektor ab und befahl den beiden Offizieren in brüskem Ton, draußen zu warten.

„Nun, Veronar?"

Der Diktator der Astrarchie war ein kleiner, untersetzter Mann, erfüllt von vibrierender Energie und erbarmungsloser Härte. Sein Haar war gewellt und parfümiert, das Gesicht eine gepuderte Maske mit Rougeflecken, die Gestalt, in Seide gehüllt, reich mit Juwelen geschmückt. Doch das alles konnte weder die beängstigende Ausdruckskraft seiner scharfgebogenen Habichtsnase mildern noch den brennenden Blick seiner schwarzen Augen.

Der Astrarch hatte dem konstanten Druck seiner Offiziere, die auf Veronar eifersüchtig waren, niemals nachgegeben, hatte ihm stets Sympathie entgegengebracht, sogar Freundschaft. Aber nun entnahm der Erdenmann dem kalten Klang jener einleitenden Worte, las in den durchdringenden Augen des Herrschers, daß seine Position in Gefahr war.

„Ich stehe unter Arrest?“ fragte er mit gepreßter Stimme.

Lächelnd griff der Astrarch nach seiner Hand. „Meine Männer sind manchmal übereifrig, Veronar.“ Jetzt sprach er in wärmerem Ton, aber der scharfe, kritische, gefährliche Unterton entging Brek Veronar nicht. „Ich möchte nur mit Ihnen sprechen, und wegen der bevorstehenden Flottenbewegung ist meine Zeit knapp.“ Der Astrarch ließ die lächelnde Maske nicht fallen, aber er musterte sein Gegenüber aufmerksam. „Veronar, Sie haben mir treu gedient. Ich verlasse Astrophon, um mit der Flotte durch das All zu kreuzen, und ich glaube, daß auch Sie einen Urlaub verdient haben. Möchten Sie sich von Ihrer anstrengenden Tätigkeit erholen – vielleicht auf dem Mars?“

Brek Veronar zuckte zusammen unter diesem durchbohrenden Blick und schluckte. „Danke, Gorro.“ Er zählte zu den wenigen Privilegierten, die den Astrarchen beim Namen nennen durften. „Vielleicht später. Das Torpedo-Selbststeuergerät ist noch nicht fertig. Und ich habe ein paar neue Ideen, um das automatische Visier zu verbessern. Deshalb würde ich es vorziehen, die nächsten Wochen im Labor zu verbringen.“

Für einen flüchtigen Augenblick wirkte das Lächeln des kleinen Mannes echt. „Die Astrarchie ist dir zu großem Dank verpflichtet. Mit Hilfe des automatischen Visiers und durch die verstärkte Zielgenauigkeit unserer Geschütze konnten wir die Flotte vervierfachen.“ Nun waren seine Augen wieder scharf und voller Zweifel. „Wäre denn eine weitere Verbesserung überhaupt möglich?“

Brek Veronar hielt den Atem an. Er spürte, daß seine Knie weich wurden. Er wußte, daß sein Leben von dem abhing, was er jetzt sagen würde. Er schluckte, und seine ersten Worte klangen unsicher.

„Die geodätische Analyse und Integration ist eine ganz neue

Wissenschaft“, begann er verzweifelt. „Es wäre töricht, die Möglichkeiten schon jetzt abzugrenzen. Mit Hilfe eines entsprechend empfindlichen Aufnahmegeräts könnte der achronische Detektor den Bahnen aller Objekte in fast unendliche Fernen folgen. In die Zukunft ...“ Er machte eine Pause, um seinen nächsten Worten noch mehr Nachdruck zu verleihen. „... oder in die Vergangenheit.“

Der Astrarch hob interessiert die Brauen, und Brek fühlte, wie sein Selbstvertrauen zurückkehrte.

„Bedenken Sie, dieses Prinzip ist völlig neu. Das achronische Feld kann tausendmal intensiver sein als jedes Teleskop – ich glaube, sogar millionenmal. Und der achronische Strahl eliminiert die Verzögerung aller elektromagnetischen Observationsmethoden. Da er zeitlos ist, erleichtert er paradoxerweise die Erforschung der Zeit.“

„Die Erforschung der Zeit?“ wiederholte der Diktator. „Übertreiben Sie da nicht ein bißchen, Veronar?“

„Jeder Entfernungsmesser erforscht in gewissem Sinne die Zeit“, versicherte Brek eifrig. „Er analysiert die Vergangenheit, um die Zukunft vorherzusagen – so daß ein Geschoß, das von einem bewegten Schiff abgefeuert und von den Gravitationsfeldern des Raums abgeleitet wird, Tausende von Meilen weit fliegen kann, um ein anderes bewegtes Schiff zu treffen. Dieses Ereignis reicht in die Zukunft hinein, wenn auch nur ein paar Minuten. Die Instrumente, die aufgrund von visueller Observation und elektromagnetischer Datenübertragung operieren, waren nicht besonders erfolgreich. Ein Treffer unter tausend Schüssen galt bereits als Meisterleistung. Dieses Problem hat das automatische Visier gelöst. Nun tadeln Sie Ihre Schützen bereits, wenn sie sich bei hundert Schüssen vierzig Fehlschüsse erlauben.“

Brek holte tief Atem. „Auch das allerneueste automatische Visier ist nur ein primitiver Anfang. Gut genug für einen Entfernungsmesser. Aber die Detektorenfelder können viel sensitiver und die geodätische Integration noch sicherer gemacht werden. Man könnte die Vergangenheit erforschen, nicht nur vergangene Minuten, sondern Jahre. Man könnte die Position eines Schiffes schon Wochen vorher bestimmen und jedem Manöver zuvorkommen. Man könnte sogar zusehen, wie der Captain frühstückt.“

Wieder war dem Erdenmann die Luft ausgegangen, und seine

Augen glänzten wie im Fieber. „Von der geodätischen Analyse führt ein gewagter Schritt noch weiter – zur Kontrolle. Sie kennen den modernen Standpunkt, daß es keine absoluten Tatsachen, sondern nur Wahrscheinlichkeiten gibt, Gorro. Diese Theorie werde ich beweisen. Und durch den Druck des achronischen Feldes kann die Wahrscheinlichkeit manipuliert werden. Ich sage Ihnen, es wäre sogar möglich ..."

Breks keuchende Stimme erstarb. Er sah, daß Skepsis das Interesse aus dem Blick des Astrarchen verdrängt hatte. Als er weitersprechen wollte, brachte ihn der Diktator mit einer ungeduldigen Geste zum Schweigen und sagte tonlos: „Sie sind ein Erdenmann, Veronar."

„Ich war einmal ein Erdenmann."

Die schwarzen, blitzenden Augen schiene ihn zu durchbohren. „Veronar", sagte der Astrarch, „ich habe Probleme mit der Erde. Meine Agenten haben eine gefährliche Verschwörung aufgedeckt. Der Anführer ist ein Ingenieur namens Grimm, der mit einer Marsfrau verheiratet ist. Meine Flotte wird den Aufstand niederschlagen." Er machte eine Pause. „Nun, wollen Sie immer noch nicht Urlaub machen?"

Schweigend blickte Brek in diese erbarmungslosen Augen. Er war ganz sicher, daß sein Leben von der Antwort abhing, die er dem Astrarchen jetzt geben würde. Nach einem tiefen, zitternden Atemzug sagte er: „Nein."

Aber damit gab sich der Diktator nicht zufrieden. „Meine Offiziere weigern sich, zusammen mit Ihnen gegen die Erde zu kämpfen. Sie sind mißtrauisch."

Brek Veronar schluckte.

„Ich war einmal mit Grimm und seiner Frau befreundet", flüsterte er heiser. „Ich hatte gehofft, daß es nicht nötig sein würde, sie zu verraten. Aber ich habe eine Nachricht von ihnen erhalten." Wieder schluckte er und holte tief Atem. „Um Ihren Männern zu beweisen, daß ich kein Erdenmann mehr bin – am 8. April, nach dem Erdenkalender, wird ein Schiff auf mich warten – in der Wüste südlich von der Marsstadt Toran, ein Schiff, das Grimm und seine Frau geschickt haben."

Die weiße, schlaffe Maske des Astrarchen lächelte. „Ich bin froh, daß Sie mir das gesagt haben, Veronar. Sie waren uns sehr nützlich – und ich mag Sie. Nun kann ich Ihnen ja verraten, daß meine Agenten den Brief in der Zigarre gelesen haben. Das Rebellenschiff wurde von der Raumpatrouille zerstört – vor ein paar Stunden.“

Brek Veronar schwankte, von einer plötzlichen Schwäche erfaßt.

„Sie brauchen sich nicht mehr zu fürchten, Veronar.“ Der Astrarch berührte seinen Arm. „Sie werden die Flotte begleiten und die Verantwortung für das automatische Visier übernehmen. Wir starten in fünf Stunden.“

Der lange schwarze Rumpf der *Warrior Queen* erhob sich von flammenden Reaktionsröhren und führte die Schwadron an. Andere Schwadronen starteten auf den Stützpunkten von Pallas, Vesta, Thule und Eros. Die Zweite Flotte raste von ihren Basen auf den Trojanischen Planeten sonnenwärts. Vier Wochen später hatten neunundzwanzig große Schiffe den Treffpunkt knapp hinter der Umlaufbahn des Mars erreicht.

Die Armada der Astrarchie nahm Kurs auf die Erde.

Brek, der den Diktator in seinem Kartenraum aufgesucht hatte, war verwirrt. „Ich sehe immer noch keinen Grund für eine so gewaltige Demonstration militärischer Überlegenheit. Warum haben Sie drei Viertel Ihrer Raumstreitkräfte zusammengezogen? Nur um ein paar Verschwörer auszuschalten?“

„Es geht nicht nur um ein paar Verschwörer.“ Brek spürte, daß sich Besorgnis hinter der bleichen Maske des Astrarchen verbarg. Millionen von Erdenbürgern haben jahrelang hart gearbeitet, um diese Rebellion vorzubereiten. Die Erde hat ihre eigene Raumflotte gebaut.“

Brek hob erstaunt die Brauen. „Eine Flotte?“

„Die Einzelteile wurden heimlich hergestellt, hauptsächlich in unterirdischen Fabriken. Die Schiffe wurden von Tauchern zusammengesetzt, unter der Oberfläche von Süßwasserseen. Ihr alter Freund Grimm ist clever und gefährlich, Veronar. Wir werden seine Flotte zerstören müssen, bevor wir den Planeten bombardieren und unterwerfen können.“

Brek hielt dem Blick des Astrarchen stand. „Wie viele Schiffe?“ fragte er.

„Sechs.“

„Unsere Flotte ist fünfmal so groß.“ Brek brachte ein zuversichtliches Lächeln zustande. „Vom zusätzlichen Vorteil des automatischen Visiers brauchen wir gar nicht erst zu reden. Es wird gar nicht erst zum Kampf kommen.“

„Vielleicht nicht“, entgegnete der Astrarch. „Aber Grimm ist sehr tüchtig. Er hat eine neue Reaktionsröhre erfunden, die der unseren in mancher Hinsicht überlegen ist.“ Seine dunklen Augen waren sehr ernst. „Ein Erdenmann wird gegen den anderen kämpfen“, sagte er leise. „Und einer von euch wird verlieren.“

Ein Tag nach dem anderen verstrich, während sich die Armada der Erde näherte.

Das automatische Visier diente der Flotte nicht nur als strategisches Gehirn, sondern auch als Auge. Um längere Grundlinien für die automatische Triangulation zu schaffen, waren auf einem halben Dutzend Schiffen zusätzliche Aufnahmegeräte für achronische Felder installiert worden. Dichte achronische Strahlen beförderten ihre Daten zum ungeheuren Hauptinstrument an Bord der *Warrior Queen*. Das automatische Visier steuerte jedes Schiff durch achronische Kontrollstrahlen.

Die *Warrior Queen* führte die Flotte an. Das automatische Visier sorgte dafür, daß ihr die anderen Schiffe in gerader Linie folgten, so daß durch die Teleskope der Erde nur das Flaggschiff zu sehen war.

Der rebellische Planet war immer noch zwanzig Millionen Meilen entfernt, und die Flotte hätte ihn bei einer normalen Geschwindigkeitsabnahme in fünfzig Stunden erreicht, als das automatische Visier die feindlichen Schiffe sichtete.

Brek Veronar saß am geschwungenen Kontrolltisch.

Hinter ihm wölbte sich in der schwach erleuchteten Weite des gepanzerten Raums das Hauptinstrument vor. Tausende von grüngestrichenen Behältern, die komplizierten Zellen des mechanischen Gehirns, surrten, um geodätische Analysen und Integrationen vorzunehmen. Die Aufnahmegeräte für die achronischen Felder, die Sinnesorgane des Gehirns, befanden sich in unauffälligen schwarzen Boxen. Und das Netz der achronischen Transmissionsstrahlen, blitzschnelle, nicht elektromagnetische Ultrakurzwellen der subelektronischen Gruppe, die Nervenfasern, die sich mit den eifrig tätigen Zellen verbanden, waren unsichtbar.

Vor Brek stand der Stereo-Bildschirmwürfel, dessen Seiten

zwanzig Fuß maßen und durch den das Gehirn seine Entdeckungen mitteilte.

Der Würfel war jetzt schwarz, zeigte die kristallische Schwärze des Alls. Die Erde war als langer, nebliger Halbmond aus bebendem, blutrotem Licht zu erkennen. Der Mond war ein kleinerer Krummsäbel, schimmerte blau im Glanz seiner künstlichen Atmosphäre.

Brek berührte komplizierte Schalttasten. Der Mond erlosch im Würfel, die Erde wuchs und drehte sich. Das automatische Visier hatte Zeit und Raum besiegt. Es zeigte nun die Seite des Planeten, die der Sonne zugewandt war.

Die Erde füllte den ganzen Würfel und wirkte nun unglaublich real. Die große weiße Scheibe eines Gebiets mit niederem Luftdruck lag über dem glitzernden Blau des Pazifik. Eine andere verdeckte das winterliche Braun von Nordamerika, reichte bis zum hellen Kap der Arktis.

Leise ertönte ein Gong in dem halbdunklen Raum. Zahlen aus weißem Feuer begannen vor dem Bild im Würfel zu flackern. Ein roter Flammenpfeil zeigte auf einen winzigen schwarzen Fleck.

Wieder tönte der Gong, ein zweiter schwarzer Fleck tauchte aus den Wolken auf. Ein dritter folgte ihm. Bald waren es sechs. Unwillkürlich stieg Stolz in Brek Veronar auf, begleitet von vager Reue.

Diese sechs Schiffe waren Toni Grimms und Eloras mächtige Kinder, die Streitkraft der Erde. Brek spürte eine schmerzhafte Enge in der Kehle, Tränen brannten in seinen Augen. Wie traurig, daß sie vernichtet werden mußten ...

Tony würde an Bord eines dieser Schiffe sein. Brek fragte sich, wie er jetzt aussehen mochte – nach zwanzig Jahren. Hatte er immer noch Sommersprossen? War er dicker geworden? Bildeten sich immer noch kleine Furchen zwischen seinen blauen Augen, wenn er konzentriert nachdachte?

Elora – würde sie bei ihm sein? Ja. Brek wußte es. Vor seinem geistigen Auge sah er das Marsmädchen – schlank, lebhaft wie eh und je. Er versuchte das Bild zu verdrängen. Die Zeit mußte Elora verändert haben. Wahrscheinlich war sie gealtert nach all den Jahren voller Mühsal und Gefahr. Ihre dunklen Augen mußten allen Glanz verloren haben.

Brek mußte diese sechs kleinen Punkte vergessen, die Tonys

und Eloras Leben repräsentierten – und die Unabhängigkeit der Erde. Das waren nur sechs kleine Klumpen aus Materie, sechs Ziele für das automatische Visier.

Er beobachtete, wie sie hochstiegen, der leuchtenden Krümmung des Planeten folgten. Sie waren nur sechs mathematische Punkte, die Linien durch das Kontinuum, ein geodätisches Muster für die Analysatoren bildeten, die es entwirren würden, für die Integratoren, die es in die Zukunft projizieren würden ...

Wieder erklang der Gong.

Erregt griff Brek nach dem Telefon.

„Verbinden Sie mich mit dem Astrarchen ... Eine dringende Meldung ... Nein, der Admiral kann mir nicht helfen ... Gorro, das automatische Visier hat die Erdenflotte gesichtet ... Ja, nur sechs Schiffe. Sie sind soeben von der Sonnenseite aus gestartet. Aber was mich beunruhigt ...“ Brek Veronars Stimme war atemlos und heiser. „Sie haben gleich hinter dem Planeten eine Schlachtlinie gebildet und steuern genau auf uns zu. Das bedeutet, daß sie unsere Position bereits gekannt haben müssen, bevor sie uns durch ihre Fernrohre sichten konnten. Offenbar hat Tony Grimm ebenfalls ein automatisches Visier erfunden.“

Anstrengende Stunden schleppten sich dahin. Die Flotte des Astrarchen verringerte ihr Tempo, um die Mutterwelt zu umzingeln und zu bombardieren, nachdem die Schlacht im All gewonnen war. Die Erdenschiffe rasten mit unverminderter Geschwindigkeit heran.

„Sie müssen stoppen“, sagte der Astrarch. „Das ist unsere Chance. Wenn sie an uns vorbeirasen, werden wir den Planeten bombardieren und unterwerfen, bevor sie zurückkommen. Sie müssen umkehren – und dann werden wir sie schlagen.“

Doch die Erdenflotte behielt seltsamerweise ihr hohes Tempo bei, und in Brek Veronars Herzen wuchs die Angst. Die Erdenbürger setzten offenbar alles auf eine Karte, wollten ihren Planeten in einem einzigen kurzen Kampf verteidigen.

Als ob sie ganz sicher wären, daß sie siegen würden ...

Die Stunde der Schlacht rückte heran. Dichte achronische Strahlen übermittelten Befehle aus dem Kartenraum des Astrarchen, und die Flotte entwickelte sich zum Gefecht, bildete eine große Kuppel, so daß jedes verfügbare Geschütz auf den Feind gerichtet werden konnte.

Die Stunde war gekommen – der große Augenblick ...

Der Lautsprecher, die Stimme des großen Gehirns, zählte die Minuten, klang dröhnend durch den großen, halbdunklen Raum, in dem das automatische Visier installiert war, übertönte das Surren des Achron-Integrators.

„Minus vier ..."

Das automatische Visier war gerichtet, das Aufnahmegerät einreguliert, die Zielrelais getestet, tausend Details durchgecheckt. Brek Veronar saß vor seinem Kontrolltisch und versuchte sich zu entspannen. Er hatte seinen Teil getan.

Eine Raumschlacht war ein Konflikt zwischen Maschinen. Die Menschen waren zu schwach und zu langsam, konnten das Spiel der titanischen Kräfte, die sie entfesselt hatten, nicht einmal begreifen. Brek sagte sich immer wieder vor, daß er der Erfinder des automatischen Visiers war, und versuchte gegen eine hilflose Angst anzukämpfen.

„Minus drei ..."

Natriumbomben füllten das Vakuum vor der Flotte mit silbernem Gefieder und Leuchtfäden. Denn durch das automatische Visier wurde das teleskopische Auge überflüssig und ermöglichte es den Schiffen, im Schutz dichter Rauchwolken zu operieren.

„Minus zwei ..."

Die beiden Flotten rasten mit einer relativen Geschwindigkeit von zwölfhunderttausend Meilen aufeinander zu. Die maximale Schußweite der Zwanzig-Zoll-Geschütze betrug im freien Raum nur zwanzigtausend Meilen.

Das bedeutet, daß die Schlacht nur zwei Minuten dauern wird, dachte Brek. In dieser kurzen Zeit würde sich das Schicksal der Astrarchie und der Erde, das Schicksal Tony Grimms und Eloras und das seine entscheiden.

„Minus eins ..."

Der Natriumschild erzeugte kleine Rauchwölkchen und Silberfäden im großen schwarzen Würfel. Dahinter waren die sechs Erdenschiffe zu sehen, durch die Magie des achronischen Feldes im Aufnahmegerät, bildeten eine dichte Reihe, bereit zum Angriff.

Brek Veronar blickte hinab auf den mit Edelsteinen besetzten Chronometer an seinem Handgelenk – ein Geschenk des Astrarchen. Er lauschte auf das anschwellende Summen des Achron-Intigrators, hielt den Atem an, instinktiv verkrampften sich seine Muskeln.

„Null!“

Die *Warrior Queen* erzitterte, als ihre großen Geschütze alle halben Sekunden eine Vierersalve abfeuerten. Brek begann wieder zu atmen und beobachtete den Chronometer. Das war alles, was er zu tun hatte. Und in zwei Minuten ...

Ein gewaltiger Ruck erschütterte das Schiff, und die Lichter erloschen. Sirenen heulten, Schleusentore klirrten. Die Lichter flammten auf, gingen wieder aus. Plötzlich verdunkelte sich der Stereowürfel. Die Achron-Integratoren klickten und stoppten.

Die Geschütze verstummten.

„Energie!“ rief Brek keuchend ins Telefon. „Ich brauche Energie! Ein Notfall – das automatische Visier funktioniert nicht mehr, uns ...“

Aber das Telefon war tot.

Das Schiff wurde von keinem weiteren Schuß getroffen. Der große Raum blieb völlig still, eingehüllt in dichtes Dunkel. Nach einer Ewigkeit gingen schwache Notlichter an. Brek blickte wieder auf seinen Chronometer und wußte, daß das Gefecht beendet war.

Aber wer hatte gesiegt?

Er hoffte, daß die Flotte der Astrarchie den Kampf gewonnen hatte, bevor eine weitere Breitseite das Flaggschiff zerstören konnte – bis der Astrarch bleich und verstört in den Raum stolperte.

„Wir sind vernichtet“, flüsterte er „Sie haben versagt, Veronat.“

„Wie groß sind – die Verluste?“ stammelte Brek.

„Wir haben alles verloren.“ Der erschütterte Herrscher ließ sich auf einen Stuhl am Kontrolltisch fallen. „Ihre achronischen Strahlen sind tot. Fünf Schiffe sind übrig geblieben, um per Funk die Niederlage zu melden. Zwei Besatzungen hoffen, daß sie ihre Schiffe reparieren können. Die *Queen* ist kampfunfähig. Die Reaktionsbatterien sind weggeschossen, der Hauptreaktor ist zerstört, eine Reparatur unmöglich. Unsere gegenwärtige Umlaufbahn führt uns viel zu nahe an die Sonne heran. Keines unserer Schiffe ist imstande, uns zu retten. Wir werden bei lebendigem Leib verbrennen."

Hoffnungslos ließ er den parfümierten dunklen Kopf auf die Brust sinken. „In zwei Minuten ist die Astrarchie zerstört worden." Wütend blickte er zu Brek auf. „In nur zwei Minuten!" Seine weiche, weiße Faust schlug auf den Tisch. „Wenn man die Zeit zurückdrehen könnte ..."

„Wie wurden wir besiegt?" fragte Brek. „Ich verstehe das nicht."

„Durch gezielte Schüsse", erwiderte der erschöpfte Astrach. „Tony Grimm hat offenbar eine Vorrichtung erfunden, die Ihrem automatischen Visier weit überlegen ist." Sein Gesicht war eine bleiche Maske voller Bitterkeit. „Wenn meine Agenten vor zwanzig Jahren ihn engagiert hätten und nicht Sie ..." Er biß sich auf die Lippen, bis Blut hervorquoll. „Aber man kann die Vergangenheit nicht ändern."

Brek starrte auf die dunkle Wölbung, hinter der sich sein automatisches Visier verbarg. „Vielleicht doch ..."

Zitternd erhob sich der Astrarch und umklammerte seinen Arm. „Das haben Sie schon einmal gesagt", stieß er erregt hervor. „Damals wollte ich nichts davon hören. Aber jetzt – versuchen Sie alles, was in Ihren Kräften steht, Veronar! Bewahren Sie uns davor, im Perihelium zu verbrennen! Glauben Sie wirklich ..." Er schüttelte den Kopf. „Ich bin verrückt", wisperte er. „Allein die Vorstellung, man könnte auch zwei Minuten der Vergangenheit ändern ..." Der Blick seiner glanzlosen Augen ließ Brek nicht los. „Obwohl Sie schon erstaunliche Leistungen vollbracht haben, Veronar ..."

Der Erdenmann starrte immer noch auf sein gewaltiges Werk. „Das automatische Visier hat mir vor der Schlacht einen Hinweis gegeben", sagte er langsam. „Die Detektorenfelder fingen einen Strahl von Tony Grimm ein und analysierten seine Frequenz. Tony Grimm benützt eine achronische Strahlung, die um eine ganze Oktave höher liegt als alle Strahlen, mit denen ich experimentiert habe. Das muß der Weg zu der Sensitivität und Durchschlagskraft sein, die ich bisher vergeblich zu erreichen versuchte."

Hoffnung leuchtete in den Augen des Astrarchen auf. „Sie glauben, daß Sie uns retten können? Wie?“

„Wenn der Hochfrequenzstrahl die Bestimmungsfaktoren erforschen kann“, erklärte Brek, „wäre es möglich, sie mittels eines ausreichend starken Kraftfelds zu ändern. Sie müssen bedenken, daß es nur um Wahrscheinlichkeiten geht, nicht um absolute Tatsachen. Diese kleinen Faktoren können ungeheure Ergebnisse erzielen. Wir müssen die Aufnahmegeräte neu aufbauen. Und wir brauchen Energie, um die Indikatorenfelder projizieren zu können. Und einen ganzen Kraftstrom – wenn wir einen entscheidenden Faktor aufgespürt haben und ihn zu ändern versuchen. Aber der Reaktor ist tot.“

„Bauen Sie die Aufnahmegeräte“, befahl der Astrarch. „Sie werden Ihre Energie bekommen – und wenn jeder Mann an Bord in die Umformer-Öfen marschieren muß.“

Der kleine Diktator, wieder gelassen und voller Selbstvertrauen, blickte den großen, hageren Erdenmann forschend an.

„Sie sind ein seltsamer Mensch, Veronar“, sagte er. „Sie kämpfen gegen die Zeit und das Schicksal, um Ihren Heimatplaneten zu zerstören. Kein Wunder, daß meine Männer Sie als Renegaten bezeichnen.“

Brek schwieg eine Weile, dann schüttelte er den schmalen Kopf. „Ich möchte nicht bei lebendigem Leib verbrennen. Stellen Sie mir Energie zur Verfügung – und wir werden die Schlacht noch einmal schlagen.“

Das Wrack raste auf die Sonne zu. Eine Schar erfahrener Techniker mühte sich unter Breks Leitung ab, um die achronischen Aufnahmegeräte wieder aufzubauen. Und vor den unbarmherzigen Augen des Astrarchen strengten sich hundert Mann an, um den beschädigten Atomreaktor zu reparieren.

Sie hatten die Umlaufbahn der Venus überquert, als das automatische Visier wieder zu surrendem Leben erwachte. Der Astrarch stand neben Brek vor dem geschwungenen Kontrolltisch. Die Schatten des Zweifels waren in seine müden, geröteten Augen zurückgekehrt. „Nun?“ fragte er. „Was können Sie tun, um den Verlauf der Schlacht zu ändern?“

„Nichts“, gab Brek zu. „Zuerst müssen wir die Vergangenheit erforschen. Wir müssen den Faktor finden, der es Tony Grimm gestattete, ein besseres automatisches Visier zu erfinden als das meine. Mit dem Hochfrequenzfeld und – wenn nötig – der vollen Kraft des Schiffsreaktors müssen wir diesen Faktor ändern. Dann wird die Schlacht ein anderes Ende finden."

Die Achron-Integratoren summten, als Brek auf die Kontrolltasten drückte, und in dem großen schwarzen Würfel begannen geisterhafte Bilder zu flackern. Symbole aus farbigem Feuer blitzten auf und erloschen wieder.

„Nun?" stieß der Astrarch besorgt hervor.

„Es funktioniert", versicherte Brek. „Die Indikatorenfelder folgen allen Weltenlinien, die sich während der Schlacht überschnitten haben, über Monate und Jahre hinweg in die Vergangenheit. Die Analysatoren werden den kleinsten essentiellen Faktor, den man am leichtesten verändern kann, isolieren."

Der Astrarch packte ihn an der Schulter. „Da – im Würfel – Sie selbst!"

Die geisterhafte Gestalt des Erdenmanns erlosch flackernd, tauchte von neuem auf. Hundertmal erblickte Brek sich selbst im Würfel, wie er im großen Arsenal-Labor von Astrophon arbeitete. Jedesmal war er anders gekleidet – jedesmal war er jünger.

Dann änderte sich der Schauplatz. Brek hielt den Atem an, als er die öden, steinigen, ockerfarbenen Hügel erkannte, die gelben Adobe-Gebäude. Er schnappte nach Luft, als er einen sommersprossigen, rothaarigen jungen Mann und ein schlankes, gebräuntes, dunkeläugiges Mädchen sah.

„Das ist auf dem Mars", flüsterte er. „In Toran. Der Mann ist Tony Grimm – und sie ist Elora Ronee – das Marsmädchen, das wir beide liebten."

Abrupt riß das rasende Flackern der Bilder ab, ein erstarrtes Tableau war zu sehen, eine Bank auf dem staubigen Universitätsgelände, vor einer niederen Adobe-Mauer. Elora Ronee saß darauf, einen Stapel Bücher auf den Knien, und darauf lag ein Blatt Papier. Sie hielt eine Feder in der Hand, und ihre dunklen Augen starrten über das Gelände hinweg. Ihr sonnengebräuntes Gesicht wirkte angespannt und besorgt.

In dem großen, schwach erleuchteten Raum an Bord des Wracks ertönte ein leiser Gong. Ein roter Pfeil flammte im Würfel auf und zeigte auf das beschriebene Blatt, das auf den Büchern lag. Rätselhafte Symbole leuchteten davor auf. Und

Brek stellte fest, daß das Summen des Achron-Integrators verstummt war.

„Was ist das?“ fragte der erregte Astrarch. „Ein Schulmädchen, das sich Notizen macht ... Was hat sie mit einer Raumschlacht zu tun?“

Breks Blick glitt über die feurigen Symbole. „Sie hat den Verlauf der Schlacht bestimmt – an jenem Tag vor zwanzig Jahren.“ Seine Stimme klang schrill vor Freude. „Sie war für jenen Abend mit Tony Grimm verabredet. Sie wollten in Toran tanzen gehen. Aber ihr Vater hielt eine Spezialvorlesung über die neuen Theorien der achronischen Wissenschaft. Tony verzichtete auf das Rendezvous, um die Vorlesung zu hören.“

Als Brek das reglose Bild im Würfel betrachtete, wurde seine Stimme heiser.

„Elora war wütend. Damals kannte sie Tony noch nicht so gut. Ich hatte sie um ein Rendezvous gebeten. In diesem Augenblick hat sie mir gerade ein Briefchen geschrieben, um mir mitzuteilen, daß sie mit mir tanzen gehen würde.“

Brek schluckte. „Aber wie Sie sehen, ist sie unentschlossen, weil sie Tony liebt. Es fehlt nicht viel, und sie würde das Briefchen zerreißen und Tony schreiben, daß sie mit ihm zur Vorlesung gehen würde.“

Der Astrarch starrte totenbleich auf den Würfel. „Aber wieso wurde dadurch die Schlacht entschieden?“

„In der Vergangenheit, in der wir lebten, schickte mir Elora das Briefchen“, sagte Brek. „Ich ging mit ihr tanzen und versäumte die Vorlesung. Tony besuchte sie – und dabei begann die Idee in ihm zu keimen, die schließlich dazu führte, daß er ein besseres automatisches Visier erfand als ich. Aber wenn sie Tony geschrieben hätte, er hätte ihr zerknirscht angeboten, die Vorlesung fallenzulassen. Das zeigen die Analysatoren an. Dann hätte ich an Tonys Stelle die Vorlesung besucht und ein unübertreffliches automatisches Visier erfunden.“

Langsam nickte der Astrarch. „Aber – können Sie die Vergangenheit wirklich verändern?“

Brek schwieg einen Augenblick lang, dann sagte er feierlich: „Wir haben die ganze Kraft des Schiffsreaktors zur Verfügung. Wir besitzen ein achronisches Hochfrequenzfeld, durch das wir die Energie leiten können. Eigentlich müßten wir mit einer

Million Kilowatt ein paar Zellen im Gehirn eines Schulmädchens stimulieren können. Wir werden sehen."

Seine langen weißen Finger glitten schnell über die Kontrolltasten. Schließlich berührte er einen grünen Knopf. Die Umformer flüsterten im schweigenden Schiff. Die Achron-Integratoren begannen zu surren. Dahinter wimmerten gigantische Transformer.

Und das reglose Tableau erwachte zu plötzlichem Leben.

Elora Ronee zerriß das Briefchen, das mit den Worten ‚Lieber Bill' begann. Brek und der Astrach beugten sich vor, als ihre zitternden Finger schrieben: ‚Lieber Tony! Es tut mir leid, daß ich böse war. Darf ich Dich zur Vorlesung meines Vaters begleiten? Heute abend ...' Das Bild erlosch.

„Minus vier ..."

Die metallische Stimme des Lautsprechers holte Brek Veronar mit einem Ruck in die Wirklichkeit zurück. Wie konnte er einschlafen – jetzt, wo das Gefecht in wenigen Minuten beginnen würde? Er schüttelte den Kopf. Ein seltsames, unangenehmes Gefühl erfaßte ihn – als ob er einen Alptraum vergessen hätte, in dem die Schlacht geschlagen und verloren worden war.

Er rieb sich die Augen und überprüfte den Kontrolltisch. Das automatische Visier war eingeschaltet, die Aufnahmegeräte einreguliert, die Teilrelais getestet. Er hatte seinen Teil getan. Er versuchte sich zu entspannen, dieses verwirrende Gefühl abzuschütteln.

„Minus drei ..."

Natriumbomben füllten das Vakuum vor der Flotte mit silbernem Gefieder und Leuchtfäden. Brek starrte in den schwarzen Bildschirm des Würfels, entdeckte erneut die sechs winzigen schwarzen Punkte – Tony Grimms Schiffe. Er konnte das Unbehagen nicht verdrängen.

War Tony verrückt? Warum drehte er nicht ab, um das Gefecht hinauszuzögern? Wenn er seine Schiffe im Raum verteilte, konnte er Teile der astrarchischen Handelsflotte zerstören und das Bombardement der Erde unterbrechen. Aber bei einem Direktangriff war Tony dem Tod geweiht.

Brek lauschte dem leisen Summen des Achron-Integrators. Unter diesen Bedingungen garantierte das neue automatische Visier eine Zielgenauigkeit von vierzig Prozent. Auch wenn Tonys Männer Meisterschützen waren – die Chancen standen zwei zu eins gegen ihn.

„Minus zwei ..."

Noch zwei Minuten! Brek blickte auf den mit Juwelen besetzten Chronometer an seinem Handgelenk. Sekundenlang hatte er das seltsame Gefühl, daß ihm das Muster der Edelsteine fremd war. Seltsam – wo er den Chronometer doch seit zwanzig Jahren trug ...

Das Ziffernblatt schien zu verschwimmen. Er erinnerte sich an den Tag, als ihm Tony und Elora den Chronometer geschenkt hatten – an den Tag, als er die Universität verlassen hatte, um nach Astrophon zu fliegen. Was für ein hübsches Geschenk ... Und dabei hatten die beiden so wenig Geld gehabt.

Hatte Tony geahnt, daß auch sein Freund in Elora verliebt gewesen war? Vielleicht war es besser, daß Elora mich immer zurückgewiesen hat, dachte Brek. Kein Schatten der Eifersucht hat unsere Freundschaft verdunkelt.

„Minus eins ..."

Nein, so ging das nicht ... Ärgerlich richtete Brek den Blick wieder auf den Bildschirm. Aber in den silbernen Natriumwolken sah er immer noch Tonys und Eloras Gesichter. Er konnte immer noch nicht den seltsam unvertrauten Druck des Chronometers an seinem Handgelenk vergessen – es war wie die leichte Berührung von Eloras Fingern, als sie ihm die Uhr anlegte ...

Plötzlich waren die schwarzen Flecken auf dem Bildschirm keine Ziele mehr.

Brek holte tief und zitternd Atem. Trotz allem – er war ein Erdenmann. Nachdem er zwanzig Jahre lang ein großzügiges Gehalt in der Astrarchie bezogen hatte, war dieser Zeitmesser immer noch sein kostbarster Besitz.

Seine grauen Augen verengten sich. Ohne das automatische Visier wäre die Flotte des Astrarchen völlig blind in den Natriumwolken. Und wenn Tony irgendeinen achronischen Entfernungsmesser besaß, konnte er sie leicht besiegen.

Breks hagere Gestalt zitterte. Er wußte, daß der Tod seine Strafe sein würde – in der Schlacht oder danach. Es spielte keine Rolle. Er wußte, daß er die Strafe ohne Reue akzeptieren würde.

„Null!"

„Die Achron-Integratoren surrten emsig, und die *Warrior*

Queen erzitterte, als ihre Geschütze die erste Salve abfeuerten. Dann sanken Breks Fäuste auf die sorgfältig eingestellte Kontrolltafel hinab. Das Summen des automatischen Visiers verstummte. Die Geschütze hörten zu feuern auf.

Brek griff nach dem Telefon und rief den Astrarchen an. „Ich habe das automatische Visier abgeschaltet." Seine Stimme war ruhig und leise. „Es ist unmöglich, es innerhalb von zwei Minuten wieder einzuschalten."

Das Telefon klickte und war tot.

Ein gewaltiger Ruck erschütterte das Schiff, und die Lichter erloschen. Sirenen heulten, Schleusentore klirrten. Die Lichter flammten auf, gingen wieder aus. Das Schiff wurde von keinem weiteren Schuß getroffen. Der große Raum blieb völlig still, eingehüllt in dichtes Dunkel.

Das einzige Geräusch war das leise, schnelle Ticken des Chronometers.

Nach einer Ewigkeit gingen schwache Notlichter an. Der Astrarch stolperte in den Raum, bleich und verstört.

Eine Gruppe von Offizieren folgte ihm. Ihre verzweifelten, wütenden Gesichter bildeten einen seltsamen Kontrast zu ihren fröhlich-bunten Uniformen. Angesichts ihres rachsüchtigen Hasses fühlte sich Brek elend und fröstelte. Aber der Astrarch hielt sie zurück, als sie sich auf ihn stürzen wollten.

„Der Erdenmann hat auch sich selbst zum Tod verdammt", sagte der erschütterte Herrscher. „Mehr könnt ihr ihm nicht antun. Und wenn es eine noch härtere Strafe gibt – das hat keine Eile."

Er kam langsam auf Brek zu, während die Männer an der Tür stehenblieben und aufgeregt miteinander flüsterten.

„Ich bin geschlagen", sagte er leise. „Sie haben mich vernichtet, Veronar." Eine bebende Hand strich über die bleiche Wachsmaske seines Gesichts. „Alles ist verloren. Die *Queen* ist kampfunfähig. Keines unserer Schiffe kann uns retten. Wir werden bei lebendigem Leib verbrennen." Mit dumpfen Augen starrte er auf Brek. „In jenen zwei Minuten haben Sie die Astrarchie zerstört." Seine Stimme klang nur müde, hatte seltsamerweise keinen bitteren Unterton. „In nur zwei Minuten", fügte er seufzend hinzu. „Wenn man die Zeit zurückdrehen könnte ..."

„Ja", sagte Brek. „Ich habe das automatische Visier abgeschaltet." Herausfordernd hob er die schmalen Schultern und erwiderte die drohenden Blicke der Offiziere. „Und Sie können nichts dagegen tun?"

„Können Sie etwas tun?" Hoffnung leuchtete in den Augen des Astrarchen auf. „Sie haben mir einmal gesagt, daß man die Vergangenheit ändern kann, Veronar. Damals wollte ich nicht auf Sie hören. Aber jetzt – versuchen Sie alles, was in Ihrer Macht steht. Sie könnten mich vor der Wut meiner Männer retten."

Brek blickte auf die erregten Offiziere und schüttelte den Kopf. „Ich habe mich geirrt", sagte er langsam. „Ich habe nicht erkannt, daß die Zeit in zwei Richtungen fließt. Jetzt weiß ich, daß die Zukunft ebenso real ist wie die Vergangenheit. Abgesehen von der Richtung der Entropieveränderung und dem Fluten des Bewußtseins kann man Vergangenheit und Zukunft nicht unterscheiden. Die Zukunft bestimmt die Vergangenheit, ebenso, wie die Vergangenheit die Zukunft prägt. Es ist möglich, die Bestimmungsfaktoren aufzuspüren und mittels ausreichender Energie eine lokale Abweichung geodätischer Einzelheiten zu erreichen. Aber die Weltenlinien sind in der Zukunft ebenso fixiert wie in der Vergangenheit. Und wenn man die Faktoren auch anders arrangiert, das Resultat wird immer dasselbe bleiben."

Das wächserne Gesicht des Astrarchen war gnadenlos. „Dann sind Sie verloren, Veronar."

Brek lächelte. „Nennen Sie mich nicht Veronar", sagte er leise. „Ich habe mich gerade noch rechtzeitig daran erinnert, daß ich William Webster bin, der Erdenmann. Sie können mich töten, auf diese oder jene Art – ganz, wie Sie wollen. Aber die Niederlage der Astrarchie und die neue Freiheit der Erde sind in der Zeit fixiert – für immer."

Ross Rocklynne

In die Dunkelheit

Einer der besten ‚zweitrangigen‘ Schriftsteller der späten dreißiger und vierziger Jahre, Ross Rocklynne (sein wirklicher Name lautet Ross L. Rocklin), war in der Science-fiction-Branche vernachlässigt worden, vor allem, weil er nur wenige lange S-f-Werke verfaßte. Die besten, zum Beispiel Stories wie ‚Die Dohle‘ *(1942),* ‚Der Träumer‘ *(1950) und* ‚Die Zeit braucht ein Skelett‘ *wurden in seine beiden* Ace Book-*Sammlungen* ‚Der Mensch und der Spiegel‘ *und* ‚Die Sonnenzerstörer‘ *(beide 1973) aufgenommen. Im letzten Jahrzehnt schrieb er einige interessante Stories, vor allem ‚Die Ching*-Hexe‘ *in* Again Dangerous Visions *(1972) und* ‚Randy-Tandy Man‘ *in* Universe 3.

‚In die Dunkelheit‘ *ist eine bemerkenswerte Geschichte, die sich deutlich von der ‚gängigen‘ S-f im Jahre 1940 unterscheidet. Wenn man sie ein bißchen überarbeiten würde, könnte sie sogar der sogenannten ‚Neuen Welle‘ der sechziger Jahre zugeordnet werden. Diese Story entstand 1934, wie Terry Carr betont, aber die Herausgeber wollten nichts davon wissen, bis Fred Pohl sie in* Astonishing *publizierte.*

(Ich weiß nicht, wie Sie die ‚Neue Welle‘ definieren – eine Bezeichnung, die in den sechziger Jahren auftauchte, um einen experimentellen, neuen S-f-Stil zu charakterisieren, Stories, die auf neuen Themen basieren.

Nun, und was ist mit 1940? Wer hat damals von der ‚Neuen Welle “ gesprochen? Ich erinnere mich, daß ich im April 1940, in Astonishing Stories, *eine Story mit dem Titel* ‚Die callistanische Bedrohung‘ *veröffentlichte, meine zweite Story, und die war ‚Alte Welle‘. Sie war ‚Uralte Welle‘. Sie war ‚Vorsintflutliche Welle‘.*

Aber einen Monat später, im Juni 1940, erschien Ross Rocklynnes ‚In die Dunkelheit‘ *in* Astonishing. *Was halten Sie davon? Man vergißt diese Geschichte nicht. Sie bleibt im Gedächtnis der Leser haften, denn darin wird eine Lebensauffassung dargestellt, die sich völlig von der unseren unterscheidet. Diese Story beschreitet neue*

Wege. Sie wirkt experimentell und einfach anders. Was den Stil und die literarische Politur betrifft, mag sie nicht ganz so eindrucksvoll sein wie die Werke der sechziger Jahre. Aber ‚In die Dunkelheit' *ist ganz eindeutig ein Produkt der ‚Neuen Welle' , das ein Vierteljahrhundert vor ihrer Zeit erschienen ist. Fred Pohl war der Herausgeber, der diese Tatsache akzeptierte, und das ist nicht weiter überraschend. I. A.)*

I. ‚Dunkels' Geburt

Draußen im All, am Rand der fernsten Galaxis und zwischen zwei Sternschwärmen, entstand eine leuchtende Kugel, die ringsum viele Lichtjahre weit strahlte. Ein Leben war geboren worden!

Es begann das Licht wahrzunehmen. Eine seiner Sehkräfte war aktiviert worden. Zuerst sah es zahllose Sonnen und Nebel, deren Strahlenenergien es nun fütterten. Dahinter sah es ein dichtes, undurchdringliches Dunkel.

Die Dunkelheit weckte seine Neugier. Es konnte die Sterne verstehen, aber nicht dieses Dunkel. Sein Blick drang viele Lichtjahre weit in den Raum vor und sah nur Licht. Er drang weiter und weiter vor, aber da war kein Licht mehr. Erst als seine Sehkräfte ihre Grenze erreichten, gab es auf, aber eine seltsame Saat war gesät worden. Es war in seinem tiefsten Innern davon überzeugt, daß es auch am anderen Ende des Dunkels Licht gab.

Die Wunder schienen niemals aufzuhören, sich vor dem Neugeborenen zu produzieren. Es erkannte, daß eine andere Persönlichkeit in seiner Nähe schwebte, eine energiegeladene Kreatur, dreißig Millionen Meilen entfernt. In ihrem Herzen hing eine Kugel aus sanft schimmerndem grünem Licht, deren Durchmesser eine Million Meilen betrug .

Das Baby erforschte dieses Wesen mit seiner Sehkraft, und es verhielt sich still während dieser Inspektion. Es fühlte, daß sonderbare Kräfte an ihm zerrten, Kräfte, die es bis zum Überquellen mit Friedlichkeit erfüllten. Auf einmal entdeckte es ein System von Energiequellen mit wunderbaren Möglichkeiten.

„Wer bist du?" konnten diese Wellen das andere Leben fragen.

Sanft liebkosend kam die Antwort.

„Ich bin deine Mutter."

„Du meinst ..."

„Du bist mein Sohn – meine Schöpfung. Ich werde dich –

Dunkel nennen. Schwebe dort und wachse, Dunkel, und wenn du viele Male größer bist, werde ich wiederkommen."

Sie war verschwunden, unauffindbar verschluckt von einem großen Spiralnebel, einer Wolke aus rasch wirbelndem Sternenstaub.

Reglos lag der Sohn da, und seltsame Gedanken durchfluteten ihn. Vor allem wunderte er sich über den lichtlosen See, der die Küste der Galaxis begrenzte, in der er geboren war. Später irgendwann, fragte er sich, was das Leben war und welchen Zweck es erfüllte.

„Wenn *sie* wiederkommt, werde ich sie fragen", dachte er. „Dunkel, sie hat mich – Dunkel genannt!"

Seine Gedanken kehrten zurück zur Dunkelheit.

Fünf Millionen Jahre badete er in den Strahlen, die den Raum durchdringen. Er wuchs. Sein Durchmesser betrug zehn Millionen Meilen.

Seine Mutter kam. Er sah sie heranwirbeln, aus weiter Ferne. Ganz in seiner Nähe hielt sie inne.

„Du bist viel größer. Dunkel. Du wächst schneller als die anderen Neugeborenen." Er erkannte Stolz in ihren Gedanken, die von Strahlen übertragen wurden.

„Ich lag hier und dachte nach", sagte er. „Ich wunderte mich, und ich erriet viele Dinge. Aber es gibt noch andere – dich und mich selbst."

„Es gibt Tausende von anderen. Ich werde dich zu ihnen bringen. Hast du die Antriebskräfte ausprobiert?"

„Nein, aber ich werde es tun." Ein kurzes Schweigen entstand. Dann sagte Dunkel verwirrt: „Ich habe die Antriebskräfte entdeckt, aber ich kann mich nicht damit voranbewegen."

Sie schien sich zu amüsieren. „Du weißt nicht, daß du im siebzehnten Ring des Hyperraums lebst, Dunkel. Hier funktionieren die Antriebskräfte nicht. Versuch dich auszudehnen."

Das alles war ihm neu, aber er dehnte sich instinktiv auf das Doppelte seiner ursprünglichen Größe aus.

„Gut. Ich werde dich jetzt in den ersten Ring bringen ... Jetzt! Probier deine Antriebskräfte aus!"

Er gehorchte, und zu seinem ungeheuren Entzücken rasten die flammenden Lichter, die Sterne, an ihm vorbei. So groß war seine Freude, daß er sich zu einer Geschwindigkeit steigerte, die ihn um mehrere Lichtjahre von seiner Mutter entfernte. Sie holte ihn ein. „Für ein so junges Wesen bist du sehr schnell. Ich werde stolz auf dich sein. Ich spüre es, Dunkel", fügte sie hinzu, und nun lag leise Wehmut in ihren Gedanken, „daß du anders sein wirst als die anderen." Sie durchforschte die Wirbel seiner Erinnerungen. „Aber versuch nicht, allzu anders zu sein."

Verwirrt starrte er sie an, aber sie wandte sich ab. „Komm!"

Er folgte ihr durch die Schneisen, die von den Sternen gebildet wurden, als sie ihr Tempo dem seinen angepaßt hatte.

Sie hielten in der sechsten Galaxis vor dem lichtlosen Schlund an. Er entdeckte Tausende von Gestalten, die ihm glichen und rasch um ihn herum oder an ihm vorbei glitten. Das also war sein Volk.

Die Mutter wies auf die Gestalten. „Du wirst sie an ihren Vibrationen erkennen, an den verschiedenen Nuancen der farbigen Lichtkugeln in ihren Zentren."

Sie nannte ihm eine lange Liste von Namen, die er seinen Erinnerungswirbeln mühelos einprägte.

„Strahlung, Vibration, Eile, Milchiges Licht, Weißglut, Große Kraft, Sonnenfresser, Lichtjahr ... Komm, jetzt werde ich dich dem Ältesten vorstellen."

Sie wirbelten davon, in einen sieben Lichtjahre entfernten Teil des Raums. Gleich hinter der Grenze der Galaxis hielten sie an. Da war ein seltsames Klicken in seinem Bewußtsein.

„Der Älteste hat sich im sechsten Ring des Hyperraums isoliert", sagte seine Mutter.

Während er zuvor nichts gesehen hatte außer tintenschwarzem Raum, gefleckt mit Massen aus flammender, verzerrter Materie, sah er nun eine Energiekreatur, deren Aura sichtbares Alter ausstrahlte. Der riesigen, purpurroten Kugel, die im Herzen des Wesens hing, fehlte der vitale Glanz, den Dunkel instinktiv mit seiner eigenen Jugend und grenzenlosen Energie in Verbindung brachte.

Seine Mutter erregte die Aufmerksamkeit des alten Wesens. Und Dunkel spürte, wie die Gedankenstrahlen des Ältesten Kontakt mit ihnen aufnahmen.

„Oh, du bist es, Funke!" sagten die freundlichen Gedanken. „Und wen hast du da mitgebracht?"

Dunkel sah, wie Funke, seine Mutter, Ströme aus kristallischem Licht aussandte.

„Das ist mein erster Sohn."

Der Neugeborene fühlte, wie die Gedankenstrahlen des Ältesten seine Erinnerungswirbel durchdrangen.

„Und du hast ihn Dunkel genannt", sagte der Älteste langsam. „Weil er sich über die Dunkelheit gewundert hat." Geistesabwesend zogen sich seine Sehkräfte zurück. „Er ist so jung, und er ist trotzdem schon ein Denker. Schon jetzt denkt er über das Leben nach."

Für lange, lange Zeit richtete der Älteste einen durchdringenden Blick auf ihn. Dann schwangen die Sehstrahlen abrupt davon und konzentrierten sich auf eine winzige Sternengruppe. Eine schwere, lastende Stille herrschte im Raum.

„Dunkel", sagte der Älteste schließlich, „deine Überlegungen sind sinnlos." Seine Gedankenstrahlen schienen jetzt aus einer unermeßlichen Ferne zu kommen oder aus einem unendlich müden Geist. „Du bist so jung, Dunkel. Denk nicht so viel nach – nicht so viel, daß du das Glück deines Lebens durch seine Überbewertung zerstörst. Wenn du willst, kannst du mich jederzeit besuchen. Ich werde noch viele Millionen Jahre im sechsten Ring wohnen."

Abrupt verschwand der Älteste. Er hatte Mutter und Sohn zurück in den ersten Ring versetzt.

Die Mutter fixierte ihre Sehkraft auf Dunkel. „Es stimmt, was er gesagt hat – jedes Wort. Spiel doch eine Weile – es gibt so viel zu tun. Und wenn du willst, kannst du den Ältesten besuchen – aber in großen Abständen. Aber vorerst darfst du ihn nicht mit deinen Fragen belästigen."

„Ich werde es versuchen", antwortete Dunkel in plötzlicher Entschlossenheit.

II. Kosmische Kinder

Dunkel spielte. Er spielte Millionen Jahre lang. Mit Spielkameraden seines Alters durchstreifte er die zahllosen Galaxen, aus denen sich das Universum zusammensetzte. Er raste von einer zur anderen, um hemmungslos den Ratschlag des Ältesten zu befolgen.

Er erforschte die Oberflächen der Sterne, zerriß sie oft in Fragmente, sandte sengende, sprühende Flammenströme Millionen von Meilen weit in den Raum hinaus. Er folgte seinen Gefährten in die wirbelnden Tiefen der grünschimmernden Nebel, die in den intergalaktischen Räumen hingen. Aber es war unmöglich, diese mächtigen Kreationen der Natur zu zerstören. Majestätisch rollten sie um ihre Achse oder ringelten sich zu Spiralen, oder manchmal verdichteten sie sich zu einer Materie, die schöne, heiße Sonnen bildete.

Die Energie, von der man sich nähren konnte, war hier im Überfluß vorhanden, aber sie war so dicht geballt und so weit verstreut, daß Dunkel und seine Kameraden nicht einmal davon träumen konnten, mehr als ein Trillionstel dieser Menge in ihrem ganzen Leben zu absorbieren.

Er lernte die Mysterien der siebenundvierzig Ringe im Hyperraum kennen. Er lernte, wie man sich in die einzelnen Ringe versetzte und wieder in den ersten oder wahrhaften zurückkehrte. Er kannte das Entzücken der undurchdringlichen Schwärze im fünfzehnten Ring, das seltsame illusorische Gefühl einer mehrfachen Existenz im dreiundzwanzigsten oder das ebenso merkwürdige Empfinden, sich selbst davonzulaufen, das ihn im einunddreißigsten überkam, und den siebenundvierzigsten, wo sich der Raum in ein alptraumhaftes Gemisch aus kubistischen Sonnen und Galaxien verwandelte.

Diese siebenundvierzig Ringe waren unbegreiflich. Sie koexistierten im Raum, und doch waren sie durch Grenzen voneinander getrennt, die noch niemand entdeckt hatte. In jedem Ring wiesen unmißverständliche Zeichen darauf hin, daß man sich in ein und demselben Universum befand. Dunkel wußte nur, daß jeder Ring eines von den siebenundvierzig auf subtile Weise unterschiedlichen Gesichtern war, die das Universum besaß und daß es ihm die Kräfte seines Geistes gestatteten, mühelos die unsichtbaren Brücken zu überqueren, die sich über die Klüfte dazwischen spannten.

Er versuchte nicht, die Lösung des Rätsels zu finden – er war entschlossen, vorerst nicht nachzudenken. Er gab sich damit zufrieden, zu spielen und jede neue Möglichkeit des Vergnügens in vollen Zügen zu genießen.

Aber das Ende dieser fröhlichen Zeit kam heran, so wie er es erwartet hatte. Er spielte und liebte dieses Spiel, bis ...

Er hatte sein fünfzigmillionstes Jahr erreicht und war immer noch ein Jüngling. Die purpurrote Kugel in seinem Herzen hätte eine Sonne verschlucken können, deren Durchmesser eine Million Meilen betrug. Und in seinem ganzen Körper hätten fünfzig Sonnen von dieser Größe Platz gefunden. Für einen Zeitraum von hunderttausend Jahren schlief er im siebenten Ring, wo ein sanftes, farbloses Licht das Universum durchdrang.

Er erwachte und wollte sich gerade ins erste Band transferieren und sich wieder zu den Kindern Strahlung, Lichtjahr, Große Kraft und all den anderen gesellen.

Er hielt verblüfft inne, denn plötzlich erfüllte ihn eine überwältigende Aversion gegen diese Art von Kameradschaft. Er erkannte, daß er nie mehr mit seinen Freunden beisammen sein wollte. Während des Schlafs war eine Veränderung mit ihm vorgegangen, und nun waren ihm seine Spielgefährten so fremd, als hätte er sie nie gekannt.

Was hatte diese Veränderung verursacht? Vielleicht war sein Geist schon vor der Zeit erwachsen geworden. Nun rebellierte er gegen Freundschaften, die nichts weiter bedeuteten als sinnloses Spiel.

Spiel! Riesige Sonnen umherzuwerfen wie Gummibälle, sie zu Sonnensystemen zu zerreißen, einander zu jagen durch all die siebenundvierzig Ringe und wieder zurück, umherzurasen in den immensen Räumen zwischen den Galaxien, sich unsichtbar zu machen, indem man sich auf das zehnfache Volumen der normalen Größe ausdehnte ...

Er wollte nicht mehr spielen, und er wollte seine Freunde nie wiedersehen. Er haßte sie nicht, aber er ertrug ihr Wesen nicht mehr, das sie dazu trieb, sich bis in alle Ewigkeit zwischen den Sternen zu vergnügen.

Der Größe nach war er noch nicht gereift, aber er fühlte, daß er erwachsen geworden war, während sie noch Kinder waren, Sonnen durch ganze Galaxien warfen und dann kleine Teile materialisierter Energie hinterherschleuderten, die Planeten bilden sollten. Und dann entfesselten sie noch größere Massen, um die so sorgfältig geformten Planetensysteme wieder zu zerstören.

Er hatte sie schon die ganze Zeit gefühlt – diese Überlegenheit. Er hatte sie manifestiert, indem er seine Gefährten bei jedem Spiel, das sie erfanden, übertraf. Im allgemeinen neigten sie dazu, alles durcheinanderzubringen, zerfetzten einen Stern lieber in winzige Fragmente, statt ihn umherzuwirbeln, bis die Zentrifugalkraft neue Planeten abwarf.

„Ich bin zwar körperlich noch nicht erwachsen, aber geistig, ich bin an dem Punkt angelangt, wo ich Wissen in mir ansammeln muß und vielleicht auch Trauer", dachte er in seltsamer Erregung. „Ich werde den Ältesten aufsuchen und ihm meine Fragen stellen – Fragen, die ich bisher in den Hintergrund meines Bewußtseins gedrängt habe. Aber", fügte er nachdenklich hinzu, „ich habe das Gefühl, daß mir seine Weisheit nicht genügen wird. Trotzdem – es muß irgendwo Antworten geben. Was ist das Leben? Warum lebe ich? Und es muß noch – ein anderes Universum hinter der Dunkelheit geben, die dieses All umsäumt."

Widerstrebend wandte Dunkel sich um und glitt langsam durch diese Galaxis und in die nächste, wo er jene energiegeladenen Kreaturen antraf, mit denen er sich nicht mehr vergnügen konnte.

Er hielt an und übersetzte seinen Zeitstandard geistesabwesend in einen, der mit dem ihren korrespondierte, in eine Kategorie des Bewußtseins, in der er sechs Planeten beobachten konnte, die eine kleine, weißglühende Sonne als selbständige Körper umkreisten und nicht nur als bloße Lichtringe.

Sie hatten sich zu Hunderten um diese Sonne versammelt, und Dunkel schwebte am Rand der Menge und beobachtete sie in düsterer Stimmung.

Eines der jungen Purpurlichter mit Namen Kosmos warf eine Masse aus Materie über eine kurze Distanz hinweg in den Raum, fing sie mit einem Magnetstrahl wieder ein und schwang sie an der Spitze des Strahls immer rundherum, bis sich allmählich Kreise bildeten, die immer kleiner wurden. Um den Planeten mit einer Geschwindigkeit auszustatten, die ihn zielsicher zwischen die beiden äußersten planetarischen Kreisbahnen schleudern würde, mußte man die Faktoren des Gewichts der Schnelligkeit und der solaren Anziehungskraft berücksichtigen und den richtigen Ausgleich zwischen diesen einzelnen Gewalten schaffen.

Als Kosmos den Klumpen Materie mit einer gleichförmigen, hohen Geschwindigkeit ausgestattet hatte, empfand Dunkel ein Unbehagen, das er stets erfolglos zu unterdrücken versucht hatte. Ein Instinkt, der sich bisher niemals geirrt hatte, sagte ihm, daß dieser Planet niemals in eine Umlaufbahn geraten würde.

„Kosmos!" Er nahm mit dem Planetenschöpfer Strahlenkontakt auf. „Kosmos, diese Geschwindigkeit, die du da erzeugt hast, ist zu hoch. Das ganze System wird auseinanderbrechen."

„Oh – Dunkel!"

Kosmos warf ihm einen Blick zu. „Komm doch zu uns? Du

meinst, daß die Geschwindigkeit falsch ist? Niemals! Ich habe alles ganz genau berechnet."

„Aber du hast dich geirrt", beharrte Dunkel. „Zweifellos ist deine Einschätzung der Planetenmasse der Faktor, der zu deiner falschen Berechnung geführt hat. Senke die Geschwindigkeit! Du wirst sehen, daß ich recht habe."

Kosmos fuhr fort, seinen Klumpen Materie rundherum zu schwingen, aber er starrte Dunkel neugierig an.

„Was ist denn los mit dir?" fragte er. „Irgendwas stimmt nicht mit dir. Es wäre doch völlig egal, wenn ich mich geirrt hätte, wenn ich das Gleichgewicht des Systems stören würde. Wahrscheinlich werden wir das ganze Ding früher oder später ohnehin auseinanderreißen."

„Das ist es ja", stieß Dunkel in plötzlicher Wut hervor. „Für euch spielt das keine Rolle. Ihr werdet immer Kinder sein. Ihr werdet immer spielen. Sorgfältige Konstruktion, fröhliche Vernichtung – das ist euer Lebensinhalt. Habt ihr denn nie das Bedürfnis, mit dem Spiel aufzuhören, etwas Wertvolles zu tun?"

Als hätten sie seltsame neue Gesetze entdeckt, die eine neue Galaxis beherrschten, starrte die Menge der grünen und purpurroten Jünglinge auf Dunkel.

Kosmos fuhr fort, den Planeten, den er geschaffen hatte, durch den Raum zu schwingen, aber er war sichtlich verwirrt. „Was hast du nur, Dunkel? Was sollen wir denn anderes tun als durch die Galaxien zu schweifen und Sonnen zu erschaffen? Ich kann mir keine Tätigkeit vorstellen, die wertvoller wäre."

„Was für einen Sinn hat denn euer Spiel?" entgegnete Dunkel. „Was habt ihr davon, ein Sonnensystem zu erschaffen? Wenn ihr eins hergestellt und ihm dann Leben einhauchen könntet – das wäre eine wertvolle Leistung. Oder zu denken – nachzudenken – über das Leben – warum wir leben – was das Universum zu bedeuten hat! Oder ..." Er begann zu erbeben. „Oder herauszufinden, was jenseits dieses lichtlosen Schleiers liegt, der das Universum umgibt."

Die Jünglinge blickten auf die Dunkelheit.

Kosmos starrte ihn besorgt an. „Bist du verrückt? Wir alle wissen, daß es dahinter nichts gibt. Alles, was existiert, befindet sich hier im Universum. Diese Schwärze ist leer, und sie erstreckt sich bis in die Unendlichkeit."

„Woher hast du diese Information?“ fragte Dunkel verächtlich. „Du weißt es nicht. Niemand weiß es. Aber ich werde es wissen! Ich erwachte vor einer Weile aus dem Schlaf und konnte den Gedanken an eure Spiele nicht mehr ertragen. Ich möchte etwas Substantielles tun. Und deshalb gehe ich in die Dunkelheit.“

Sehnsüchtig richtete er den Blick auf das tiefdunkle Nichts, das die Sterne umgab. Es waren Tausende von Jahren, auch unter dem niedrigeren Zeitstandard, in denen ehrfürchtiges Grauen die Versammlung beherrschte. In seinem Staunen über einen so unerhörten Plan vergaß Kosmos seinen kreisenden Planeten. Die Geschwindigkeit der Kugel ließ nach, dann riß sie sich vom Magnetstrahl los, der ganz schwach geworden war, flog in der Richtung einer Tangente zu dem Kreis davon, den sie beschrieben hatte.

Sie raste auf das Solarsystem zu und zwischen die Umlaufbahnen der äußersten Planeten. Die Sonnenschwerkraft erfaßte sie. Der einsame Planet folgte einer sprunghaften Bahn. Dann stabilisierte sich das ganze Sonnensystem, zu den sechs Planeten war ein siebenter hinzugekommen.

„Siehst du“, sagte Dunkel mit leichtem Triumph. „Wenn der Planet deine Geschwindigkeit beibehalten hätte, wäre das System auseinandergebrochen. Aber der Planet wurde langsamer, dann riß er sich von dir los. Ein blinder Zufall schickte ihn in die richtige Richtung. Es war reiner Zufall. Nun wirf eine zweite Sonne in den Raum und schau zu, wie sie das System zerstört. Das hat dich doch immer amüsiert.“ Seine Aura erbebte. „Lebt wohl, Freunde!“

III. Der Älteste

Dunkel war für immer aus ihrem Blickfeld verschwunden. Er hatte sich in den sechsten Ring versetzt.

Er schwebte zu dem Ort, wo der Älteste sein müßte. Aber er war nicht da.

„Wahrscheinlich ist er in einem anderen Ring“, dachte Dunkel und durchsuchte alle anderen außer dem fünfzehnten, wo es kein Licht gab. Mit einer gewissen Furcht, daß der Älteste nirgends zu finden war, drang er in den fünfzehnten Ring ein und rief nach ihm.

Eine Zeitlang herrschte Schweigen. Dann antwortete der Älteste, und seine Gedanken bildeten eine Kadenz unendlicher Müdigkeit.

„Wer ruft mich?“

„Ich bin es – Dunkel, den Funke dir vor fast fünfzig Millionen Jahren vorgestellt hat." Er zögerte, als ein unerklärliches Gefühl einer unüberwindbaren Trauer über ihn kam. „Ich suchte dich im sechsten Ring", fuhr er dann hastig fort. „Aber ich hatte nicht erwartet, dich hier zu finden – einsam und ohne Licht – in einem Ring, wo du nichts sehen kannst."

„Ich bin des Sehens müde, mein Sohn. Ich habe zu lange gelebt. Ich bin des Sehens und des Denkens müde. Ich bin traurig."

Reglos hing Dunkel im Raum, wagte kaum die seltsamen Gedanken des unglaublich alten Wesens zu unterbrechen. Dann sagte er schüchtern: „Und ich bin des Spielens müde, Ältester. Ich bin des Nichtstuns müde. Ich möchte irgend etwas Nützliches vollbringen. Deshalb bin ich zu dir gekommen – um dir drei Fragen zu stellen. Ich muß die Antworten wissen."

Der Älteste regte sich unruhig. „Stell mir deine Fragen! "

„Das Leben hat meine Neugier erweckt." Der Besucher des Ältesten zögerte nervös, dann fuhr er fort: „Ich weiß, daß es einen gewissen Zweck hat, und diesen Zweck möchte ich erkennen. Das ist meine erste Frage."

„Aber warum, Dunkel? Warum glaubst du, daß das Leben einen Zweck hat?"

„Ich weiß es nicht", lautete die Antwort, und zum erstenmal war Dunkel verwirrt, weil er es tatsächlich nicht wußte. „Aber es muß doch einen Zweck geben!" stieß er hervor.

„Wie kannst du sagen: ‚*Es muß*'? O Dunkel, du hast das Leben in Gewänder gekleidet, die viel zu kostbar sind für einen gewöhnlichen Charakter! Du hast ihm einen heiligen Aspekt der Bedeutung gegeben! Aber es hat keine Bedeutung. Irgendwann einmal hat Funke des Lebens einen simplen Energieklumpen abgefeuert, der sich seiner Existenz bewußt war. Aus diesem Klumpen haben wir uns im Lauf eines obskurven Evolutionsprozesses entwickelt. Das ist alles. Wir werden geboren. Wir leben und wachen, dann sterben wir. Danach ist nichts. Nichts!"

Irgend etwas in Dunkel erzitterte heftig – und dann rebellisch. Aber seine Gedanken waren ruhig und konzentriert. „Das glaube ich nicht. Du sagst mir also, daß das einzige Ziel des Lebens der Tod ist. Wenn es so ist, warum existiert das Leben überhaupt? Nein, Ältester! Ich fühle, daß es irgend etwas gibt, das mein Dasein rechtfertigt."

War es Mitleid, das die Gedanken des Ältesten begleitete? „Du wirst mir niemals glauben. Das weiß ich. All meine alte Weisheit könnte deine Überzeugung nicht ändern, und vielleicht ist es gut so. Und doch wirst du dein ganzes Leben damit verbringen, die Wahrheit der Worte zu erfahren, die ich dir gesagt habe."

Seine Gedanken zogen sich zurück, dann kamen sie wieder.

„Deine zweite Frage, Dunkel ..."

Es dauerte lange, bis Dunkel antwortete. Er war nahe daran, den Ältesten zu verlassen, seine eigenen Erfahrungen zu machen und seine anderen Probleme auf diese Weise zu lösen. Für einen Augenblick war sein Haß gegen den Ältesten heißer als eine Zwergensonne. Aber er beruhigte sich, und obwohl er an der Weisheit zweifelte, die dieses alte Wesen für sich beanspruchte, stellte er seine nächste Frage.

„Welchen Sinn hat diese Kugel aus Purpurlicht, die für immer in meinem Zentrum hängt, die immer wieder zurückkehrt, so weit ich sie auch von mir schleudere?"

Eine so starke Welle aus Erregung und Trauer ging von dem alten Wesen aus, daß Dunkel erschauerte. Der Älteste wandte sich mit ungewöhnlichem Zorn an ihn. „Dieses Geheimnis darfst du nicht erfahren! Ich werde es dir nicht sagen! Was hätte ich mir alles erspart, hätte ich die Lösung dieses Rätsels nicht gesucht und gefunden! Ich war ein Denker, Dunkel, wie du! O Dunkel, wenn du wüßtest ... Dunkel, deine letzte Frage!" Seine Gedankenstrahlen schnellten vor und zurück und verrieten, welch seltsames Chaos in seinem Geist herrschte.

Dann konzentrierten sich die Gedanken wieder auf Dunkel. „Ich kenne deine dritte Frage, Dunkel. Ich wußte es schon, als Funke dich zu mir brachte, vor Äonen von Jahren. Was liegt jenseits der Dunkelheit? Diese Frage beschäftigt deinen Geist seit deiner Erschaffung. Was liegt am Rand des lichtlosen Abschnitts, der das Universum umgibt? Ich weiß es nicht, Dunkel. Niemand weiß es."

„Aber du *mußt* doch glauben, daß es jenseits der Dunkelheit irgend etwas gibt!" schrie Dunkel.

„Dunkel, in der nebelhaften Vergangenheit unserer Rasse haben es einige Wesen unseres Kalibers versucht – fünf, wenn ich mich recht erinnere, vor Billionen von Jahren. Aber sie kamen nie zurück. Sie verließen das Universum, warfen sich in jenes schreckliche Nichts und kehrten nie zurück."

„Wie kannst du wissen, daß sie jenes fremde Universum nicht erreicht haben?" fragte Dunkel atemlos.

„Weil sie nicht zurückkamen", antwortete der Älteste schlicht. „Wenn sie jenes andere Universum erreicht hätten, wäre zumindest einer zurückgekehrt. Aber sie haben es nicht erreicht. Warum nicht? Alle Energie, die sie für diese mühsame Reise aufgebracht hatten, war verbraucht. Sie lösten sich auf und starben – in der energielosen Leere der Dunkelheit."

„Es muß einen Weg geben, der hinüberführt!" stieß Dunkel heftig hervor. „Es muß eine Möglichkeit geben, genügend Energie für die Reise zu sammeln. Ältester, du zerstörst meinen Lebenstraum. Ich wollte schon immer hinübergehen. Ich will das Ende der Dunkelheit finden – und vielleicht werde ich dann auch den Sinn allen Lebens finden."

„Den Sinn des Lebens finden ...", begann der Älteste mitleidig, dann brach er ab, weil er erkannte, daß es zwecklos wäre, den Satz zu beenden.

„Schade, daß du nicht so bist wie die anderen, Dunkel! Vielleicht verstehen sie, daß es ebenso sinnvoll ist, schlafend im siebenten Ring zu liegen wie das Rätsel der Dunkelheit zu lösen. Sie sind glücklich – du bist es nicht. Du überschätzt den Wert des Lebens, mein Sohn."

„Ist das ein Fehler?"

„Nein. Denk darüber, wie du willst. Glaub nur, daß das Leben kostbar ist. Das kann nicht schaden. Träume deinen Traum vom erhabenen Leben, vom anderen Universum. Es liegt auch Freude in der Trauer über das Unerreichbare."

Wieder herrschte ein langes Schweigen, und wieder loderte die glühende Flamme des Hasses in Dunkels Geist auf. Diesmal konnte er die Flamme nicht löschen. Sie brannte zu heiß.

„Ich werde nicht träumen!" stieß Dunkel wütend hervor. „Als ich meine Sehkräfte zum erstenmal aktiviert hatte, ruhten sie auf der Dunkelheit, und meine neugeborenen Gedankenwirbel wunderten sich über die Dunkelheit und wußten, daß es dahinter etwas gibt! Und ob ich nun in dieser Schwärze sterben muß oder nicht – ich werde hineingehen!"

Zornig und abrupt versetzte er sich vom fünfzehnten Ring in

den ersten, aber bevor er noch Zeit fand, seine Antriebskräfte zu mobilisieren, sah er, wie sich der Älteste, ein gigantischer Körper aus intensiven, sprühenden Energien reinen Lichts, vor ihm materialisierte.

„Dunkel, halt!" Die Gedanken des Ältesten waren unsicher, „Dunkel", fuhr er fort, und das jüngere Energiewesen starrte ihn wie gebannt an. „Ich hatte mir geschworen, den lichtlosen Ring nie mehr zu verlassen. Aber nun habe ich meinen Eid gebrochen, dir zuliebe. Du wirst sterben. Du wirst dich auflösen im schwarzen Nichts. Du wirst es mit den begrenzten Energien, die dein Körper enthüllt, niemals durchqueren – falls es überhaupt durchquert werden kann."

Er umfaßte Dunkels Gedankenwirbel mit festen Energiebanden.

„Dunkel, ich besitze ein Wissen, und ich will es mit dir teilen."

Von tiefem Staunen ergriffen, schaltete Dunkel sein Bewußtsein aus, und das mächtige Wissen des Ältesten floß in einem gewaltigen Strom in seinen Geist, eine große Welle von universaler Weisheit, die kein anderes Wesen je besessen hatte.

Das Fluten ebbte ab, und aus einem unermeßlich fernen Raum kamen die Abschiedsworte des Ältesten.

„Leb wohl, Dunkel! Nutze dein Wissen, nutze es, um deinen Traum zu verwirklichen. Nutze es, um die Dunkelheit zu durchqueren."

Wieder bei vollem Bewußtsein, erkannte Dunkel, daß der Älteste wieder in den fünfzehnten lichtlosen Ring zurückgekehrt war, wo er vergeblich Frieden suchte.

Reglos und angespannt hing er im ersten Kreis, erforschte das Wissen, das er nun besaß. Als ihm klarwurde, welche Bedeutung ein bestimmter Teil dieses Wissen hatte, zitterte er.

In wilder Freude setzte er seine Antriebskräfte in Bewegung und raste zu seiner Mutter.

Er schwebte vor ihr.

„Mutter, ich gehe in die Dunkelheit!"

Da war ein Schweigen, schwer vor Sorge. „Ja. Ich weiß es", sagte sie dann. Es war deine Bestimmung, von Geburt an. Deshalb habe ich dich Dunkel genannt." Ein unruhiger, bebender Funkenregen ging von ihr aus. „Leb wohl, Dunkel, mein Sohn."

Sie riß sich los vom wahrhaften Ring, und er war allein. Der

Gedanke durchfuhr ihn schmerzhaft. Er war allein – so allein wie der Älteste.

Er kämpfte an gegen die ungeheure Depression, die ihn zu überwältigen drohte, dann machte er sich langsam auf den Weg zu zum äußersten Rand des Universums, denn dort lag die Große Energie.

Geistesabwesend trieb er durch die Galaxien, die leuchtenden Teile des Kosmos, die still in ihren ewigen schwarzen Betten lagen. Er zog eine kleine Sonne zu sich heran und wandelte sie in Energie für die lange Reise um.

Und plötzlich sah er in weiter Ferne seine unzähligen ehemaligen Kameraden. Kalter Spott stieg in ihm auf. Spiel! Kindische Torheit, sinnloses Sternenfunkeln!

Er entfernte sich von ihnen, steigerte langsam seine Geschwindigkeit, und die tausend und abertausend Galaxien wichen hinter ihm zurück. Sein Tempo wuchs, und eine beängstigende Beschleunigung trug ihn seinem Ziel entgegen.

IV. Jenseits des Lichts

Bei der ungeheuren Geschwindigkeit, zu der er sich gesteigert hatte, brauchte er sieben Millionen Jahre, um das Universum zu durchqueren. Und er war in einer Galaxis, deren weitverstreute Sonnen mit einem vergleichsweise langsamen Tempo von mehreren Tausend Meilen pro Sekunde durch das Dunkel reisten.

Plötzlich richtete sich seine Sehkraft auf einen immensen Stern, der ihm so groß vorkam, daß er sich unbewußt ausdehnte, um ihm Konkurrenz zu machen. So titanisch war diese Sternenmasse, daß sie alle Lichtstrahlen außer den ultravioletten Kurzwellen in sich einsog.

Es war eine heiße, unfaßbare Materienmasse, die da eine Billion Meilen entfernt dahinschwebte, die da zu lauern schien wie ein böses, lebendiges Himmelsmonstrum und die winzigen Sonnen dieser Galaxis beherrschte, die vielleicht ihre Kinder waren. Unmengen von ultraviolettem Licht gingen von der bebenden, flammenden Oberfläche dieses Sterns aus und rasten durch den Raum zu Dunkel. Und dieses Licht war begleitet von der Strahlung einer intensiven Energie, die sich schmerzhaft einen Weg in sein Gehirn bahnte.

Und noch eine Strahlung wirkte auf ihn ein, eine Energie,

deren Quelle, hätte er sie besessen, seine Antriebskräfte zu einer Schnelligkeit aktivieren würden, vor der alle Leistungen verblassen müßten, die seine Rasse im Lauf ihrer Geschichte erreicht hatte. Diese Energie würde ihn mit einer so unglaublichen Geschwindigkeit in die Dunkelheit schleudern, daß das Universum in einem Sekundenbruchteil hinter ihm verschwunden wäre.

Aber wie hoffnungslos erschien ihm der Versuch, dem Riesen diese Energie zu entreißen! Er wußte unumstößlich, daß die Quelle dieser Energie Materie war – eine unvergleichlich dichte Materie, deren Elektronen sich so eng aneinanderdrängten, daß sie sich berührten, eine Materie, so dicht, daß nicht einmal dieser wütende, geschmolzene Stern sie zerstören konnte.

Dunkel raste ein paar Millionen Meilen zurück und starrte den Stern an. Auf einmal lernte er die Angst kennen, eine kalte Angst. Er fühlte, daß diese Sonne lebte, daß sie wußte, wo er wartend schwebte, daß sie sich vorbereitete, um seinen mitleiderregenden Angriffen zu widerstehen. Und als wollte die Sonne seine Angst steigern, schickte sie Strahlen von so abstoßender Kraft, von so vitaler, schmerzhafter Bösartigkeit zu ihm, daß er sein wahnsinniges Vorhaben, sie zu zersplittern, beinahe aufgab.

„Ich habe schon oft Sonnen gesehen", sagte er sich und debattierte mit seinem eigenen Ich. „Und ich kann diese Sonne zumindest aufsplittern und mir die Nahrung holen, die in ihrem Innern liegt."

Er zog möglichst viele kleine Sonnen aus seiner Umgebung zu sich heran und wandelte sie in reine Energie um. Dann hielt er inne, denn sein Körper, ein gigantischer Komplex aus wirbelnden Kraftfeldern, deren Durchmesser sechzig Millionen Meilen betrug, konnte keine weitere Energie mehr assimilieren.

Und dann raste er geradewegs auf das Himmelsmonstrum zu, so schnell er konnte.

Es schwoll an und dehnte sich aus, füllte all die Himmel, bis er nichts mehr sehen konnte außer seiner glühenden Oberfläche. Immer näher flog er heran.

Schreckliche Strahlen trafen ihn, bis er krampfhaft zuckte vor stechendem Schmerz. Mit grausiger Geschwindigkeit prallte er gegen die wogende Fläche und – bohrte ein winziges Loch hinein, ein paar Millionen Meilen tief.

Er bemühte sich, einzudringen, aber heftige Energieströme

stießen ihn zurück. Ströme, die ihn von dem Stern wegschleuderten.

Er stoppte seinen Rückflug, kämpfte gegen seine Schmerzen an, stürzte sich wieder auf den Stern. Dieser stieß ihn zurück und glich dabei auf unheimliche Weise einem lebenden Wesen. Immer und immer wieder durchlief er diesen leidvollen Prozeß, um jedesmal zurückgeworfen zu werden.

Er konnte sich die Wirkung dieser abweisenden Strahlen nicht erklären, die offenbar in direktem Gegensatz zum großen Gravitationsfeld operierten, und er versuchte es auch gar nicht. Es gab Mysterien im Raum, die nicht einmal der Älteste enträtselt hatte.

Aber er war von einer neuen Furcht erfüllt. Erschöpft und zitternd hing er im Raum.

„Dieser Stern lebt nur *beinahe*", dachte er, und dann wandte er eine neue Taktik an. Er flog auf den Riesen zu, raste in titanischen Spiralen über seine Oberfläche hinweg, bis er die wütenden, weißglühenden Gase hinweggefegt hatte. Bevor der Stern seine Oberfläche erneuern konnte, glitt Dunkel schon wieder in wilden Spiralen über ihn hinweg, bis er den abweisenden und sengenden Strahlen, die auf ihn einwirkten, nicht mehr widerstehen konnte.

Der Stern lag nun in den Himmeln, auf ein Zehntel seiner ursprünglichen Größe reduziert. Dunkel konnte seinen Körper kaum noch zusammenhalten, zog sich zurück und stieß die überschüssige Energie ab.

Dann kehrte er zu dem Stern zurück.

Brennende Seen aus reinem Licht flackerten über die Oberfläche. Hin und wieder explodierte flammende Materie.

Dunkel griff von neuem an, bohrte ein viele Millionen Meilen tiefes Loch in den Stern, wurde mit wachsender Kraft zurückgestoßen. Als er durch den Raum zurückwirbelte, erkannte er, daß ihm all diese Taktiken nichts nützen würden. Seine schweifenden Sehkräfte blieben auf einer dichtgefügten, rotglühenden Sonne haften. Sekundenlang bedeutete ihm dieser Anblick nichts, aber dann wußte er, daß hier die Lösung des Problems lag.

Er holte den sterbenden Stern zu sich heran, schwang ihn am Ende eines Magnetstrahls in großen Kreisen herum, schleuderte ihn mit all seiner wilden Kraft auf die riesige Sonne.

Angespannt beobachtete er, wie die kleinere Sonne auf ihre

Mutter zuflog. Immer näher kam sie heran – und dann kollidierten sie. Eine titanische Explosion zerriß den Raum, sandte zahllose Wellen kosmischer Strahlen aus, schuf ein Inferno aus giftigen, tobenden Flammen, die bis in unendliche Weiten loderten und in hemmungsloser Wut an den Himmeln leckten. Die mächtige Sonne klaffte weit auseinander, entblößte einen violetten, glühenden Magen, über eine Billion Meilen breit.

Dunkel aktivierte seine Antriebskräfte und fiel in die grausige Höhle hinab, bis er sich dem Zentrum des Sterns genähert hatte, wo die Quelle der Großen Energie lag. Für ihn war sie unsichtbar, war nur ein leeres Nichts, da sich keine Lichtstrahlen von ihr losreißen konnten, von welcher Wellenlänge sie auch immer bestimmt sein mochten.

Dunkel wickelte sich um die Energiequelle, eine kugelförmige Materienmasse, und gleichzeitig klappten die beiden Hälften der gigantischen Sonne zusammen und schlossen ihn in ihrer Mitte ein.

Darauf war er gefaßt gewesen. Mit konzentrierter Kraft verschlang er einen Teil der Kugel und absorbierte ihn. Er staunte über die Metamorphose und spürte, wie ihn eine so grenzenlose Kraft erfüllte, daß er sicher war, nirgendwo auf Widerstand zu treffen.

Die Kugel der Großen Energie, deren Durchmesser nicht mehr als zehn Millionen Meilen betrug, fest im Griff, blähte er sich auf. Eine gewaltige Masse bösartiger Energie zerrte an ihm. Meilenlange Risse erschienen im Körper der Sonne, kosmische Feuer aus reiner Energie loderten. Und danach gab der Riese so plötzlich nach, daß Dunkel ihn in mehrere Teile zerfetzt hatte, bevor es ihm richtig zu Bewußtsein kam.

Nun sah er, daß er sich inmitten von Tausenden großer und kleiner Sterne befand, die in alle Richtungen von ihm wegrasten, um neue Sonnen zu bilden, die auf individuellen Bahnen kreisen würden.

Er hatte gesiegt. Reglos hing er im Raum, umklammerte die Kugel der Großen Energie in seinem Zentrum, zusammen mit dem geheimnisvollen Ball aus Purpurlicht.

Dann richtete er seinen Blick auf die Dunkelheit, starrte sie lange Zeit fasziniert an. Schließlich aktivierte er mit Hilfe der ungeheuren Großen Energie seine Antriebskräfte, und ohne einen Blick auf das Universum seiner Geburt zurückzuwerfen, stürzte er in den dunklen Brunnen.

Alles Licht außer jenem, das er erzeugte, erlosch. Er war umgeben von der Weite eines leeren Raums. Jubel, gemischt mit dem Bewußtsein, grenzenlose Macht zu besitzen, erfüllte seine Gedanken und führte sie in unendliche Höhen. Seine Beschleunigung war nur minimal, und doch legte er in einem kurzen Abschnitt seines Zeitstandards zahllose Billionen von Lichtjahren zurück.

Dunkelheit lag vor ihm, Dunkelheit lag hinter ihm, und Dunkelheit umgab ihn – davon hatte er geträumt. Dies war der Traum seines bisherigen Lebens gewesen, auch während jener unbedeutenden Jahre, wo er gespielt hatte, um den Rat des Ältesten zu befolgen. Und eine Frage hatte ihn stets begleitet – was liegt am anderen Ende der Dunkelheit? Nun befand er sich in der Dunkelheit, und ein Freudengefühl erfaßte ihn, wie er es nie zuvor gekannt hatte. Er war unterwegs. Würde er ein anderes Universum finden – ein Universum, das dieselbe Art von Leben hervorgebracht hatte, die er so gut kannte? Etwas anderes konnte er sich nicht vorstellen.

Seine Beschleunigung war unglaublich. Und doch wußte er, daß er nur ein Minimum an Energie verbrauchte. Er begann mehr Energie zu nutzen, steigerte die gewaltige Schnelligkeit, die er bereits erreicht hatte, zu ungeahnten Höhen. Wo lag jenes andere Universum? Er konnte es nicht wissen, und er hatte nicht überlegt, welche Richtung er von seinem Universum aus einschlagen sollte. Er hatte keine Wahl gehabt. Jede Linie, die durch dieses dunkle Gewölbe führte, konnte in jenem fremden Universum enden ...

Erst als eine Million Jahre verstrichen waren, ebbten seine Gefühle ab. Dann tauchten andere Gedanken auf. Er begann eine grauenvolle Angst zu empfinden, eine Angst, die um so größer wurde, je weiter er sich von seinem Universum entfernte. Er raste immer tiefer hinein in die Dunkelheit, die keiner vor ihm durchquert hatte, und nur wenige hatten es vor ihm versucht. Er bewegte sich mit einer Schnelligkeit voran, die er zwar beibehalten konnte, die er aber nicht begriff. Das Gehirn konnte diese Geschwindigkeit nicht erfassen, Gedanken konnten sie nicht in Worte kleiden.

Und – er war allein! *Allein!* Eine eisige Hand schien ihn zu umklammern. Er hatte die wahre Bedeutung dieses Wortes nie gekannt. Keiner seiner Freunde war in seiner Nähe, auch nicht seine Mutter oder der Älteste mit dem übergroßen Gehirn. Es gab kein Leben im Umkreis von unzähligen Licht-Jahrhunderten. Er war das einzige Lebewesen in der Dunkelheit!

Und so wunderte er sich fast neunzig Millionen Jahre lang und dachte nach, zuerst über das Leben, dann über das Ende der Dunkelheit und schließlich über das mysteriöse Energiefeld, das für alle Zeit in seinem Innern zu wirken schien. Er fand zwei Antworten und würde vielleicht am Ende auch die dritte finden.

In jeder Sekunde, die dahinging, eilten seine Sehkräfte um Hunderte von Lichtjahren voraus, suchten nach dem ersten Anzeichen jenes anderen Universums, an das er so fest glaubte. Aber vor ihm lag nur Dunkel, so dicht, daß es aus Materie zu bestehen schien.

Die Monotonie wurde schmerzhaft. Eine ungeheure Einsamkeit begann ihn zu verzehren. Er wollte irgend etwas tun, sogar spielen oder große Sterne in Planeten zerstückeln. Aber er konnte dem unwirklichen Entsetzen dieses unendlichen ebenholzschwarzen Pfades nicht entfliehen. Hin und wieder packte er die Lichtkugel in seinem Innern mit einem Magnetstrahl und schleuderte sie hinter sich in den dunklen Schleier, so daß sie mit fürchterlicher Geschwindigkeit davonflog, bis sie seinen Blicken entschwand. Aber sie kehrte immer wieder zurück, wenn auch erst nach Millionen Jahren, denn sie war durch unsichtbare Energiefesseln mit ihm verbunden. Sie war ein Teil von ihm, sie ließ sich ihr Geheimnis nicht entreißen, sie würde ihn nie verlassen, bis sie vielleicht irgendwann einmal ihre wahre Bedeutung enthüllte.

Eine unendliche Anzahl von Lichtjahren lag hinter ihm, so unendlich, daß man ein Blatt so breit wie das Universum gebraucht hätte, wenn man sie aufschreiben wollte.

Achtzig Millionen Jahre vergingen. Dunkel war damals noch nicht so alt gewesen, als er in jenes Nichts eingedrungen war, nach dem ihn seine Mutter benannt hatte. Die Angst, daß er sich geirrt haben könnte, erfüllte seine Gedanken. Aber er wußte nun, daß er nie mehr zurückkehren konnte.

Lange bevor das einundachtzigmillionste Jahr anbrach, hatte er alle Möglichkeiten der Zerstreuung erschöpft. Manchmal dehnte er sich zu unglaublicher Größe aus oder schrumpfte zusammen. Manchmal führte er automatisch jene Bewegungen aus, die ihn einst durch die siebenundvierzig Ringe seines Universums getragen hatten. Er spürte das Klicken in seinem Bewußtsein, das ihm sagte, daß er nun in den Hyperraum gleiten würde – wenn es einen Hyperraum in der Dunkelheit gäbe. Aber konnten denn verschiedene Arten von Dunkelheit existieren? Er bezweifelte, daß es hier einen Hyperraum gab, denn nur Materie konnte die dimensionalen Grenzen erzeugen, die sein Universum teilten.

Aber mit dem neunundachtzigmillionsten Jahr kam das Ende seiner Pilgerfahrt. Es kam ganz abrupt. Für einen winzigen Zeitraum erfaßten seine Sehkräfte einen Lichtstrom – ein Licht, das auf der Spur eines Himmelskörpers zurückgeblieben war. Dunkels Körper, dessen Umfang fünfzig Millionen Meilen maß, zog sich unwillkürlich auf die Hälfte seiner Größe zusammen. Die Energien ballten sich und formten flüssige Kugeln aus glühender Materie, die von ihm wegrasten, als Ausdruck seiner chaotischen Gefühle in diesem großen Augenblick.

Eine Welle bebender Dankbarkeit erschütterte ihn.

„Ältester, Ältester, wenn nur dein großes Gehirn das alles erfahren könnte ...“

Während er unkontrolliert an- und abschwoll, raste er voran, riß ungeheure Energiemengen aus der festgefügten Materie in seinem Innern, wandelte sie um in Antriebskräfte, die ihn mit unvorstellbarer Schnelligkeit weiterjagten, dem Universum entgegen, aus dem jener lichtspendende Körper gekommen war.

V. Die bunten Kugeln

Im neunzigmillionsten Jahr raste ein schwacher Lichtfleck auf ihn zu, und als er voranflog, wuchs das Licht, dehnte sich aus, zerbrach in kleinerer Lichter, die sich wiederum in ihre Bestandteile auflösten – bis die Dunkelheit verdrängt und dem verwirrend schönen Glanz eines eiförmigen Universums gewichen war.

Er hatte die Dunkelheit verlassen. Er hatte ihr Ende gefunden. Instinktiv reduzierte er seine Geschwindigkeit auf einen Bruchteil ihrer früheren Höhe, und dann verlor er das Bewußtsein, als hätte ein stärkerer Wille den seinen überwältigt, und flog in gleichmäßigem Tempo, ohne es zu wissen, durch den äußersten Saum der äußersten Galaxis, durch die ganze Galaxis und ihre Schwestern, bis er sich, immer noch besinnungslos, inmitten des fremden galaktischen Systems befand.

Er kam zu sich und begann sich umzusehen, flog von einem Stern zum anderen, riß sie mutwillig auseinander, als ob jeder und jedes einzelne Atom ihm allein gehörte.

Die Galaxien, die Sonne, alle Aufbauelemente, alles war genauso wie in seinem Universum. Wahrscheinlich, so dachte er, war die Natur überall gleich.

Aber gab es hier Leben?

Eine plötzliche Welle der Unruhe, des Unbehagens durchfuhr ihn. Er fühlte sich unglücklich und unzufrieden. Er blickte auf die Sterne, auf Giganten, auf wildglühende Zwerge, auf andere Klumpen aus Materie, abgekühlt und schwarz, abweisende Aschenkugeln, intergalaktische Nebel, die ziellos umherschweiften und unheimliche, schöne Formationen bildeten, über Zeiträume von vielen tausend Jahren hinweg. Er, Dunkel, war zu ihnen gekommen durch die große Kluft des Nichts, aber diese unglaubliche Tatsache berührte sie nicht. Sie glitten weiter auf ihren Bahnen dahin und wußten nichts von ihm. Er kam sich klein und unbedeutend vor. Solche Gedanken erschienen ihm sinnlos, aber sie waren da – er konnte sie nicht abschütteln. Mit einem wachsenden Gefühl der Enttäuschung schwebte er durch die zahllosen Galaxien und Nebel, die sich vor ihm entfalteten, und suchte nach Lebensformen.

Und seine rastlose Suche wurde belohnt. Aus weiter Ferne drang die pochende Flut einer Lebensenergie zu ihm. Er flog auf die Quelle dieses Lebens zu, dreißig oder vierzig Lichtjahre weit, und hielt dicht davor an.

Das Wesen war lichtgrün und gehörte einer der beiden Lebensarten an, die er kannte. Er selbst schimmerte in hellem Purpurrot, da sich in seinem Innern eine Kugel aus reinem Licht befand, deren Zweck stets zu den größten Problemen seiner Existenz gezählt hatte.

Als ihn die grüne Lichtgestalt sah, hielt sie inne. Sie starrten einander an.

Schließlich sprach sie, und ihre Gedanken waren voller Staunen und Zweifel.

„Wer bist du? Du erscheinst mir – fremd."

„Du wirst mir kaum glauben", erwiderte Dunkel, nun von Gefühlen erschüttert, die seltsamerweise nicht auf die Tatsache zurückzuführen waren, daß er sich mit einem Wesen aus einem anderen Universum unterhielt. „Ich komme aus keinem anderen Raum", sagte er feierlich. „Ich stamme aus einem anderen Universum jenseits der Dunkelheit."

„Du kommst von der anderen Seite der Dunkelheit?" fragte sie schwach, dann zog sie sich unwillkürlich zusammen. Abrupt richtete sie ihre Sehkräfte auf das schwarze Nichts. Lange Zeit starrte sie darauf, dann kehrten ihre Sehstrahlen zu Dunkel zurück.

„Du hast also die Dunkelheit durchquert", flüsterte sie. „Man sagte mir, es sei unmöglich und man könnte nur davon träumen, jene schreckliche lichtlose Kluft zu durchqueren. Man sagte mir, niemand könnte hindurchfliegen, denn am anderen Ende gäbe es nichts. Aber ich habe es nie geglaubt, Purpurlicht. Und es gab Zeiten, wo ich mir verzweifelt wünschte, selbst hinüberzuwandern. Aber ich hörte Geschichten von Wesen, die es versuchten und nie zurückkamen ... Und du hast die Finsternis durchquert."

Sie versprühte einen Schauer aus kristallischen Funken. Und die plötzliche Heldenverehrung, die auf ihren Gedankenwellen heranrauschte, war so deutlich zu spüren, daß Dunkel in wilder Freude triumphierte. Auf einmal konnte er die Emotionen definieren, die er nie zuvor empfunden und die ihn eingehüllt hatten beim Anblick der grünen Lichtgestalt.

„Grünes Licht, ich bin einen Weg gegangen, so unendlich weit, daß ich ihn dir nicht begreiflich machen kann, um das Rätsel der Dunkelheit zu lösen. Aber vielleicht habe ich noch etwas anderes gesucht, etwas, das eine Leere in meinem Innern füllen könnte. Nun weiß ich, was es war. Einen denkenden Gefährten, grünes Licht. Und du bist dieses denkende Wesen, dieser Freund, mit dem ich auf Reisen gehen kann, von Universum zu Universum, um alle Geheimnisse zu enthüllen. Schau! Ich habe nur einen geringen Teil der Großen Energie verbraucht, die es mir ermöglicht hat, die Dunkelheit zu durchqueren.

Fast unmerklich wich sie zurück. Eine unerklärliche Vorsicht, beinahe eine Sorge, beherrschte ihre Gedanken.

„Du bist ein denkendes Wesen!" rief er. „Wirst du mit mir kommen

Sie starrte ihn an, und er fühlte, daß sie ein natürliches Wissen besaß, das er niemals erwerben konnte. Seine Stimmung sank auf seltsame Weise. Was sagte sie da?

„Dunkel“, sagte sie sanft, „es wäre besser, du würdest dich abwenden und mich, ein grünes Licht, für immer verlassen. Du bist ein Purpurlicht, ich ein grünes. Das grüne und das purpurrote Licht – dachtest du, das sei alles, was die beiden Lebensarten ausmacht? Dann mußt du wissen, daß es außer den farblichen Unterschieden noch andere gibt. Die Grünen besitzen ein Wissen, von dem die Purpurroten nichts ahnen, bevor es – zu spät ist. Um deiner selbst willen bitte ich dich – verlaß mich für immer.“

Verwirrt sah er sie an. Dann sagte er langsam: „Das ist unmöglich – jetzt, wo ich dich gefunden habe. Ich brauche dich.“

„Aber verstehst du denn nicht?“ rief sie. „Ich weiß etwas, das du nicht einmal erraten kannst. Dunkel – geh!“

Seine Verwirrung wuchs. Worauf wollte sie hinaus? Was war es, das sie wußte, das er nicht wissen konnte? Für einen Augenblick zögerte er. In seinem Innern riet ihm eine Stimme zu tun, was die grüne Lichtgestalt sagte, und ganz schnell zu verschwinden. Aber eine andere Stimme, der Ausdruck eines intensiven Gefühls, das er nicht benennen konnte, befahl ihm zu bleiben. Denn Grünes Licht war seine Ergänzung, die andere Hälfte seines Ichs, die ihn vollkommen machen würde. Und die zweite Stimme war stärker.

„Ich gehe nicht“, sagte er, und die Kraft seiner Gedanken ließ keinen Zweifel an der Unerschütterlichkeit seines Entschlusses.

Sie sprach mit schwacher Stimme, als ob ein fremder Wille sie besiegt hätte. „Nein, Dunkel, jetzt kannst du nicht mehr gehen, es ist zu spät. Lerne das Geheimnis der Purpurkugel kennen!“

Abrupt raste sie in einen Hyperraum, und alle Zweifel und Ängste schwanden. Entzückt folgte er ihr durch die Skala der Ringe. Immer wieder sah er sie aufleuchten am Ende eines Rings, bevor sie in den nächsten eindrang.

Und so kamen sie in den siebenundvierzigsten Ring, wo alle Materie und ihre großen und kleinen Komponenten die Gestalt unveränderlicher Würfel annahmen. Auch Dunkel und Grünes Licht wurden zu gigantischen Würfeln, deren Seiten Millionen von Meilen maßen, geometrische Figuren, die sie nicht verzerren konnten.

Erwartungsvoll beobachtete Dunkel seine Gefährten. Vielleicht würde sie nun zu spielen beginnen, kleine Stücke aus diesen Würfelsonnen brechen und sie als Planeten kreisen lassen. Nun, er war bereit, eine Zeitlang mitzuspielen, aber danach mußten sie auf die Reise gehen, um neue galaktische Systeme zu erforschen.

Und als er sie ansah, verschwand sie.

„Hm – wahrscheinlich ist sie durch die Skala hinabgerast", überlegte Dunkel und ließ sich in tiefere Ringe sinken. Aber er fand sie nicht.

„Dunkel ... Versuch es – im achtundvierzigsten ..." Ganz schwach drang ihr Gedanke zu ihm.

„Im achtundvierzigsten?" schrie er überrascht. Und gleichzeitig begannen seine Erinnerungswirbel zu sieden, als würde das Wissen seines Lebens neu geordnet, um sich einer neuen Tatsache anzupassen. Ein seltsamer alchimistischer Prozeß fand in seinem Gehirn statt, und danach wußte er, daß es einen achtundvierzigsten Ring gab.

Nun wußte er, daß er es immer gewußt hatte, und er versetzte sich in den achtundvierzigsten Ring.

Energie im Überfluß umströmte ihn unaufhörlich. Es war eine fremdartige Energie, die ihn an nichts Vertrautes erinnerte, ebensowenig wie das pochende Fluten eines Energiewesens, das aus geringer Entfernung auf ihn zukam. Seine Sehkräfte erkannten die grüne Lichtgestalt.

Ernst blickte sie ihn an, mit einer seltsam distanzierten Arroganz. Und plötzlich erschauerte er in dem eiskalten Gefühl, daß er dem Entsetzen von Angesicht zu Angesicht gegenüberstand.

„Ich bin zum erstenmal hier", flüsterte sie schwach.

Er glaubte Mitleid in ihren Gedanken zu erkennen, doch diese Wahrnehmung wurde verdrängt von dem Gefühl, daß sie unter dem Einfluß eines anderen Willens stand, der kein Mitleid kannte.

Und doch sagte sie: „Ich bin trauriger als je zuvor. Aber es ist zu spät. Du bist mein Gatte, und dies ist der Ring des – Lebens."

Und während er sie noch anstarrte, wich sie plötzlich zurück, und er konnte ihr nicht folgen – nur mit seinen Sehkräften. Plötzlich verschwand sie, als würde ein Hypnotiseur einen Teil seiner Sehstrahlen auslöschen, und er erblickte nur noch die grüne Lichtkugel, die sie in sich trug. Sonst sah er nichts, sonst wußte er nichts. Die grüne Kugel wurde sein ganzes Universum, sein ganzes

Leben. Ein Gefühl tiefen Friedens, vollkommen und unversehrt von vergeblichem Streben, senkte sich auf ihn herab wie Sternenstaub.

Die grüne Lichtkugel begann zu erlöschen, wurde immer kleiner, bis sie klein wie ein Stecknadelkopf war, umgeben von einer Unendlichkeit aus farbloser Energie.

Und dann erwachte er beängstigend abrupt aus der Benommenheit, kam zu vollem Bewußtsein. In weiter Ferne sah er immer noch die grüne Lichtkugel, aber nun schwoll sie und näherte sich einer Kugel aus Purpurlicht, die ihr mit hoher Geschwindigkeit entgegenraste.

„Das ist mein Licht", dachte er verwirrt. „Ich muß es davongeschleudert haben, ohne es zu wissen, als sie mich mit dieser seltsamen hypnotischen Kraft umnebelt hat. Aber das macht nichts. Mein Licht wird zu mir zurückkommen."

Aber würde es zurückkommen? Die grüne Lichtkugel dehnte sich aus und flog auf die Purpurrote zu, die ihr immer schneller entgegenraste.

„Sie werden zusammenstoßen", dachte er in wilder Panik.

Angespannt sah er zu, und ein schneidendes kaltes Gefühl durchfuhr ihn. Näher – immer näher ... Er erbebte. Die rote und die grüne Kugel waren zusammengeprallt.

Sie trafen sich in einem blendenden, gleißenden Crescendo, das den Raum im Umkreis von vielen Lichtjahren erhellte. Ein riesiger Lichtnebel formte sich zu einer Kugel, in deren Mitte ein strahlender Ball hing. Langsam wurde das Nebellicht schwächer, bis das hellere Licht es völlig absorbiert hatte, jene Strahlenkugel, die ebenso reglos blieb wie Dunkel. Und dann begann sie in einem seltsamen Rhythmus zu pulsieren.

Irgend etwas in diesem Pulsieren weckte uralte Erinnerungen, eine Stimme, die ihm sagte: „Auch du warst einst ein pulsierender Ball."

Ungeheure Gedanken wirbelten durch sein Gehirn.

„Diese Kugel ist das Leben", dachte er erregt. „Das grüne Licht und ich haben Leben erschaffen. Das meinte sie, als sie sagte, dies sei der Ring des Lebens. Hier wogt aktivierte Energie im Überfluß umher. Dies ist das Geheimnis der Purpurkugel. Im Verein mit der grünen Kugel kann sie Leben erzeugen. Und ich kannte den achtundvierzigsten Ring nicht, bevor sie mich hineinführte. Und der Sinn des Lebens ist es, Leben zu erschaffen."

Dieser Gedanke brannte wie Feuer in seinem Gehirn. Für einen kurzen, berauschenden Augenblick glaubte er, daß er nun das letzte und schwierigste seiner mächtigen Probleme gelöst hätte.

Aber es war wie in allen anderen Augenblicken höchsten Triumphes, die er erlebt hatte. Schon bald wurde die Freude von Enttäuschung verdrängt.

Welchen Sinn hatte das alles? Der Prozeß wurde fortgesetzt, bis in alle Ewigkeit, und zu welchem Zweck? Existierte das Leben nur, um immer neues Leben zu erschaffen? Ein sinnloser Kreislauf! Er erinnerte sich an die Worte des Ältesten, und Entsetzen erfaßte ihn.

„Leben, mein Leben", flüsterte er dumpf. „Eine tote Sonne und Leben – eins so unwichtig wie das andere. Das ist unglaublich!" stieß er hervor.

Er sah, daß die grüne Lichtgestalt in seiner Nähe schwebte. Ja, sie besaß noch ein zentrales Licht, während er das seine verloren hatte.

Unglücklich sah sie ihn an. „Dunkel, wenn du nur auf mich gehört hättest!"

Ausdruckslos erwiderte er ihren Blick. „Warum hast du noch ein Licht, während ich keins mehr besitze?"

„Die Vorsehung der Macht – oder was immer es war, das uns erschaffen hat – stattete die grünen Lichter mit der Fähigkeit aus, ihre Lichter dreimal zu erneuern. Jedesmal, wenn ein grünes Licht mit einem purpurnen verschmilzt entstehen eine oder mehrere Kreaturen. Die Zahl der Neugeborenen übersteigt die der Sterbenden. Wenn mein viertes Licht verschwindet, und ich weiß, daß es eines Tages dazu kommen wird, muß auch ich sterben."

„Du meinst – ich werde sterben?"

„Bald."

Dunkel erschauerte, gefangen zwischen blindem Zorn und seelischem Schmerz. „Überall ist Tod", wisperte er, „und alles ist sinnlos."

„Vielleicht", sagte sie sanft, und ihr Kummer drang spürbar zu ihm. „Sei nicht traurig, Dunkel. Der Tod kommt zu uns allen, aber das bedeutet nicht, daß unser Leben sinnlos ist. Vor vielen Äonen, in der grauen Vergangenheit unserer Rasse, waren wir armselige, winzige Energieklumpen, die sich nicht einmal mit Lichtgeschwindigkeit voranbewegen konnten. Ein Energiegeschöpf in jenem Zeitalter kannte nur den ersten und den achtundvierzigsten Ring des Hyperraums und wußte nicht, daß auch all die anderen Dinge existierten. Es besaß elementare Mittel, um Energie zu absorbieren, wußte aber nicht, wie das funktionierte. Für zahllose Billionen von Jahren ahnte es nicht, daß das Universum eine Grenze hatte, konnte sich eine solche Grenze nicht vorstellen. Es war schwach, aber es wurde mit der Zeit kräftiger. Langsam entwikkelte es sich zu einem intelligenten Wesen, entdeckte immer neue Dinge, die sein Geist zuvor nicht hatte erfassen können, und auch jetzt gibt es immer noch Dinge, die über das Fassungsvermögen unseres Verstandes hinausgehen. Eines davon ist das Ende des gesamten Raums. Und das größte Geheimnis ist der Grund, warum das Leben existiert. Beides können wir uns nicht vorstellen, aber mit der Zeit werden sich unsere geistigen Kräfte so entwickeln, daß wir all das verstehen lernen, ebenso, wie wir den Hyperraum begriffen haben und jene anderen Dinge. Verschwommen kann ich schon jetzt einen Sinn im Leben sehen, aber er entgleitet mir immer wieder. O Dunkel! Alle Materie ist dazu bestimmt, in einen unveränderlichen Zustand maximaler Entropie hinabzusinken. Es ist das Leben – allein nur das Leben, das eine aufwärtsstrebende Richtung einschlägt. Deshalb mußt du – glauben!"

Sie war verschwunden, nachdem sie ihm Trost gespendet hatte, so gut sie konnte.

Ihre Worte erfüllten Dunkel mit einem wilden Hoffnungsfeuer. Das war die Antwort! Mochte sie auch nur eine vage Andeutung sein – näher konnte niemand an die Lösung des Rätsels herankommen. Für einen Augenblick gab er sich dem seligen Gedanken hin, daß er auch das letzte Problem gemeistert hatte.

Und dann, innerhalb eines gräßlichen Zeitraums, erlosch die Philosophie des Grünen Lichts in seiner Erinnerung, als wäre sie niemals ausgesprochen worden. Er wurde von einer unüberwindlichen Müdigkeit befallen.

Verstört setzte er einen drängenden Gedanken in die Tat um. Mit schwindender Kraft riß er sich los von dem fatalen Ring des Lebens und des Todes und glitt hinab durch die Skala. Irgend etwas Undefinierbares, vielleicht eine Erinnerung aus der Zeit seiner Geburt, bewog ihn, für eine Sekunde im siebzehnten Ring anzuhalten. In weiter Ferne sah er die grüne Lichtgestalt und ihr Neugeborenes. Sie hatten den höchsten Ring verlassen und waren in jenen gekommen, wo man keine Antriebskräfte brauchte. So war es auch bei seiner Geburt gewesen.

Dann hielt er nicht mehr inne und fiel in den wahrhaften Ring hinab, folgte einem langsamen Kurs über die Sternenbetten dieses Universums, bis er schließlich seine zerklüftete Küste erreichte. Dann glitt er hinein in die Dunkelheit, bis ihn Hunderte von Lichtjahren von dem Universum trennten, von dessen Existenz sein Volk nichts wußte.

VI. Die Auflösung

Er hielt an und blickte zurück auf das nebelhafte Licht. „Ich habe nicht einmal das Ende der Dunkelheit gefunden", dachte er. „Sie dehnt sich aus in alle Richtungen. Jenes galaktische System und mein eigenes sind nur winzige Lichtpunkte, die einen grenzenlosen ebenholzschwarzen Schleier schmücken, unendlich weit voneinander entfernt. Sie sind so klein in dieser immensen Dunkelheit, daß sie kaum jene eine Dimension der Existenz besitzen."

Er setzte seinen Weg fort, langsam und müde, als ob sich die Energie, die seine Antriebskräfte speiste, zusehends verringerte. Dann kam eine Zeit während dieses langsamen, verzweifelten Flugs durch die lichtlose Kluft, die er zuvor so unglaublich schnell durchmessen hatte, wo er jenes Universum so sah, wie es in Wahrheit war – als winzigen Lichtpunkt.

Er hielt an, warf einen sehnsüchtigen Blick darauf, dann schwebte er weiter, bis es nicht mehr zu sehen war.

„Ich bin wieder allein", dachte er vage. „Ich bin einsamer, als es der Älteste jemals war. Wie war es ihm gelungen, dem Tod zu entkommen, den die grünen Lichter den purpurroten bringen? Vielleicht entdeckte er das schreckliche Geheimnis und floh, bevor sie ihn vernichten konnten. Er liebte die Weisheit, und er wollte nicht sterben. Nun lebt er und ist allein, sondert sich ab im lichtlosen Ring, bemüht sich, nicht mehr zu denken. Er könnte sich dem Tod hingeben, aber er hat Angst davor, obwohl er des Lebens und seiner endlosen Gedanken müde ist. „Ich werde sterben. O nein ... Doch – ich werde sterben."

Verwirrung stieg in ihm auf.

Er überlegte oder versuchte zu überlegen, was nach dem Tod kommen würde. Natürlich, da würde nichts sein! Er würde nicht mehr da sein, und ohne ihn konnte auch nichts anderes existieren!

„Ich werde nicht mehr da sein, und deshalb wird auch nichts anderes da sein“, dachte er langsam. „Oh, es ist unvorstellbar! Der Tod! Wenn ich gestorben bin, werde ich für immer tot sein!“

Er versuchte das Entsetzen vor dieser ewigen Bewußtlosigkeit zu mildern. „Ich war auch früher, vor meiner Geburt, ein Nichts. Warum soll jene Zeit nicht wiederkommen? Aber es ist undenkbar. Ich habe das Gefühl, das Zentrum von allem zu sein, die Ursache, der Brennpunkt, sogar die Grundlage.“

Für einige Zeit schenkte ihm dieser Gedanke eine triumphierende Befriedigung. Der Tod war gar nicht so schlimm, wenn man all die Dinge, die das Leben bestimmt hatten, mit sich nehmen konnte. Doch dann verdrängte seine Vernunft diese Träume. Er seufzte. „Das also ist Eitelkeit!“

Wieder verspürte er diese grausige Unfähigkeit, seine Antriebskräfte voll zu aktivieren, seine normale Größe beizubehalten. Seine Erinnerungswirbel pulsierten, und manchmal strebten sie danach, einander zu vernichten.

„Nun könnte ich keines der beiden Universa erreichen“, sagte er sich, „weil ich sterbe. Arme Mutter! Armer Ältester! Sie werden nicht einmal wissen, daß ich die Dunkelheit durchquert habe. Das scheint die schlimmste Sorge eines Sterbenden zu sein – etwas Großes zu vollbringen und niemandem davon berichten zu können. Warum sprachen sie nie von den zentralen Lichtern? Der Älteste fürchtete wohl, ich würde das gleiche Ende erreichen wie er, ein Ende ohne Tod. Und Mutter gehorchte einem Instinkt, der so tief verwurzelt ist wie das All selbst. Es muß irgendwo auch ewiges Leben geben. Warum? Hatte das Grüne Licht recht? Gibt es einen begreiflichen Zweck des Lebens, den wir aber nicht erfassen können? Aber so ist mein Gewinn, wenn ich sterben muß, um diesen Zweck zu verwirklichen? Ich glaube, der Älteste kannte die Wahrheit. Das Leben ist einfach da. Man wird zufällig geboren, existiert ebenso zufällig wie ein Stern oder ein Elektron. Aber wenn ich das alles weiß – warum gebe ich den Kräften in meinem Innern nicht nach, die mich auseinanderdehnen wollen, bis ich mich auflöse? Oh, ich weiß es nicht!“

Krampfhaft konzentrierte er seinen Geist auf die Fortsetzung des Lebens in seinem Körper, der sich beharrlich ausbreitete. Eine Zeitlang erfreute er sich an einer geringfügigen Stärkung seiner schwindenden Kraft.

„Die Erschaffung von Solarsystemen!“ Sein Geist nahm den Faden eines verlorenen Gedankens auf. „Glückliche Söhne Strahlung, Weißglut, Große Kraft und all die anderen!“

Dann richtete er seine ganze Aufmerksamkeit auf den Gedanken, der ihm plötzlich kam. Er starb, das wußte er nur zu gut, doch er starb, ohne irgend etwas zu tun. Was hatte er denn wirklich getan in diesem seinem Leben?

„Aber was kann ich denn tun? Ich bin allein“, dachte er vage. Und dann überlegte er: „Ich könnte einen Planeten erschaffen, und ich könnte ihm den Keim des Lebens einpflanzen. Das hat mir der Älteste beigebracht.“

Auf einmal fürchtete er zu sterben, bevor er seinen Planeten erschaffen konnte. Er konzentrierte alle Kräfte, die ihm noch geblieben waren, auf dieses Ziel, entriß der Kugel aus festgefügter Materie riesige Mengen von Energie, dann verdichtete er sie, so daß sie eine dünnere Materie bildeten. Mit ersterbender Kraft formte er eine Materienmasse nach der anderen, setzte sie alle aus den achtundneunzig Elementen zusammen, die er kannte.

Es dauerte fünfzigtausend Jahre, bis der Planet sein erstes Stadium der Vollendung erreicht hatte. Er war zu einer winzigen Kugel mit einem Durchmesser von etwa fünfzehntausend Meilen geworden. Mit einem Hitzestrahl brachte Dunkel den Planeten zum Kochen, mit einem anderen Strahl kühlte er seine Kruste und bildete gleichzeitig Meere und Kontinente auf seiner Oberfläche. Er wußte, daß das Leben, das auf diesem Planeten beheimatet sein würde, Wasser und Land brauchte.

Dann vollendete er seine Schöpfung. Kein anderes Wesen hätte jemals absichtlich getan, was Dunkel nun tat. Sorgfältig erschuf er einen winzigen Tropfen aus lebendigem Protoplasma und ließ ihn ziellos in eine schmale Spalte auf der Oberfläche des Planeten fallen.

Er blickte auf sein fertiges Werk, den vollkommensten Planeten, den Dunkel oder seine Spielkameraden jemals erschaffen hatten, betrachtete ihn mit einer Befriedigung, die jedoch dem dumpfen Schmerz der Müdigkeit nicht standhalten konnte, der in den komplexen Energiefeldern seines Körpers pochte.

Dann erfaßte er den Planeten mit einem Magnetstrahl und schwang ihn immer rundherum, so wie er es in seiner Kindheit getan hatte, an die er sich jetzt so lebhaft erinnerte. Er verlieh der

Kugel ein rasches Tempo, dann schleuderte er sie davon, so daß sie einer Tangente der vorangegangenen Kreisbewegung folgte, der Richtung, die zum Universum seiner Geburt führte. Der Planet verschwand in der Dunkelheit, die ihn viele Zeitalter lang umgeben würde. Bald war er nur mehr ein Lichtpunkt – dann war er nicht mehr zu sehen.

„Er ist verschwunden“, sagte Dunkel und fühlte sich nun wieder schrecklich allein, „aber er wird das Universum erreichen. Vielleicht wird er viele Millionen Jahre lang unbehelligt durch die Galaxien treiben. Dann wird eine Sonne nach ihm greifen und ihn für sich beanspruchen. Auf diesem Planeten herrscht Leben – Leben, das wachsen wird, bis es Intelligenz entwickelt hat und behaupten wird, es hätte eine Seele und seine Existenz verfolge einen bestimmten Zweck.“

Die Ironie, die im schnellen Tod auch dieser Lebensart lag, nachdem sie zu existieren begonnen hatte, entging ihm nicht. Vielleicht würde dieses Leben für eine oder zehn Millionen Jahre blühen, und dann würde es dahinschwinden, und nichts würde zurückbleiben.

Ein Gefühl erfaßte ihn, das ihn der Schwärze ringsum näherbrachte, ein Gefühl der Ausdehnung, aber er bemühte sich nun nicht mehr, ein Leben zu verlängern, das im eigentlichen Sinne bereits tot war. Ein Ruck ging durch seinen Körper, als wollte eine unbewußte Kraft versuchen, ihn auseinanderzureißen.

Er sagte sich, daß er sich nun nicht mehr fürchtete. „Ich gehe einfach in eine andere Dunkelheit ein – aber es wird eine viel längere Reise sein als jene.“

Wie ein schützender Mantel umgaben ihn seine Sehstrahlen, die er aus der ebenholzschwarzen Leere zurückgeholt hatte. Er trieb dahin, breitete sich immer weiter aus im weiten, interuniversalen Raum.

Die letzte Ausdehnung begann, die Ausdehnung, die seine Erinnerungswirbel auflöste. Eine ungeheure Lebenskugel schwoll an, bis Dunkel nur noch aus freier Energie bestand, die sich im Raum verteilte, im Umkreis von vielen Lichtjahren.

Und in jenem letzten Augenblick erschien ihm der Tod plötzlich als ein viel größeres, viel erstaunlicheres Ereignis als die Geburt.

Lester del Rey

Ein geheimnisvoller Auftrag

Viele Leute glauben, daß der Juli ein besonderer Monat in der Geschichte von Astounding Science-Fiction *ist, weil während des Goldenen Zeitalters so viele ausgezeichnete, richtungweisende Stories die Juli-Ausgaben des Magazins füllten. Heinleins* ‚Coventry' *beherrschte die Juli-Ausgabe 1940 und mag teilweise selbst verantwortlich sein für die relative Vernachlässigung dieser schönen Geschichte von Tragik und Opfer. Sie wurde zum erstenmal in del Reys Prime Press-Sammlung im Jahre 1948 nachgedruckt, in* ‚Einige waren menschlich', *der Pionierausgabe eines einzelnen Autors in der S-f-Branche.*

Lester del Rey erinnert mich immer an Harlan Ellison – oder umgekehrt, da ich Lester viel länger kenne. Er ist ein Mitglied der Bruderschaft, der ich seit vierzig Jahren angehöre. Erstaunlich, wie viele von uns überlebt haben und immer noch aktiv sind ...

Jedenfalls ist Lester wie Harlan klein und laut und streitsüchtig und stachelig. Aber wenn man sich bei Harlan einen Weg durch die Stacheln bahnt, kann man niemals sicher sein, daß man am Leben bleiben wird – während Lester unter den Stacheln weich wie Brei ist und alles für einen tut, ein wahrer, verläßlicher Freund, der einem alles gibt, nur kein freundliches Wort.

Und er ist ein ausgezeichneter Koch. Wenn Sie noch nie ein Passahmahl gegessen haben, das er zubereitet hat, dann haben Sie nicht wirklich gelebt. I. A.)

Die Sonnenstrahlen schienen auf die Wipfel und die Lichtung herab und beleuchteten eine chaotische Szene. Gestern hatte hier ein Holzhaus gestanden, aber jetzt waren nur noch Trümmer übrig. Eine Wand war weggebrochen, wie bei einer Explosion, und nun lagen ihre Fragmente auf dem Boden. Das Dach war eingestürzt, als wäre ein Riese daraufgetreten und dann weitergegangen.

Aber die Ursache des Schadens war noch da und lag auf den Ruinen des Hauses. Eine wirre Masse aus verkrümmten Balken und Metallplatten mischte sich mit der zerstörten Laborapparatur, die in einem Raum des Hauses sorgsam aufgebaut worden war, und daneben lagen Teile einer fremdartigen Maschine. Dahinter befand sich eine Röhre, die vielleicht einmal eine Rakete gewesen sein mochte. Der große Metallgegenstand, der über dem zerbrochenen Dach lag, ließ jetzt nur noch ahnen, daß er einmal ein schlanker Zylinder gewesen war. Aber ein versierter Betrachter hätte erraten können, daß es das Wrack eines Raketenschiffes war. Aus dem einstigen Labor züngelten Flammen hoch, leckten am Metallrumpf, breiteten sich langsam aus, um auch den Rest des Hauses zu verschlingen.

Auf der Lichtung lagen zwei ausgestreckte Gestalten, von gleicher Größe und gleichem Körperbau, aber sonst unterschiedlich. Die eine war ein dunkelhäutiger Mann von mittlerem Alter, völlig nackt, mit einem Gesicht, das bis zur Unkenntlichkeit verwüstet war. Der seltsame Winkel, in dem der Kopf vom Hals abstand, war ein untrügliches Zeichen dafür, daß der Hals gebrochen war. Der andere Mann könnte, der Größe und dem Aussehen nach, ein kraftvoller Wikinger aus früheren Zeiten gewesen sein. Aber seine Gesichtszüge verrieten, daß er einer höher entwickelten Kulturepoche entstammte. Er war völlig bekleidet, und die langsame Bewegung seiner Brust zeigte an, daß noch Leben in ihm war. Neben ihm lag ein zerbrochener, mit Blut bespritzter Dachbalken. Auch sein Kopf war voller Blut, aber die Wunde war geringfügig, und er war nur betäubt.

Nun regte er sich unbehaglich, stand unsicher auf, schüttelte den Kopf und tastete nach seiner Wunde. Langsam wanderte sein Blick über die Lichtung, zu den Ruinen, aus denen lebhafte Flammen schossen. Dann wandte er sich der Leiche zu, drehte sie um und untersuchte den Hals. Er runzelte die Stirn, schüttelte heftig den Kopf, bemühte sich, Erinnerungen zurückzurufen, die ihm entglitten waren.

Doch die Erinnerungen kehrten nicht zurück. Er erkannte, was seine Augen sahen, aber sein Gehirn produzierte keine Worte, in die er das alles fassen könnte, und die Vergangenheit fehlte ihm. Seine erste Erinnerung betraf das Erwachen, jenen Augenblick, wo ein fast unerträglicher Schmerz in seinem Kopf gepocht hatte.

Ohne Überraschung betrachtete er die Rakete und sah, daß sie unkontrolliert auf das Haus herabgeflogen war, aber sie erzeugte keine Bilder in seinem Gehirn, und schließlich gab er es auf. Er könnte genausogut in der Rakete wie in diesem Haus gewesen sein. Er wußte es nicht. Aber wahrscheinlich hatte der nackte Mann im Haus geschlafen.

Irgend etwas prickelte sanft im Hintergrund seines Bewußtseins, wurde stärker, forderte ihn auf, etwas zu tun. Er durfte hier keine Zeit verschwenden, mußte irgendeinen lebenswichtigen Auftrag erfüllen. Was für einen Auftrag? Für eine knappe Sekunde wußte er es beinahe, doch dann war die Erinnerung wieder verschwunden.

Nur ein zwingendes Bedürfnis blieb zurück, dem er gehorchen mußte. Er zuckte mit den Schultern, verließ die Ruinen und ging zu dem schmalen Weg, den er zwischen den Bäumen entdeckt hatte.

Dann rief ihn ein anderer Impuls zu der Leiche zurück, und er gehorchte ihm, weil er nicht wußte, was er sonst tun sollte. Ohne den Grund seiner Handlungsweise zu kennen, zerrte er an der Leiche, stellte fest, daß sie sehr schwer war, und schleifte sie zum Haus. Die Flammen loderten nun überall, aber er fand eine Stelle, wo die Hitze erträglich war, und legte die Leiche auf einen Berg von Holztrümmern.

Nachdem dieses zweite Bedürfnis befriedigt war, kehrte das erste zurück, und er ging langsam den Weg entlang. Die Schuhe an seinen Füßen schmerzten, seine Beine waren wie aus Blei, aber er ging entschlossen weiter, während immer wieder dieselben Fragen in seinem Kopf kreisten. Wer war er? Wo war er? Warum war er hier?

Wer immer in dem Haus gelebt hatte, er selbst oder die Leiche, hatte diesen Ort offenbar gewählt, um Einsamkeit zu finden. Der Weg schien durch endlose Wälder zu führen, nirgends waren Häuser zu sehen. Mechanisch trottete er weiter und fragte sich, ob dieser Weg niemals enden würde, bis er zu einer Reihe gekreuzigter Pfähle mit Drähten kam. Weiter vorn sah er eine breite Straße, auf der mehrere Fahrzeuge in beide Richtungen rasten, und er beschleunigte seine Schritte, in der Hoffnung, irgend jemandem zu begegnen.

Das Glück war auf seiner Seite. Am Straßenrand stand eines

der Fahrzeuge, und er sah einen Mann, der sich an einem Ende des Autos zu schaffen machte. Rauhe Worte drangen zu ihm, deren Klang er als wütend einstufte. Plötzlich grinste er und rannte auf das Auto zu, den Blick auf den Kopf des Mannes gerichtet. Ein seltsames Gefühl durchfuhr ihn und ebbte wieder ab, gerade als er das Fahrzeug erreichte.

„Brauchen Sie Hilfe?“ Unbewußt waren ihm die Worte herausgerutscht, und nun formten sich andere Worte in seinem Gehirn, zusammen mit Gedanken, mit einem Wissen, das zuvor noch nicht existiert hatte. Aber der Anblick des Mannes oder was immer jenen Teil seiner Erinnerungen zurückgerufen hatte, konnte kein persönliches Wissen heraufbeschwören, und das erschien ihm irgendwie falsch. Der Impuls, den er fühlte, war ihm immer noch unerklärlich.

Der Mann sah auf, und auf seinem schwitzenden Gesicht malte sich Erleichterung. „Und ob ich Hilfe brauche!“ sagte er dankbar. „Nun fummle ich schon seit einer Stunde an diesem verdammten Ding herum, und bis jetzt hat kein Mensch angehalten, um mir seine Hilfe anzubieten. Kennen Sie sich damit aus?“

„Hm ...“ Der Fremde, wie er sich nun in Ermangelung eines besseren Namens nannte, untersuchte die Drähte und war vage irritiert , als er erkannte, was für eine simple Maschine er vor sich hatte. Er gab es auf, ging zur anderen Seite des Wagens, öffnete die Haube und studierte den Motor. Dann wußte er Bescheid und griff nach dem Werkzeugkasten. „Wahrscheinlich liegt es an der – eh – Zündung. “

Und daran lag es auch. Ein paar Minuten später summte die Maschine sanft, und der Fahrer grinste den Fremden an. „Alles okay. Ein Glück, daß Sie gekommen sind! Hier gibt’s weit und breit keine Werkstatt. Wohin wollen Sie denn?“

„Ich ...“ Der Fremde unterbrach sich, dann sagte er, weil ihm nichts Besseres einfiel: „In die große Stadt.“

„Dann steigen Sie ein. Ich fahre nach Elizabeth, das liegt auf Ihrem Weg. Kommen Sie doch mit! Ich würde mich freuen. Wenn man so weite Strecken allein fährt, fängt man nämlich irgendwann mal an, mit sich selber zu reden. Rauchen Sie?“

„Danke, nein.“ Er sah zu, wie sich der andere eine Zigarette anzündete, und fühlte sich irgendwie unbehaglich. Der Geruch des Rauchs war ekelerregend, ebenso der Gestank des Benzins und der Körpergeruch des Mannes. Aber er versuchte diese Empfindung zu verdrängen. „Haben Sie mal von einem Raketenschiff gehört oder gelesen."

„Klar. Sie meinen Oglethorpes Schiff, was? Ich habe in der Zeitung davon gelesen." Der Handelsvertreter nahm den Blick sekundenlang von der Straße, und seine kleinen Knopfaugen funkelten. „Ich habe mich schon lange gewundert, warum keiner von diesen großen Wirtschaftbossen das Projekt finanziert. Dann war Oglethorpe endlich dazu bereit. Mann, jetzt werden wir vielleicht bald herausfinden, was auf dem Mars los ist."

Der Fremde grinste mechanisch. „Wie sieht das Schiff denn aus? "

„Auf der ersten Seite des *Scoop* ist ein Bild davon. Er liegt hinten auf dem Rücksitz. Ja, das ist er. Ich möchte nur wissen, wie diese Marsbewohner ausschauen."

„Das läßt sich schwer sagen", meinte der Fremde. Ein kurzer Blick auf das Bild genügte ihm, um festzustellen, daß das zertrümmerte Schiff anders ausgesehen hatte. „Von anderen Raketen haben Sie nichts gehört?"

„Nicht daß ich wüßte. Also – irgendwie habe ich das Gefühl, daß die Marsmenschen wie wir ausschauen. Doch – klar." Er war von der Skepsis seines Fahrgasts überzeugt, ohne ihn anzusehen. „Ich habe mal eine Story darüber geschrieben, für eins von diesen Science-Fiction-Magazinen, aber die haben sie zurückgeschickt. Ich habe mir ausgedacht, daß es mal vor langer Zeit eine Zivilisation auf der Erde gegeben hat – vielleicht Atlantis, und die sind dann rübergeflogen und haben Kolonien auf dem Mars gegründet. Aber dann ist Atlantis versunken, und sie waren auf dem Mars gestrandet. Ich stellte mir vor, daß sie vielleicht eines Tages zurückkommen würden. Eine Zeitlang waren sie irgendwie weg vom Fenster, aber dann kamen sie wieder hoch und gründeten eine neue Zivilisation. Nicht schlecht, was?"

„Clever", gab der Fremde zu. „Aber es könnte doch auch ein Krieg zwischen der Mutterwelt und dem Mars ausgebrochen sein, der beide Zivilisationen vernichtet hat. Wäre das nicht logischer?"

„Vielleicht – ich weiß es nicht. Ich könnte es versuchen. Aber diese Magazine wollen ja immer ganz verrückte Stories ... So ein verdammter Idiot! Überholt, wenn's bergauf geht!" Der Mann beugte sich aus dem Fenster, schüttelte wütend eine dicke Faust, dann kehrte er zu seinem Lieblingsthema zurück. „Gestern habe ich eine Geschichte über zwei Rassen gelesen. Die eine sah aus wie Polypen, die anderen Kerle waren zwanzig Fuß groß und ganz blau."

Die Erinnerungen prickelten nun verführerisch und kamen fast an die Oberfläche. Blau ... Dann waren sie wieder verschwunden, hinterließen nur ein unangenehmes Gefühl. Der Fremde runzelte die Stirn, lehnte sich in seinem Sitz zurück, flocht nur hin und wieder einsilbige Bemerkungen in den Monolog des Fahrers ein und beobachtete die Landschaft und die kleinen Städte, die vorbeiglitten.

„So, da ist Elizabeth. Soll ich Sie an einer bestimmten Stelle absetzen?"

Der Fremde fuhr aus einem halben Koma auf, das der schneidende Schmerz in seinem Kopf verursacht hatte, und blickte sich um. „Irgendwo", antwortete er. Dann kam wieder ein Impuls aus dem Hintergrund seines Bewußtseins, und er überlegte es sich anders. „Bei irgendeinem Arzt."

Das ergab natürlich einen Sinn. Vielleicht waren all die Impulse nur dem logischen Wunsch entsprungen, medizinische Hilfe zu suchen. Aber jenes vage, große Bedürfnis war immer noch da und kämpfte darum, formuliert zu werden, und er bezweifelte, daß irgendeine Logik damit zusammenhing. Die Sehnsucht nach Hilfe konnte diese Ahnung einer Katastrophe nicht erklären, die alle seine Gedanken begleitete. Als der Wagen vor einem Doktorhaus hielt, hämmerten seine Pulse heftig und drängend.

„Da sind wir." Der Fahrer griff an ihm vorbei, um die Tür zu öffnen, und streifte dabei fast die Hände des Fremden, der blitzschnell zurückzuckte. Nur um Haaresbreite war er einer Berührung entgangen. Ein kalter Schauer rann ihm über den Rücken. Wenn diese Hand ihn berührt hätte ... Die halboffene Tür der Erinnerungen schloß sich wieder, aber eins wußte er nun – er durfte unter keinen Umständen einen solchen Kontakt mit seinem Körper dulden, sonst würde etwas Schreckliches geschehen. Eine verrückte Teilerinnerung, die in keinem Zusammenhang mit den anderen stand, aber zu stark war, um übergangen zu werden ...

Er stieg aus, bedankte sich und ging auf die Praxis Dr. Lanahan zu, der von zwölf bis vier Sprechstunde hatte, wie auf dem Schild stand.

Der Doktor war ein rauher, aber herzlicher alter Mann, und sein Sprechzimmer paßte zu ihm.

An einer Wand standen ein Regal mit medizinischen Büchern, ein Glasschrank mit mehreren Medikamenten und medizinischen Instrumenten. Gelassen hörte er sich den Bericht des Fremden an, lächelte ab und zu ermutigend und klopfte mit einem Bleistift auf seinen Schreibtisch.

„Natürlich Amnesie", sagte er schließlich. „Ziemlich seltsam, was gewisse Aspekte betrifft – aber ein solcher Fall hat meist ganz individuelle Züge. Wenn das Gehirn verletzt ist, kann man fast nie voraussagen, wie es reagieren wird. Haben Sie überlegt, ob mit diesen Impulsen, die Sie erwähnt haben, Halluzinationen zusammenhängen könnten?"

„Ja." Er hatte diese Möglichkeit aus mehreren Blickwinkeln betrachtet und als unwahrscheinlich abgetan. „Wenn es gewöhnliche Impulse wären, würde ich dieser Theorie zustimmen. Aber sie haben tiefe Ursachen – und sie müssen irgendein Ziel verfolgen. Davon bin ich fest überzeugt."

„Hm ..." Der Doktor trommelte wieder mit seinem Bleistift auf die Tischplatte und dachte nach. Der Fremde starrte auf den Nacken des alten Mannes. Ein nervöses Gefühl kehrte in seinen Kopf zurück, ungefähr wie jenes, das er beim ersten Anblick des Vertreters verspürt hatte. Irgend etwas rollte in seinem Gehirn umher und beruhigte sich dann wieder. „Haben Sie keinen Ausweis bei sich?"

„Eh ..." Der Fremde kam sich idiotisch vor und griff in seine Taschen. „Daran habe ich gar nicht gedacht." Er zog eine Pakkung Zigaretten hervor, ein fleckiges Taschentuch, eine Brille, mehrere Sachen, deren Bedeutung er nicht kannte, und schließlich eine Brieftasche, die mit Banknoten vollgestopft war. Der Doktor nahm sie und begann ihren Inhalt zu untersuchen.

„Offenbar hatten Sie Geld ... Hm ... Kein Ausweis, nur Briefe ... Ah, da ist eine Visitenkarte!" Er reichte sie dem Fremden mitsamt der Brieftasche und lächelte selbstzufrieden. „Anscheinend sind Sie ein Kollege, Dr. Lurton Haines. Nun, fällt Ihnen jetzt was ein?"

„Nichts." Es war irgendwie gut, einen Namen zu haben – aber

das war die einzige Reaktion, die der Anblick der Visitenkarte hervorrief. Und warum trug er eine Brille und Zigaretten bei sich, obwohl er weder das eine noch das andere brauchte?

Der Doktor studierte die Buchrücken auf dem Regal und zog dann ein schmutziges rotes Buch hervor. „Das ist der ‚Who's Who'", erklärte er. „Dann wollen wir mal sehen. Hm ... Ah, da ich hab's: *Lurton R. Haines, Dr. med.* Seltsam – ich hätte Sie für jünger gehalten. Sie haben in der Krebsforschung gearbeitet. Hier werden keine Verwandten erwähnt. Die Adresse gehört offenbar zu dem Haus, an das Sie sich erinnern. ‚Surrey Road, Danesville.' Wollen Sie mal sehen?"

Er reichte ihm das Buch, und der Fremde – oder Haines – studierte die Eintragung aufmerksam, konnte ihr jedoch nicht mehr entnehmen als der alte Doktor, außer der Tatsache, daß er zweiundvierzig war. Er legte das Buch auf den Schreibtisch, griff nach der Brieftasche und zog einen Geldschein hervor, den er dem Arzt reichte.

„Danke, Dr. Lanahan." Der Doktor konnte offenbar nichts mehr für ihn tun. Und der Gestank des kleinen Raumes und des alten Mannes drohte ihn zu ersticken. Vielleicht war er gegen die Gerüche anderer Menschen allergisch. „Um meine Kopfwunde brauchen Sie sich nicht zu kümmern. Das ist nur ein Kratzer."

„Aber ..." Haines zuckte mit den Schultern und brachte ein Lächeln zustande, dann wandte er sich zur Tür und ging hinaus. Jener intensive Drang war nun verschwunden, war verdrängt worden von der düsteren Gewißheit, daß er seinen Auftrag nicht ausgeführt hatte.

Sie wußten so wenig von der Heilkunde, obwohl sie sich so eifrig bemühten. Das gesamte Gebiet der medizinischen Wissenschaft zog nun durch Haines' Gehirn, mit all seinen aufregenden Erfolgen und deprimierenden Fehlschlägen, und er wußte, daß seine eigene Krankheit die Grenzen ihrer Fähigkeiten überschritt. Und das Wissen war, wie die plötzliche Rückkehr der Sprache, ein Mysterium. Es war wie ein Strom in sein Gehirn geflutet, als er den Doktor angestarrt hatte, und gleichzeitig mit diesem Wissen hatte ihn ein betäubendes Gefühl der Unzulänglichkeit erfaßt. Seltsam – es waren nicht die Kenntnisse eines Krebsforschers, sondern das Wissen um die gewöhnlichen Methoden eines praktischen Arztes.

Eine Erklärung bot sich von selbst an, aber sie war zu phantastisch, um ernstgenommen zu werden. Man ging zwar davon aus, daß es Telepathen gab, aber niemand konnte ganze Wissensgebiete aus dem Gehirn eines anderen stehlen, indem er ihn einfach ansah. Nein, das war noch unlogischer, als das plötzliche Erwachen isolierter Erinnerungsfelder beim Anblick der beiden Männer.

Er blieb an der Straßenecke stehen, müde von der Last der Hoffnungslosigkeit, die auf seinen Schultern lag, und grübelte über seine Situation nach. Ein Zeitungsjunge kam erwartungsvoll auf ihn zu. „Die *Times* und die *News* sind soeben herausgekommen!" pries er im Singsang seine Ware an. „Der *Scoop* und das *Journal!* Lesen Sie alles über das große Zugunglück! Möchten Sie eine Zeitung, Mister?"

Haines zuckte gleichmütig mit den Schultern. „Nein." „Blondine in Badewanne ermordet!" versuchte ihn der Junge zu verführen. „Bericht über Marsrakete!" Der Mann mußte doch irgendwo eine Achillesferse haben.

Aber Haines' Ohren registrierten die schrillen Worte nur halb. Er ging über die Straße, rieb sich die Schläfen, bevor ein intensiver Impuls ihn erbarmungslos zu dem Zeitungsjungen zurückschickte. Er fand Kleingeld in seiner Tasche, warf einen Nickel auf den Zeitungsstapel, ohne die aufgehaltene Hand des Jungen zu beachten, und nahm sich einen *Scoop*. „Komischer Kauz", dachte der Junge laut, als er nach dem Nickel fahndete.

Das Bild war jetzt nicht mehr auf der ersten Seite, aber nach einiger Mühe hatte Haines den Artikel gefunden. ‚Start der Marsrakete am Dienstag', lautete die Überschrift in konservativen Vierundzwanzig-Punkt-Lettern. Der Artikel darunter war eine Dreiviertelspalte lang. ‚Wie James Oglethorpe heute den Reportern mitteilte, wird der erste Flug des Menschen zum Mars nicht verzögert werden. Unbeeinflußt von der Skepsis der Wissenschaftler, wird der Financier seine Pläne verwirklichen. Am Mittwoch, den 8. Juni, werden seine Männer starten. Die Konstruktion der Rakete ist beendet, und die Maschine wird nun mehreren Tests unterzogen ...'

Haines überflog den Rest des Artikels, prägte sich die bemerkenswerten Fakten ein. Im Stil des Reporters kam ein leiser Spott zum Ausdruck, aber das interessierte Haines nicht. Er hatte nun alle Informationen, die er brauchte. Die Rakete konnte funktionieren.

Der Mensch stand kurz davor, die Planeten zu erobern. Eine andere Rakete wurde nicht erwähnt. Offenbar war jene andere heimlich hergestellt worden, im vergeblichen Bemühen, Oglethorpes Modell zu übertrumpfen.

Aber das war unwichtig. Wichtig war nur, daß er diesen Start verhindern mußte. Der Mensch durfte nicht zum Mars fliegen. Es war nicht Vernunft, die diesen Beschluß diktiert hatte. Und doch stand viel mehr dahinter als reine Vernunft. Es war seine Pflicht, diesen Flug zu unterbinden, und diese Pflicht durfte nicht in Frage gestellt werden.

Er lief zu dem Zeitungsjungen zurück, wollte ihn an der Schulter packen, dann zuckte seine Hand zurück, um die Berührung zu vermeiden. Der Junge schien die Bewegung zu spüren, denn er wandte sich rasch um. „Eine Zeitung?“ fragte er grinsend, dann erkannte er den Fremden. „Oh, Sie sind’s. Was wollen Sie denn?“

„Wo kann ich einen Zug finden, der mich nach New York bringt?“ Haines zog einen Vierteldollar aus seiner Tasche und warf ihn auf die Zeitungen.

Die Augen des Jungen leuchteten auf. „Gehen Sie vier Häuserblocks runter, dann biegen Sie rechts ab und gehen geradeaus weiter, bis Sie zum Bahnhof kommen. Sie können’s gar nicht verfehlen. Und vielen Dank, Mister!“

Die Entdeckung des Telefonbuchs als Informationsquelle war Haines’ einziger größerer Triumph, und die Tatsache, daß der erste Oglethorpe, den er anrief, ein farbiger Straßenkehrer war, konnte ihm die Freude daran nicht verderben. Nun ging er durch ein Wohnviertel und zählte die Nummern, die ihm sinnlos erschienen. Offenbar handelte es sich hier um eine arithmetische Reihe, ohne Rücksicht auf die Straßen.

Seine Schultern hingen vornüber, und den Falten, die der Schmerz rings um seine Augen gegraben hatte, war es allmählich gelungen, seine Brauen zusammenzuziehen. Ein Hustenanfall erschütterte ihn, quälte minutenlang seine Lungen und ließ dann wieder nach. Das war eine neue Erfahrung, ebenso wie der Druck auf seinem Herzen. Und überall war dieser entnervende Geruch nach Menschen, Benzin und Tabak, eine sauerstoffarme Mischung, der er nicht entfliehen konnte. Er steckte die Hände tiefer in die Taschen, um eine zufällige Berührung mit irgendwelchen Passanten zu vermeiden, dann ging er auf die andere Straßenseite, zu dem Gebäude, das die gesuchte Nummer trug.

Ein Mann trat in den Aufzug, und er folgte ihm mechanisch, erleichtert weil er nicht die Treppe hinaufsteigen mußte. „Oglethorpe?“ fragte er den Liftjungen unsicher.

„Vierter Stock, Zimmer 405.“ Der Junge schob die Lifttür auf, und Haines trat hinaus und stand in einem Empfangsraum mit chromverzierten Wänden. Ein halbes Dutzend Türen ging davon ab, und er entdeckte ein Schild mit der Aufschrift: ‚James H. Oglethorpe, Privatbüro.‘ Er ging darauf zu.

„Werden Sie erwartet, Sir?“ Das Mädchen blickte zu ihm auf, eine Hand auf der Schranke, die ihm den Weg versperrte. Ihr Gesicht verriet tiefe Frustration, was vermutlich die Schärfe ihrer Stimme erklärte. Sie überreichte ihm ein Anmeldeformular. „Mr. Oglethorpe ist gerade beschäftigt.“

„Lunch“, erwiderte Haines kurz angebunden. Er hatte bereits bemerkt, daß die Menschen beim Essen ungezwungener redeten.

Sie blätterte in einem kleinen Buch. „Da steht nichts von einer Verabredung zum Lunch, Mr ...“

„Haines. Dr. Lurton Haines.“ Er grinste und wedelte lässig mit einem Zwanzig-Dollar-Schein. Geld war anscheinend eine Krankheit, gegen die niemand immun war. Ihr Blick fiel auf die Banknote, und nun klang ihre Stimme etwas unsicher.

„Natürlich könnte Mr. Oglethorpe die Verabredung schon vor einiger Zeit getroffen haben. Und dann hat er wohl vergessen, mir Bescheid zu geben ...“ Sie sah, wie er nickte, wie der Geldschein auf den Schreibtisch wanderte. „Setzen Sie sich doch bitte, ich werde mit Mr. Oglethorpe sprechen.“

Fünf Minuten später kam sie aus dem Büro und zwinkerte ihm zu. „Er hatte es vergessen“, sagte sie, „aber er kommt gleich, Dr. Haines. Ein Glück, daß er heute später als sonst zum Lunch geht!“

James Oglethorpe war jünger, als Haines erwartet hatte, obwohl sein Interesse für Raketentechnik diesbezüglich ein Anhaltspunkt gewesen wäre. Er kam aus seinem Büro, stülpte sich einen Homburg auf die schwarzen Locken und musterte den Besucher von oben bis unten. „Dr. Haines?“ fragte er und streckte eine große Hand aus. „Anscheinend sind wir zum Lunch verabredet.“

Haines stand rasch auf und verbeugte sich, bevor der andere seine Hand ergreifen konnte. Offenbar bemerkte Oglethorpe nichts, denn er fuhr liebenswürdig fort: „Diese telefonischen Verabredungen vergißt man so leicht. Sie sind doch der Krebsforscher, was? Einer von Ihren Freunden war vor ein paar Monaten hier und bat mich um einen Zuschuß für Ihr Labor."

Sie fuhren im Aufzug nach unten, und Haines wartete, bis sie den Lunchroom betreten hatten. Erst dann antwortete er: „Diesmal möchte ich Sie nicht um Geld bitten. Ich interessiere mich für Ihr Raketenprojekt. Ich glaube, daß es klappen könnte."

„Es wird klappen – auch wenn nur wenige Leute daran glauben." Sein Gesicht verriet Vorsicht und Skepsis, aber auch Interesse. Er gab seine Bestellung auf, bevor er sich wieder an Haines wandte. „Wollen Sie mitfliegen? Für einen Arzt hätten wir noch Platz an Bord."

„Nein, danke. Nur Toast und Milch, bitte ..." Haines hatte keine Ahnung, wie er sein Anliegen vorbringen sollte, da er seine Behauptung mit keinen konkreten Fakten untermauern konnte. Als er auf das energische Kinn des anderen Mannes blickte, gab er die Hoffnung auf und sprach nur weiter, weil ihm nichts anderes übrigblieb. Er suchte Zuflucht bei seiner Phantasie und fragte sich, wieviel davon stimmen mochte.

„Eine andere Rakete ist bereits zum Mars geflogen und zurückgekehrt, Mr. Oglethorpe, aber der Pilot starb vor der Landung. Ich kann Ihnen das Wrack der Maschine zeigen, wenn die Flammen auch nicht viel davon übriggelassen haben – aber vielleicht genug, um zu beweisen, daß es sich um eine Rakete handelt. Irgendwo auf dem Mars gibt es etwas, das die Menschen niemals finden dürften. Es ist ..."

„Ein Geist?" schlug Oglethorpe brüsk vor.

„Nein – der Tod! Ich bitte Sie ..."

Wieder fiel ihm Oglethorpe ins Wort. „Nein. Gestern war ein Mann bei mir. Er behauptete, er sei auf dem Mars gewesen, und wollte mir das Wrack *seiner* Maschine zeigen. Heute morgen bekam ich einen Brief, und darin stand, daß die Marsbewohner den Schreiber besucht und ihm alles mögliche angedroht hätten. Ich will Sie nicht als Lügner bezeichnen, Dr. Haines, aber ich habe zu viele von diesen Geschichten gehört. Wer immer Ihnen diese Story erzählt hat, ist entweder ein Narr oder ein morbider Schwarzseher. Ich kann Ihnen einen ganzen Stapel von Briefen zeigen, und darin kommt alles vor, von der Astrologie bis zu den Zombies, und in allen wird mir der dringende Rat erteilt, das Projekt fallenzulassen. Manche Leute haben mir sogar Fotos als Beweismittel geschickt."

„Aber wenn ich Ihnen nun sage, daß ich selbst in dieser Rakete zum Mars geflogen bin?" Auf der Visitenkarte in seiner Brieftasche stand, daß er Haines hieß. Aber da waren auch die Zigaretten und die Brille, für die er keine Verwendung hatte.

Oglethorpe verzog die Lippen – ob angewidert oder amüsiert, konnte Haines nicht feststellen. „Sie sind ein intelligenter Mann. Doktor. Wir wollen mal annehmen, daß ich das auch bin. Es mag Ihnen vielleicht lächerlich erscheinen, aber ich hatte nur einen einzigen Grund, all das Vermögen anzuhäufen, das ich besitze. Ich wollte dieses Schiff bauen. Und dieses Ziel zu erreichen, hat mich mehr Arbeit und Zeit gekostet, als sich das ein Laie jemals vorstellen könnte. Und wenn jetzt eine sieben Fuß große grüne Ameise in mein Büro spazieren und mit einem universalen Krieg drohen würde, ich würde trotzdem zum Mars fliegen."

Trotz seines drängenden Impulses erkannte Haines das Unmögliche. Oglethorpe war ein Mann, der erst einmal handelte und sich über seine Taten nur Sorgen machte, wenn er in depressiver Stimmung war. Und er wirkte überhaupt nicht depressiv. Das Gespräch wandte sich nun alltäglichen Themen zu, und Haines ließ es ausklingen, bis schließlich beide in Schweigen versanken.

Zumindest war er ein bißchen klüger geworden. Er wußte jetzt, wo die Rakete stand und wie sie bewacht wurde. Das hatten nicht einmal die Reporter herausgefunden, da alle Fotos und Informationen von Oglethorpe stammten. Haines konnte nun nicht mehr bezweifeln, daß er die Fähigkeit besaß, sich mit Hilfe irgendwelcher schleierhafter telepathischer Prozesse Informationen zu verschaffen. Entweder war er ein geistiges Wunder, oder der Unfall hatte irgendwelche Vorgänge in seinem Gehirn bewirkt, die ihn eigentlich überraschen müßten, was aber nicht der Fall war.

Haines hatte sich auf dem Flughafen ein Taxi genommen und Instruktionen erteilt, die den Fahrer etwas verwirrten. Aber Geld war immer noch allmächtig. Nun fuhren sie durch eine Landschaft, die noch trostloser aussah als die Wälder rings um Haines' Haus. Das Ende der Straße kam in Sicht, schlammige Radspuren zeigten die Richtung an, die Oglethorpes Lastwagen von hier aus eingeschlagen hatten. An dieser Stelle hielt das Taxi.

„Wollten Sie hierher?“ fragte der Fahrer unsicher.

„Ja.“ Haines legte noch einen Geldschein zu der geforderten Summe dazu und entließ den Mann. Dann folgte er der Schlammstraße und blieb immer wieder stehen, um sich auszuruhen. In seinen Ohren dröhnte es laut, und jeder einzelne seiner Rückenwirbel protestierte gegen den anstrengenden Marsch. Aber eine Umkehr war unmöglich. Er hatte es am Flughafen versucht und festgestellt, daß der drängende Impuls stark genug war, um seine bereits geschwächte Willenskraft zu besiegen.

„Nur eine kleine Pause“, flüsterte er heiser, aber die Macht in seinem Gehirn hob seine bleischweren Füße und dirigierte sie zur Raketenbasis. Graue Wolken zogen vor dem Mond dahin, und er blickte zum Mars auf, der am Himmel leuchtete. Worte aus dem Vokabular des Handelsvertreters stiegen in seiner Kehle auf, aber die Anstrengung, sie auszusprechen, war größer, als es dieser rote Planet verdiente. Schweigend trottete er weiter.

Der Mars hatte sich um mehrere Grade über den Himmel bewegt, als Haines das Camp vor sich sah, das in einem langgestreckten, schmalen Tal lag. An einem Ende des Tales standen die Hütten der Arbeiter, am anderen erhob sich ein großes Bauwerk, das die Rakete vor neugierigen Blicken schützen sollte. Haines blieb stehen, um heftig zu husten, sein Atem ging schwer und rasselnd, als er den Hang hinabstieg.

Er wußte, daß in regelmäßigen Abständen Wachtposten am Rand des Tals verteilt waren. Oglethorpe würde kein Risiko eingehen, nachdem ihm so viele Verrückte geschrieben und ihn als gottlosen Narren bezeichnet hatten, der seine Männer in den Tod schicken wollte. Haines suchte sich einen Weg zwischen zwei Wachtposten hindurch, kroch durch dichtes Unterholz, bewegte sich nur im Schutz des Dunkels voran, wenn sich dicke Wolken vor den Mond geschoben hatten. Einmal trat er beinahe auf ein Alarmgerät, konnte aber im letzten Augenblick zur Seite springen.

Dahinter war das Gebüsch zu Ende, aber sein Anzug hatte fast die gleiche Farbe wie der Erdboden im Mondlicht. Da er in den hellen Perioden reglos liegenblieb und nur weiterkroch, wenn der Mond verdunkelt war, erreichte er unbemerkt das Raketengebäude. Mit den Augen maß er die Entfernung zu den Hütten und den Wachtposten und nickte. Die Explosion würde den Männern nichts anhaben.

Die Luft schien rein zu sein. Dann sah er im Schatten des Gebäudes einen winzigen roten Punkt aufglühen und langsam wieder erlöschen. Ein Mann stand dort und rauchte eine Zigarette. Haines kniff die Augen zusammen und konnte den langen Lauf eines Gewehrs ausmachen, das an der Mauer lehnte. Dieser Wachtposten mußte auf eine zusätzliche Vorsichtsmaßnahme zurückzuführen sein, von der Oglethorpe nichts wußte.

Plötzlich riß die dicke Wolkendecke auseinander, und Haines warf sich flach auf den Boden und überlegte, wie er dieser neuen Komplikation begegnen könnte. Sekundenlang fragte er sich, ob er umkehren sollte – aber das konnte er nicht. Sein Weg war viel zu klar vorgezeichnet, und er hatte keine andere Wahl, als ihm zu folgen. Als der Mond wieder hinter Wolken verschwand, erhob er sich lautlos und ging auf die Gestalt zu, die dort Wache stand.

„Hallo!" Seine Stimme war leise und sollte nur den Mann vor dem Gebäude erreichen, nicht die Wachtposten am Rand des Tales. „Hallo! Kann ich kommen? Ich bin ein Spezialinspektor – von Oglethorpe beauftragt."

Ein Lichtstrahl stach aus dem Schatten hervor und blendete ihn, und er ging weiter, so schnell ihn seine Beine trugen. Das Licht könnte die Blicke der anderen Wächter auf ihn lenken, aber das bezweifelte er, denn ihre Aufmerksamkeit war in erster Linie auf die Umgebung des Tales gerichtet.

„Hierher!" rief der Mann. „Wie sind Sie denn an den anderen vorbeigekommen?" Die Frage klang mißtrauisch, und Haines sah, daß die Mündung des Gewehrs auf seinen Bauch zielte. Er blieb stehen.

„Jimmy Durham wußte, daß ich kommen würde", erwiderte er. Den Informationen zufolge, die er von Oglethorpe gestohlen hatte, befehligte Durham die Wachtposten. „Er sagte, er hätte keine Zeit gefunden, Sie zu verständigen, aber ich beschloß, dieses Risiko auf mich zu nehmen."

„Hm ... Das geht vermutlich in Ordnung, da man Sie durchgelassen hat. Aber Sie können die Basis nicht verlassen, bevor jemand Sie identifiziert hat. Nehmen Sie die Hände hoch!" Vorsichtig kam der Wachtposten auf ihn zu, tastete ihn nach versteckten Waffen ab. Haines hob die Hände so hoch, daß die Gefahr eines direkten Hautkontaktes ausgeschaltet wurde. „Okay, das ist in Ornung. Warum sind Sie hier?"

„Ich soll eine Generalinspektion vornehmen. Der Boß hat erfahren, daß es Ärger geben könnte, und deshalb hat er mich hergeschickt. Ich soll dafür sorgen, daß alle Mann auf ihren Posten bleiben und Sie warnen. Ist da oben alles abgesperrt?"

„Nein. Ein Schloß würde in dieser Bude wenig nützen, und deshalb stehe ich hier. Soll ich Jimmy ein Signal geben, damit er herkommt und Sie identifiziert? Danach können Sie gehen."

„Nicht nötig." Die Bedingungen waren offenbar ideal – bis auf eine. Aber er würde den Mann nicht umbringen, es mußte einen anderen Weg geben, denn dazu würde er sich von der Macht in seinem Gehirn nicht zwingen lassen. „Ich hab's nicht so eilig, nachdem ich alles gesehen habe. Hätten Sie eine Zigarette für mich?"

„Hier! Da haben Sie auch Streichhölzer."

Haines zündete sich ungeschickt die Zigarette an. Der Rauch drang ätzend in seinen brennenden Hals, aber er überwand den Hustenreiz und blies ihn wieder aus. Im Dunkel konnte der Wachtposten nicht sehen, daß Haines' Augen zu tränen begannen, daß er gräßliche Grimassen schnitt. Er focht einen erbitterten Kampf aus, einen Kampf zwischen seinem Ich und dem Impuls, der ihm befohlen hatte, zu rauchen und damit die Aufmerksamkeit des Wächters abzulenken, und er wußte, daß sein Ich unterliegen mußte. „Danke."

Eine Hand des Wachtpostens berührte die seine, um nach der Streichholzschachtel zu greifen. Im nächsten Augenblick schlossen sich die Finger des Fremden um den Hals des Mannes, und er taumelte zurück, versuchte sich zu wehren und um Hilfe zu schreien. Doch der Überraschungsmoment hatte seine Reaktion um jenen Sekundenbruchteil verzögert, den Haines brauchte. Er traf den Nacken des Wächters mit einem harten Handkantenschlag, und der Mann ging mit einem leisen Gurgeln zu Boden und blieb reglos liegen.

Wieder hatte der Impuls gesiegt. Der Wächter war tot, der kräftige Schlag hatte ihm das Genick gebrochen. Haines lehnte sich an die Mauer des Gebäudes, rang nach Atem, kämpfte gegen das Bedürfnis an, den Inhalt seines Magens auszuspeien. Als er seine Fassung wiedergewonnen hatte, hob er die Taschenlampe des Wächters auf und betrat das Gebäude. In der Dunkelheit waren die Umrisse der großen Rakete kaum zu sehen.

Haines tastete sich zum Rumpf vor, dann zündete er ein Streichholz an und schirmte es mit der Hand ab, bis er die offenen Schleusentore entdeckt hatte. Zuviel Licht könnte durch ein Fenster scheinen und Aufmerksamkeit erregen.

Im Inneren des Schiffs knipste er die Taschenlampe an und schaltete das Licht auf halbe Stärke herab, dann ging er den Steg hinab, zum hinteren Teil der Rakete, wo sich die Maschinerie befand. Bis jetzt war alles ganz einfach gewesen, nun brauchte er nur noch die Apparaturen zerstören.

Mühelos fand er die Kontrollventile, ließ den Blick über die unverkleideten Wände wandern und fand die Röhren, die mit den Ventilen verbunden waren.

Nach der kleinen Maschinerie zu schließen, war das Schiff jenem anderen unterlegen, das in Flammen aufgegangen war. Und doch hatte die Konstruktion viele Jahre in Anspruch genommen, und Oglethorpe hatte fast sein ganzes Geld in dieses Projekt investiert. Sobald es zerstört war, würde es vielleicht weitere zehn Jahre dauern, ein neues Schiff zu bauen – im Mindestfall zwei, und in diesen zwei Jahren ...

Der Gedanke entschlüpfte ihm wieder, aber ein paar Erinnerungen kamen zurück. Er sah sich selbst in einem kleinen Metallraum, wo er gegen den unerbittlichen Energieverbrauch ankämpfte und verlor. Dann waren die Raketenrohre ein letztesmal explodiert, und das Schiff war taumelnd durch die Atmosphäre gefallen. Er hatte kaum Zeit gefunden, vor dem Aufprall die Schleusentore zu erreichen. Wunderbarerweise war er in die unteren Äste eines Baumes geworfen worden, da das Haus den Aufschlag gemildert hatte, und dadurch hatte sich sein Sturz verlangsamt.

Dem Hausbewohner war es schlechter ergangen. Er war mit der geborstenen Hauswand hinausgeschleudert worden und dabei fast schon tot gewesen. Vage erinnerte sich der Fremde, daß er der Leiche die Kleider vom Leib gerissen und sie angezogen hatte, und dann hatte ihn der Strahl getroffen und seine Erinnerungen ausgelöscht, hatte in seinem Gehirn nur schwarze Leere hinterlassen. Er war also doch nicht Haines. Er war in der Rakete zur Erde geflogen, und die Geschichte, die er Oglethorpe erzählt hatte, war wahr gewesen.

Haines – er nannte sich immer noch so – riß sich zusammen, als seine Knie unter ihm nachzugeben drohten, und hielt sich an einem

Balken fest, der aus der Wand ragte. Er mußte seine Pflicht erfüllen. Danach war es egal, was mit seinem geschwächten Körper geschah. Nun hatte er das Gefühl, daß ihm schon bei seinem Erwachen ein naher Tod bestimmt gewesen war, aber er hatte nicht darauf geachtet.

Wieder ließ er den Blick durch den Raketenraum schweifen, bis er einen einladend geöffneten Werkzeugkasten entdeckte, in dem ein großer Schraubenschlüssel steckte. Damit müßte er die Ventile öffnen können. Die Taschenlampe lag auf dem Boden, an der Stelle, wo er sie hatte fallen lassen, und er drehte sie mit dem Fuß so herum, daß sie die Wand beleuchtete, während er den Schraubenschlüssel packte. Ungelenk schlossen sich seine Finger um den Griff.

Und im Lichtstrahl sah er zum erstenmal seit vielen Stunden seine Hand. Dunkelblaue Adern durchzogen das hellblaue Fleisch. Mit stumpfem Blick starrte er auf die Hand, dann streckte er die andere aus. Auch hier blaues Fleisch ... Und als er die Handflächen nach oben drehte, zeigte sich dieselbe Farbe. Blau ...

Die letzte seiner Erinnerungen brandete wie eine dröhnende Woge durch sein Gehirn, begleitet von zahllosen Bildern. Ein Teil seines Denkens galt den Ventilen, die er mit dem Schraubenschlüssel bearbeitete, der andere befaßte sich mit dem Wissen, das nun zu ihm zurückgekehrt war. Er sah die Straßen einer schönen, märchenhaften Stadt, halb verlassen. Ein Mann taumelte aus einer Tür, griff sich mit blauen Händen an die Kehle, stürzte zuckend zu Boden. Die Leute gingen rasch an ihm vorbei, vermieden es sorgsam, die Leiche zu berühren, fürchteten sogar den Kontakt untereinander.

Überall griff der Tod um sich, beherrschte den ganzen Planeten. Der Tod lag auf der Haut der infizierten Personen, wurde durch Berührung auf andere übertragen. In der Luft genügten ein paar Sekunden, um die Keime zu töten, aber durch die Poren der Haut entwichen immer neue, so daß immer und überall mehrere aktive Keime neue Opfer fanden. Wenn sie in einen Körper gedrungen waren, begannen sie ihren hinterhältigen Siegeszug. Monatelang blieb ihr Wirken unbemerkt, bis sie plötzlich zum Angriff übergingen, den Körper blau färbten, worauf der Kranke nach wenigen qualvollen Stunden starb.

Manche behaupteten, dies sei das Ergebnis eines Experiments, das außer Kontrolle geraten war. Andere meinten, daß die Keime aus dem All gekommen wären. Was immer auch die Ursache war, die Krankheit konnte auf dem Mars nicht bekämpft werden. Nur die Legende, die von einem verwandten Volk auf der Mutterwelt Erde berichtete, erweckte eine schwache Hoffnung. Und an diese Hoffnung klammerten sie sich, als es keine anderen Chancen mehr gab.

Er sah sich selbst, wie er sich den Prüfungen unterzog, die schließlich dazu führten, daß die Wahl auf ihn fiel. Er sollte die Rakete steuern, die man in fieberhafter Hast gebaut hatte. Man hatte ihn ausgesucht, weil er ungewöhnliche telepathische Kräfte besaß – Kräfte, die sogar im Hinblick auf die hochentwickelten Geisteswissenschaften auf dem Mars als außerordentlich galten. Die wenigen Wochen, die noch verblieben, wurden benutzt, um jene Fähigkeiten systematisch zu steigern und seinem Gehirn die Pflichten einzuprägen, die er erfüllen mußte, solange noch eine Spur von Leben in ihm war.

Haines beobachtete, wie die ersten Tropfen der Flüssigkeit aus den Kraftstoffleitungen rannen, und ließ den Schraubenschlüssel fallen. Der alte Lean Dagh hatte seine Fähigkeit bezweifelt, einer Rasse, die einer anderen Kultur angehörte, auf telepathischem Weg Wissen zu entreißen. Schade, daß der alte Mann gestorben war, ohne vom Erfolg seiner Methoden zu erfahren – auch wenn Haines das Hauptziel seiner Reise nicht erreicht hatte, da die medizinischen Kenntnisse der Menschheit zu schwach entwickelt waren ... Nun hatte er nur noch eine einzige Pflicht zu erfüllen. Er mußte verhindern, daß die Rasse dieser Welt auf die gleiche Weise starb.

Mühsam richtete er sich auf, taumelte den Steg entlang, murmelte unzusammenhängende Sätze. Das Blau seiner Haut war nun dunkler geworden, und er mußte sich mit letzter Kraft zwingen, die kurze Strecke vom Schiff bis zur Tür des Gebäudes zurückzulegen, zu der Leiche des Wächters, der immer noch an derselben Stelle lag.

Die geringe Kraft, die ihm noch verblieben war, kam nicht gegen die Gravitation dieses schwereren Planeten und gegen die qualvollen Schmerzen an, die jede Bewegung verursachte. Er versuchte die Leiche hinter sich herzuziehen, dann fiel er auf Hände und Knie, kroch zum Schiff zurück, benutzte einen Arm und die Zähne, die sich in den Kragen des Wächters gruben um die schwere Gestalt mit sich zu schleifen. Er schien jetzt in einer Welt zu schwimmen, die an den Grenzen des Bewußtseins lag, und einmal besiegte ihn das Dunkel. Er kam wieder zu sich, als er sich bereits im Innern der

Rakete befand und immer noch die Leiche hinter sich herzerrte. Die eingepflanzten Impulse waren stärker gewesen als sein Wille.

Zoll um Zoll zog er seine Bürde den Steg hinab, bis er den Maschinenraum erreichte. Hier ließ er sie auf dem Boden liegen, wo der flüssige Treibstoff einen dünnen Film gebildet hatte. Schwere Dünste hingen in der Luft, die durch die Verdampfung abgekühlt war.

Es war unvermeidlich, daß einige Tote auf dem Mars zurückblieben, weil niemand mehr lebte, der sie verbrennen konnte. Und wenn die Menschen die Letzten dieser unglücklichen Rasse finden würden, wären einige Keime immer noch aktiv. Das durfte nicht geschehen. Bis zu jener Zeit, wo der letzte Marsbewohner zu Staub zerfallen und die Pest in die Luft entwichen war, die sie zerstören würde – bis zu jener Zeit mußte die Erdenrasse in den sicheren Grenzen ihrer Atmosphäre bleiben.

Hier auf der Erde waren nur er selbst und die Leiche, die er berührt hatte, von Keimen erfüllt. Diese beiden Körper und das Schiff, das die Menschen zu anderen Infektionsquellen befördern könnte, waren leicht zu vernichten.

Der Fremde vom Mars suchte in den Taschen des Wachtpostens nach der Streichholzschachtel und lächelte schwach. Kurz bevor ihn das endgültige Dunkel überwältigte, nahm er eines der Hölzer aus der Schachtel und entzündete es an der Reibfläche. Ein Flämmchen schoß aus der roten Spitze, wurde zur Flamme, die sich rasch ausbreitete ...

Theodore Sturgeon

Es

Ted Sturgeon ist als Fantasy-Autor ebenso gut wie als Science-fiction-Schriftsteller. Um das zu beweisen, möchte ich den Leser auf Stories wie ‚Das träumende Juwel', ‚Der Teddybär des Professors', Biancas Hände', Ein Gott im Garten' *und* ‚Talent' *aufmerksam machen.*

Obwohl er als meisterhafter Gestalter zwischenmenschlicher Beziehungen und des komplizierten Gefühls namens Liebe gilt, kann Sturgeon auch erschrecken – zum Beispiel in dieser Geschichte, einer der besten Horror-Stories aller Zeiten.

(Wenn Marty erklärt, dies sei ‚eine der besten Horror-Stories aller Zeiten', so liegt er völlig richtig. Das Problem der Horror-Geschichten liegt darin, daß einem die meisten keine Angst einjagen. Zum Beispiel hat mich H. P. Lovecraft keine Sekunde lang erschreckt, weil er sich so krampfhaft um die Atmosphäre bemüht und so viel Zeit damit verschwendet, einem zu erzählen, wie grausig das doch alles ist, daß man sich richtig langweilt. Nicht so hier! Wenn Sie diese Geschichte noch nie zuvor gelesen haben und sie jetzt lesen, wird es eine ganze Weile dauern, bis Sie wieder mal in einen Mülleimer schauen können.

Theodore Sturgeon versteht es großartig, einem Schauer über den Rücken zu jagen, aber er sieht wie so viele Horror-Experten gar nicht danach aus und seine Stimme klingt keineswegs fürchterlich. Natürlich ist er nicht mehr jung – wer ist denn schon noch jung außer mir? Aber als er noch jung war, hätte er jedem Maler, der einen Elfenkönig zeichnen wollte, Modell stehen können. Dabei wären gar keine Retouchen nötig gewesen. Und seine Stimme klingt bis zum heutigen Tag sanft und liebenswürdig. Aber diese sanften Leute muß man von Schreibmaschinen fernhalten, wenn man sich nicht gruseln will. Bei Robert Bloch ist und bei Frederic Brown war es genauso. – I. A.)

Es ging durch die Wälder.

Es war nie geboren worden. Es existierte. Unter den Tannennadeln brennen die Feuer, tief und rauchlos im Moder. In der Hitze und im Dunkel und im Verfall herrscht Wachstum. Da ist Leben und Wachstum.

Es wuchs, aber es lebte nicht. Es wanderte, ohne zu atmen, durch die Wälder und dachte und sah und war häßlich und stark, und es war nicht geboren worden und lebte nicht. Es wuchs und bewegte sich, ohne zu leben.

Es kroch aus dem Dunkel und dem heißen Dampf des Moders in den kühlen Morgen. Es war riesig. Es war schwerfällig und überkrustet mit seinen eigenen häßlichen Substanzen, und einzelne Stücke fielen von ihm ab, als es seines Wegs ging, lagen zuckend da, erstarrten und versanken faulig im Lehmboden des Waldes.

Es kannte keine Gnade, kein Gelächter, keine Schönheit. Es besaß Kraft und große Intelligenz. Und – vielleicht konnte es nicht zerstört werden. Es kroch aus seinem Erdhügel im Wald und lag für eine lange Weile pulsierend im Sonnenlicht. Einige Flecken an ihm schimmerten feucht im goldenen Schein, einzelne Teile waren knotig und schuppig. Und wessen tote Gebeine hatten ihm menschliche Gestalt gegeben?

Es scharrte qualvoll umher mit seinen halbgeformten Händen, klopfte auf den Boden, auf einen Baumstamm. Es wälzte sich umher und richtete sich auf zerbröckelnden Ellbogen auf, dann riß es eine Handvoll Kräuter aus und zerrieb sie an seiner Brust, hielt inne und starrte mit intelligenter Ruhe auf die graugrünen Säfte. Schwankend kam es auf die Beine, packte einen jungen Baun und vernichtete ihn, bog den schlanken Stamm immer wieder nach unten, beobachtete aufmerksam die sinnlos abgesplitterten Fasern, und dann ergriff es eine vor Angst erstarrte Feldmaus, zermalmte sie langsam, ließ Blut und breiiges Fleisch zwischen den Fingern hervorquellen und rotglänzend am Unterarm hinabrinnen.

Es begann zu suchen.

Kimbo streifte durch die hohen Gräser wie eine Staubwolke, den buschigen Schwanz fest auf dem Rücken zusammengerollt, mit weit geöffnetem Maul. Er rannte dahin mit leichten Schritten, liebte seine Freiheit und die Kraft seiner Flanken und pelzigen Schultern. Seine Zunge hing lustlos über die Lefzen, die schwarz und gekerbt waren und im Rhythmus seines Galopps bebten. Kimbo war ein typischer, kerngesunder Hund.

Er sprang über einen Felsblock hinweg und landete mit einem Kläffen im weichen Erdreich, als ein langohriges Kaninchen aus seinem Bau unter dem Felsen hervorschoß. Kimbo raste hinterher, grunzte mit jedem mächtigen Satz seiner Beine. Der Hase sprang vor ihm her, hielt seinen Vorsprung, die Ohren flach nach hinten gelegt, auf den gebogenen Rücken, während die kurzen Beine hungrig das Weite fraßen. Plötzlich blieb er stehen, Kimbo wollte sich auf ihn stürzen, aber der Hase schnellte seitlich davon und verschwand in einem hohlen Baumstamm. Kimbo heulte auf, warf sich schnüffelnd auf den Baum, dann fand er sich mit seiner Niederlage ab und rannte weiter in den Wald. Das Ding, das hinter den Büschen zugesehen hatte, hob die verkrusteten Arme und wartete auf Kimbo.

Der Hund witterte es, stand totenstill am Rand des Pfades. Für ihn war es ein Klumpen, der nach üblem Abfall roch. Angewidert rümpfte er die Nase und wollte daran vorbeilaufen.

Das Ding ließ eine schwere Faust auf ihn hinabsausen. Kimbo sah es kommen, krümmte sich im Laufen zusammen, und die Hand traf seinen Steiß und schleuderte ihn einen Hang hinab. Jaulend rollte er hinunter, rappelte sich auf, schüttelte den Kopf, schüttelte den Körper mit einem tiefen Knurren, kam zurück zu dem schweigenden Ding mit der grünen Mordlust in den grünen Augen. Steifbeinig trabte er heran, den Schwanz so tief gesenkt wie den Kopf, und in seinem Nacken sträubte sich das Haar.

Kimbo verlangsamte seine Schritte, warf sich durch die Luft, an den Hals des Monstrums. Seine Fänge schlossen sich, seine Zähne stießen klickend aufeinander in einer Masse aus Schmutz, und er fiel wütend und knurrend zurück. Das Ding beugte sich herab und schlug zweimal zu, und nachdem das Rückgrat des Hundes gebrochen war, hockte es sich daneben und begann ihn zu zerfleischen.

„In einer Stunde bin ich wieder da“, sagte Alton Drew und holte sein Gewehr aus der Ecke hinter der Holzkiste.

Sein Bruder lachte. „Du läßt dich ganz schön tyrannisieren von deinem alten Kimbo.“

„Ah, ich kenne diesen Satansbraten“, sagte Alton. „Wenn ich eine halbe Stunde lang nach ihm pfeife, und er kommt nicht, dann sitzt er entweder in der Klemme, oder er hat was aufgestöbert, für das man gut und gern eine Kugel opfern kann. Wenn sich dieser Bastard nicht meldet, weiß ich, daß er mich rufen will."

Cory Drew schob seiner neunjährigen Tochter ein volles Milchglas hinüber und lächelte. „Du hängst genauso an deinem Hund wie ich an Babe."

Babe rutschte vom Stuhl und rief zu ihrem Onkel. „Fängst du mir den bösen Kerl, Onkel Alton?" Der ‚böse Kerl' war Corys Erfindung – ein Bursche, der in dunklen Ecken lauerte, um sich auf kleine Mädchen zu stürzen, die Hühner umherscheuchten oder mit Mähmaschinen spielten oder die Ferkel mit grünen Äpfeln bewarfen, um ihr wütendes Quieken zu hören – auf kleine Mädchen, die mit einem österreichischen Akzent fluchten, wie der Farmarbeiter, den sie einmal hatten, die Heuhaufen umstießen, die sich in der Milchkanne Flußkrebse als Haustiere hielten und auf Arbeitsgäulen herumgaloppierten.

„Komm her und rühr Onkel Altons Gewehr nicht an!" sagte Cory. „Wenn du den bösen Kerl siehst, jag ihn hierher, Alton. Er hat eine Verabredung mit Babe – weil sie uns gestern abend diesen Streich gespielt hat." Am vergangenen Abend hatte Babe verschwenderisch Pfeffer ins Viehfutter gestreut.

Onkel Alton grinste. „Keine Angst, Kindchen! Ich bringe dir die Haut des bösen Kerls mit – wenn er mich nicht schnappt."

Alton Drew ging in den Wald und dachte an Babe. Sie war ein Phänomen – ein verwöhntes Farmerkind. Und so sollte es auch sein. Sie hatten beide Clissa Drew geliebt, und sie hatte Cory geheiratet, und jetzt mußten sie natürlich Clissas Kind lieben. Eine komische Sache, diese Liebe. Alton war ein ganzer Mann, und so dachte und fühlte er auch. Seine Art zu lieben war stark und beängstigend.

Er kannte die Liebe, weil er die Frau seines Bruders immer noch liebte, und dieses Gefühl würde ihn beherrschen, so lange er für Babe lebte. Es begleitete ihn Tag für Tag, und doch machte es ihn verlegen, daran zu denken. Einen Hund zu lieben, das war einfach, denn man konnte den alten Bastard lieben und von ihm geliebt werden, ohne darüber zu reden. Der Geruch von Pulverrauch oder eines nassen Fells im Regen war Parfum für Alton Drew, und ein befriedigtes Grunzen und der Schrei eines gejagten

Tieres waren Poesie für ihn. Das war nicht die Liebe, die man einem Menschen entgegenbrachte, die einem den Hals so zuschnürte, daß man die Worte nicht sagen konnte, die einem ohnehin nicht eingefallen wären. Deshalb liebte Alton seinen Hund Kimbo und seine Winchester, und das durften alle sehen, während er die Liebe zu Clissa und Babe in seinem Herzen verschloß und nie davon sprach.

Er sah die aufgewühlte weiche Erde hinter dem Felsblock, wo Kimbo herumgewirbelt war, um dem Kaninchen zu folgen. Alton ignorierte die Spur, sah sich nach dem nächstbesten Platz um, wo sich der Hase versteckt haben könnte, schlenderte zu dem hohlen Baumstamm hinüber. Kimbo war hiergewesen, das sah er, aber zu spät ... „Alter Narr“, murmelte Alton, „ein Kaninchen kannst du nicht fangen, wenn du hinter ihm herläufst. Du mußt ihm den Weg abschneiden.“ Er stieß einen schrillen Pfiff aus, überzeugt daß Kimbo irgendwo unter einem Baum nach einem Kaninchen graben würde, das schon drei Meilen weit weg war. Keine Antwort. Verwirrt kehrte Alton auf den Weg zurück. „Das hat er noch nie gemacht“, sagte er leise.

Er spannte den Hahn seiner 32–40er. Auf dem Jahrmarkt hatte mal einer gesagt, daß Alton Drew auf eine Handvoll Weizenkörner und Erbsen schießen könnte, die man in die Luft geworfen hatte, und nur die Weizenkörner treffen würde. Einmal hatte eine Messerklinge seine Kugel gespalten, und die beiden Hälften hatten zwei Kerzen gelöscht. Er hatte keinen Grund, irgend etwas zu fürchten, auf das er schießen konnte. Davon war er überzeugt.

Das Ding blickte neugierig auf Kimbos Überreste hinab und versuchte so zu stöhnen wie Kimbo kurz vor seinem Tod. Eine Minute lang stand es reglos da und speicherte Fakten in seinem fauligen, fühllosen Hirn. Blut war warm. Sonnenlicht war warm. Die Dinge, die sich bewegten, hatten einen Muskel, der diese dicke Flüssigkeit durch kleine Röhren in ihren Körpern pumpte. Die Flüssigkeit pflegte nach einiger Zeit zu gerinnen. Die Flüssigkeit auf den grünen, mit Wurzeln versehenen Dingern war dünner, und wenn man eine Gliedmasse verlor, bedeutete das nicht, daß man auch das Leben verlor. Das war sehr interessant, aber das Ding, diese Modermasse, die ein Gehirn besaß, war nicht zufrieden. Es war auch nicht unzufrieden. Dieser zufällig entstandene Drang war ein Wissensdurst, und das Ding war nur – interessiert.

Es wurde spät, und die Sonne rötete sich und ruhte eine Weile auf dem hügeligen Horizont, brachte den Wolken bei, sich in Flammen zu verwandeln. Plötzlich hob das Ding den Kopf und sah die Dämmerung. Die Nacht war schon immer seltsam, auch für jene, die sie ihr Leben lang gekannt hatten. Sie hätte beängstigend auf das Monstrum gewirkt, wäre es fähig gewesen, Angst zu empfinden. Aber es konnte nur neugierig sein, konnte nur Erfahrungen sammeln.

Was geschah? Man konnte nicht mehr so gut sehen. Warum nicht? Es warf den formlosen Kopf hin und her. Ja – die Umrisse der Dinge begannen zu verschwimmen, wechselten ihre Gestalt, nahmen neue, dunklere Farben an. Was sahen diese Geschöpfe, die Verwandten jener, die es zerfetzt hatte? Wie sahen sie? Die größere Kreatur, die das Ding angegriffen hatte und dann zerfleischt worden war, hatte zwei Organe in seinem Kopf benutzt. Ja, das mußte es gewesen sein. Denn nachdem das Ding zwei Hundebeine abgerissen hatte, schlug es auf die behaarte Schnauze. Und der Hund, der den Schlag kommen sah, senkte zwei Hautfalten über die Organe – schloß die Augen. Also sah der Hund mit seinen Augen. Aber als der Hund schon tot und der Körper starr war, übten die Schläge keine Wirkung auf die Augen aus. Sie blieben offen und starrten ins Leere. Die logische Schlußfolgerung lautete, daß ein Wesen, das zu leben und zu atmen aufgehört hatte, auch die Sehkraft verlor. Die Sehkraft zu verlieren, bedeutete also zu sterben. Tote Dinge wanderten nicht mehr umher. Sie legten sich hin und rührten sich nicht mehr. Daraus schloß das Ding in den Wäldern, daß es tot sein mußte, als es nichts mehr sah. Und so legte es sich auf den Weg, nicht weit von Kimbos zerschmettertem Körper, und glaubte, es wäre tot.

Alton Drew ging besorgt durch die Dämmerung. Er pfiff wieder, und er rief nach Kimbo, aber er bekam keine Antwort. „So was hat dieser alte Flohomnibus noch nie gemacht", murmelte er und schüttelte den massigen Kopf. Es wurde Zeit, die Kühe zu melken und Cory würde ihn brauchen. „Kimbo!" brüllte er. Der Schrei hallte durch die Schatten, und Alton sicherte das Gewehr und steckte den Kolben in das Erdreich neben dem Weg. Er stützte sich auf das Schießeisen, nahm die Mütze ab, kratzte sich am Kopf und wunderte sich. Der Gewehrkolben sank tiefer hinein in eine Masse, die er für weiche Erde hielt. Sein Fuß versank bis zum Knöchel in nachgiebiger Fäulnis, und er sprang fluchend zurück.

„Pfui Teufel!" Er wischte sich den Stiefel mit einer Handvoll Blätter ab, während das Monstrum in der wachsenden Schwärze lag, mit tiefen Fußabdrücken in der Brust, die sich langsam wieder füllten. Es lag da, betrachtete Alton stumpf aus schlammigen Augen, glaubte wegen des Dunkels, daß es tot wäre, sah zu, wie sich Altons Glieder bewegten und wunderte sich über diese neue unvorsichtige Kreatur.

Alton säuberte auch den Kolben seines Gewehrs mit Blättern, dann ging er den Weg hinauf und pfiff besorgt nach Kimbo.

Clissa Drew stand in der Küchentür und war sehr schön in ihrem rotkarierten Gingankleid mit der blauen Schürze. Ihr blondes Haar war in der Mitte gescheitelt und am Hinterkopf zu einem geflochtenen Knoten festgesteckt. „Cory! Alton!" rief sie mit scharfer Stimme.

„Ja?" antwortete Cory aus dem Stall, wo er gerade die Ayrshire molk. Die Milchbäche flossen in den Schaum eines fast vollen Eimers.

„Ich habe schon so oft gerufen. Das Essen wird kalt, und Babe will nicht essen, wenn ihr nicht am Tisch sitzt. Oh – wo ist denn Alton?"

Cory grunzte, schob den Melkschemel beiseite, öffnete das Freßgitter und gab der Ayrshire einen Klaps aufs Hinterteil. Die Kuh schwankte hin und her wie ein Schleppkahn, dann trottete sie in den Scheuenhof hinaus. „Er ist noch nicht zurückgekommen."

„Noch nicht zurück?" Clissa kam herein und blieb neben ihm stehen, als er sich zur nächsten Kuh setzte und die Stirn an die warme Flanke lehnte. „Aber Cory! Er sagte doch ..."

„Ja, ich weiß. Er sagte, daß er zum Melken zurückkommen würde. Das hab ich auch gehört. Er ist aber nicht gekommen."

„Und du mußt alles allein ... O Cory, ich helfe dir. Alton wäre bestimmt zurückgekommen, wenn es ihm möglich gewesen wäre. Vielleicht ..."

„Vielleicht jagt er einen Blauhäher!“ stieß ihr Mann hervor. „Alton und dieser verdammte Hund!“ Er wischte mit einer Hand durch die Luft, während die andere weiter am Euter zupfte. „Ich muß sechsundzwanzig Kühe melken und Schweine und Hühner füttern. Und dann muß ich noch Heu für die Mähre holen und das Gespann rauslassen. Ich muß Pferdegeschirr und einen Draht unten an der Nachtweide ausbessern. Dann muß ich noch Holz hacken und in den Schuppen schleppen.“ Schweigend molk er eine Weile und kaute auf der Unterlippe. Clissa stand da, rang die Hände und dachte nach, wie sie ihren Mann besänftigen könnte. Es war nicht das erstemal, daß Altons Jagdleidenschaft seinen Zorn erregte. „Jedesmal, wenn dieser verfluchte Hund da draußen ein Eichhörnchen wittert, kann ich mich hier abrackern und muß auch noch auf mein Abendbrot verzichten. Das macht mich schon ganz krank ...“

„Oh, ich helfe dir!“ rief Clissa. Sie dachte an jenen Frühlingstag, als Kimbo einen vierhundert Pfund schweren, tobenden schwarzen Bären in Schach gehalten hatte, bis Alton ihm eine Kugel in den Kopf jagen konnte. Babe hatte ein Bärenjunges gefunden und es nach Hause tragen wollen, und dann war sie in den Fluß gefallen. Einen Hund, der mein Kind gerettet hat, kann ich nicht hassen, dachte Clissa.

„Kommt nicht in Frage!“ protestierte Cory. „Geh ins Haus zurück, dort hast du genug zu tun. Ich komm nach, wenn ich fertig bin. Verdammt, Clissa, hör zu weinen auf! Ich habe es ja nicht so gemeint. Ach, zum Teufel ...“ Er stand auf und nahm sie in die Arme. „Ich bin nur nervös. Geh jetzt. Ich hätte nicht so reden dürfen. Tut mir leid. Geh jetzt zu Babe. Ich mache hier bald Schluß. Heute habe ich die Schnauze voll. Hier ist genug zu tun für vier Mann – und dieser – dieser Jäger ... Geh jetzt ins Haus, Clissa.“

„Gut“, sagte sie an seiner Schulter. „Aber wenn er zurückkommt, Cory, dann hör ihn erst mal an. Vielleicht kann er diesmal nicht zurückkommen. Vielleicht ...“

„Nichts kann meinem Bruder was anhaben – nichts, was er mit einer Kugel treffen kann. Er kann sehr gut auf sich aufpassen. Diesmal kann er gar keine Entschuldigung haben, die mir gut genug wäre. Geh jetzt, und sieh zu, daß das Kind ißt!“

Clissa lief zum Haus zurück und runzelte die junge Stirn. Wenn

Cory mit Alton stritt und ihn davonjagte – was sollte aus der Molkerei werden?

Zu zweit würden sie die viele Arbeit niemals bewältigen, und nach der Trockenperiode konnten sie sich keinen Farmarbeiter leisten. Cory würde sich zu Tode arbeiten und es trotzdem nicht schaffen. Niemand könnte das. Seufzend ging sie ins Haus. Es war sieben Uhr, und die Kühe waren immer noch nicht fertig gemolken. Oh, warum mußte Alton ...

Um neun Uhr lag Babe im Bett. Clissa hörte, wie Cory im Schuppen die Drahtschere in eine Ecke schleuderte.

„Ist Alton gekommen?" fragten sie beide gleichzeitig, als er die Küche betrat. Als sie den Kopf schüttelte, stapfte er zum Herd, öffnete eine Klappe und spuckte auf die Kohlen. „Komm, gehen wir ins Bett", sagte er.

Sie legte ihre Stickerei beiseite und starrte auf seinen breiten Rücken. Er war achtundzwanzig, aber er bewegte sich wie ein Mann, der zehn Jahre älter war, und sah um fünf Jahre jünger aus. „Ich bleibe noch eine Weile hier", sagte sie.

Cory blickte in die Ecke, wo für gewöhnlich Altons Gewehr hinter der Holzkiste stand, und seufzte angewidert. Dann setzte er sich, um seine schweren, schmutzigen Stiefel auszuziehen.

„Es ist schon nach neun", sagte Clissa schüchtern.

Cory griff schweigend nach seinen Hauspantoffeln.

„Cory, du wirst doch nicht ..."

„Was?"

„Oh – nichts. Ich dachte nur, daß Alton vielleicht ..."

„Alton!" stieß er hervor. „Der Hund jagt eine Feldmaus, Alton jagt den Hund. Und jetzt soll ich auch noch auf die Jagd nach Alton gehen? Willst du das?"

„Ich dachte nur ... So spät war er noch nie dran."

„Ich gehe trotzdem nicht! Soll ich ihn um neun Uhr abends suchen gehen? Verdammt will ich sein! Er hat keinen Grund, uns so hängen zu lassen, Clissa."

Sie sagte nichts, ging zum Herd, blickte in den Wäschekessel und nahm ihn vom Feuer. Als sie sich umdrehte, hatte er seine Stiefel und die Jacke wieder angezogen.

„Ich wußte ja, daß du gehen würdest." Ihre Lippen lächelten nicht, aber in ihrer Stimme klang ein Lächeln mit.

„Ich bin bald wieder da. Ich glaube nicht, daß er sehr weit

gegangen ist. Es ist schon spät. Ich habe zwar keine Angst um ihn, aber ..." Er klappte seine 12-Kaliber-Schrotflinte auseinander und spähte durch die Läufe, dann schob er zwei Patronen in die Öffnungen und steckte eine Schachtel mit Munition in die Tasche. „Du brauchst nicht auf uns zu warten!" rief er über die Schulter zurück, als er hinausging.

„Nein", sagte Clissa zu der geschlossenen Tür, setzte sich unter die Lampe und griff wieder nach ihrer Stickerei.

Der Weg, der über den Hang zum Wald hinaufführte, war sehr dunkel. Cory blieb immer wieder stehen, sah sich um und rief nach seinem Bruder. Es war kalt und windstill, und ein fauliger Geruch hing in der Luft. Ungeduldig stieß Cory den Gestank durch die Nasenlöcher aus, sog ihn mit dem nächsten Atemzug wieder ein und fluchte. „Unsinn!" flüsterte er. „Um zehn Uhr nachts auf die Jagd zu gehen ... Alton!" schrie er. „Alton Drew!" Nur das Echo seiner Stimme antwortete ihm, und er ging in den Wald. Das zusammengekrümmte Ding, an dem er im Dunkel vorbeimarschierte, hörte ihn, spürte die Vibrationen seiner Schritte und rührte sich nicht, weil es dachte, daß es tot wäre.

Cory stapfte weiter, blickte nach allen Seiten, aber nicht nach unten, weil seine Füße den Weg kannten.

„Alton."

„Bist du das, Cory?"

Cory Drew erstarrte. In diesem Teil des Waldes standen die Bäume dichter als anderswo, und es war so dunkel wie in einer Grabkammer. Die Stimme, die er hörte, klang erstickt und trotzdem scharf.

„Alton?"

„Ich habe Kimbo gefunden, Cory."

„Wo warst du denn, zum Teufel?" schrie Cory wütend. Er haßte dieses pechschwarze Dunkel. Und er hatte Angst vor der Hoffnungslosigkeit in Altons Stimme und spürte widerwillig, wie sein Zorn auf den Bruder nachließ.

„Ich pfiff – und ich rief nach ihm, Cory – aber der alte Bursche antwortete nicht."

„Das kann ich von dir auch sagen, du – du Laus. Warum hast du mich die Kühe allein melken lassen? Wo bist du überhaupt? Sitzt du in einer Falle?"

„Du weißt doch, daß sich der Hund immer gemeldet hat, wenn ich ihn gerufen habe“, kam die gepreßte, monotone Stimme aus dem Dunkel.

„Alton! Was ist los mit dir, zum Teufel? Was interessiert es mich schon, ob dieses Biest geantwortet hat oder nicht? Wo ...“

„Wahrscheinlich, weil er noch nie zuvor gestorben ist“, sagte Alton. Er war nicht gewillt, sich unterbrechen zu lassen.

„Was?“ Cory biß die Zähne zusammen, dann stieß er hervor: „Bist du verrückt geworden? Was sagst du da?“

„Kimbo ist tot.“

„Kim ...Oh! Oh!“ Cory sah wieder dieses Bild vor seinem geistigen Auge – Babe, die bewußtlos im seichten Flußbett lag, und Kimbo, der voller Wut nach dem ungeheuren Bären schnappte, immer wieder, und ihn in Schach hielt, bis Alton kam. „Was ist geschehen, Alton?“ fragte er leise.

„Das muß ich erst noch herausfinden. Jemand hat ihn zerrissen.“

„Zerrissen?“

„Alle Gelenke sind auseinandergerissen, die Eingeweide herausgerissen ...“

„Großer Gott! Ein Bär?“

„Kein Bär. Kein Vierbeiner. Dem wäre er gewachsen gewesen. Aber wer immer es war – er hat Kimbo einfach getötet und zerfetzt.“

„Großer Gott!“ rief Cory noch einmal. „Wer könnte denn so etwas ...“ Ein langes Schweigen entstand, dann sagte er mit sanfter Stimme: „Komm, gehen wir nach Hause ...“

„Ich bleibe hier – bis Sonnenaufgang. Und dann werde ich nach einer Spur suchen. Ich werde so lange suchen, bis ich die Spur der Bestie gefunden habe, die Kimbo so zugerichtet hat.“

„Du bist entweder betrunken oder verrückt, Alton.“

„Ich bin nicht verrückt. Und es ist mir egal, ob du mich für verrückt hälst – ich bleibe hier.“

„Wir haben da unten ein Farmhaus. Erinnerst du dich. Ich kann morgen früh nicht schon wieder sechsundzwanzig Kühe melken.“

„Irgend jemand muß es tun. Ich kann es jedenfalls nicht machen. Dann wirst du dich eben opfern müssen, Cory.“

„Du dreckiger Bastard!“ kreischte Cory. „Du kommst jetzt mit mir zurück, oder ich kenne mich nicht mehr!“

Altons Stimme klang immer noch monoton. „Keinen Schritt näher!“

Cory ging weiter in die Richtung, aus der die Stimme gekommen war.

„Ich habe gesagt, daß du stehenbleiben sollst." Die Worte klangen völlig ausdruckslos.

Cory ging weiter. Ein scharfes Klicken verriet, daß die .32–40er entsichert worden war. Cory blieb stehen.

„Du hast dein Gewehr auf mich gerichtet, Alton?" flüsterte Cory.

„Genau. Ich will nicht, daß du mir alle Spuren zertrampelst. Ich brauche sie morgen früh."

Eine volle Minute verstrich, und das einzige Geräusch in der Schwärze war Corys keuchender Atem. Schließlich sagte er: „Ich habe auch ein Schießeisen dabei, Alton. Komm mit nach Hause!"

„Du siehst mich nicht, und deshalb kannst du mich auch nicht erschießen."

„Du siehst mich ja auch nicht."

„Ich weiß genau, wo du stehst, Cory. Ich kenne diesen Ort. Ich bin schon seit vier Stunden hier."

„Mit meiner Flinte kann ich Streuschüsse abgeben."

„Und mein Gewehr ist tödlich."

Wortlos machte Cory Drew kehrt und stapfte zur Farm zurück.

Schwarz und breiig lag es im Dunkel, lebte nicht, verstand den Tod nicht, hielt sich selbst für tot. Die Dinge, die lebten, konnten sehen und bewegten sich. Die Dinge, die nicht lebten, konnten weder das eine noch das andere. Es richtete seinen schlammigen Blick auf die Baumreihe am Grat, und tief in seinem Inneren tröpfelten Gedanken hinein. Zusammengekrümmt lag es da, zergliederte die neugewonnenen Erfahrungen ebenso wie zuvor, als es noch hell gewesen war, die lebenden Dinge, zog Vergleiche und Schlüsse, klassifizierte einzelne Fakten.

Die Bäume am Grat waren schwach zu sehen, da ihre Stämme um eine Nuance heller waren als der dunkle Himmel dahinter. Nach einer Weile verschwanden auch sie, und für Augenblicke bildeten Bäume und Himmel eine Einheit. Das Ding wußte, daß es nun tot war, und wie so viele Wesen zuvor fragte es sich, wie lange dieser Zustand dauern würde. Und dann wurde der Himmel hinter den Bäumen ein wenig heller. Das ist unmöglich, dachte das Ding, aber es konnte den Himmel sehen, also war es nicht unmöglich. Erwachten tote Dinge wieder zum Leben? Das war seltsam. Und was geschah mit zerfetzten toten Dingen? Es würde abwarten. Kommt Zeit, kommt Rat ...

Die Sonne kletterte an einem Lichtstrahl empor. Irgendwo zwitscherte ein schläfriger Vogel, eine Eule tötete eine Spitzmaus, ein Stinktier griff einen Artgenossen an, so daß die nächtlichen Todesfälle ohne Zäsur in das Sterben des Tages übergingen. Zwei Blumen nickten einander zu, verglichen ihre hübschen Kleider. Eine Libelle war es müde, so ernst dreinzuschauen, kroch aus ihrer Larve und ließ die Schleierflügel trocknen. Der erste goldene Strahl glitt zwischen den Bäumen herab, über die Gräser zwischen den dichten Büschen hindurch. Ich lebe wieder, dachte das Ding, das gar nicht leben konnte. Ich lebe, denn ich kann deutlich sehen. Es erhob sich, stand auf seinen dicken Beinen im goldenen Sonnenschein. Nach einer Weile trockneten die feuchten Schuppen, die während der Nacht gewachsen waren, und als es seine ersten Schritte tat, brachen die Schuppen ab, regneten hinab. Es stieg den Hang hinauf, um nachzusehen, ob Kimbo wieder lebte.

Babe schlug die Augen auf, als die Sonne in ihr Zimmer schien. Onkel Alton war verschwunden – das war ihr erster Gedanke. Dad war gestern abend nach Hause gekommen und hatte Mutter eine Stunde lang angeschrien. Alton wäre völlig verrückt, hatte er gesagt. Er hätte das Gewehr gegen seinen Bruder gerichtet. Wenn Alton jemals wieder Corys Grund und Boden betreten sollte, würde Cory ihn so durchlöchern, daß er wie ein Sieb aussah. Alton sei faul und selbstsüchtig – und Cory hatte noch andere Ausdrücke gebraucht, die von zweifelhaftem Geschmack zeugten, aber recht munter klangen. Babe kannte ihren Vater. Onkel Alton würde auf dieser Farm seines Lebens nicht mehr sicher sein.

Sie sprang aus dem Bett, mit der beneidenswerten Geschmeidigkeit der Jugend, und lief zum Fenster. Cory trottete zur Nachtweide, mit zwei Pferdehalftern über dem Arm, um ein Gespann zu holen. Aus der Küche drang der vertraute Lärm herauf.

Babe steckte den Kopf in die Waschschüssel und schüttelte das Wasser wie ein Terrier von sich, bevor sie sich abtrocknete. Dann ging sie zur Treppe, schleifte eine saubere Bluse und eine Kattunhose hinter sich her und begann mit ihrem Morgenritual. Beim ersten Schritt nach unten fuhr sie ins rechte Hosenbein, beim zweiten ins linke, schließlich hüpfte sie auf beiden Füßen hinunter, wobei sie auf jeder Stufe einen Blusenknopf schloß. Als sie unten ankam, war sie fertig angezogen und lief in die Küche.

„Ist Onkel Alton zurückgekommen, Mummy?"

„Guten Morgen, Babe. Nein, mein Liebes."

Babe dachte, daß Clissa viel zu ruhig wirkte und viel zu nett lächelte. Das bedeutete, daß ihre Mutter nicht glücklich war.

„Wohin ist er denn gegangen, Mummy?"

„Das wissen wir nicht, Babe. Setz doch und fang an zu frühstücken."

„Was ist denn hundsgemein, Mummy?" fragte Babe, und ihre Mutter ließ beinahe den Teller fallen, den sie gerade abtrocknete.

„Babe! So etwas darfst du nie wieder sagen!"

„Oh ... Aber warum ist Onkel Alton denn so?"

„Wie denn?"

Babe schob sich einen Löffel Haferbrei in den Mund. „Hundsge ..."

„Babe!"

„Schon gut, Mummy", sagte Babe mit vollem Mund. „Nun? Warum?"

„Ich habe Cory gestern nacht gebeten, nicht so zu schreien", sagte Clissa mehr zu sich selbst.

„Was immer das auch bedeutet, Onkel Alton ist es nicht", erklärte Babe energisch. „Ist er wieder auf die Jagd gegangen?"

„Er hat Kimbo gesucht, Liebling."

„Kimbo? O Mummy, ist Kimbo auch verschwunden? Ist er auch nicht zurückgekommen?"

„Nein, Liebes. Und jetzt hör bitte auf, mir Löcher in den Bauch zu fragen!"

„Okay. Was glaubst du denn, wohin sie gegangen sind?"

„In die nördlichen Wälder. Und jetzt sei still!"

Babe widmete sich wieder ihrem Frühstück. Plötzlich hatte sie eine Idee, und während sie darüber nachdachte, aß sie immer langsamer und warf ihrer Mutter immer mehr Blicke zu, aus halbgeschlossenen Augen. Es wäre schrecklich, wenn Dad ihrem Onkel etwas antun würde. Irgend jemand müßte ihn warnen.

Babe hatte den Wald schon fast erreicht, als Altons 32–40er ratternde Echos durch das Tal schickte.

Cory pflügte gerade sein Feld im Süden und schrie sein Gespann an, als er das Gewehr krachen hörte. „Hoa!" rief er den Pferden zu und blieb stehen, um zu lauschen. „Eins – zwei – drei – vier“, zählte er. „Er hat also jemand gesehen und geschossen. Er hatte die Möglichkeit zu zielen und mehrere Kugeln abzufeuern. Mein Gott!“ Er zog die Pflugscharen hoch und lenkte das Gespann in den Schatten von drei Eichen. Rasch band er die Pferde fest, dann rannte er in den Wald. „Alton – ein Mörder!“ flüsterte er, dann lief er zum Haus zurück, um seine Schrotflinte zu holen. Clissa stand vor der Tür.

„Hol mir Munition!“ befahl er und stürmte ins Haus. Clissa folgte ihm. Er steckte schon sein Jagdmesser in den Gürtel, bevor sie die Schachtel vom Regal nehmen konnte.

„Cory ...“

„Hast du die Schüsse gehört? Alton hat den Verstand verloren. Sonst verschwendet er nicht soviel Munition. Er hat jemanden erschossen. Gib mir meine Flinte!“

„Cory! Babe ...“

„Sie soll im Haus bleiben. O Gott, so ein Unsinn ... Ich kann das nicht mehr ertragen.“ Cory rannte hinaus.

Clissa hielt ihn am Arm fest. „Cory! Ich wollte dir sagen, daß Babe nicht hier ist. Ich habe sie gerufen – aber sie ist nicht hier.“

Corys rundes, junges Gesicht, das schon so alt wirkte, verzerrte sich. „Babe ... Wo hast du sie zuletzt gesehen?“

„Beim Frühstück“, stieß Clissa schluchzend hervor.

„Hat sie gesagt, wohin sie gehen wollte?“

„Nein. Sie fragte, wohin Alton ist.“

„Hast du es ihr gesagt?“

Ihre Augen weiteten sich, sie nickte und biß sich auf den Handrücken.

„Du hättest es ihr nicht sagen sollen, Clissa.“ Er stürmte hinaus, zu den Wäldern. Clissa sah ihm nach, und in diesem Augenblick hätte sie sich am liebsten umgebracht.

Keuchend rannte Cory den Weg hinaus. Nach der harten Feldarbeit mußte er mühsam nach Atem ringen. Er bemerkte den Geruch nach feuchtem Moder nicht, der in der Luft hing.

Als er im Dickicht zu seiner Rechten eine Bewegung wahrnahm, fiel er auf die Knie, kroch darauf zu, bis er es deutlich sehen konnte. Ja, da war etwas. Irgend etwas Schwarzes, das jetzt ganz still dalag. Cory entspannte seine Muskeln, um es seinem Herzen zu erleichtern, neue Kraft in seinen Körper zu pumpen. Langsam hob er die

Schrotflinte, bis sich die Mündungen auf das Ding richteten, das da im Gestrüpp lag.

„Komm heraus!“ sagte Cory, als ihm die Stimme wieder gehorchte.

Nichts geschah.

„Komm heraus, oder ich schieße – bei Gott!“ rief Cory. Stille ... Sein Finger krümmte sich um den Abzug.

„Du hast es so gewollt“, sagte er, und als er feuerte, sprang das Ding schreiend aus dem Gestrüpp.

Es war ein kleiner Mann, in unheimliches Schwarz gekleidet, mit dem rosigsten Babygesicht, das Cory je gesehen hatte. Das Gesicht war verzerrt vor Angst und Schmerz. Der Mann war hingefallen, und als er sich aufgerappelt hatte, hüpfte er umher und brüllte immer wieder:

„Oh, meine Hand! Bitte, nicht mehr schießen! Oh, meine Hand! Bitte, nicht mehr schießen!“ Nach einer Weile verstummte er, und als Cory sich erhoben hatte, starrte der Mann den Farmer aus traurigen, porzellanblauen Augen an. „Sie haben auf mich geschossen“, sagte er vorwurfsvoll und hob eine kleine blutende Hand. „Oh, du meine Güte!“

„Wer sind Sie, zum Teufel?“ fragte Cory.

Der kleine Mann wurde sofort hysterisch und gab eine so wilde Flut unzusammenhängender Sätze von sich, daß Cory einen Schritt zurücktrat und in Notwehr die Flinte hob. Dem wirren Gestammel waren nur vereinzelte Worte zu entnehmen. „Papiere verloren ... Nicht getan ... Schrecklich, schrecklich, schrecklich ... Tot ... Nicht schießen ...“

Cory versuchte zweimal, eine Frage zu stellen. Dann trat er vor und schlug den Mann nieder. Zuckend und stöhnend und schnatternd lag der Kleine auf dem Boden und preßte die blutende Hand auf die Lippen, auf die Stelle, wo Corys Hand ihn getroffen hatte.

„Was ist hier eigentlich los?“

Der Mann richtete sich auf. „Ich habe es nicht getan“, beteuerte er schluchzend. „Ich ging durch den Wald, und da hörte ich Schüsse, dann einen lauten Fluch und einen gräßlichen Schrei. Ich schlich mich da hinüber und spähte durchs Gebüsch, und da sah ich den Toten und rannte davon. Dann kamen Sie, und ich versteckte mich, und Sie fingen zu schießen an und ...“

„Halten Sie den Mund!“

Der Mann verstummte, als ob Cory auf einen Schalter gedrückt hätte.

„Jetzt mal ganz langsam", sagte Cory und zeigte den Weg hinauf. „Sie haben einen Toten da oben gesehen?"

Der Mann nickte und begann wieder zu schluchzen. Cory half ihm auf die Beine. „Folgen Sie diesem Weg, dann kommen Sie zu meinem Farmhaus. Sagen Sie meiner Frau, sie soll Ihnen die Hand verbinden. Aber sonst erzählen Sie ihr nichts. Warten Sie, bis ich komme, verstanden?"

„Ja. Danke. Vielen Dank. *Schnief!*"

„Gehen Sie jetzt." Cory gab ihm einen sanften Schubs in die richtige Richtung, dann ging er allein weiter, von kalter Angst erfüllt, stieg den Weg hinauf zu der Stelle, wo er gestern abend seinem Bruder begegnet war.

Er fand ihn – und auch Kimbo. Der Hund und Alton hatten mehrere gemeinsame Jahre verbracht, in tiefer Freundschaft verbunden. Sie hatten zusammen gejagt und gekämpft und nebeneinander geschlafen. Und jetzt waren sie beide tot.

Es war schrecklich, daß sie auf dieselbe Weise gestorben waren. Cory Drew war ein starker Mann, aber nun schnappte er nach Luft und brach ohnmächtig zusammen, als er sah, was das Moderding seinem Bruder und dem Hund seines Bruders angetan hatte.

Der kleine Mann in Schwarz rannte wimmernd den Weg hinab und hielt die verletzte Hand hoch in die Luft. Nach einer Weile verklang das Wimmern, seine hastigen Schritte verlangsamten sich, als das Entsetzen dieser letzten Stunde nachließ. Er holte zweimal tief Atem und sagte: „Du meine Güte!" Danach fühlte er sich fast wieder wie ein normaler Mensch. Er band ein leinernes Taschentuch um seine Hand, aber sie hörte nicht auf zu bluten ... Er versuchte den Ellbogen zu beugen, und das tat sehr weh. So stopfte er das Tuch wieder in die Tasche und wedelte einfach mit der verwundeten Hand durch die Luft, bis das Blut trocknete. Er sah das große, feuchte Grauen nicht, das hinter ihm hertrottete, obwohl seine Nasenflügel bebten, als der faulige Gestank zu ihm drang.

Das Monstrum hatte drei Löcher in seiner Brust, dicht nebeneinander, und ein Loch mitten in der schleimigen Stirn. Es hatte auch drei Löcher im Rücken und eins im Hinterkopf. An diesen Stellen hatten Alton Drews Kugeln seinen Körper durchschlagen. Die

Hälfte des formlosen Gesichts war weggerissen worden, und auf einer Schulter war eine tiefe Einkerbung. Auf diese Stelle hatte Alton Drew mit dem Gewehrkolben eingehauen, nachdem das Ding nicht umfallen wollte – trotz der vier Kugeln, die er ihm in den Körper gejagt hatte.

Als das alles geschah, war das Monstrum weder verletzt noch verärgert. Es wunderte sich nur, warum Alton Drew sich so benahm. Nun folgte es dem kleinen Mann ohne große Eile, paßte sich seinen Schritten an und hinterließ eine breite Schmutzspur.

Der kleine Mann erreichte den Waldrand, lehnte sich an einen dicken Baumstamm und dachte nach. Hier war ihm schon genug zugestoßen. Was würde es ihm schon einbringen, wenn er hierblieb und mit einem schrecklichen Mordprozeß konfrontiert wurde? Und das alles nur, um seine dumme, sinnlose Suche fortzusetzen? Irgendwo in der Tiefe dieses Waldes sollte die Ruine einer uralten Jagdhütte stehen, und vielleicht würde er dort den Beweis finden, den er suchte. Aber es war ein vager Bericht gewesen – vage genug, um ohne Bedauern vergessen zu werden. Es wäre verrückt, hierzubleiben und sich dem provinzlerischen Amtsschimmel auszusetzen, den diese grausige Affäre im Wald nach sich ziehen würde. Ergo wäre es auch lächerlich, den Rat dieses Farmers zu befolgen, in sein Haus zu gehen und auf ihn zu warten. Er würde in die Stadt zurückgehen. Das Monstrum lehnte an der anderen Seite des dicken Baumstamms.

Der kleine Mann schnüffelte angewidert, als ihn plötzlich ein überwältigender Modergeruch einhüllte. Er zog sein Taschentuch hervor und ließ es fallen. Als er sich bückte, um es aufzuheben, sauste der Arm des Monstrums durch die Luft, dort, wo eben noch der Kopf gewesen war. Der mächtige Schlag hätte das rosa Babygesicht sicher zerschmettert. Der kleine Mann richtete sich auf und hätte das Taschentuch auf die Nase gedrückt, wäre es nicht so blutig gewesen. Die Kreatur hinter dem Baum hob den Arm noch einmal, gerade, als der kleine Mann das Taschentuch wegwarf und auf das Feld trat, das er überqueren wollte, um zur fernen Straße zu gelangen, die ihn in die Stadt bringen würde. Das Monstrum stürzte sich auf das Taschentuch, hob es auf, studierte es, zerriß es und inspizierte die Ränder der einzelnen Fetzen. Dann starrte es gleichgültig auf die entschwindende

Gestalt des kleinen Mannes fand ihn nicht mehr interessant und kehrte in den Wald zurück.

Babe begann zu laufen, als sie die Schüsse hörte. Es war sehr wichtig, Onkel Alton zu warnen und ihm zu erzählen, was ihr Vater gesagt hatte. Aber noch viel interessanter würde es sein, herauszufinden, was er erlegt hatte. Oh, er hatte es erlegt, da war sie ganz sicher. Onkel Alton feuerte niemals, ohne zu töten. Aber das war das erstemal, daß sie ihn so oft hintereinander schießen gehört hatte. Es mußte ein Bär sein, dachte sie aufgeregt und stolperte über eine Wurzel, fiel hin, sprang wieder auf und lief weiter, ohne die kurze Unterbrechung zu registrieren. Sie hätte gern noch ein zweites Bärenfell für ihr Zimmer. Wohin sollte sie es legen? Vielleicht konnte man es säumen, und dann würde sie es als Bettdecke benützen. Oder Onkel Alton könnte abends darauf sitzen und ihr Geschichten vorlesen ... O nein! Nicht, solange er mit Dad zerstritten war! Wenn sie doch nur etwas tun könnte. Getrieben von Sorge und Erwartung, versuchte sie schneller zu laufen, aber sie war schon ganz außer Atem und mußte ihre Schritte verlangsamen.

Auf dem Grat am Waldrand blieb sie stehen und blickte zurück. Tief unten im Tal lag das Feld, auf dem jetzt ihr Vater arbeiten müßte. Sie hielt Ausschau nach Cory. Die neuen Ackerfurchen zeichneten sich deutlich vor den alten ab, und mit ihren scharfen Augen entdeckte sie sofort, daß Cory verschwunden war und die Pferde an einem Baumstamm festgebunden hatte, ohne die eine Furche bis zum Ende umzupflügen. Corys hellblauer Drillichanzug war nirgends zu sehen. Sie kicherte, als sie sich vorstellte, wie sie ihrem Vater ein Schnippchen schlagen würde, aber ihr Gelächter verstummte, als sie Altons heiseren Todesschrei hörte.

Sie erreichte den Weg, überquerte ihn und schlüpfte in ein Gebüsch. Die Schüsse müßten irgendwo in der Nähe gefallen sein. Immer wieder blieb sie stehen und lauschte, und dann hörte sie plötzlich etwas auf sich zukommen – sehr schnell. Erschrocken ging sie in Deckung, und der kleine Mann mit dem rosa Babygesicht stürmte blindlings an ihr vorbei, mit angstgeweiteten blauen Augen. Seine lederne Aktentasche verfing sich in den Zweigen, fiel Babe vor die Füße. Der kleine Mann in Schwarz merkte es gar nicht.

Babe blieb noch eine Weile reglos liegen, dann nahm sie die Tasche und verschwand in den Wäldern. Die Dinge überstürzten sich, und das alles ging ihr viel zu schnell. Sie wollte zu Onkel Anton,aber sie wagte nicht nach ihm zu rufen. Nach ein paar Minuten blieb sie wieder stehen und spitzte die Ohren. Weiter hinten am Waldrand hörte sie die Stimme ihres Vaters und eine andere. Wahrscheinlich war das der Mann, der die Aktentasche verloren hatte. Sie wagte nicht, da hinüber zu gehen. Von angenehmem Grauen erfüllt, dachte sie nach, dann schnippte sie triumphierend mit den Fingern. Sie hatte hier oben oft mit Onkel Alton Indianer gespielt, und sie hatten ein reichhaltiges Repertoire an Geheimsignalen. Sie hatte die Vogelrufe geübt, bis sie ihr schon beinahe besser gelungen waren als den Vögeln selbst. Für welchen Ruf sollte sie sich entscheiden? Natürlich – der Blauhäher ... Sie warf den Kopf in den Nacken und produzierte ein entnervendes Kreischen, das auch dem kräftigsten Blauhäher alle Ehre gemacht hätte. Dann wiederholte sie den Schrei noch zweimal.

Die Antwort kam sofort – der Schrei eines Blauhähers, viermal – zwei Rufe, eine kurze Pause, dann noch zwei ... Babe nickte zufrieden. Das bedeutete, daß sie sich in ihrem ‚Versteck' treffen würden, Onkel Alton hatte das Versteck entdeckt und es ihr gezeigt. Sonst kannte keine Menschenseele diesen Felsblock am Ufer eines Bachs, ganz in der Nähe. Es war nicht direkt eine Höhle, aber fast, und Babe fand das sehr aufregend. Frohen Mutes lief sie zum Bach. Sie hatte ja gewußt, daß sich Onkel Alton an den Ruf des Blauhähers erinnern und sofort wissen würde, was sie meinte.

In den Zweigen, die sich über Altons zerschmetterten Körper wölbten, saß ein großer Blauhäher und plusterte sich mit glänzendem Gefieder in der Sonne auf. Ohne die Gegenwart des Todes zu spüren, stieß er vier Schreie aus, erst zwei – dann noch einmal zwei. Babes realistischen Ruf hatte er nur halb wahrgenommen.

Es dauerte eine ganze Weile, bis sich Cory von dem schrecklichen Anblick erholt hatte. Er wandte sich ab und lehnte sich schwach und schweratmend an eine Tanne. Alton – es war Alton, der da lag – in Stücke gerissen. „Gott! Gott, Gott, Gott ..."

Langsam kehrten seine Kräfte zurück, und er zwang sich dazu, dem Grauen wieder ins Auge zu sehen. Vorsichtig bückte er sich und hob die .32–40er auf. Der Lauf war hell und sauber, aber der Kolben und der Schaft waren mit stinkendem Moder beschmiert. Wo hatte er das Zeug schon mal gesehen? Irgendwo – es spielte keine Rolle.

Geistesabwesend säuberte er die Waffe, warf das schmutzige Taschentuch weg. In seinem Kopf hallten Altons Worte wider – war es erst gestern abend gewesen? *Ich werde so lange suchen, bis ich die Spur der Bestie gefunden habe, die Kimbo so zugerichtet hat.*

Cory suchte widerstrebend die Umgebung ab, bis er Altons Munitionsschachtel gefunden hatte. Sie war kalt und klebrig. Das machte alles – irgendwie besser. Eine Kugel, noch feucht von Altons Blut, wäre genau das Richtige. Er entfernte sich vom Schauplatz des schrecklichen Geschehens, ging im Kreis herum, bis er mächtige Fußstapfen fand, dann kam er zurück.

„Ich werde der Spur folgen, Alton", flüsterte er, und dann machte er sich auf den Weg, erstaunt, über den schmutzigen Moder, der die Fährte begleitete. Allmählich brachte er die schleimige Masse mit dem Wesen in Verbindung, das seinen Bruder getötet hatte. Nun gab es nichts mehr auf dieser Welt für ihn außer seinem Haß und seiner wilden Entschlossenheit. Er verfluchte sich selbst, weil er Alton gestern abend nicht mit nach Hause genommen hatte, während er der Spur bis zum Waldrand folgte. Sie führte zu einem dicken Baumstamm – und dann sah er noch etwas anderes – die Fußstapfen des kleinen Städters. In der Nähe lagen ein paar Leinenfetzen, und – was war denn das?

Weitere Fußstapfen – noch kleinere, mit kurzen Zehen.

„Babe!"

Keine Antwort. Der Wind seufzte. Irgendwo schrie ein Blauhäher.

Babe blieb stehen und drehte sich um, als sie aus weiter Ferne die durchdringende Stimme ihres Vaters hörte.

„Oh, wie er schreit!" flüsterte sie entzückt. „Wie wütend seine Stimme klingt!" Respektlos antwortete sie mit einem Blauhäherruf, dann rannte sie weiter zum ‚Versteck'.

Bald sah sie den großen Felsblock, der am Ufer des Bachs aufragte. Irgendein Erdbeben in der Eiszeit hatte ihn gespalten, einen riesigen V-förmigen Splitter herausgeschnitten. Die breiteste Stelle der Spalte befand sich am Wasserrand, die schmalste war im Gebüsch verborgen. Die Wände der Spalte bildeten einen kleinen Raum ohne Decke, mit rauhem Boden voller Löcher und Ritzen, aber fast eben.

Babe zog die Zweige der Büsche auseinander und spähte in den Spalt hinab.

„Onkel Alton!" rief sie leise. Keine Antwort. Sie kletterte durch die Öffnung und ließ sich auf den Felsenboden hinabgleiten.

Wie schön es hier war, schattig und kühl, und der sprudelnde Bach füllte das Innere der Felsspalte mit tanzenden goldenen Lichtern und gurgelndem Lachen. Sie stieß noch einen Blauhäherruf aus, dann lehnte sie sich an die rauhe Steinwand, um geduldig zu warten.

Jetzt erst merkte sie, daß sie immer noch die Aktentasche des kleinen Mannes bei sich hatte, drehte sie ein paarmal hin und her und öffnete sie schließlich. In der Mitte war sie durch eine Lederplatte unterteilt. In dem einen Fach steckten ein paar Papiere und ein großer gelber Umschlag, in dem anderen Sandwiches, ein Schokoladeriegel und ein Apfel. Mit dem unschuldigen Glauben der Jugend, die ohne zu fragen das Manna akzeptiert, das vom Himmel fällt, begann Babe zu essen. Sie hob ein Sandwich für Alton auf, hauptsächlich, weil sie die stark gewürzte Bologneser Wurst nicht mochte. Alles andere schmeckte ihr ausgezeichnet.

Nachdem sie den Apfel gegessen hatte, machte sie sich ein bißchen Sorgen, weil Alton noch nicht gekommen war. Sie stand auf und versuchte ein paar flache Kiesel über das Wasser des Bachs springen zu lassen. Dann machte sie einen Handstand und dachte sich eine Geschichte aus, die sie sich selbst erzählte. Danach versuchte sie schlicht und einfach nur zu warten. Schließlich wandte sie sich in ihrer Verzweiflung wieder der Aktentasche zu, nahm die Papiere heraus und begann sie zu lesen. Das war wenigstens ein Zeitvertreib.

Da war ein alter Zeitungsausschnitt, in dem was über seltsame Testamente stand, die Leute machten. Einmal hatte eine Dame dem ersten Mann, der von der Erde zum Mond und wieder zurück fliegen würde, eine Menge Geld hinterlassen. Eine andere hatte ein Heim für Katzen finanziert, deren Herrchen und Frauchen gestorben waren. Ein Mann wollte der Person, die ein gewisses mathematisches Problem lösen und die Lösung auch beweisen könnte, mehrere Tausend Dollar vererben. Ein Absatz des Artikels war mit Blaustift markiert. Er lautete: ‚Eines der merkwürdigsten Testamente, die immer noch gültig sind, stammt von Thaddeus M. Kirk, der 1920 starb. Offenbar hat er ein aufwendiges Mausoleum gebaut, mit Grabgewölben für alle Familienmitglieder. Er sammelte Särge aus dem ganzen Land, um die einzelnen Nischen zu füllen. Kirk war der Letzte seiner Linie. Als er starb, hatte er keine Verwandten mehr. In seinem Testament steht, daß das Mausoleum stets instand gehalten werden muß. Eine gewisse Summe soll für die Person reserviert werden, die den Leichnam seines Großvaters, Roger Kirk, findet. Rogers Nische ist immer noch leer. Wer auch immer die Leiche aufspüren sollte, wird ein beträchtliches Vermögen erhalten.'

Babe gähnte gelangweilt, las aber weiter, weil sie nichts anderes zu tun hatte. Als nächstes fiel ihr ein dicker Stoß von Geschäftspost in die Hände, mit dem Briefkopf einer Anwaltsfirma. ,Hinsichtlich Ihrer Frage nach Thaddeus Kirks Testament möchten wir Ihnen folgendes mitteilen', begann einer der Briefe. ,Sein Großvater war etwa fünf Fuß und fünf Zoll groß. Sein linker Arm war gebrochen, und er hatte eine dreieckige Platte im Schädel. Über die Umstände seines Todes ist nichts bekannt. Er verschwand und wurde vierzehn Jahre später für tot erklärt. Die Belohnungssumme, die im Testament genannt wurde, beträgt nun zusammen mit dem Zinszuwachs über zweiundsechzigtausend Dollar. Diese Summe wird der Person ausgezahlt, die Roger Kirks sterbliche Überreste beschafft, vorausgesetzt, diese Überreste stimmen mit der Beschreibung überein, die wir in unserem Privatbüro verwahren.'

Da waren noch mehr Briefe, aber Babe fand diese Lektüre zu langweilig. Sie begann in einem kleinen schwarzen Notizbuch zu blättern. Darin waren in Schlagworten die Ergebnisse von Bibliotheksbesuchen notiert sowie Zitate aus Büchern wie ,Die Geschichte der Angelina und Tyler Counties' und ,Die Familiengeschichte der Kirks'. Babe legte auch dieses Büchlein beiseite. Wo Onkel Alton nur blieb?

Leise begann sie zu singen, „Tumalumalum tun, ta ta ta", und tat so, als würde sie mit wehenden Röcken tanzen, wie ein Mädchen, das sie einmal im Kino gesehen hatte. Als das Gebüsch am Eingang des Verstecks raschelte, verstummte sie. Blitzschnell sprang sie auf und versteckte sich in einer kleinen Felsspalte, gerade breit genug, so daß sie hineinschlüpfen konnte. Sie kicherte, als sie sich vorstellte, wie überrascht Onkel Alton sein würde, wenn sie sich ganz plötzlich auf ihn stürzte.

Sie hörte, wie der Neuankömmling eine der steilen Felswände herabkletterte, die den Spalt bildeten, und schwerfällig auf dem Boden landete. Irgendwie waren die Geräusche seltsam ... Aber was war es, das ihr so merkwürdig erschien? Dann wußte sie es.

Obwohl es für einen großen Mann wie Onkel Alton mühsam war, sich durch die schmale, mit Buschwerk gefüllte Öffnung zu zwängen, hörte sie kein Keuchen. Sie hörte nicht einmal Atemzüge.

Babe spähte in die Höhle hinaus und kreischte in kaltem Entsetzen. Da stand nicht Onkel Alton – sondern die massive Karikatur eines Mannes, ein riesiges Wesen, das aussah wie eine ungelenke Puppe, aus Schlamm und Schmutz geformt. Es bebte, einzelne Körperteile glitzerten, andere waren trocken und bröckelig. Ein Teil der unteren Gesichtshälfte war verschwunden. Das Wesen hatte weder Mund noch Nase, ein Auge lag höher als das andere. Beide glühten dumpf in einem schmutzigen Braun, von weißen Augäpfeln war nichts zu sehen. Das Ding stand ganz stille da und sah Babe an, und seine einzige Bewegung war ein schwaches, seltsam lebloses Beben.

Es wunderte sich über den sonderbaren Laut, den Babe ausgestoßen hatte.

Babe zog sich so tief wie möglich in ihre kleine Höhle zurück. Ihre Gedanken schwirrten, drehten schmerzhafte Kreise. Sie öffnete den Mund, um zu schreien, aber die konnte es nicht. Ihre Augen quollen vor, ihr Gesicht rötete sich in verzweifelten Anstrengung, als sie vergeblich versuchte, einen Hilferuf auszustoßen. Die blonden Zöpfchen flogen hin und her, als sie sich ohne jede Hoffnung nach einem Fluchtweg umsah. Wenn sie nur draußen im Freien wäre – oder in der keilförmigen Halbhöhle, wo jetzt dieses Ding stand – oder daheim im Bett ...

Das Ding stapfte auf sie zu, mit ausdruckslosen Augen, bewegte sich mit einer langsamen Unabänderlichkeit, die Babes Grauen noch steigerte. Sie lag da mit großen Augen, wie erstarrt, der wachsende Druck der Angst lähmte ihre Lungen, und ihr Herzschlag schien die ganze Welt zu bewegen. Das Monstrum trottete zum Eingang der kleinen Höhle, wollte zu ihr hereinkommen, aber die Öffnung war zu klein. Es preßte die Schultern gegen den Fels, spannte all seine Kräfte an, um zu Babe zu gelangen. Zögernd setzte sie sich auf. Das Ding aus den Wäldern war jetzt so nahe, daß ihr sein Gestank fast greifbar erschien. Eine wilde Hoffnung verdrängte ihre namenlose Furcht. Es konnte nicht hereinkommen, weil es zu groß war ...

Die Substanz seiner Füße dehnte sich langsam aus, unter der gewaltigen Anstrengung, und an einer Schulter zeigte sich ein schmaler Riß, der sich allmählich verbreiterte, als sich das Monstrum immer wieder gegen den Fels warf, ohne Schmerz zu verspüren. Plötzlich löste sich ein großes Stück aus der Schulter, und das Wesen zwängte sich um drei Fuß weiter herein. Ganz still lag es da und fixierte Babe mit seinen Schlammaugen, dann hob es einen dicken Arm und griff nach ihr.

Sie wich noch um einen Zoll weiter zurück, obwohl sie geglaubt hatte schon das Ende der kleinen Höhle erreicht zu haben. Die schmutzige Faust strich über ihren Rücken und hinterließ eine Schlammspur auf dem blauen Drillich ihrer Bluse. Plötzlich quoll das Monstrum herein, und jener letzte kostbare Zoll war verloren. Eine schwarze Hand griff nach einem der blonden Zöpfe, und dann versank Babe in einem dunklen Nichts.

Als sie wieder zu sich kam, baumelte sie an ihren Haaren, die in einer verkrusteten Faust steckten. Das Ding hatte sie hochgehoben, so daß ihr Gesicht und der konturenlose Kopf nur durch einen knappen Fuß getrennt waren. Es blickte sie an, mit milder Neugier in den Augen, schwang sie langsam hin und her. Der Schmerz in ihren Haarwurzeln bewirkte etwas, das ihre Angst nicht vermocht hatte – sie fand ihre Stimme wieder. Sie schrie. Sie öffnete den Mund, pumpte ihre kräftigen jungen Lungen mit Luft voll und brüllte. Ihr Hals behielt die Position des ersten Schreis bei, und ihre Brust kämpfte, trieb immer mehr Luft in die erstarrte Kehle. Schrill und monoton und durchdringend hallten ihre Schreie durch den Wald.

Dem Monstrum machte das nichts aus. Es hielt sie fest und beobachtete sie. Als es sich alles eingeprägt hatte, was es aus dieser neuen Erfahrung lernen konnte, ließ es Babe fallen und sah sich zwischen den Felswänden um, ignorierte das halb betäubte, zusammengekrümmte Mädchen. Es hob die lederne Aktentasche hoch, riß sie auseinander, als wäre sie aus Seidenpapier. Dann entdeckte es das Sandwich, das Babe verwahrt hatte, griff danach, zerquetschte es und warf es auf den Boden.

Babe öffnete die Augen und sah, daß sie frei war, und als sich das Ding zu ihr umwandte, sprang sie zwischen seinen Beinen hindurch, in den Bach, der am Felsen vorbeifloß, watete hinüber und erreichte schreiend das andere Ufer. Nun stieg Zorn in ihr auf, war stärker als die Angst. Sie hob einen Stein auf, groß wie eine Grapefruit, und schleuderte ihn mit aller Macht auf das Ding, das ihr folgte.

Klatschend traf er ein Bein des Monstrums, das sich dem Wasser näherte, und brachte es aus dem Gleichgewicht, das es nicht wiedergewinnen konnte, weil es darin keine Übung besaß. Es schwankte am Ufer hin und her, lautlose Sekunden lang, dann fiel es ins hoch aufspritzende Wasser. Ohne ihm einen zweiten Blick zu gönnen, rannte Babe kreischend davon.

Cory Drew folgte den kleinen Schlammspritzern, die ihm die Richtung wiesen, die der Mörder eingeschlagen hatte. Er war ganz in der Nähe, als er Babes ersten Schrei hörte. Er begann zu laufen, ließ die Schrotflinte fallen, hielt die .32–40er schußbereit in einer Hand. Eine so grausame Panik erfüllte sein Herz und trieb ihn an, daß er an dem großen gespaltenen Felsblock vorbeistürmte und schon hundert Yard weitergerannt war, als Babe die Uferböschung heraufkam und davonraste. Er mußte seine Schritte beschleunigen, um sie einzuholen, denn es war das gesichtslose Grauen in der Höhle, das ihr Flügel zu verleihen schien, und sie kannte nur einen Gedanken – weg von hier.

Babe sah ihren Vater gar nicht, als er sie festhielt und sie zu beruhigen versuchte.

Das Monstrum lag im Wasser. Es mochte dieses neue Element nicht, aber es mißfiel ihm auch nicht. Sein massiver Kopf ragte aus den sprudelnden Wellen, und es dachte interessiert über all das Neue nach, das es soeben erlebt hatte. Da war dieses leise summende Geräusch gewesen, das es in die Höhle gelockt hatte. Dann das schwarze Material der Aktentasche, das seiner Kraft viel stärkeren Widerstand entgegengesetzt hatte als die grünen Dinger, die sich so mühelos zerreißen ließen ... Und dann dieses kleine zweibeinige Ding, das gesungen und dann geschrien hatte, als das Monstrum daraufzugegangen war. Und jetzt diese kalte Bewegung, in die es gefallen war ... Es schwemmte seinen Körper davon. So etwas war noch nie geschehen. Sehr interessant ... Das Monstrum beschloß, hierzubleiben und dieses neue Phänomen zu beobachten. Es verspürte kein Bedürfnis, sich zu retten. Es kannte nur ein einziges Gefühl – Neugier.

Lachend rauschte der Bach aus einer Quelle herab, zwinkerte den Sonnenstrahlen zu, fing kleine hilfreiche Bächlein ein. Er jubelte, spielte mit kleinen losen Wurzeln, schubste die Elritzen und Kaulquappen umher. Es war ein glücklicher Bach. Als er bei dem gespaltenen Felsen ankam, fand er das Monstrum und zerrte daran, durchtränkte die modernden Substanzen, glättete die Risse, und die Wellen unter dem Ding färbten sich dunkel, als sich die schlammmige Materie langsam auflöste. Es war ein sehr gründlicher Bach. Hartnäckig spülte es alles hinweg, was er berührte. Wo er Schmutz fand, entfernte er ihn, und wenn Fäulnis schichtweise übereinander lag, beseitigte er eine Schicht nach der anderen. Es war ein guter Bach. Das Gift des Monstrums störte ihn nicht, er nahm es in sich auf und verdünnte es, verteilte es in kleinen Ringen rund um die Steine, die ihm stromabwärts begegneten, ließ es zu den Wurzeln der Wasserpflanzen hintreiben, damit sie noch grüner wurden und noch schöner.

Und so löste sich das Monstrum auf und beschmutzte das Wasser, und dann war das Wasser wieder sauber, wusch das Skelett rein, das von dem Monstrum übriggeblieben war. Es war nicht groß, und im linken Arm befand sich ein schlecht verheilter Knoten. Das Sonnenlicht spiegelte sich in der dreieckigen Silberplatte, die im bleichen Schädel steckte. Jetzt war das Skelett blitzblank geputzte, und der Bach lachte ein ganzes Jahrhundert lang darüber.

Sie fanden das Skelett, sechs grimmige Männer, die gekommen waren, um einen Mörder zu suchen. Niemand hatte Babe geglaubt, als sie ein paar Tage später ihre Geschichte erzählt hatte. Sie konnte erst nach einigen Tagen davon sprechen, denn sie hatte sieben Stunden lang geschrien, ohne aufzuhören, und dann hatte sie einen Tag lang wie tot in ihrem Bett gelegen. Niemand glaubte ihr, weil ihre Geschichte von dem ‚bösen Kerl' handelte, und jeder wußte, daß ihr Vater den ‚bösen Kerl' nur erfunden hatte, um ihr Angst einzujagen. Aber es war ihr zu verdanken, daß man das Skelett fand, und die Männer von der Bank schickten einen Scheck an die Drews. Sie bekamen so viel Geld, wie sie es nicht einmal in ihren kühnsten Träumen gehofft hatten. Natürlich war es der alte Roger Kirk, dessen Skelett im Bach gelegen hatte – wenn er auch fünf Meilen von jener Stelle entfernt gestorben und dann im Waldboden versunken war, wo sich heißer Moder um die Gebeine gebildet hatte, wo er als Monstrum emporgetaucht war.

So bauten die Drews einen neuen Stall und kauften neues Vieh, und sie konnten vier Farmarbeiter einstellen. Aber sie haben keinen Alton mehr und keinen Kimbo. Und Babe schreit jede Nacht und ist sehr dünn geworden.

A. E. van Vogt

Der Turm der Bestie

Der Formveränderer gehört zu den grausigsten Geschöpfen im Reich der Science-fiction und Fantasy. Hier präsentiert uns A. E. van Vogt, einer der glanzvollsten Stars der vierziger Jahre, einen höchst ungewöhnlichen Formveränderer – einen Roboter. ‚Der Turm', in dem sich der Schlüssel zum Sieg über die Bestie befindet, ist eines der denkwürdigsten Bauwerke in der Science-fiction-Szene und regte auch sofort die Phantasie der Astounding-*Leser an. Über kaum eine andere Story in der Geschichte des Magazins wurde so viel geredet und geschrieben, sowohl wegen ihrer literarischen Qualitäten als auch wegen ihrer sehr seltsamen Mathematik. Eine so ultimative Primzahl hat es nie zuvor gegeben!*

(In den magischen Jahren von 1938 bis 1942 betrachtete ich die Science-fiction-Literatur mit John Campbells Augen. Damals lernte ich unter der Anleitung dieses großen Herausgebers schreiben. Jeden Monat kam ich in sein Büro, und jeden Monat erzählte er mir von den großartigen Geschichten, die man ihm geschickt hatte. Mein Mund wurde ganz wäßrig, und mein Herz wünschte sich sehnlichst, daß ich ebensolche Wunder vollbringen könnte und daß er auch über mich *und* meine *Stories so reden würde.*

Und in jenen Jahren war es gar keine Frage, welche Schriftsteller er am meisten bewunderte, welche Autoren wie Kolosse über das S-f-Gebiet wanderten. Da waren Robert Heinlein und A. E. van Vogt. Wie glücklich diese beiden waren! Nie mehr wird man das S-f-Gebiet so triumphal erobern können. Heutzutage ist es viel zu groß, um von nur einem oder zwei Autoren beherrscht zu werden. Aber damals standen diese beiden unerreicht an der Spitze. I. A.)

Die Kreatur kroch dahin. Sie winselte vor Angst und Schmerz, stieß geifernde Laute aus, die sich schrecklich anhörten, ein formloses Ding, das doch mit jeder Bewegung die Form veränderte.

Es kroch den Korridor des Raumfrachters entlang, kämpfte

gegen den gräßlichen Drang seiner Elemente an, die Gestalt seiner Umgebung anzunehmen. Es kroch dahin, ein grauer Klumpen aus zerfallenden Bestandteilen, es zerfloß, löste sich auf, und jede Bewegung war ein schmerzhaftes Ringen mit dem Bedürfnis, eine stabile Form anzunehmen.

Irgendeine Gestalt – die harte, eisblaue Metallwand des Frachters, der die Erde ansteuerte, den dicken Gummiboden ... Gegen den Boden konnte man leicht ankämpfen. Er war anders als das Metall, das an einem zog und zerrte. Es wäre einfach, sich für alle Ewigkeit in Metall zu verwandeln.

Aber irgend etwas verhinderte das. Ein eingepflanztes Streben. Ein Streben, das von Elektron zu Elektron dröhnte, von Atom zu Atom vibrierte, mit einer gleichbleibenden Intensität, die ein ganz besonderer Schmerz war: *Such das größte mathematische Gehirn im Solarsystem, bring es in den Marsturm aus fundamentalem Metall. Der Große muß befreit werden! Das Primzahl-Zeitschloß muß geöffnet werden!*

Dies war das Streben, das mit gnadenlosem Schmerz in den Elementen des Wesens summte. Dies war der Gedanke, der ihm seine großen, bösen Schöpfer ins Bewußtsein gepflanzt hatten.

Am anderen Ende des Korridors bewegte sich etwas. Eine Tür öffnete sich, Schritte klangen auf. Ein Mann pfiff vor sich hin. Mit einem metallisch zischenden Seufzer löste sich die Kreatur auf, sah sekundenlang aus wie verdünntes Quecksilber. Dann wurde es braun wie der Boden, eine etwas dickere Stelle des dunkelbraunen Gummibodens, die sich über einige Yards erstreckte.

Es war wunderbar, einfach hier zu liegen, flach zu sein und eine Form zu haben, dem Tod nahe zu sein, daß man keine Schmerzen fühlte. Der Tod war so süß, so begehrenswert. Und das Leben war unerträgliche Qual, ein pochender, stechender, krampfhaft zukkender Alptraum. Wenn nur das Leben, das sich da näherte, rasch vorüberginge. Wenn es stehenbliebe, würde es dem Ding Gestalt geben. Das Leben war dazu fähig. Leben war stärker als Metall, stärker als alles andere. Das Leben, das da herankam, bedeutete Pein, Kampf, Schmerz.

Die Kreatur spannte ihren jetzt flachen, grotesken Körper an – den Körper, der Muskeln aus Stahl entwickeln konnte, und wartete voller Entsetzen auf den tödlichen Kampf.

Der Raumhandwerker Parelli pfiff fröhlich, als er den schimmernden Korridor entlangging, der vom Maschinenraum wegführte. Er hatte soeben eine Funknachricht von der Klinik bekommen. Seiner Frau ging es gut, sie hatte einen Jungen zur Welt gebracht. Acht Pfund schwer. Er unterdrückte das Bedürfnis, zu brüllen und zu tanzen. Ein Junge! Wie schön das Leben war!

Das Ding auf dem Boden empfand Schmerz, einen urzeitlichen Schmerz, der seine Elemente wie brennende Säure durchfuhr. Jedes Atom des braunen Bodens erschauerte, als Parelli darüberging. Dieser qualvolle Drang, zu ihm zu streben, seine Gestalt anzunehmen ... Das Geschöpf kämpfte gegen diese schreckliche Sehnsucht an, kämpfte leidvoll und bebend, war sich seiner Pein nun viel bewußter, weil es mit Parellis Gehirn dachte. Eine Bodenwelle rollte dem Mann nach.

Der Kampf war sinnlos. Die Welle schwoll zu einem Klumpen an, der für Sekunden die Form eines menschlichen Kopfes anzunehmen schien. Ein grauer, höllischer Alptraum dämonischer Formgebung ... Die Kreatur zischte metallisch in ihrem Schrecken, dann brach sie zitternd zusammen, geiferte vor Angst und Schmerz und Haß, als Parelli weiterging – zu schnell für ihre Kriechbewegung.

Der dünne, gräßliche Laut erstarb. Das Ding verschmolz wieder mit dem braunen Boden, lag ganz still da, und doch bebte in jedem Atom der unstillbare, unkontrollierbare Drang zu leben – zu leben trotz aller Schmerzen, trotz des abgrundtiefen Entsetzens, trotz der urtümlichen Sehnsucht nach einer stabilen, reglosen Gestalt, zu leben und die Pläne seiner gierigen, bösartigen Schöpfer zu erfüllen.

Dreißig Fuß weiter oben im Korridor blieb Parelli stehen. Gewaltsam riß er seine Gedanken von Frau und Kind los, wirbelte auf den Absätzen herum und starrte unsicher in den Gang, an dessen Ende der Maschinenraum lag.

„Was ist denn das, zum Teufel?“ überlegte er laut.

Ein merkwürdiger, schwacher und doch unverkennbar grausiger Laut hallte durch sein Bewußtsein. Ein Schauer lief ihm über den Rücken. Dieser Laut – dieser furchtbare Laut ...

Er stand da, ein großer, muskulöser Mann mit nacktem Oberkörper, schweißüberströmt nach der Arbeit im Maschinenraum, in der Hitze, erzeugt von den Raketen, die nach dem Meteorstart auf dem Mars das Tempo drosselten. Schaudernd ballte er die Hände und gind den Weg zurück, den er gekommen war.

Die Kreatur erbebte, als sie seine Anziehungskraft spürte, focht einen qualvollen Kampf aus, der in die Tiefen jeder einzelnen rastlosen, erregten Zelle vordrang und schmerzhaft das fremdartige Nervensystem erschütterte. Und dann spürte es in kaltem Grauen den unvermeidlichen, unwiderstehlichen Drang, die Gestalt des Lebens anzunehmen.

Parelli blieb unsicher stehen. Der Boden unter seinen Füßen bewegte sich, eine sichtbare Welle erhob sich braun und schrecklich vor seinen ungläubigen Augen und wuchs an zu einer zwiebelförmigen, geifernden, zischenden Masse. Ein Dämonenkopf erschien auf verzerrten, halb menschlichen Schultern. Knotige Hände an mißgestalteten Affenarmen fuhren ihm blitzschnell ins Gesicht – und veränderten sich noch, während sie an seinen Wangen kratzten.

„Guter Gott!" schrie Parelli.

Die Hände, die Arme, die ihn attackierten, sahen jetzt normaler und menschlicher aus, wurden braun und muskulös. Das Gesicht nahm vertraute Züge an, eine Nase entstand, Augen, der rote Spalt eines Mundes. Der Körper war plötzlich sein eigener – die gleiche Hose, der gleiche Schweiß ...

„ ...Gott!" echote sein Ebenbild und faßte mit bebenden Fingern und unheimlicher Kraft nach ihm.

Keuchend riß sich Parelli los, dann schlug er mitten in das verzerrte Gesicht. Ein Ding stieß einen gellenden Schmerzensschrei aus. Es wandte sich ab, rannte davon, und dabei löste es sich auf, kämpfte dagegen an, gab seltsame, halbmenschliche Laute von sich.

Und Parelli unterdrückte sein Grauen, folgte ihm mit schwachen Knien, schlotternd vor ungläubiger Angst. Er streckte die Hand aus, griff nach den Hosen, die langsam auseinanderfielen. Ein Klumpen blieb in seiner Hand zurück, ein kalter, schleimiger, zuckender Klumpen, der wie feuchter Lehm aussah.

Es war unerträglich, dieses Ding auf der Haut zu spüren. Angewidert blieb er stehen und hörte die Stimme des Piloten.

„Was ist denn los?"

Parelli sah die offene Tür des Vorratsraums. Keuchend stürzte er hinein, kam einen Augenblick später wieder heraus, mit wild funkelnden Augen, einen Ato-Revolver in den Fingern. Er sah den Piloten, der wie gelähmt dastand, mit bleichem Gesicht, und mit angstgeweiteten braunen Augen auf eines der großen Fenster starrte.

„Da ist es!“ schrie der Mann.

Ein grauer Klumpen löste sich am Rand der Glasscheibe auf, verwandelte sich in Glas. Parelli rannte darauf zu, mit gezücktem Ato-Revolver. Eine Welle durchfuhr das Glas, verdunkelte die Scheibe, und dann sah er im kalten All auf der anderen Seite des Fensters einen grauen Klumpen auftauchen.

Mit offenem Mund stand der Offizier neben ihm. Die beiden Männer beobachteten, wie die graue, formlose Masse an der Seite des Frachters entlangglitt und dann aus ihrem Blickfeld verschwand.

Parellis Lebensgeister erwachten wieder. „Ich habe ein Stück von diesem Ding“, stieß er keuchend hervor. „Ich habe es im Vorratsraum fallen lassen.“

Es war Lieutenant Morton, der den Klumpen fand. Ein winziger Teil des Bodens erhob sich und wuchs dann zu erstaunlicher Größe an, als er menschliche Größe anzunehmen versuchte. In kaltem Entsetzen griff Parelli nach einer Schaufel und hob das Ding damit hoch. Es zischte, wurde beinahe zu einem Teil der Schaufel, doch das konnte es nicht, weil Parelli zu nahe war. Es veränderte sich, rang nach einer neuen Gestalt, geiferte und gurgelte, als Parelli, immer noch die Schaufel in der Hand, hinter seinen Vorgesetzten taumelte. Er lachte hysterisch. „Ich habe es angefaßt“, sagte er immer wieder. „Ich habe es angefaßt.“

Als das Schiff in die Erdatmosphäre eintauchte, erwachte an seiner Außenseite ein Metallklumpen zu trägem Leben. Die metallischen Wände des Frachters färbten sich rot, dann glühend weiß, doch das konnte der Kreatur nichts anhaben, die sich langsam in graue Masse verwandelte. Ein vager Gedanke kam dem Wesen in den Sinn, die Erkenntnis, daß es nun an der Zeit war, aktiv zu werden.

Plötzlich löste es sich von dem Schiff, fiel ganz langsam hinab, als würde die Schwerkraft der Erde keine ernsthafte Wirkung auf seine Masse ausüben. Eine kleine Verschiebung in seinen Elektronen hatte zur Folge, daß es immer schneller hinabstürzte, während es eine fremdartige Allergie gegen die Gravitation entwickelte.

Da unten drehte sich die grüne Erde, und in dunstiger Ferne glänzte eine wunderbare Stadt aus Türmen und massiven Gebäuden in der untergehenden Sonne. Das Ding verringerte seine Geschwindigkeit, trieb wie ein fallendes Blatt im Wind der immer noch fernen

Erde entgegen. Es landete in einer Schlucht neben einer Brücke am Stadtrand.

Ein Mann ging mit raschen, nervösen Schritten über die Brücke. Er wäre sehr erstaunt gewesen, wenn er zurückgeblickt hätte. Sein Ebenbild kletterte an einem Brückenpfeiler hoch und folgte ihm dann in flottem Tempo.

Such den größten Mathematiker!

Es war eine Stunde später, und die Pein des pochenden Gedankens war nun ein dumpfer, gleichbleibender Schmerz im Gehirn der Kreatur, als sie eine belebte Straße entlangging. Da waren auch andere Schmerzen. Die Qual, gegen die Anziehungskraft der Menschenmasse anzukämpfen, die eilig und drängelnd vorüberschwärmte ... Aber es fiel dem Wesen jetzt leichter, zu denken und die Gestalt beizubehalten, da es ein menschliches Gehirn besaß.

Such den Mathematiker!

„Warum?" fragte das menschliche Gehirn des Dings. Und dann erzitterte sein ganzer Körper vor Schreck über diese ketzerische Frage. Es ließ die braunen Augen angstvoll umherschweifen und erwartete jeden Moment in ein grausiges Verderben zu stürzen. Das Gesicht zerfloß ein wenig in diesen Sekunden geistiger Verwirrung, dann nahm es die Züge des Mannes mit der Hakennase an, der gerade vorbeiging, dann glich es einer hochgewachsenen Frau, die in ein Schaufenster starrte, und dann ...

Das Ding schüttelte gewaltsam die Furcht ab und konzentrierte sich auf das Gesicht eines glattrasierten jungen Mannes, der gerade aus einer Seitenstraße heranschlenderte. Der junge Mann sah die Kreatur an, sah wieder weg, blickte verwirrt zurück auf die Kreatur, in deren Gehirn seine Gedanken widerhallten. „Wer ist denn das, zum Teufel? Wo habe ich den Kerl schon mal gesehen?"

Ein halbes Dutzend Frauen kam dem Wesen entgegen. Es wich zur Seite, als sie vorbeigingen, und sein Gesicht verzerrte sich schmerzlich. Oh, dieses schreckliche Verlangen, eine Frau zu werden ... Sein brauner Anzug überzog sich mit einem matten blauen Schimmer, da eine Frau, die ihn leicht streifte, ein blaues Kleid trug und da es sekundenlang die Kontrolle über seine äußeren Atome verlor. In seinem Gehirn dröhnte munteres Geschnatter und dann die Frage: „Meine Liebe, hat sie nicht gräßlich ausgesehen in diesem furchtbaren Hut?"

Vor ihm ragten gigantische Bauten auf. Das Ding schüttelte seinen menschlichen Körper. So viele Gebäude – das bedeutete Metall. Und die Kräfte, die das Metall zusammenhielten, würden an seinem menschlichen Körper zerren. Die Kreatur erkannte diese Gefahr mit dem Gehirn eines schlanken Mannes im dunklen Anzug, der gerade mürrisch vorbeiging. Der schlanke Mann war ein Büroangestellter, und das Wesen absorbierte seine Gedanken. Er dachte neidvoll an seinen Boß, Jim Brender von der Finanzierungsgesellschaft J. P. Brender & Co.

Die Obertöne dieses Gedankens durchfuhren die vibrierenden Elemente der Kreatur. Abrupt machte sie kehrt und folgte dem Buchhalter Lawrence Pearson. Wenn die Leute auf der Straße den anderen Leuten Beachtung geschenkt hätten, sie wären erstaunt gewesen, als plötzlich zwei Lawrence Pearsons des Weges kamen, der eine ging fünfzig Fuß hinter dem anderen. Der zweite Lawrence Pearson hatte vom Gehirn des ersten erfahren, daß Jim Brender in Harvard Mathematik, Finanzwesen sowie Staats- und Wirtschaftswissenschaft studiert hatte. Er war der jüngste Sproß einer Familie, die schon viele Finanzgenies hervorgebracht hatte, dreißig Jahre alt und der Leiter der enorm reichen Firma J. P. Brender & Co. Soeben hatte er das schönste Mädchen der Welt geheiratet, und dies war der Grund, warum Lawrence Pearson so unzufrieden mit seinem Leben war.

„Ich bin auch dreißig“, hallten seine Gedanken im Gehirn der Kreatur wider, „und ich habe nichts. Er hat alles, während ich jeden Abend in dieselbe alte Pension gehen muß, bis ans Ende meiner Tage.“

Es wurde dunkel, als die beiden den Fluß überquerten. Die Kreatur beschleunigte ihre Schritte, mit einer aggressiven Entschlossenheit, die der wirkliche Lawrence Pearson niemals aufgebracht hätte. Eine leise Ahnung ihrer schrecklichen Absichten teilte sich dem Opfer im letzten Augenblick mit. Der schlanke Mann drehte sich um und stieß einen schwachen Schrei aus, bevor sich stahlharte Finger um seinen Hals schlossen.

Schwarze Betäubung erfüllte das Gehirn der Kreatur, als Lawrence Pearson in die Nacht des Todes hinüberging. Keuchend begann sie zu wimmern, kämpfte an gegen die drohende Auflösung, dann hatte sie sich wieder in der Gewalt. Blitzschnell packte sie die Leiche und warf sie über das Zementgeländer der Brücke. Tief unten klang ein klatschendes Geräusch auf, dann verhallte ein leises Wassergurgeln.

Das Ding, das nun Lawrence Pearson war, ging hastig weiter, dann verlangsamte es seine Schritte, als es zu einem großen, planlos gebauten Ziegelhaus kam. Ängstlich sah es nach der Nummer und wußte plötzlich nicht mehr, ob es sich auch richtig daran erinnerte, zögernd stieß es die Tür auf.

Gelbes Licht drang ihm entgegen, Gelächter vibrierte in seinen empfindlichen Ohren. Da war das gleiche Summen vieler Gedanken und vieler Gehirne wie vorhin auf der Straße. Die Kreatur kämpfte gegen den Ansturm der Gedanken an, der Lawrence Pearsons Gehirn zu verdrängen drohte. Leicht benommen von diesem Kampf, fand sich das Wesen in einer großen, hellen Halle wieder und blickte durch eine offene Tür in ein Zimmer, wo ein Dutzend Leute rings um einen Eßtisch saßen.

„Oh, Sie sind es, Mr. Pearson“, sagte die Pensionswirtin, die am Kopfende des Tisches thronte, eine Frau mit scharfgebogener Nase und dünnen Lippen. Sekundenlang starrte das Wesen sie interessiert an. Aus ihrem Gehirn war ein Gedanke zu ihm gekommen. Ihr Sohn war Mathematiklehrer an einer High School. Das Ding zuckte mit den Schultern. Nach einem durchdringenden Blick floß die Wahrheit durch die komplizierte atomare Struktur seines Körpers.

„Sie kommen gerade rechtzeitig“, sagte sie in gleichgültigem Ton. „Sarah, bring einen Teller für Mr. Pearson.“

„Danke, aber ich bin nicht hungrig“, erwiderte die Kreatur, und in ihrem menschlichen Gehirn vibrierte das erste lautlose ironische Gelächter ihres Daseins. „Ich glaube, ich werde mich gleich hinlegen.“

Die ganze Nacht lag das Ding in Lawrence Pearsons Bett, mit glänzenden Augen, hellwach, wurde sich seiner selbst immer stärker bewußt.

„Ich bin eine Maschine ohne eigenes Gehirn“, dachte es. „Ich benutze die Gehirne anderer Leute, aber auf irgendeine Weise haben es mir meine Schöpfer ermöglicht, mehr als nur ein Echo zu sein. Ich benutze die Gehirne der Menschen, um mein Ziel zu erreichen.“

Es dachte über jene Schöpfer nach und Panik flutete durch sein fremdartiges System, verdunkelte das menschliche Gehirn. Da war eine vage, physiologische Erinnerung an unnennbare Schmerzen, an einen beängstigenden chemischen Vorgang.

Im Morgengrauen stand die Kreatur auf und wanderte bis halb zehn in den Straßen umher. Dann näherte es sich dem imposanten Marmorportal der Firma J. P. Brender & Co. Im Innern des Gebäudes sank es in einen Stuhl mit den Initialen L. P. und begann gewissenhaft die Bücher durchzusehen, die Lawrence Pearson am vergangenen Abend beiseitegelegt hatte.

Um zehn Uhr trat ein großer junger Mann in einem dunklen Anzug durch den marmornen Torbogen, ging durch die vielen Büros, lächelte voller Selbstvertrauen nach allen Seiten.

Das Ding brauchte den ‚Guten-Morgen-Mr.-Brender'-Chor erst gar nicht zu hören, um zu wissen, daß seine Beute eingetroffen war.

Schrecklich in seinem langsam eroberten Selbstbewußtsein, erhob es sich mit einer geschmeidigen Grazie, die dem wirklichen Lawrence Pearson unmöglich gewesen wäre, und ging mit schnellen Schritten in den Waschraum. Einen Augenblick später kam Jim Brenders Ebenbild heraus und ging selbstsicher zur Tür des Privatbüros, das Jim Brender vor ein paar Minuten betreten hatte.

Das Ding klopfte an, trat ein und registrierte gleichzeitig drei Faktoren: Erstens hatte es das Gehirn gefunden, das es suchen sollte. Zweitens war sein nachgebildeter Denkapparat unfähig, die Vorgänge im messerscharfen Gehirn des jungen Mannes zu imitieren, der ihn leicht verwirrt aus dunkelgrauen Augen anstarrte. Und der dritte Faktor war das große metallische Basrelief, das an der Wand hing.

Mit einem Schock, der beinahe chaotische Folgen hatte, spürte das Wesen die übermächtige Anziehungskraft dieses Metalls. Es wußte sofort, daß dies fundamentales Metall war, das unvergleichliche Erzeugnis der uralten Marsbewohner, deren Metallstädte, reich an Schätzen, Möbeln, Kunstwerken und Maschinen, nun langsam von unternehmungslustigen Menschen aus dem Sand gegraben wurden, in dem sie vor dreißig oder fünfzig Millionen Jahren versunken waren.

Das fundamentale Metall – das Metall, das von keiner noch so intensiven Hitze erwärmt werden konnte, das weder Diamanten noch andere Schneidewerkzeuge zerkratzen, das menschliche Wesen niemals imitieren konnten – so geheimnisvoll wie *ieis*-Kraft, die von den Marsbewohnern aus dem scheinbaren Nichts gewonnen wurde ...

All diese Gedanken drängten sich im Gehirn der Kreatur, als sie die Erinnerungszellen Jim Brenders erforschte. Mit schmerzhafter Gewalt riß sie ihr Denken los von diesem Metall und richtete den Blick auf Jim Brender, spürte sein ungeheures Staunen, als er nun aufstand.

„Großer Gott!“ sagte Jim Brender. „Wer sind Sie denn?“

„Ich heiße Jim Brender“, sagte das Ding, fühlte eine grimmige Belustigung, war sich auch bewußt, daß es Fortschritte gemacht hatte, da es nun imstande war, solche Emotionen zu empfinden.

Der wirkliche Jim Brender hatte sich von seiner Überraschung erholt. „Setzen Sie sich doch!“ sagte er herzlich. „So etwas Merkwürdiges habe ich noch nie erlebt.“

Er ging zu dem Spiegel, der in die linke Wand eingelassen war, starrte sein Gesicht an und wandte sich dann zu der Kreatur um. „Erstaunlich – sehr erstaunlich.“

„Mr. Brender“, sagte das Wesen, „ich habe Ihr Bild in der Zeitung gesehen. Und da dachte ich, daß unsere frappante Ähnlichkeit Sie vielleicht veranlassen könnte, mich anzuhören, wozu sie unter anderen Umständen wohl kaum bereit wären. Ich bin kürzlich vom Mars auf die Erde gekommen. Und nun möchte ich Sie überreden, mit mir zum Mars zurückzukehren.“

„Das ist unmöglich“, sagte Jim Brender.

„Hören Sie mir erst einmal zu, bevor Sie eine Entscheidung treffen. Haben Sie schon einmal vom Turm der Bestie gehört?“

„Der Turm der Bestie“, wiederholte Jim Brender langsam, dann ging er zu seinem Schreibtisch und drückte auf einen Knopf.

Eine Stimme tönte aus einem reichverzierten Kasten. „Ja, Mr. Brender?“

„Dave, ich brauche alle Angaben über den Turm der Bestie und die legendäre Stadt Li, die tatsächlich existieren soll.“

„Da brauche ich nicht erst nachzusehen. Die meisten Marshistoriker nehmen an, daß die Bestie vom Himmel gefallen ist, als der Mars noch sehr jung war. Mit diesem Vorgang war irgendeine schreckliche Warnung verbunden. Die Bestie war bewußtlos, als sie gefunden wurde – angeblich eine Folge des Sturzes aus dem Sub-Universum. Die Marsbewohner lasen die Gedanken des Biests und waren so entsetzt über seine Absichten, daß sie es zu töten versuchten. Aber das gelang ihnen nicht. Und so bauten sie einen Turm, etwa fünfzehnhundert Fuß im Druchmesser und eine Meile hoch, und die Bestie, die offenbar diese Maße besaß, wurde darin eingesperrt. Man hat schon oft nach der Stadt Li gesucht – ohne Erfolg. Nun glauben viele Wissenschaftler, daß es sich um einen Mythos handelt. Das wäre alles, Jim."

„Danke." Jim Brender schaltete das Kommunikationsgerät ab und wandte sich an seinen Besucher. „Nun?"

„Es ist kein Mythos. Ich weiß, wo der Turm der Bestie steht, und ich weiß auch, daß die Bestie noch lebt."

„Hören Sie mal", sagte Jim Brender freundlich, „ich bin fasziniert von unserer Ähnlichkeit, und ich möchte Sie auch Pamela vorstellen, meiner Frau. Wollen Sie nicht heute abend zum Dinner kommen? Aber erwarten Sie um Himmels willen nicht von mir, daß ich Ihnen diese haarsträubende Story abnehme! Die Bestie, wenn es sie wirklich gibt, ist vom Himmel gefallen, als der Mars noch jung war. Einige bedeutende Wissenschaftler behaupten, daß die Marsrasse schon vor hundert Millionen Jahren ausgestorben ist, obwohl der Glaube, daß es sich nur um fünfundzwanzig Millionen Jahre handelt, weit verbreitet ist. Nichts ist von ihrer Zivilisation übriggeblieben – außer den Konstruktionen aus fundamentalem Metall. Glücklicherweise bauten sie gegen Ende fast alles aus diesem unzerstörbaren Metall."

„Erlauben Sie mir, vom Turm der Bestie zu erzählen", bat das Ding mit ruhiger Stimme. „Es ist ein Turm von gigantischer Höhe – aber als ich ihn sah, ragte er nur hundert Fuß hoch aus dem Sand. Die gesamte Spitze besteht aus einer Tür, und diese Tür ist mit einem Zeitschloß versperrt, das durch eine *ieis*-Linie mit einer ultimativen Primzahl verbunden ist."

Jim Brender starrte die Kreatur an, und sie fing seine wirren Gedanken auf, die erste Unsicherheit, die Bereitschaft, ihr Glauben zu schenken.

„Die ultimative Primzahl!" rief Brender aus. „Was meinen Sie damit?" Dann riß er sich zusammen. „Ich weiß natürlich, daß eine Primzahl eine Zahl ist, die nur durch sich selbst und durch eins teilbar ist."

Er nahm ein Buch aus der kleinen Bibliothek neben dem Schreibtisch und blätterte darin. „Die höchste bekannte Primzahl ... Ah, da haben wir's – 2305843009213693951. Nach den

Erkenntnissen dieses Wissenschaftlers lauten andere Primzahlen 77843839397, 182521213001 und 78875943472201."

Er runzelte die Stirn. „Deshalb kommt mir Ihre Behauptung ja so lächerlich vor. Die ultimative Primzahl wäre eine unendlich lange Zahl." Er lächelte die Kreatur an. „Wenn es eine Bestie gibt und wenn sie in einen Turm aus fundamentalem Metall gesperrt ist, dessen Tür durch ein Zeitschloß gesichert ist, das durch eine *ieis*-Linie mit der ultimativen Primzahl verbunden ist – dann ist die Bestie für immer gefangen."

„Ganz im Gegenteil", entgegnete das Wesen. „Die Bestie hat mir versichert, daß menschliche Mathematiker das Problem lösen könnten, aber dazu wäre das Gehirn eines geborenen Mathematikers erforderlich, das mit dem gesamten mathematischen Wissen der Erde ausgestattet ist. Und dieser Mann sind Sie."

„Sie erwarten also, daß ich die böse Kreatur befreie – gesetzt den Fall, ich könnte dieses mathematische Wunder vollbringen?"

„Sie ist nicht böse!" stieß das Ding hervor. „Diese lächerliche Angst vor dem Unbekannten, die jene Marsbewohner zwang, die Bestie einzusperren, ist völlig unbegründet. Die Bestie ist ein Wissenschaftler aus einem anderen Universum, der zufällig gefangengenommen wurde, während er ein Experiment anstellte. Ich spreche von ‚ihm', obwohl ich natürlich nicht weiß, ob es in dieser Rasse geschlechtliche Unterschiede gibt."

„Haben Sie denn wirklich mit dieser Bestie gesprochen?"

„Sie hat auf telepathischem Weg Kontakt mit mir aufgenommen."

„Man hat bewiesen, daß nicht einmal Gedanken das fundamentale Metall durchdringen können."

„Was wissen die Menschen schon von Telepathie?" rief das Wesen verächtlich. „Sie können nicht einmal miteinander kommunizieren – höchstens unter ganz besonderen Bedingungen."

„Das stimmt. Und wenn Ihre Geschichte der Wahrheit entspricht, muß sich der Regierungsrat damit befassen."

„Diese Sache betrifft nur uns beide. Haben Sie vergessen, daß das Gefängnis der Bestie der zentrale Turm der großen Stadt Li ist – daß sich darin Schätze im Wert von Billionen Dollar befinden – Möbel, Kunstwerke, Maschinen? Die Bestie will aus ihrem Gefängnis befreit werden. Nur ihren Befreiern wird sie erlauben, diese Schätze zu heben. Wir können die Bestie befreien und uns die Schätze teilen."

„Darf ich Ihnen eine Frage stellen? Wie heißen Sie wirklich?"

„P-Pierce Lawrence", stammelte die Kreatur. In diesem Augenblick fiel ihr nichts Besseres ein, als den Vornamen ihres ersten Opfers mit seinem Zunamen zu vertauschen und ‚Pearson' leicht abzuändern.

Ihre Gedanken verdunkelten sich vor Verwirrung, als Brenders Stimme dröhnte: „Mit welchem Schiff sind Sie vom Mars zur Erde geflogen?"

„M-mit der *F 4961*", stotterte das Ding nervös, und dann mischte sich Zorn in seine Verwirrung. Es rang nach Fassung und spürte, wie es zu zerfließen begann, fühlte plötzlich die Anziehungskraft des fundamentalen Metalls, aus dem das Basrelief bestand, und wußte, daß ihm die völlige Auflösung drohte.

„Das ist ein Frachter", sagte Jim Brender und drückte wieder auf einen Knopf. „Carlton, stellen Sie bitte fest, ob die *F4961* einen Passagier namens Pierce Lawrence an Bord hatte. Wie lange wird das dauern?"

„Etwa eine Minute, Sir."

„Das ist nur eine Formalität", sagte Jim Brender und lehnte sich zurück.

„Wenn Sie an Bord dieses Schiffes waren, sehe ich mich gezwungen, Ihre Behauptungen ernst zu nehmen. Sie verstehen doch sicher, daß ich mich nicht blindlings in ein solches Abenteuer stürzen kann. Ich ..."

Das Verständigungsgerät summte. „Ja?" fragte Jim Brender.

„Als die *F 4961* gestern landete, waren nur zwei Mann Besatzung an Bord – kein Passagier namens Pierce Lawrence."

„Danke." Jim Brender stand auf und sagte kühl. „Leben Sie wohl, Mr. Lawrence. Ich kann mir nicht vorstellen, was Sie mit dieser lächerlichen Story erreichen wollten. Wie dem auch sei – dieses Gespräch war sehr interessant, und das Problem, das Sie erwähnten, ist in der Tat originell ..."

Das Gerät summte. „Was ist los?"

„Mr. Gorson möchte Sie sprechen, Sir."

„Gut, schicken Sie ihn herein."

Das Ding hatte sein Gehirn jetzt besser unter Kontrolle, und es entnahm Brenders Gedanken, daß Gorson ein Finanzmagnat war, dessen Unternehmen ebenso bedeutend war wie die Firma J. P. Brender & Co. Es las noch andere Gedanken, die es bewogen, das Privatbüro und das Gebäude zu verlassen und geduldig zu warten, bis Mr. Gorson aus dem imposanten Portal trat. Ein paar Minuten später gingen zwei Gorsons die Straße hinab.

Mr. Gorson war ein vitaler Mann Anfang Fünfzig. Er hatte ein makelloses, aktives Leben geführt, und die Erinnerungen an viele Klimazonen und mehrere Planeten waren in seinem Gehirn gespeichert. Mit seinen sensitiven Elementen fing das Ding das Temperament dieses Mannes ein und folgte ihm vorsichtig und respektvoll. Es wußte noch nicht, wie es vorgehen sollte.

„Ich bin einen langen Weg gegangen, seit ich mich von dieser primitiven Lebensform entfernt habe, die keine Gestalt beibehalten konnte“, dachte es. „Meine Schöpfer gaben mir die Fähigkeit, zu lernen und mich zu entwickeln. Es fällt mir jetzt leichter, gegen die Auflösung anzukämpfen und Mensch zu sein. Wenn ich mich mit diesem Mann einlasse, muß ich stets daran denken, daß meine Kraft unbesiegbar ist, wenn ich sie richtig einsetze.“

Sorgfältig erforschte es das Gehirn seines zukünftigen Opfers und lernte den Weg kennen, der zu Mr. Gorsons Büro führte. Die Kreatur sah deutlich den Eingang eines großen Gebäudes vor ihrem geistigen Auge. Dann einen langen Korridor mit Marmorwänden, einen automatischen Lift, mit dem man zum achten Stock fahren mußte, einen kürzeren Korridor mit zwei Türen ... Eine Tür führte zum Privatbüro des Mannes, die andere zu einem Lagerraum, der vom Hausmeister benützt wurde. Gorson hatte diesen Raum schon mehrmals betreten, und in seinem Gehirn war unter anderem die Erinnerung an eine große Kiste gespeichert ...

Das Ding wartete im Lagerraum, bis der arglose Gorson an der Tür vorbeigegangen war. Die Tür knarrte. Gorson drehte sich um, seine Augen weiteten sich. Er hatte keine Chance. Eine Faust aus festem Stahl schlug sein Gesicht zu Brei und zerhämmerte ihm den Schädel.

Diesmal beging die Kreatur nicht den Fehler, ihr Gehirn auf das ihres Opfers einzustellen. Sie fing die Leiche auf, als sie zu Boden stürzte, gab der Stahlfaust wieder eine menschliche Form. Blitzschnell stopfte sie die schwere, athletische Gestalt des Toten in die große Kiste und drückte den Deckel darauf.

Dann verließ sie den Lagerraum, betrat Mr. Gorsons Privatbüro und setzte sich an den schimmernden Schreibtisch aus Eichenholz.

Der Mann, der auf einen Knopfdruck hin erschien, sah John Gorson an dem massiven Tisch sitzen und hörte John Gorson sagen: „Crispins, fangen Sie sofort an, diese Aktien durch den Geheimkanal zu verkaufen. Verkaufen Sie, bis ich Ihnen sage, daß Sie aufhören sollen – auch wenn Sie mich für verrückt halten. Ich habe erfahren, daß eine große Sache im Gange ist."

Crispins starrte auf die Liste der Aktien, und seine Augen wurden immer größer. „Guter Gott, Mann!" stieß er schließlich hervor, mit der Vertraulichkeit, die einem bewährten Ratgeber zukommt. „Das sind doch die ganzen mündelsicheren Wertpapiere. Damit setzen Sie Ihr gesamtes Vermögen aufs Spiel."

„Ich bin nicht der einzige, der in dieses Geschäft einsteigt."

„Aber es ist ungesetzlich, den Kurs auf diese Weise zu senken", protestierte der Mann.

„Crispins, Sie haben gehört, was ich gesagt habe. Ich gehe jetzt. Versuchen Sie nicht, mit mir Verbindung aufzunehmen. Ich werde Sie anrufen."

Das Ding, das John Gorson war, stand auf und ignorierte die verwirrten Gedanken, die von Crispins ausströmten. Es ging durch die Tür hinaus, durch die es hereingekommen war. Als es das Gebäude verließ, dachte es: „Jetzt brauche ich nur noch ein paar Finanzgiganten umzubringen, dann muß ich anfangen, ihre Aktien zu verkaufen, und dann ..."

Um ein Uhr war alles vorbei. Die Börse schloß erst um drei, aber um eins tickten bereits die New Yorker Telegraphen. In London, wo es schon dunkel wurde, brachten die Zeitungen Extrablätter heraus. In Hankow und Shanghai brach ein aufregender neuer Tag an, als die Zeitungsjungen im Schatten der Wolkenkratzer durch die Straßen rannten und schrien, daß J. P. Brender & Co. den Konkurs angemeldet hätte und daß man eine Untersuchung vornehmen wollte ...

Am nächsten Morgen sagte der Vorsitzende des Untersuchungskomitees in seiner Eröffnungsrede: „Wir stehen vor einem der erstaunlichsten Ereignisse in unserer Börsengeschichte. Eine alte, respektable Firma mit weltweiten Verbindungen und zahlreichen Zweigunternehmen, mit Investments in über tausend Gesellschaften aller Arten, mußte den Bankrott erklären – aufgrund eines unerwarteten finanziellen Zusammenbruchs aller Unternehmen, deren Interessen die Firma vertrat. Es wird Monate dauern, um herauszufinden, wer für die Blankoverkäufe verantwortlich ist, die zu dieser Katastrophe geführt haben. In der Zwischenzeit sehe ich keinen Grund, die Forderungen der Gläubiger nicht zu erfüllen, so bedauerlich das auch allen Freunden des verstorbenen J. P. Brender und seines Sohnes erscheinen mag. Man muß Geld flüssig machen, durch Auktionsverkäufe und andere gesetzlich einwandfreie Methoden ..."

„Also wirklich, ich kann ihr das nicht übelnehmen", sagte eine Frau, als sie durch die geräumigen Zimmer in Brenders chinesischem Palast ging. „Ich bezweifle nicht, daß sie Jim Brender liebt, aber jetzt kann doch niemand mehr von ihr erwarten, daß sie seine Frau bleibt. Sie ist an ein Luxusleben gewöhnt, und man kann bestimmt nicht von ihr verlangen, mit einem Mann zusammenzuleben, der sich sein Geld als einfacher Pilot oder Raumhandwerker verdienen oder irgendeinen anderen Posten an Bord eines Marsschiffs antreten wird ..."

Commander Hughes von den Interplanetarischen Spaceways betrat kampfeslustig das Büro seines Vorgesetzten. Er war ein kleiner, drahtiger Mann, und das Ding, das sich in Louis Dyer verwandelt hatte, starrte ihn unsicher an und spürte die Kraft, die er ausstrahlte.

„Sie haben doch meinen Bericht über den Fall Brender bekommen?" begann Hughes.

Das Ding zupfte nervös an Louis Dyers Schnurrbart, dann griff es nach einem schmalen Aktenordner und las laut vor: „Aus psychologischen Gründen ist es gefährlich, Brender zu beschäftigen ... Zu viele Schicksalsschläge auf einmal ... Verlust der Ehefrau, der Position und des Vermögens ... Kein Mann kann unter solchen Umständen normal bleiben ... Deshalb sollte man ihn in einem Büro unterbringen, ihn unterstützen, ihm einen einträglichen Posten beschaffen – oder eine Stellung, wo er seine zweifellos großen Fähigkeiten ... Aber nicht an Bord eines Raumschiffs, wo absolute Härte verlangt wird, sowohl in geistiger und moralischer als auch in physischer Hinsicht ..."

Hughes unterbrach ihn. „Das sind genau die Punkte, die ich betont habe. Ich wußte, daß Sie verstehen würden, was ich meine, Louis."

„Natürlich verstehe ich das", sagte die Kreatur und lächelte in grimmiger Belustigung, denn sie fühlte sich seit einigen Tagen sehr überlegen. „Ihre Gedanken und Ideen, Ihre Regeln und Methoden sind unumstößlich in Ihrem Gehirn verankert und“, fügte sie hastig hinzu, „Sie haben mich nie im Zweifel darüber gelassen, auf welcher Seite Sie stehen. Aber in diesem Fall kann ich nicht nachgeben. Jim Brender darf keine gewöhnliche Position antreten, die ihm von irgendwelchen Freunden angeboten wird. Und es wäre lächerlich, von ihm zu verlangen, daß er sich Leuten unterordnet, denen er in jeder Beziehung überlegen ist. Er hat seine eigene Raumjacht kommandiert. Er weiß über die mathematischen Aspekte unserer Arbeit mehr als der ganze Stab zusammen. Und damit will ich nichts gegen unseren Stab gesagt haben. Er weiß, wie anstrengend solche Raumflüge sind, und ich glaube, das braucht er. Deshalb gebe ich Ihnen zum erstenmal innerhalb unserer langjährigen Zusammenarbeit einen Befehl, Peter – schicken Sie ihn an Bord des Raumfrachters *F 4961*, als Ersatz für den Raumhandwerker Parelli, der nach dieser seltsamen Affäre mit dem Wesen aus dem All einen Nervenzusammenbruch bekommen hat, wie ich von Lieutenant Morton erfahren habe. Übrigens – haben Sie dieses – eh – Stück von der Kreatur schon gefunden?“

„Nein, Sir, es verschwand an dem Tag, als Sie an Bord kamen, um es zu inspizieren. Wir haben das ganze Schiff durchsucht – vergeblich. Ein komisches Ding war das – es konnte Glas durchdringen, ebenso leicht wie das Licht. Man konnte es sogar für eine Lichtform halten. Eine Vorstellung, die einem fast Angst macht ... Eine rein sympodiale Entwicklung, eine Daseinsform, die sich ihrer Umgebung in einem Maße anpaßt, wie wir es bisher noch nirgends beobachten konnten ... Und das ist noch milde ausgedrückt. Ich sage Ihnen, Sir ... Aber Sie können mich doch nicht einfach von dem Fall Brender ablenken!“

„Peter, ich verstehe Ihre Haltung nicht. Das ist das erstemal, daß ich mich in Ihre Arbeit einmische, und ...“

„Ich lege mein Amt nieder!“ stieß der erregte Mann hervor.

Das Ding unterdrückte ein Lächeln. „Peter, Sie haben den Stab der Spaceways aufgebaut. Er ist Ihr Kind – Ihre Schöpfung. Sie können das alles nicht aufgeben – Sie wissen, daß Sie es nicht können ...“

Die Stimme begann leise zu zischen vor Schreck. Denn soeben war in Hughes' Gehirn zum erstenmal die ernsthafte Absicht entstanden, den Dienst zu quittieren. Die Erwähnung seiner

Leistungen, seines geliebten Jobs, weckte eine Flut von Erinnerungen und machte ihm erst so richtig bewußt, wie ungeheuerlich diese Einmischung war. Nach einem blitzschnellen geistigen Sprung sah die Kreatur, was der Rücktritt dieses Mannes bedeuten würde – Unzufriedenheit unter den Männern, Jim Brenders Weigerung, den Job anzunehmen. Es gab nur einen einzigen Ausweg – Brender mußte an Bord des Schiffes gehen, ohne zu wissen, was vorgefallen war. Und sobald er an Bord war, mußte er zum Mars fliegen. Nur darauf kam es an.

Das Ding überdachte die Möglichkeit, Hughes' Körper zu imitieren, dann sah es voller Wehmut ein, daß das hoffnungslos war. Sowohl Louis Dyer als auch Hughes mußten bis zum letzten Augenblick existieren.

„So hören Sie doch, Peter!“ begann die Kreatur verwirrt. Dann rief sie: „Verdammt!“ Denn sie war sehr menschlich in ihrer Mentalität. Und die Erkenntnis, daß Hughes diesen Fluch als Zeichen der Schwäche auslegen konnte, trieb sie fast in den Wahnsinn. Unsicherheit senkte sich wie eine schwarz Wolke über ihr Gehirn.

„Wenn Brender in fünf Minuten kommt, werde ich ihm sagen, wie ich darüber denke!“ schrie Hughes, und die Kreatur wußte, daß nun das Allerschlimmste geschehen war. „Wenn Sie mir das verbieten, gehe ich noch heute ... Großer Gott, Louis, Ihr Gesicht!“

Verwirrung und Entsetzen erfaßten die Kreatur. Sie wußte, daß ihr Gesicht sich aufgelöst hatte, weil es ihr nicht gelungen war, die Angst vor der Niederlage zu unterdrücken. Verzweifelt rang sie nach Fassung, sprang auf, sah die furchtbare Gefahr. Das große Büro gleich hinter der Milchglastür ... Hughes würde die anderen herbeiholen ...

Schluchzend versuchte das Ding, seine Faust in Metall zu verwandeln. Aber in diesem Raum gab es kein Metall, das ihr Form geben könnte. Da war nur der große Schreibtisch aus Ahornholz. Mit einem heiseren Aufschrei sprang das Wesen über den Tisch und versuchte eine hölzerne Lanze in Hughes' Kehle zu bohren.

Hughes fluchte verwundert, dann packte er die Lanze mit aller Kraft. Draußen im Büro klangen erregte Stimmen auf, Schritte näherten sich ...

Es war eine rein zufällige Begegnung. Die Autos hielten vor einer roten Ampel, und Jim Brender blickte zu dem Wagen hinüber, der neben dem seinen stand.

Eine junge Frau und ein Mann saßen im Fond eines langgestreckten, glänzenden, stromlinienförmigen Modells. Die Frau versuchte verzweifelt, sich zu ducken, um nicht gesehen zu werden, und bemühte sich ebenso verzweifelt, diese Absicht zu verschleiern. Als sie bemerkte, daß sie bereits entdeckt worden war, lächelte sie strahlend und beugte sich aus dem Fenster.

„Hallo, Jim! Wie geht's?"

„Hallo, Pamela!" Jim Brenders Finger spannten sich fest um das Lenkrad. Er zwang sich, seiner Stimme einen ruhigen Klang zu geben. „Wann wird die Scheidung rechtskräftig?"

„Morgen bekomme ich meine Papiere. Aber ich glaube, du wirst deine erst kriegen, wenn du von deinem ersten Flug zurückkommst. Du startest doch heute, nicht wahr?"

„In etwa fünfzehn Minuten." Er zögerte. „Und wann findet die Hochzeit statt?"

Der dicke, blasse Mann, der sich bisher nicht am Gespräch beteiligt hatte, beugte sich nun ebenfalls vor. „Nächste Woche." Besitzergreifend faßte er nach Pamelas Hand ... „Ich wollte schon morgen heiraten, aber Pamela war dagegen – eh, auf Wiedersehen!"

Er stieß die letzten Worte hastig hervor, als die Ampel auf grün schaltete und die Autos weiterfuhren. An der nächsten Kreuzung trennten sich die beiden Wagen.

Die restliche Fahrt zum Flughafen war wie ein unwirklicher Traum. Er hatte nicht erwartet, daß Pamela schon so bald heiraten würde. Um ehrlich zu sein – er hatte angenommen, daß die Hochzeit gar nicht stattfinden würde. Wie ein blinder Narr hatte er gehofft, daß ...

Nicht daß es Pamelas Schuld wäre ... Aufgrund ihrer Erziehung und ihres bisherigen Lebens war ihr gar keine andere Wahl geblieben. Aber – eine Woche ... Dann würde das Raumschiff erst ein Viertel der langen Strecke zum Mars zurückgelegt haben.

Er parkte seinen Wagen. Als er neben der Startbahn der *F 4961* stehenblieb, einer riesigen Kugel aus glänzendem Metall mit einem Durchmesser von dreihundert Fuß, sah er einen Mann auf sich zulaufen. Es war Hughes.

Das Ding, das sich in Hughes verwandelt hatte, zwang sich zur Ruhe. Die ganze Welt war ein einziges Feuerwerk von Kräften, die einander durchkreuzten. Es zuckte zurück vor den Gedanken der Leute, die in dem Büro umherschwärmten, das es soeben verlassen hatte. Alles war schiefgegangen. Es hatte nicht beabsichtigt, was es hatte tun müssen. Es hatte vorgehabt, den Großteil des Fluges als ein Stück Metall in der Außenwand des Schiffes zu verbringen. Mühsam brachte es seine Angst, sein Entsetzen, sein Gehirn unter Kontrolle.

„Wir starten sofort", sagte es.

Brender blinzelte erstaunt. „Aber dann muß ich eine neue Umlaufbahn errechnen, unter den schwierigsten ..."

„Genau", fiel ihm die Kreatur ins Wort. „Ich habe schon viel von Ihrer großartigen mathematischen Begabung gehört. Nun können Sie beweisen, was in Ihnen steckt."

Jim Brender zuckte mit den Schultern. „Ich habe nichts dagegen. Aber warum wollen Sie denn plötzlich mitkommen?"

„Ich fliege immer mit, wenn ein neuer Mann an Bord ist."

Diese Erklärung klang plausibel. Brender stieg zur Startbahn hinauf, dicht gefolgt von Hughes. Die mächtige Anziehungskraft des Metalles war der erste echte Schmerz, den die Kreatur seit Tagen verspürte. Nun würde sie einen Monat lang gegen das Metall kämpfen müssen, um Hughes' Gestalt beizubehalten – und gleichzeitig mußte sie zahllose Pflichten erfüllen.

Der erste stechende Schmerz zerrte an ihren Elementen und zerstörte das Selbstvertrauen, das sich in den Tagen ihres Menschendaseins entwickelt hatte. Und dann, als sie Brender durch die Tür folgte, hörte sie einen Schrei hinter sich. Hastig blickte sie sich um. Leute kamen aus verschiedenen Türen und rannten auf das Schiff zu.

Brender ging den Korridor entlang, hatte einen Vorsprung von mehreren Yards. Mit einem Zischen, das fast wie ein Schluchzen klang, sprang ihm die Kreatur nach und zog an dem Hebel, der die schwere Tür zuschnappen ließ.

Da war ein Hebel für Notfälle, der die Antigravitationsplatten kontrollierte. Mit einem Ruck zog die Kreatur den schweren Hebel herum. Ein Gefühl der Leichtigkeit erfaßte sie, ein Gefühl des Schwebens.

Durch das große Fenster warf das Ding einen flüchtigen Blick auf den Platz hinab, auf dem sich die Leute drängten. Weiße Gesichter wandten sich nach oben, zahlreiche Arme winkten. Dann entfernte sich die Szene, als der Raketendonner durch das Schiff vibrierte.

„Sie wollten doch hoffentlich, daß ich die Raketen starte", sagte Brender, als Hugh den Kontrollraum betrat.

„Ja", erwiderte das Ding, und für Sekunden stieg Panik in ihm auf, weil in seinem Gehirn das reine Chaos herrschte, weil ihm die Sprache kaum gehorchte. „Für die mathematischen Aspekte sind Sie allein verantwortlich."

Es wagte nicht, in der Nähe der schweren Metallmaschinen zu bleiben, obwohl ihm Brenders Körper half, die menschliche Gestalt beizubehalten. Hastig schritt es den Korridor hinauf. Im Schlafzimmer mit den isolierten Wänden wäre es am besten aufgehoben ...

Abrupt blieb es stehen, schwankte einen Augenblick lang auf den Zehenspitzen. Ein Gedanke folgte ihm aus dem Kontrollraum, den es soeben verlassen hatte, ein Gedanke aus Brenders Gehirn. Die Kreatur löste sich beinahe auf vor Entsetzen, als sie erkannte, daß Brender vor dem Funkgerät saß und eine Nachricht von der Erde beantwortete.

Es stürzte in den Kontrollraum zurück, und seine Augen weiteten sich in fast menschlichem Grauen. Brender, der noch immer vor dem Funkgerät stand, wirbelte herum, einen Revolver in der Hand. In seinem Gehirn las die Kreatur ein langsames Begreifen der ganzen Wahrheit.

„Sie sind das – das Ding, das in mein Büro kam und von Primzahlen und dem Turm der Bestie sprach!" schrie Brender.

Er machte einen Schritt zur Seite, um sich vor eine offene Tür zu stellen, die in einen anderen Korridor führte. Durch diese Bewegung geriet der Fernsehschirm ins Blickfeld der Kreatur – und das Bild des echten Hughes, der sie sofort entdeckte.

„Brender!" rief er. „Das ist das Monstrum, das Morton und Parelli auf ihrem Rückflug vom Mars gesehen haben! Es reagiert weder auf Hitze noch auf irgendwelche Chemikalien, aber wir haben es noch nie mit Kugeln versucht. Schießen Sie doch, Sie Narr!"

Es war zuviel. Da war zuviel Metall – zuviel Verwirrung. Mit einem wimmernden Schrei löste sich die Kreatur auf. Die Anziehungskraft des Metalls verwandelte sie in Halbmetall, das Bemühen, Mensch zu bleiben, resultierte in einem unheimlichen Zwiebelkopf mit einem halben Auge und zwei Schlangenarmen, die an dem Körper aus Halbmetall hingen.

Instinktiv rückte das Ding näher an Brender heran. Das Halbmetall wurde zu einer fleischartigen Masse, die wieder menschliche Form anzunehmen versuchte.

„Hören Sie, Brender!" kam Hughes' eindringliche Stimme aus dem Funkgerät. „Die Treibstoffbehälter im Maschinenraum sind aus fundamentalem Metall. Einer davon ist leer. Wir hatten schon mal ein Stück von diesem Ding, und als wir es in ein kleines Gefäß aus fundamentalem Metall steckten, konnte es nicht entkommen. Wenn Sie es in diesen Behälter treiben könnten, nachdem es wieder mal die Kontrolle über sich verloren hat, und das passiert anscheinend sehr oft."

„Ich werde mal sehen, was sich mit Blei machen läßt", fiel ihm Brender ins Wort.

Peng! Ein Schrei entrang sich den halbgeformten Lippen der halb menschlichen Kreatur, und ihre Beine lösten sich in grauen Teig auf.

„Das tut weh, was?" stieß Brender hervor. „Los, rüber in den Maschinenraum, du verdammtes Ding! In den Treibstoffkanister!"

„Gut! Schießen Sie noch einmal!" schrie Hughes aus dem Bildschirm.

Brender feuerte einen zweiten Schuß ab. Die Kreatur gab einen gräßlichen geifernden Laut von sich und zog sich noch weiter zurück. Aber nun war sie größer und menschlicher, und in einer Karikaturhand wuchs eine Karikatur von Brenders Revolver.

Das Ding hob die unvollendete, schlecht geformte Waffe. Eine Explosion donnerte, das Wesen kreischte. Der Revolver fiel zu Boden, ein formloser Klumpen, dessen kleine graue Masse hastig auf den Körper der Kreatur zukroch und sich wie ein monströses Krebsgeschwür am rechten Fuß festsetzte.

Und dann versuchten die mächtigen, bösen Gehirne, die das Wesen geschaffen hatten, zum erstenmal, ihren Roboter zu lenken. In wilder Wut, und doch im Bewußtsein, daß man das Spiel vorsichtig spielen mußte, zwang der Kontrolleur das verängstigte, geschlagene Ding, neue Willenskraft zu entwickeln. Schmerzliche Schreie drangen durch die Luft, als die Veränderung den labilen Elementen aufgezwungen wurde.

Einen Augenblick später hatte das Ding die Gestalt Brenders

angenommen, aber statt eines Revolvers wuchs aus einer der braunen, kräftigen Hände ein Bleistift aus schimmerndem Metall. Spiegelhell glitzerte er in allen Facetten, wie ein unwirkliches Juwel.

Das Metall verströmte überirdische Strahlen, und wo sich eben noch das Funkgerät und der Bildschirm mit Hughes Gesicht befunden hatten, klaffte nun ein dunkles Loch. Verzweifelt jagte Brender eine Kugel nach der anderen in den Körper, der vor ihm stand, aber obwohl das Ding erzitterte, starrte es ihn gleichmütig an. Die schimmernde Waffe glitt ihm entgegen.

„Wenn Sie fertig sind, können wir vielleicht miteinander reden", sagte die Kreatur.

Die Stimme klang so sanft, daß Brender, der bereits mit dem Tod gerechnet hatte, erstaunt die Waffe sinken ließ. Das Ding fuhr fort: „Erschrecken Sie nicht! Was Sie hier hören und sehen, ist ein Roboter, den wir entworfen haben, um mit Ihrem Universum und Ihrer Nummernwelt in Verbindung zu treten. Einige unserer Leute arbeiten hier unter den schwierigsten Bedingungen, um diesen Kontakt aufrecht zu erhalten, und so muß ich mich kurz fassen. Wir existieren in einer Zeit, die viel langsamer verstreicht als die Ihre – so langsam, daß Sie es nicht messen könnten. Durch ein Synchronisationssystem haben wir eine gewisse Anzahl von Zeiträumen so eingestellt, daß wir uns verständigen können, obwohl einer unserer Tage mehreren Millionen Ihrer Jahre entspricht. Nun wollen wir unseren Kollegen Kalorn aus dem Marsturm befreien. Kalorn wurde zufällig gefangen genommen, als er eine eigene Zeitdimension schuf und darin bis zu dem Planeten vordrang, den Sie als Mars bezeichnen. Die Marsbewohner füchteten grundlos seine enorme Größe und konstruierten ein diabolisches Gefängnis. Nun brauchen wir das Wissen eines Mathematikers aus Ihrem Universum, um ihn zu befreien."

Die ruhige Stimme sprach weiter, ernst und eindringlich, aber freundlich. Der Kontrolleur bedauerte, daß der Roboter Menschen getötet hatte. In allen Einzelheiten erklärte er, daß jedes Universum auf einem anderen Zahlensystem aufgebaut war, manche auf ausschließlich negativen, manche nur auf positiven Zahlen, manche aus einer Kombination von beiden. Es gab unendlich viele Variationen, und jede Mathematik war mit der Materie des Universums verwoben, das sie beherrschte.

Die *ieis*-Kraft war keineswegs mysteriös. Sie bestand ganz einfach aus einem Strom, der von einem Universum ins andere floß und resultierte aus der Potentialdifferenz. Dieser Strom war eine der universellen Kräfte, die nur von einer anderen Kraft beeinträchtigt werden konnte – von jener Kraft, die der Kontrolleur vor wenigen Minuten benutzt hatte. Das fundamentale Metall war *tatsächlich* fundamental.

In jenem anderen Universum gab es ein ähnliches Metall, das aus negativen Atomen bestand. Der Kontrolleur las in Brenders Gehirn, daß die Marsbewohner nichts von Minuszahlen gewußt hatten, deshalb mußten sie ihr Metall aus gewöhnlichen Atomen gewonnen haben. Natürlich konnte man es auf diese Art auch schaffen – aber nicht so leicht.

„Und nun komme ich zu unserem eigentlichen Problem", schloß der Kontrolleur. „Eure Mathematiker müssen uns mitteilen, wie wir mit unserer Universalkraft die ultimative Primzahl kurzschließen, also in Faktoren zerlegen können, so daß sich die Gefängnistür zu jeder Zeit öffnen kann. Sie werden nun fragen, wie man eine Primzahl in Faktoren zerlegen soll, da sie nur durch sich selbst und die Eins teilbar sind. Doch dieses Problem können nur die Mathematiker von Ihrer Welt lösen. Werden Sie es tun?"

Verwirrt sah Brender, daß er noch immer den Revolver in der Hand hielt. Er warf ihn beiseite. Seine Nerven waren ganz ruhig, als er sagte: „Alles, was Sie mir da erzählt haben, klang vernünftig und aufrichtig. Wenn Sie wirklich Ärger machen wollten, könnten Sie so viele Roboter zu uns schicken, wie Sie nur wollen. Natürlich muß man die Angelegenheit vor den Regierungsrat bringen ..."

„Dann ist es aussichtslos. Der Regierungsrat kann unmöglich zustimmen ..."

„Und Sie erwarten von mir, etwas zu tun, was die höchste Autorität des Systems verbieten würde?" rief Brender.

„Es liegt in der Natur jeder Demokratie, daß sie das Leben ihrer Bürger nicht aufs Spiel setzen kann. Auch hier haben wir eine solche Regierung. Ihre Mitglieder haben uns bereits klargemacht, daß sie unter ähnlichen Bedingungen niemals bereit wären, eine unbekannte Bestie auf ihr Volk loszulassen. Aber Individuen können Risiken eingehen, die ihre Regierungen niemals auf sich nehmen würden. Sie haben erkannt daß unsere Argumentation logisch ist. Welchem System ordnen sich die Menschen unter – wenn nicht der Logik?

Durch das Medium seines Roboters las der Kontrolleur Brenders Gedanken. Er sah Zweifel und Unsicherheit gegen den sehr menschliche Wunsch zu helfen ankämpfen. Und dieser Wunsch wurde durch die logische Überzeugung gestärkt, daß in der geplanten Aktion kein Sicherheitsrisiko lag. Aber als der Kontrolleur Brenders Gehirn erforschte, erkannte er rasch, daß es unklug wäre, sich allzusehr auf die Logik zu verlassen, wenn man mit Menschen zu tun hatte, und so fuhr er fort: „Einem Individuum können wir alles anbieten. Mit Ihrer Erlaubnis werden wir dieses Schiff in einer Minute auf den Mars transferieren, und das wird nicht dreißig Tage dauern, sondern dreißig Sekunden. Danach werden Sie wissen, wie man einen solchen Transport bewerkstelligt. Wenn Sie auf dem Mars ankommen, werden Sie die einzige lebende Person sein, die wissen wird, wo die uralte Stadt Li liegt. Der Zentralturm dieser Stadt ist das Gefängnis der Bestie. Sie werden dort Schätze aus fundamentalem Metall finden, im Wert von mehreren Billionen Dollar. Nach den Erdengesetzen gehören fünfzig Prozent Ihnen. Sie werden Ihr Vermögen zurückbekommen, noch am selben Tag zur Erde zurückkehren und Ihre ehemalige Frau und Ihre alte Position wieder für sich beanspruchen können. Das arme dumme Kind liebt Sie noch immer, aber die Konventionen, mit denen sie aufgewachsen ist, ließen ihr keine andere Wahl, als sich von Ihnen zu trennen. Wenn sie älter wäre, hätte sie genug Charakter, um diesen Konventionen zu trotzen. Sie müssen das Mädchen vor sich selbst retten. Werden Sie das tun?"

Brender war leichenblaß, ballte die Hände, öffnete die Fäuste wieder. Boshaft verfolgte das Ding die flammenden Gedanken, die durch das Gehirn des jungen Mannes schwirrten – die Erinnerung an eine dicke weiße Hand, die sich um Pamelas Finger schloß. Das Ding beobachtete, wie Brender auf diese letzten Worte reagierte, auf diese Worte, die genau das ausdrückten, was er seit Tagen dachte.

Gequält hob er den Kopf. „Ja. Ich werde tun, was ich kann."

Ein Tal aus rötlich-grauem Sand lag zwischen öden Bergketten. Die dünnen Winde des Mars wehten einen Sandnebel gegen das Gebäude.

Was für ein Bau ... Aus der Ferne hatte er nur groß ausgesehen. Hundert Fuß hoch ragte es aus der Wüste, aber sein Durchmesser betrug fünfzehnhundert Fuß. Viele Tausend Fuß Länge mußten in dem rastlosen Ozean aus Sand vergraben sein, um das perfekte Gleichgewicht der Form zu gewährleisten, die anmutigen Linien, die märchenhafte Schönheit, die das alte Geschlecht der längst ausgestorbenen Marsbewohner bei all seinen Gebäuden angestrebt hatte, so massiv sie auch sein mochten. Brender kam sich plötzlich klein und unbedeutend vor, als ihn die Raketen seines Raumanzuges fünf Fuß hoch über dem Sand zu dem unglaublichen Bauwerk trugen.

Aus nächster Nähe betrachtet, verschwand die Häßlichkeit der enormen Größe hinter dem wunderbaren Reichtum der Verzierungen. Säulen und Pilaster, in Gruppen zusammengefaßt, unterteilten die Fassaden, drängten sich an manchen Stellen zusammen, strebten an anderen ruhelos auseinander. Die Flächen der Mauern und des Daches waren mit zahllosen Ornamenten und imitiertem Stuck geschmückt, vereinten sich zu einem harmonischen Licht- und Schattenspiel.

Die Kreatur schwebte an Brenders Seite, und ihr Kontrolleur sagte: „Ich weiß, daß Sie über das Problem nachgedacht haben, aber dieser Roboter ist offenbar unfähig, abstrakten Gedanken zu folgen, also kann ich nicht feststellen, worauf Ihre Spekulationen beruhen. Aber Sie sind anscheinend zufrieden.“

„Ich glaube, daß ich die Lösung gefunden habe“, antwortete Brender, aber zuerst möchte ich das Zeitschloß sehen. Steigen wir hinauf.“

Sie erhoben sich in den Himmel, glitten über den Rand des Daches hinweg. Brender blickte auf eine weite Fläche hinab, und in der Mitte ... Sein Atem stockte.

Das schwache Licht der fernen Sonne beschien eine Struktur, die das exakte Zentrum der großen Tür zu bilden schien. Das Gebilde war etwa fünfzig Fuß hoch und schien aus Quadranten zu bestehen, die einem Metallpfeil in der Mitte zustrebten.

Die Pfeilspitze war nicht aus festem Metall, sondern es sah aus, als hätte sich das Metall in zwei Teile gespalten, die dann wieder zueinanderstrebten, ohne sich jedoch zu berühren. Die beiden Metallteile waren etwa einen Fuß weit voneinander entfernt. Und über diesen Abstand führte eine Brücke aus dünnen, grün leuchtenden *ieis*-Kraftstrahlen.

Brender nickte. „Das Zeitschloß – so ähnlich habe ich es mir vorgestellt – allerdings etwas größer und substantieller.“

„Lassen Sie sich nicht von seinem fragilen Äußeren täuschen“, antwortete das Ding. „Theoretisch ist die Stärke des fundamentalen Metalls unbezwingbar, und die *ieis*-Strahlen können nur durch die Universalkraft besiegt werden, die ich erwähnt habe. Welche Wirkung die Universalkraft ausüben wird, läßt sich nicht feststellen, denn sie wird das ganze Zahlensystem, auf dem dieser Teil des Alls aufgebaut ist, vorübergehend durcheinanderbringen. Aber nun sagen Sie uns bitte, was Sie vorhaben.“

Brender setzte sich auf eine Sandbank und schaltete seine Antigravitationsplatten aus. Er legte sich auf den Rücken, starrte nachdenklich in den blauschwarzen Himmel. All seine Zweifel, Sorgen und Ängste waren verschwunden, waren vertrieben worden von seiner Willenskraft.

„Die Marsmathematik“, begann er zu erklären, „basierte wie die des Euklid und des Pythagoras auf der unendlichen Größe. Minuszahlen lagen außerhalb der Grenzen ihrer Philosophie. Auf der Erde begann sich seit Descartes eine analytische Mathematik zu entwickeln. Die Größen und faßbaren Dimensionen wurden durch variable Relationswerte zwischen verschiedenen Positionen im Raum ersetzt. Für die Marsbewohner gab es zwischen 1 und 3 nur eine einzige Zahl. Aber die Totalität solcher Zahlen ist eine unendliche Menge. Und als man den Gedanken der Quadratwurzel von minus 1 einführte – oder *i* – und der komplexen Zahlen, hörte die Mathematik auf, sich nur mit simplen Größen zu befassen. Nur der intellektuelle Schritt von der unendlich kleinen Quantität zur tieferen Grenze jeder möglichen endlichen Größe konnte zum Begriff einer variablen Zahl führen, die unterhalb jeder zuzuschreibenden Zahl pendelt, die nicht Null ist. Die Primzahl, ein Begriff reiner Größe, besaß in der *wirklichen* Mathematik keine Realität, aber in diesem Fall war sie fest an die Realität der *ieis*-Kraft gebunden. Die Marsbewohner kannten die *ieis*-Kraft als hellgrünen Strom, etwa einen Fuß lang, der ungefähr tausend Pferdestärken erzeugte. Die genauen Maße sind 13.171 Zoll und 1021.23 Pferdestärken, aber das spielt keine Rolle. Die Kraft, die produziert wurde, variierte niemals, auch die Länge blieb immer gleich – mehrere Zehntausend Jahre lang. Die Marsbewohner wählten diese Länge als Maßeinheit und nannten sie ein ‚el‘. Die erzeugte

Kraft galt als Maßeinheit für alle Kräfte und wurde als ein ‚rb' bezeichnet. Und weil der Strom absolut invariabel war, wußten sie, daß er ewig fließen würde. Sie wußten auch, daß nichts ewig sein konnte, ohne primär zu sein. Ihre ganze Mathematik basierte auf Zahlen, die in Faktoren zerlegt werden konnten, das heißt, desintegriert, zerstört, so daß sie weniger darstellten als zuvor, sowie auf Zahlen, die nicht in Faktoren zerlegt, desintegriert und in kleinere Gruppen unterteilt werden konnten. Jede Zahl, die man in Faktoren zerlegen konnte, war nicht unendlich. Im Gegensatz dazu mußte die unendliche Zahl primär sein. Deshalb konstruierten sie ein Schloß und verbanden es mit *ieis*-Strahlen. Das Schloß sollte sich erst öffnen, wenn der *ieis*-Strom zu fließen aufhört, und das wird erst am Ende aller Zeiten geschehen, vorausgesetzt, daß nichts dazwischenkommt. Um eine Einmischung von außen zu verhindern, vergruben sie den Bewegungsmechanismus des Atoms in fundamentalem Metall, das niemals zerstört werden kann und niemals rostet."

„Aber Sie wissen, wie man das Schloß öffnen kann", sagte die Stimme des Dings eifrig.

Es ist ganz einfach: Die Marsbewohner stellten den Strom so ein, daß er Kraft von der Stärke eines rb erzeugt. Wenn man diesen Strom verändert, egal, um wieviel Grad, hat man kein rb mehr, sondern eine schwächere Kraft. Der Strom wird automatisch schwächer als eine Universalkraft, ist nicht mehr unendlich. Die Primzahl ist keine Primzahl mehr. Angenommen, Sie verändern den Strom um die Größe ‚Unendlichminus 1'. Dann haben Sie eine Zahl, die durch 2 teilbar ist. Die Zahl wird sofort in Tausende von Teilen zerfallen, wie alle großen Zahlen, wird durch Zehntausende von kleineren Zahlen teilbar sein. Wenn die gegenwärtige Zeit mit einem dieser Teile übereinstimmt, wird sich die Tür öffnen.

Mit anderen Worten, die Tür wird sofort aufgehen, wenn Sie den Strom so verändern können, daß einer der Faktoren mit der Gegenwart übereinstimmt."

„Das ist uns völlig klar", sagte der Kontrolleur zufrieden, und Brenders Ebenbild lächelte triumphierend. „Wir werden diesen Roboter nun als Universalkraft einsetzen. Bald wird Kalorn frei sein." Er lachte laut. „Der arme Roboter protestiert heftig gegen den Gedanken, zerstört zu werden. Aber er ist nur eine Maschine –

und nicht einmal eine sonderlich gute. Außerdem verhindert er immer wieder, daß ich Ihre Gedanken empfange. Hören Sie nur, wie er schreit, wenn ich ihn umforme!“

Diese kaltblütigen Worte jagten Brender einen Schauer über den Rücken, holten ihn herab aus der Höhe seiner abstrakten Gedanken. Da sein Verstand nun so lange intensiv gearbeitet hatte, war er besonders geschärft, und so sah er ganz deutlich etwas, das ihm zuvor entgangen war.

„Einen Augenblick!“ sagte er. „Wieso lebt dieser Roboter, der aus Ihrer Welt stammt, im selben Zeitmaß wie ich, während Kalorn weiterhin in ihrem Tempo lebt?“

„Eine sehr gute Frage!“ Das Gesicht des Roboters verzerrte sich zu einem höhnischen Grinsen, als der Kontrolleur fortfuhr: „Weil man Sie betrogen hat, mein lieber Brender. Es stimmt, daß Kalorn in unserem Tempo lebt, aber das ist auf einen Fehler in unserer Maschine zurückzuführen. Die Maschine, die Kalorn gebaut hat, war zwar groß genug, um ihn zu transportieren, aber ihr Adaptionsmechanismus war zu klein, um ihn jedem neuen Universum, in das er vorgedrungen ist, anzupassen. Deshalb wurde er zwar transportiert, aber nicht adaptiert. Natürlich war es uns, seinen Helfern, möglich, ein so kleines Ding wie den Roboter zu transportieren, obwohl wir von der Maschinenkonstruktion genausowenig Ahnung haben wie Sie. Kurz gesagt, wir können die Maschine benutzen, aber das Geheimnis ihrer Konstruktion ist im Inneren unseres eigenen fundamentalen Metalls verschlossen – und in Kalorns Gehirn. Ihre Erfindung durch Kalorn war einer jener Zwischenfälle, der sich nach dem Durchschnittsgesetz erst in ein paar Millionen Jahren nach unserer Zeitrechnung wiederholen wird. Nachdem Sie uns nun verraten haben, wie wir Kalorn zurückholen können, werden wir zahllose interuniversale Maschinen bauen. Wir streben die Macht in allen Universa, auf allen Welten an – vor allem auf den bewohnten Planeten. Wir werden die absoluten Herrscher aller Universa sein.“

Die ironische Stimme verstummte, und Brender lag reglos auf der Sandbank, eine erstarrte Beute seines Entsetzens. Das Entsetzen war zweifach, galt dem ungeheuren Plan des Kontrolleurs, aber auch dem Gedanken, der nun durch sein eigenes Gehirn pulsierte.

Er stöhnte, als ihm bewußt wurde, daß dieser warnende Gedanke nun auch in das automatische Empfangshirn des Roboters dringen würde. „Augenblick mal", sagte der Gedanke. „Nun kommt noch ein neuer Faktor hinzu. Die Zeit ..."

Die Kreatur schrie auf, als sie gewaltsam aufgelöst wurde. Der Schrei ging in ein ersticktes Schluchzen über, dann war es still. Eine komplizierte Maschine aus schimmerndem Metall lag auf der großen graubraunen Fläche aus Sand und fundamentalem Metall.

Das Metall glühte, und die Maschine hob sich in die Luft. Sie schwebte zur Spitze des Pfeils und hielt über der grünen *ieis*-Flamme an.

Brender schaltete seine Antigravitationsplatten ein und sprang auf. Die heftige Bewegung trug ihn etwa hundert Fuß hoch in die Luft. Seine Raketen versprühten ein Feuerstakkato, und er biß die Zähne zusammen, als der Schmerz der Beschleunigung durch seinen Körper fuhr.

Unter ihm begann sich die große Tür zu drehen, schraubte sich auf, immer schneller, bis sie einem Schwungrad glich. Sand flog nach allen Richtungen, in einem Miniatursturm.

Als er seine höchste Geschwindigkeit erreicht hatte, schnellte Brender an eine Seite der Tür.

Gerade zur rechten Zeit ... Zuerst wurde die Robotermaschine durch die Zentrifugalkraft von dem gigantischen Rad weggeschleudert. Dann wirbelte die Tür hoch, drehte sich nun mit unglaublicher Schnelligkeit, schoß geradewegs in die Luft und verschwand im All.

Eine schwarze Staubwolke quoll aus dem Loch. Brender unterdrückte seine Angst, schwitzte vor ungeheurer Erleichterung, als er sich von seiner Rakete zu dem Roboter tragen ließ, der in den Sand gefallen war.

Statt glänzendem Metall lag ein Stück Schrott vor ihm, von der Zeit dunkel gefärbt. Das matte Metall zerfloß träge, nahm eine annähernd menschliche Gestalt an. Das Fleisch blieb grau und war von vielen Rissen durchzogen, als würde es jeden Augenblick vor Altersschwäche auseinanderfallen. Das Ding versuchte sich zu erheben, auf grausigen, faltigen Beinen zu stehen, gab es aber bald auf und lag still im Sand. Die Lippen begannen sich zu bewegen.

„Ich empfing Ihren warnenden Gedanken – aber ich teilte ihn dem Kontrolleur nicht mit. Kalorn ist tot. Nun haben sie die Wahrheit erkannt ... Das Ende der Zeit ist gekommen ..."

Das Ding versank in Schweigen, und Brender fuhr fort: „Ja, das

Ende der Zeit kam, als der Strom für einen Augenblick nicht mehr ewig war – als vor einigen Minuten ein Zeitpunkt erreicht wurde, der einem Faktor der Primzahl entsprach."

„Ich stand – nur teilweise – unter dem Einfluß des Faktors, aber Kalorn – war ihm völlig ausgeliefert ... Auch wenn Sie Glück haben – es wird Jahre dauern, bis sie eine neue Maschine erfinden – und Billionen von Jahren nach Ihrer Zeitrechnung ... Ich habe es Ihnen nicht gesagt – ich habe Ihren Gedanken empfangen – und für mich behalten ..."

„Aber warum haben Sie das getan?"

„Weil sie mir weh taten. Sie wollten mich zerstören – weil es mir gefiel, ein Mensch zu sein. Ich – war – jemand ..."

Das Fleisch löste sich auf, flutete langsam in einen Teich aus grauer, lavaähnlicher Flüssigkeit. Die Lava zerbröckelte zu trockenen, brüchigen Teilen. Brender berührte eines der Stücke. Es zerfiel zu feinem grauem Staub. Er blickte in das grimmige, verlassene Tal aus Sand und sagte voller Mitgefühl: „Armer Frankenstein!"

Dann kehrte er zu dem fernen Raumschiff zurück und trat den fernen schnellen Rückflug zur Erde an. Als er ein paar Minuten später aus dem Frachter stieg, lief im Pamela entgegen.

Sie warf sich in seine Arme. „O Jim! Jim!" rief sie schluchzend. „Ich war ja so dumm! Als ich gehört habe, was geschehen ist – als mir klar wurde, in welcher Gefahr du warst ... Ich ... O Jim!"

Später wollte er ihr von seinem neuen Reichtum erzählen.

Oscar J. Friend

Die unmögliche Straße

Oscar J. Friend zählte zu den Pionieren der literarischen Agenten auf dem S-f-Gebiet. Er leitete die für kurze Zeit einflußreiche ‚Otis Kline Literary Agency'. Außerdem war er ein bedeutender Herausgeber. Von 1941 bis 1944 gab er die Thrilling Wonder Stories *und deren Gegenstück, das Magazin* Startling Stories *heraus. Er war auch ein kompetenter Schriftsteller, und seine Stories erschienen (oft unter Pseudonymen) häufig auf dem Zeitschriftenmarkt.*

‚Die unmögliche Straße' *ist ein wunderbares Beispiel für den Typus der mysteriösen Story, der die Science-fiction-Leser während der vierziger Jahre so begeistert hat.*

(Martin machte mich auf diese Geschichte aufmerksam. Ich hätte schwören können, daß in den dreißiger und vierziger Jahren keine Story erschienen war, die ich nicht kenne. Aber entweder habe ich diese Ausgabe des TWS *verpaßt, was mir unwahrscheinlich vorkommt, oder ich werde schon senil, da ich mich immerhin der Lebensmitte nähere.*

Jedenfalls las ich die Geschichte, als ob's das erstemal gewesen wäre, und sie brachte mir meine Jugend zurück. Damals hatten wir noch nichts von fliegenden Untertassen gehört, aber wir verspürten wie zu allen Zeiten diese vage Sehnsucht nach mysteriösen, allmächtigen Wesen aus anderen Welten, auch wenn uns ihre Aktivitäten auf der Erde nicht klar waren. Diese Story ist ein Beispiel für die Dinge, die ein ganz besonderes Gefühl wecken – das Gefühl, das Sam Moskowitz den ‚Sinn für das Wunderbare' nannte. Vielleicht haben wir zuviel gelernt und sind jetzt zu intellektuell, um uns von solchen Geschichten noch beeindrucken zu lassen. Aber bis zu einem gewissen Grad ist das ein Verlust. – I. A.)

Dr. Albert Nelson sah Robert Mackensie, seinen jungen Assistenten, an und runzelte die Stirn.

„Das hat mir gerade noch gefehlt!" stieß er hervor. „Mein Labor zu verlassen und mit Ihnen auf Wanderschaft in die Ozarks zu gehen! Eine schöne Erholung!“

„Aber Doktor!“ protestierte Mackensie sanft. „Sie brauchen einen Urlaub. Ich kann doch nichts dafür, daß wir diesen Unfall hatten.“ Ein Grinsen glitt über sein junges Gesicht. „Außerdem finde ich es ganz lustig – zwei gelehrte Wissenschaftler, hilflos wie Babies im Wald ...“

Aber Dr. Nelson hatte keinen Sinn für diese Art von Situationskomik. Sie hatten sich in den Ozark Mountains verirrt, und ihr Kompaß war hoffnungslos kaputt. Das ärgerte ihn maßlos.

Denn Dr. Nelson legte großen Wert auf Ordnung. Er war schon immer ein logischer Denker gewesen und hatte ein mathematisches Gehirn, das wie eine Maschine klickte. Für ihn existierte keine Unordnung. Deshalb war er ein so ausgezeichneter Biologe. Es war sein Prinzip, alles genau zu ergründen und dann für immer in einem Gedächtnisfach zu verstauen.

Für Dr. Nelson waren zwei und zwei vier, und diese Lösung mußte er finden, bevor er ein Problem ad acta legte. Jedes Positivum hatte ein Negativum, jede Ursache eine Wirkung. In seinem Labor blieb keine unbeendete Forschungsarbeit liegen, auf seinem Schreibtisch waren keine Papiere verstreut, sein Gehirn kannte kein Durcheinander. Er verwarf alles, was nicht auf logische Weise erklärt werden konnte. Er hatte keine Geduld mit unvollendeten Sinfonien, mit Geschichten von Damen und Tigern, mit Rätseln oder Geheimnissen.

Deshalb war er jetzt so verärgert, als er mit Mackensie das Ende des Weges erreicht hatte. Er ärgerte sich nicht so sehr über die Fakten, daß sie sich verirrt hatten, daß der Kompaß zufällig zerbrochen war, daß sie seit dem frühen Morgen auf den Beinen waren und daß es jetzt drei Uhr nachmittags war, daß sie müde und verschrammt waren und hungrig und durstig. Nein – was ihn irritierte, war dieser Weg.

„Was ist denn da vorn?“ fragte Dr. Nelson keuchend, als seine scharfen Augen einen Schimmer entdeckten, irgend etwas Weißes, das zwischen Bäumen und Büschen hervorleuchtete. In der letzten Stunde waren sie nur bergauf gegangen, in der Hoffnung, einen Gipfel zu finden, von dem aus sie die Umgebung überblicken konnten, um sich neu zu orientieren. „Ist das eine Wasserfläche – oder der Himmel?“

Mackensie kroch durch das Gebüsch, dann klang seine eifrige junge Stimme auf.

„Es ist eine Straße, Doktor! Eine Straße aus Beton! Gott sei Dank, nun werden wir in die Zivilisation zurückfinden."

Es war tatsächlich eine Straße. Nelson runzelte nachdenklich die Stirn, als er seine Schritte beschleunigte, um den jungen Mann einzuholen. Aber warum führte eine Betonstraße mitten durch diese Wildnis, die ein vernünftiger Mensch nicht einmal zu Fuß durchquerte. Wie konnte es eine Betonstraße in diesen Bergen geben, wo nicht einmal Schotterstraßen existierten, wo nur Wild lebte und Blauhäher gelegentlich ihre heiseren Stimmen erhoben oder einsame Truthahngeier ihre Kreise über den Wipfeln zogen? Und da war noch etwas ...

An den Betonplatten selbst war nichts Merkwürdiges zu entdekken. Die Straße war ein ganz normales Produkt der Ingenieurs- und Straßenbaukunst. Seltsam war nur, daß der Beton, zwanzig Fuß breit und acht Zoll dick, ganz plötzlich vor den beiden Männern endete.

Von dieser Stelle aus wand sich die Straße wie ein weißes, schöngeschwungenes Band zwischen Kiefern, Ulmen und Zedern hindurch, um dann hinter einem Grat anmutig aus dem Blickfeld zu verschwinden.

Nein, es war weder die Konstruktion noch der Zustand der Straße – es war ihr plötzliches Vorhandensein. Dr. Nelson bemerkte, daß er in seinem Denken jetzt schon zweimal das Adverb ‚plötzlich' gebraucht hatte, und er fand, daß dieses Wort das Phänomen treffend umschrieb. Die Straße begann ganz plötzlich, einfach so, begann mit einer sauberen, geraden Kante. Mitten in der urtümlichen Wildnis begann ganz plötzlich eine Straße.

Nichts wies daraufhin, daß man beabsichtigte, die Straße in dieser Richtung weiterzubauen – keine markierten Bäume, keine Sandberge oder Holzstapel, keine Maschinen, keine Werkzeuge, keine Straßensperren, keine Umleitungsschilder, nicht einmal eine Sandstraße oder ein Fußweg, der vom Ende der Betonplatte wegführte. An einem unberührten Hang, im Herzen einer noch nicht kartographierten Bergwelt, begann abrupt wie ein Pistolenschuß eine Betonstraße.

Dieser Widersinn mußte schließlich auch Mackensie aufgefallen sein, trotz seiner Erleichterung, denn der junge Biologe stand am Rand des Pflasters und sah sich verblüfft um, als Nelson zu ihm kam. Seine hellblauen Augen begegneten den braunen des älteren Mannes, und er hob fragend die Brauen. Dann breitete er hilflos die Arme aus.

„Warum geht die Straße hier nicht weiter? Vielleicht hat man das Projekt aufgegeben."

„Jede Straße führt doch zumindest zu einem Haus oder zu einer Hütte", meinte Nelson irritiert.

„Es könnte ja auch eine Teststrecke sein."

Wortlos zeigte Dr. Nelson auf die makellose Betonfläche. Da waren weder Öltropfen noch Reifenspuren zu sehen, keine Abdrücke von Hufen oder Schuhen – nichts störte die jungfräuliche Reinheit des Pflasters. Und doch sah die Straße, die hier mitten im dichten Wald begann und sich dann aus dem Blickfeld wand und in weite Fernen zu führen schien, wie eine wichtige Verkehrsader aus.

„Ein sinnloses Rätsel!" stieß Nelson hervor. „Und ich hasse Rätsel."

„Nun, obwohl sie hier ziemlich abrupt anfängt, führt sie anscheinend irgendwohin, Doktor", sagte Mackensie. „Zumindest wird sie uns in die Zivilisation zurückführen. Am anderen Ende der Straße können wir das Rätsel sicher lösen. Wollen wir weitergehen, oder sind Sie zu müde?"

„Nein, nein." Nelson starrte mit gerunzelter Stirn auf die Straße. Irgendwie widerstrebte es ihm, einen Fuß auf diesen Beton zu setzen. Er wußte nicht, warum. Zögernd wischte er sich mit einem Taschentuch den Schweiß von der Stirn, blickte zurück in die tiefen Wälder, die sie durchwandert hatten. Dann zuckte er mit den Schultern und trat auf die Straße.

Mackensie stieg neben ihm auf das Pflaster und marschierte mit langen Schritten davon. Notgedrungen folgte ihm der ältere Mann. Schweigend gingen sie dahin, und eine Zeitlang war nichts zu hören außer dem rhythmischen Getrappel ihrer Stiefel und einem schlurfenden Geräusch, das aus Nelsons Rucksack kam. Der Biologe hatte am Vormittag eine kleine grüne Eidechse gefangen.

„Der unermüdliche Wissenschaftler!" hatte Mackensie bemerkt, als Nelson das kleine Reptil, das sich auf einem Felsen sonnte, geschickt eingefangen und in einen leeren Sandwichbehälter gesteckt hatte, um es später zu studieren.

Nun waren die Geräusche der kleinen Eidechse die einzigen, die sie außer ihren Schritten begleiteten. Und als sich Nelson dessen bewußt wurde, blieb er plötzlich stehen und legte eine Hand auf Mackensies Arm.

„Warum gehen Sie nicht weiter?“ fragte der junge Mann erstaunt. „Hier kommen wir doch viel schneller voran als auf diesen Waldwegen, wo wir uns ständig durch Dornenhecken und Büsche kämpfen mußten.“

„Horchen Sie doch mal!“ sagte Nelson.

Mackensie lauschte mit angehaltenem Atem. Ringsum war es totenstill. Nicht einmal ein Windhauch bewegte die Blätter an den Zweigen.

„Ich höre nichts“, sagte er.

„Das ist es ja“, erwiderte Nelson. „Kein Insekt summt, kein Vogel zwitschert, keine Blätter rascheln am Straßenrand. Was ist denn aus den Blauhähern und Mücken geworden, die uns ständig begleitet und geärgert haben, bevor wir zu dieser Straße gekommen sind?“

Mackensies blaue Augen blickten ihn verwirrt an. Nelson wandte sich um und starrte auf den Straßenabschnitt, den sie bereits zurückgelegt hatten, eine Strecke von zwanzig Yards, makellos weiß bis auf die kaum sichtbaren Spuren ihrer Schritte. Es war, als stünden sie allein inmitten einer leblosen Welt. Nein, dieser Vergleich stimmte nicht ganz, denn ringsum herrschte üppiges Pflanzenleben, das jedoch zu völliger Reglosigkeit erstarrt war. Ein dreidimensionales Farbfoto – eine unbewegte Welt, in der nur sie selbst die Fähigkeit besaßen, sich zu bewegen – es war unheimlich.

„Nicht einmal ein Käfer kriecht über die Straße“, flüsterte Mackensie unbehaglich. „Kein einziges fernes Geräusch zeigt an, das außer uns irgend etwas oder irgend jemand auf diesem Planeten existiert. Aber ich habe das komische Gefühl, daß die Kräfte des Lebens rings um uns vibrieren. Doktor – mir ist, als würde sogar diese Straße vor Leben bersten, obwohl sie reglos unter unseren Füßen liegt. Um Gottes willen, was hat das zu bedeuten?“

Nelson blickte zu seinen Füßen hinab. Mackensie hatte recht. Da war ein übersinnliches Summen oder Beben im Beton, auch in der

Luft ringsum, und doch war alles starr und stumm. Allmählich gewann der verstörte Wissenschaftler einen sehr merkwürdigen Eindruck.

Es war, als könnte sein Blick den Bruchteil eines Zolls unterhalb der glatten Betonfläche durchdringen. Er spürte es eher, als daß er es sah, daß dies eine unglaubliche Straße des Lebens war, daß Billionen von Lebewesen schon vor ihm diesen Weg gegangen waren, in endlosen wimmelnden Scharen.

„Kommen Sie", sagte Nelson mit gepreßter Stimme, „gehen wir weiter."

Hinter der nächsten Kurve verließen sie den Wald, und die Straße schien sich majestätisch über eine Reihe von Plateaus auf den Gipfel der Welt zu winden. Hier fanden sie die erste Unterbrechung der glatten weißen Bahn, einen Sockel, der sich etwa taillenhoch am linken Straßenrand erhob, einen integralen Teil des Betons. Es war, als hätte die Straße hier eine Rast eingelegt und sich zu einer Art Pseudopodium erhoben.

Auf dem schlanken Podest lag ein Würfel aus einem Material, das wie Quarzglas aussah. Zumindest war es ein Kristall, das unter den Strahlen der Nachmittagssonne schwach irisierte und funkelte. Als sie darauf zugingen, sahen sie, daß der Würfel hohl war und ein großes Doppelmikroskop umschloß. Die beiden Okulare, durch Kapseln vor Wettereinflüssen geschützt, ragten aus dem Behälter. Auf der schimmernden Fläche des Podests, direkt unterhalb des Glaswürfels, war eine Bronzeplatte mit plastischen Buchstaben befestigt, die leicht zu entziffern waren, ohne daß man die Augen zusammenkneifen mußte.

Erstaunt blieben die beiden Männer vor diesem neuen Rätsel stehen. Ein wunderbares Mikroskop, wie ein Museumsstück in der Wildnis ausgestellt, wo es nichts anderes gab als eine verlassene Betonstraße ... Was hatte das zu bedeuten?

„Mein Gott!" flüsterte Mackensie. „Schauen Sie doch. Lesen Sie, Dr. Nelson!"

Sie starrten auf die dunkle Aufschrift in englischer Sprache. *Universale Ausstellung von Lebensformen aus dem Pankosmos – diese Zellenexemplare sind die kleinsten Keime, die sich aus dem Phänomen namens Leben entwickelt haben. Ob sie nun der Flora oder der Fauna entstammen, sie sind selbständig und praktisch unsterblich. Sie werden auf Lichtstrahlen durch das Universum befördert, siedeln sich als pilzartiger Moder auf öden, unfruchtbaren Planeten an und bringen dort alle Formen lebendiger Materie hervor. Ihr Ursprung ist unbekannt.*

Nelson nahm die Kapseln von den Okularen und starrte durch die Linsen. Als er den Glaskasten berührte, der das Instrument umschloß, spürte er seltsame magnetische Wellen. Der Kristallbehälter flimmerte und glühte, als wäre er von eigener Lebenskraft erfüllt. Es war unmöglich, das Mikroskop einzustellen, da sich die Revolverköpfe innerhalb des Glaskastens befanden, aber das war auch gar nicht nötig.

Der Biologe erblickte eine perfekt eingestellte, gefärbte Glasplatte, wie er sie schon unzählige Male durch seine Mikroskope gesehen hatte. Darauf waren Hunderte von winzigen, reglosen grauen Zellen verteilt, die den verschiedenen Farnsporen glichen, die er schon so oft studiert hatte. Und doch waren sie anders. Sie waren zellular und zweifellos Bakterien – aber sie hatten eine deutlich erkennbare Hülle, die vermutlich gegenüber den Einflüssen des Dunkels, der Kälte und der kosmischen Strahlen im Universum unempfindlich war. So etwas hatte Dr. Nelson nie zuvor gesehen.

Nachdem er die Zellen sorgfältig studiert hatte, richtete er sich auf, trat beiseite und bedeutete Mackensie, ebenfalls durch die Okulare zu schauen. Der junge Mann gehorchte.

„Du lieber Himmel! Doktor!“ flüsterte er. „Sie nehmen kein bißchen von der Farbe an. Sie weisen sie völlig ab – sie liegen da wie Punkte auf einem blaßrosa Feld.“

„Genau“, stimmte Nelson zu und runzelte nachdenklich die Stirn. „Wie Sie sicher bemerkt haben, sind sie völlig reglos – als ob sie irgendein Zauber inmitten ihrer Aktivitäten gelähmt hätte.“

Mackensie nickte. „Sie sind offenbar tot.“

„Das ist die Frage.“

„Ich verstehe das nicht. Auch an so winzigen Organismen müßte doch zumindest eine Molekularbewegung erkennbar sein.“

„Gehen wir weiter“, sagte Nelson und schraubte die Kapseln wieder auf die Okulare. „Gehen wir. Ein paar Yards weiter vorn sehe ich ein weiteres Podest – auf der anderen Seite dieser infernalischen Straße.“

Mackensie erreichte den zweiten seltsamen Sockel mit dem schwach schimmernden, pulsierenden Glaskasten, der ebenfalls ein

Mikroskop enthielt, als erster. Er blickte bereits durch die Okulare, als Nelson die Inschrift auf der Bronzeplatte unterhalb des Kristallkastens las.

Leptothrix – ein Gen aus der Familie Chlamydobacteriaceae – eine der frühesten Formen zellularen Lebens auf diesem Planeten, stammt aus archäologischem Gestein, mindestens eine Billion Jahre alt. Der Form nach faserig, mit nicht verzweigten Segmenten, vermehrt sich dieses Gen durch Zellteilung an nur einem Ende. Die Wände der Fasern sind aus Eisen, das durch organisches Wachstum rings um die lebenden Zellen abgelagert wurde. Menschen und Tiere werden durch Pflanzen mit Brennstoff versorgt, die Erdenelemente aufnehmen und mit Hilfe des Sonnenlichts Chlorophyll hervorbringen. Aber das Leptothrix frißt buchstäblich Eisen. Die meisten Eisenerzadern sind durch die Aktivitäten dieser Bakterie entstanden.

Als sich Mackensie aufrichtete, unsicher und wie betäubt, blickte Nelson in die Okulare. Er erkannte die Species sofort. Die Bakterien waren in einem unbeweglichen Netz gefangen, inmitten ihres Lebens zu Statuen erstarrt. Als er den Kopf hob, rannte Mackensie bereits zum nächsten Podest, das zwanzig oder dreißig Fuß weiter vorn stand. Nelson folgte ihm mit langsameren Schritten.

„Algen!“ schrie Mackensie.

Nelson las die Bronzeplakette, dann starrte er auf die vertrauten blaugrünen Streifen der primitiven Wasserpflanzen, die das bloße Auge als grünlichen Schaum auf stagnierendem Wasser ausmachen konnte. Auch hier fiel ihm die starre Haltung der Exemplare auf.

„Plankton!“ rief Mackensie, als er das vierte Podest erreicht hatte. „Großer Gott, Doktor! Das ist ja ein bakteriologisches Freiluftmuseum!“ fügte er grinsend hinzu.

Genau das hatte sich Nelson auch schon gedacht. Aber das Rätsel der Straße war immer noch ungelöst. Das zusätzliche Mysterium der kostbaren Mikroskope, die hier in seltsamen Glaskästen standen, verdrängte er zunächst in den Hintergrund seines Bewußtseins. Mit diesem Problem würde er sich später befassen. Wie Mackensie gesagt hatte, handelte es sich hier offenbar um ein Museum. Oder es war ein Labor, in dem irgendwelche Götter experimentierten. Fast angstvoll blickte Nelson zum Himmel auf, als ob er erwartete, daß plötzlich der Kopf und die Schultern eines Superwissenschaftlers hinter einer flockigen Wolke auftauchten. Aber es geschah nichts.

Es war noch immer drei Uhr nachmittags. Nichts lebte, nichts bewegte sich außer den beiden Männern und der kleinen Eidechse, die in ihrem Gefängnis umherkroch.

Etwas fiel dem methodisch veranlagten Nelson auf, als er die unheimliche Straße entlangging. Man hatte keine überflüssigen Exemplare zur Schau gestellt und sie auch nicht willkürlich plaziert. So weit er es feststellen konnte, war alles logisch und chronologisch angeordnet. Die einzelnen Ausstellungsstücke folgten der mächtigen Entwicklungslinie des Lebens.

Die Kristallkästen säumten die Straße wie Bäume in einem Park, Kästen in verschiedenen Größen und Formen, die nun keine Mikroskope mehr enthielten, da die ausgestellten Lebensformen mit bloßen Auge erkennbar waren. Zwischen pflanzlichem und tierischem Leben war eine deutliche Grenze gezogen, und beide Entwicklungslinien wurden minutiös verfolgt. Alle Exemplare waren perfekt konserviert und offenbar leblos.

Alber die Kristallkästen pulsierten und glänzten in der Sonne, als ob sie von einem eigenen, unheimlichen Leben erfüllt wären.

Durch alle Zeitalter führte diese bizarre Geschichte des Lebens. Durch die Zeiten der Fossilien, der Farnwälder, der ersten Fischarten, der ersten Nadelbäume, der ersten Reptilien, durch das Zeitalter der gigantischen Reptiliensäugetiere ... Sie stiegen gleichsam die Leiter des Lebens hinauf, sahen Exemplare, die vermutlich noch kein Mensch zuvor gesehen hatte. Es war wie eine Wanderung durch eine wunderbare Kombination von Labor, botanischem Garten, Aquarium und der Smithsonian Institution.

Die beiden Biologen vergaßen ihren Hunger, ihren Durst und die Müdigkeit. Sie verloren jedes Zeitgefühl, obwohl sie nun schon seit Stunden durch diesen Korridor starren Lebens wandern mußten. Sie hatten das Gefühl, Farbfotos in einem dreidimensionalen Zukunftsmagazin zu sehen – oder stereoskopische Vergrößerungen der Lebensvielfalt. Und die Sonne hing immer noch gleißend am Himmel, um drei Uhr nachmittags.

Die Inschriften auf den Bronzeplatten, die immer gleich aussahen, unabhängig von der Größe der Glaskästen oder der Natur ihres Inhalts, bildeten eine komplette, einzigartige, knapp komprimierte Geschichte dieses zähen, fragilen, aber unzerstörbaren Dings, das man Leben nennt. Nelson bereute, daß er die einzelnen Texte nicht abgeschrieben hatte. Aber dann erkannte er, daß das unmöglich wäre. Er hätte nicht genug Papier bei sich – auch wenn sein Rucksack nur mit Papier und mit nichts anderem vollgestopft wäre.

Mackensie ärgerte sich, weil sie keinen Fotoapparat mitgenommen hatten. Viele dieser Exemplare würden die Lücken in der Geschichte des Lebens füllen, Exemplare, von der die Menschheit keine Ahnung hatte. Das Hauptrătsel war immer noch ungelöst. Nelson eilte weiter, von einer wachsenden Angst ergriffen, die ihn erstaunte. Er spürte, daß er von der Hand des Schicksals weitergezogen wurde, zu einem unausweichlichen Ziel, aber er konnte dieses Gefühl nicht analysieren.

Die gleichen Empfindungen mußten auch Mackensie bewegen, denn er wunderte sich über das großartige Panorama, den seltsamen Magnetismus der Glaskästen, über den Ursprung dieses einzigartigen Museums und die unmögliche Tatsache, daß die Zeit stillstand.

Und dann kamen sie zum ersten leeren Schaukasten. Sie blieben stehen, um die Bronzeplakette zu lesen. Sie befanden sich längst in einer relativ modernen Ära, hatten Tiere und Pflanzen gesehen, die heute noch existierten. Auch Exemplare des primitiven Menschen waren bereits aufgetaucht, in entsprechend großen Glaskästen.

Nelson war zusammengezuckt, als er den ersten zottigen Primitivling gesehen hatte, der zweifellos das lang gesuchte fehlende Bindeglied zwischen dem Menschen und dem Tier darstellte. Nelson, der Biologe verharrte in fast ehrfürchtigem Staunen vor diesem Säugetier, das jedem Ästheten abartig und abstoßend erscheinen mußte. Von da an konnten die beiden verblüfften Wanderer eine Kurzfassung der Menschheitsgeschichte lesen.

Aber nun standen sie vor dem ersten leeren Kasten. Ärgerlich las Nelson den Text auf der Bronzeplakette.

Lacerta viridis – diese grüne Eidechse ist ein Exemplar der kleinen, vierbeinigen Reptilien mit spitz zulaufendem Schwanz, die zusammen mit den verwandten Familien die Unterordnung aller Lacertilia bilden, mit Ausnahme der Geckos und Chamäleons.

Der Biologe hob den Kopf, aber der blaugrün schimmernde, pulsierende Kasten war leer.

„Komisch!" sagte Mackensie, während Nelson den Behälter examinierte, der einer Glasglocke glich. „Das ist die erste Lücke in diesem Museum."

„Ja", antwortete Nelson fast mürrisch, als er am Knopf der Glasglocke zerrte. Zu seiner Überraschung ließ sie sich abnehmen. Dann sah er am Rand der schimmernden Fläche, auf der die Vakuumglocke gestanden hatte, das kleine Rad, durch das man den Behälter luftdicht abschließen konnte.

Zufällig berührte er die Stelle, die von der Glasglocke bedeckt gewesen war, und sofort verlor er jedes Gefühl in dieser Hand. Es war, als ob sie vom Handgelenk abwärts ein Klumpen aus starrer Materie wäre. Hastig zog er die Hand zurück, und da pulsierte wieder Leben durch die Adern.

„Was ist denn los?" fragte Mackensie mit professionellem Interesse. „Ist das Ding so heiß?"

„Nein", erwiderte Nelson und stellte die Vakuumglocke vorsichtig auf das Podest zurück. „Ich habe gar nichts gespürt. Meine Hand war – wie tot."

„Ist jetzt wieder alles okay?"

„Ja. Dieser pulsierende Magnetismus muß das Leben irgendwie abschalten, ohne es zu zerstören."

„Aber – dann müßten all die Exemplare, die wir gesehen haben, noch am Leben sein. Sie sind nicht tot – sie schlafen nur."

„Das wäre möglich."

Mackensie erschauerte leicht. „Kommen Sie, gehen wir weiter. Ich glaube, da vorn sehe ich einen Berglöwen."

Verblüfft über diese kleine Lücke in der kolossalen Ausstellung, folgte Nelson seinem Assistenten. Das Rascheln der kleinen Eidechse, die in der Sandwichbox umherlief, war wie ein entnervender Impuls, der durch sein Gehirn irrte. Sie passierten das Chamäleon, große Raubtiere und Insekten und erreichten schließlich die Stelle, wo die bisher dargestellte Geschichte des tierischen Lebens noch einmal zusammengefaßt wurde.

Hier blieb Nelson stehen, vielleicht zweihundert Yards vom leeren Eidechsenkasten entfernt. Mackensie sah ihn erstaunt an.

„Kommen Sie", sagte Nelson in entschiedenem Ton. „Wir kehren um."

„Sie wollen umkehren?" fragte der junge Mann ungläubig. „Warum? Wohin wollen Sie gehen?"

„Nur bis zum *Lacerta viridis*-Kasten. Ich muß es ganz einfach tun. Ich kann nicht weitergehen."

„Aber – aber können wir denn zurückgehen?" stammelte Mackensie.

Das war ein verwirrender Gedanke. Über eine solche Möglichkeit hatte Nelson noch nicht nachgedacht.

„Haben wir denn genug Zeit?" fragte sein Assistent. „Vielleicht wird die Nacht hereinbrechen, bevor wir ans Ende dieser Straße kommen."

Statt einer Antwort zeigte Nelson auf die Sonne. Sie hing immer noch in derselben Position am Himmel wie um drei Uhr nachmittags.

„Kommen Sie!" befahl er.

Gehorsam, fast so, als stünde er unter Hypnose, machte Mackensie kehrt und ging die Straße zurück. Nelson folgte ihm. Sie schienen einer Strömung entgegenzugehen, die starken Widerstand leistete, und es war, als müßten sie gegen einen mächtigen Sturm ankämpfen. Nelson glaubte zu träumen, wurde beinahe von einer Lethargie überwältigt, die er nicht verstehen konnte. Nur sein unbesiegbarer Wille zwang ihn, weiterzugehen und Mackensie mit sich zu ziehen. Und entlang der geisterhaften Straße bewegte sich noch immer nichts, lebte noch immer nichts außer den beiden Männern, die durch den warmen Sonnenschein gingen.

Vor dem leeren Eidechsenkasten blieben sie stehen.

„So, da sind wir", sagte Mackensie keuchend. „Und was nun?"

Statt einer Antwort nahm Nelson seinen Rucksack ab und zog die Sandwichbox hervor. Er öffnete den Deckel, packte die kleine Eideckse rasch am Nacken, dann hob er die Glasglocke hoch und stellte das zuckende Reptil auf das Podest.

Sofort erstarrte das Tier. Nelson zog seine betäubte Hand zurück und blickte verwirrt auf die Eidechse. In lebendiger Haltung stand sie auf ihren vier Füßen, den Körper halb zusammengerollt, den Kopf erhoben, mit glitzernden kleinen Perlenaugen, die ins Nichts starrten.

Nelson stülpte die Glasglocke auf das Tierchen, dann drehte er an dem kleinen Rad, um die Luft aus den Behälter zu pumpen und ihn luftdicht zu verschließen. Ein schwaches Summen klang auf, das bald darauf wieder verstummte. Als Mackensie versuchte, die Glasglocke hochzuheben, stellte er fest, daß sie sich nicht bewegen ließ.

Die beiden Männer starrten sich an.

„Zumindest ist das ein passables Exemplar“, meinte Nelson. „Kommen Sie, gehen wir weiter.“

Erwartungsvoll setzte er den Weg fort. Der Ärger über den leeren Glaskasten war verflogen.

Mehrere Stunden mußten vergangen sein, und Gott allein wußte, wie viele Meilen sie zurückgelegt hatten, als sie schließlich den zweiten und letzten leeren Schaukasten erreichten.

„Schauen Sie doch!“ rief Mackensie. „Das Ende der Straße!“

Aber Nelson hatte jedes Interesse an der Straße verloren. Die gewaltige Geschichte des Lebens, die an ihnen vorbeigezogen war, hatte ihn mitgerissen wie auf einer unwiderstehlichen Woge. Er erwachte wie aus einem Traum, als er sich seiner Umgebung wieder bewußt wurde und sich umblickte.

Mackensie hatte recht. Etwa hundert Yards weiter vorn endete die Straße abrupt an einem bewaldeten Hang.

Nicht weit von diesem Ende entfernt stand ein etwa drei Fuß hoher Glaskasten auf seinem niederen Podest. Aber Nelson interessierte sich viel mehr für den sieben Fuß hohen Behälter, der vor ihm aufragte.

Der Mensch im zwanzigsten Jahrhundert – dieses Exemplar des warmblütigen zweibeinigen Säugetiers mit weiterentwickelter Hirnschale und Schilddrüse repräsentiert den Menschen auf dem physischen Gipfel seiner Evolution. Wie im Lauf unserer Entwicklungsgeschichte immer wieder festgestellt wurde, haben das tierische und das pflanzliche Leben einen gemeinsamen Ursprung und differieren hauptsächlich dadurch, daß in der Chlorophyllstruktur Magnesium enthalten ist, während sich im Hämoglobin des Blutes Eisen befindet. Nun haben beide die getrennten Ziele ihrer Entwicklung passiert. Von diesem Punkt an konvergieren ihre bisher parallelen Wege, um sich schließlich in einer gemeinsamen Struktur wieder zu vereinen, die sich dem Höhepunkt der geistigen Entwicklung nähert.

Nelson sah von der Bronzeplakette auf. Der pulsierende Glaswürfel war leer. Kein Exemplar stand darin. Eine Tür mit schräg geschliffenen Kanten hing an unsichtbaren Angeln und schwang langsam nach außen, als wollte sie einen müden Wanderer einladen, einzutreten und sich auszuruhen – bis in alle Ewigkeit.

Der Biologe runzelte wütend die Stirn. Warum mußte ausgerechnet dieser Schaukasten leer sein? Rastlos begann er an einem Ohrläppchen zu zupfen, als er sich umwandte und zum Ende der Straße blickte. Verärgert und enttäuscht stellte er fest, daß sich keine weiteren Schaukästen am Rand der Betonbahn erhoben – bis auf den drei Fuß hohen Würfel am äußersten Ende des Weges.

Die Geschichte war fast zu Ende erzählt worden. Unzählige Stunden lang waren sie an Tausenden von Kristallkästen vorbeigewandert – nur um diesen für die Menschheit am allerwichtigsten Würfel leer vorzufinden. Irgendwie konnte Nelson es nicht dabei belassen und weitergehen.

Sein methodisches Wesen schien ihn mit unerbittlicher Logik einem Ziel entgegenzutreiben. Er blickte zu seinem Begleiter hinüber.

„Mackensie!" sagte er mit einer seltsam fremden Stimme. „Kommen Sie her!"

Der junge Mann wurde blaß und wich zurück.

„Nein!" rief er, erriet intuitiv Nelsons Absicht.

„Nein! Sie sind verrückt, Doktor! Laufen wir weg von diesem teuflischen Ding! Ich ..."

In nacktem Entsetzen schrie er auf, als Nelson entschlossen auf ihn zukam. Der Biologe war zwanzig Jahre älter als Mackensie, aber er war größer und kräftiger. Mackensie hatte keine Chance gegen ihn. Der Kampf war ebenso kurz, wie seine Bedeutung schrecklich war. Nach wenigen Sekunden hatte Nelson sein wehrloses Opfer fest im Griff.

„Nein!" kreischte Mackensie, und in seinen Augen lag namenloses Grauen. „Dr. Nelson, das dürfen Sie nicht! Das können Sie doch nicht tun! Sie ..."

Seine Worte gingen über in ein schrilles Gebrüll, und er schwebte zwischen Wahnsinn und Ohnmacht, als Nelson ihn hochhob und zu der offenen Glastür trug.

„Es tut nicht weh", flüsterte Nelson sanft. „Ich weiß es. Und warum steht denn diese Tür offen – wenn nicht für einen von uns beiden? Sagen Sie mir das!"

Aber Mackensie konnte nichts mehr sagen. Er war hinübergeglitten in eine Katalepsie des Schreckens.

Wie ein Schlafwandler, wie eine Marionette, die an außerirdischen Fäden hing, drehte Nelson seine Bürde geschickt zu sich herum, so daß sie ihm ins Gesicht sah. Dann stellte er den Körper seines Begleiters in den leeren Kristallkasten. Die Veränderung war wunderbar und vollzog sich in Sekundenschnelle. Das Gewebe von Mackensies Körper verwandelte sich in marmorartige Materie. Er stand hochaufgerichtet da, dann schwankte er nach hinten, stieß gegen die rückwärtige Glaswand, dann fiel er wieder nach vorn, wie eine wackelige Statue.

Rasch schloß Nelson die schwere Kristalltür, warf sie seinem Gefährten buchstäblich vor der erstarrten Nase zu. Mit einem leisen Zischen fügten sich die schräg geschliffenen Kanten der Tür in den abgeschrägten Kristallrahmen – und der letzte Kasten hatte ein perfektes Exemplar aufgenommen.

Zitternd starrte der Biologe in die glasigen Augen seines ehemaligen Laborassistenten. Dann seufzte er, wischte sich die Stirn ab und sah zur Sonne auf. Es war drei Uhr nachmittags.

Langsam wandte er sich ab, als würde ihm die Trennung von dem Mann, der mit ihm diese Reise unternommen hatte, sehr schwer fallen, und ging zögernd bis ans Ende der Straße.

Als er den letzten Kasten erreichte, blieb er stehen, um das Exemplar darin zu studieren. Die pulsierende Aura des Kristallwürfels, beinahe eingehüllt vom Schatten der Bäume, phosphoreszierte schwach. Aber es war die Natur des Exemplars, die den Biologen faszinierte.

Das stämmige, kaum drei Fuß hohe Ding mit der bräunlichblassen, ungesunden Hautfarbe sah wie ein Pilz aus, dessen gewölbter Hut wie die grausige Karikatur eines menschlichen Kopfes wirkte. Zwei große Öffnungen zeigten an, wo sich die Augen befanden. Der Mund war nur ein schmaler Strich, an der Stelle, wo bei früheren Entwicklungsformen der Mund gewesen sein mochte. Das Ding war geschlechtslos und stand auf drei wurzelartigen Beinen. Endlich konnte Nelson sich dazu überwinden, den Text auf der Bronzeplakette zu lesen.

Thyroidicus – Pflanzenmensch – die letzte Evolution des säugetierischen Lebens auf diesem Planeten. Hauptsächlich zusammengesetzt aus faserigem Gehirngewebe und einem freien, Jod produzierenden Organismus, der Weiterentwicklung der ehemaligen menschlichen Jodfabrik, der Schilddrüse, die sich im Hals befand. Dieses Geschöpf besitzt weder Blut noch Chlorophyll.

Wie der Leptothrix hat diese Lebensform schließlich gelernt, ihre Nahrung direkt von den Elementen zu beziehen, sofort zu transmutieren und Energie freizusetzen. Der Thyroidicus, das letzte Ziel der physischen Evolution, besteht praktisch nur aus Gehirnwindungen. Das nächste Stadium der Entwicklung würde unweigerlich die Grenzen der belebten Existenz überschreiten. Dann würde das Leben rein geistig werden.

Das war alles. Die Geschichte war zu Ende, und auch das Ende der Straße war erreicht. Keine markierten Bäume, kein Baumaterial, keine Maschinen, keine Werkzeuge, keine Straßensperren, keine Umleitungstafeln ... Nicht einmal eine Sandstraße oder ein Fußweg zweigten vom Ende des Betonstreifens ab.

Nur ein bewaldeter Hang inmitten nicht kartographierter Berge ... Und die Straße, die so abrupt wie ein Pistolenschuß begonnen hatte, endete nun ebenso plötzlich und führte nirgendwohin.

Dr. Nelson war ein methodisch und ordentlich veranlagter Mensch. Was für eine Ironie, dachte er grimmig. Er hatte sich selbst nicht helfen können. Er war am Ende seiner kalten Logik.

Nachdenklich drehte er sich um und blickte den Weg zurück, den er gekommen war. Wieder spürte er dieses vage, unbegreifliche Zittern eines vibrierenden Lebens, das unter seinen Füßen durch die Straße floß. Nun gab es keinen einzigen leeren Kasten mehr, keine Lücke in den beiden Entwicklungslinien, die da in weite Fernen bis zu ihren Anfängen zurückführten. Die Ausstellung war vollständig. Welche Ausstellung? Was war das für eine unglaubliches wissenschaftliches Museum. Daß es nicht von dieser Welt war – daran gab es nun keinen Zweifel mehr. War es eine Zeitfalle, oder die gigantische Trophäensammlung eines Superjägers, der aus einem Universum jenseits der Sterne stammte?

Der Doktor zuckte mit den Schultern und gab es auf, über dieses Rätsel nachzudenken. Er stieg vom Betonrand der unmöglichen Straße hinab und atmete erleichtert auf, als er wieder prosaisches Gras und Erde unter den Füßen spürte. Dann wandte er sich noch einmal um und blickte zu der letzten Betonplatte zurück.

Die Straße war verschwunden. Nur das wirre Gestrüpp der Wildnis war zu sehen, und die rote Sonne versank rasch hinter den westlichen Bergen.

Isaac Asimov

Ein seltsamer Spielgefährte

Ich schreibe diese Einführung ganz allein, weil ich den Verdacht habe, daß Marty meine Stories nicht einmal mit einer Kneifzange anrühren würde.

Jedenfalls habe ich es drei Werken zu verdanken, daß ich schon in jungen Jahren berühmt-berüchtigt war – der Story „Und die Nacht wird kommen“, *der* „Basis-Reihe“ *und der* „Positronenroboter-Reihe“. *Ich selbst habe das Gefühl, daß es vor allem die letztere Reihe mit den „drei Robotergesetzen“ war, die einen starken Einfluß ausübte. Und wie es der Zufall wollte, war sie mein allererstes Werk.*

„Der seltsame Spielgefährte“, *die erste der Positronenroboter-Geschichte, entstand im Mai 1939, und John Campbell lehnte sie prompt ab. Ich konnte sie erst fast ein Jahr später verkaufen, als Frederic Pohl sie annahm.*

Ich hatte die Story „Robbie“ *genannt, aber Fred, ein eingefleischter „Titelverbesserer“, nannte sie, sehr zu meinem Ärger,* „Der seltsame Spielgefährte“. *Ich änderte den Titel dann wieder in* „Robbie“, *als die Geschichte 1950 als Leadstory in* „Ich, der Roboter“ *erschien, und diesen Titel hat sie seither beibehalten. Der Titel* „Der seltsame Spielgefährte“ *wurde nur in diesem Magazin benutzt, aber ich behalte ihn bei, der historischen Genauigkeit zuliebe.*

Aus demselben Grund wird sie auch hier in der Magazin-Fassung abgedruckt. Bevor sie in meinem Buch erschien, hatte ich sie ein wenig überarbeitet, aber das spielt keine Rolle. Sie soll hier so gedruckt werden, wie mein neunzehnjähriges Ich sie geschrieben hat.

Übrigens werden Sie die drei Robotergesetze hier nicht finden. Damals hatte ich sie noch nicht ausgearbeitet. Aber wenn Sie danach suchen, werden Sie einen Hinweis auf das erste Gesetz finden. – I. A.

„Achtundneunzig – neunundneunzig – hundert."

Gloria nahm ihren rundlichen Unterarm von den Augen, zog die Nase kraus und blinzelte ins Sonnenlicht. Dann sah sie sich um und entfernte sich vorsichtig um ein paar Schritte von dem Baum, an dem sie gelehnt hatte.

Sie reckte den Hals, um über ein paar Büsche hinwegzublicken. Ringsum war alles still, bis auf das unaufhörliche Summen der Insekten und dem gelegentlichen Zwitschern eines verwegenen Vogels, der die Mittagssonne herausfordern wollte.

Gloria schmollte. „Ich wette, daß er im Haus ist. Und ich habe ihm schon tausendmal gesagt, daß das nicht fair ist. Den kleinen Mund fest zusammengepreßt, die Stirn in strenge Falten gelegt, ging sie energisch auf das zweistöckige Haus an der anderen Seite des Zauns zu.

Zu spät hörte sie das Rascheln hinter sich, gefolgt von einem deutlich vernehmbaren, rhythmischen Stampfen. Robbies schwere Schritte ... Sie wirbelte herum und sah ihren hinterlistigen Gefährten aus seinem Versteck auftauchen. Mit Höchstgeschwindigkeit raste er auf den Zielbaum zu.

Gloria kreischte vor Wut. „Warte, Robbie! Das war nicht fair, Robbie! Du hast versprochen, nicht loszulaufen, bevor ich dich gefunden habe." Ihre kurzen Beine waren Robbies Riesenschritten nicht gewachsen. Aber zehn Fuß vom Zielbaum entfernt verringerte Robbie plötzlich seine Geschwindigkeit, kroch in Schneckentempo weiter, und Gloria berührte nach einem triumphalen Finale als Erste die willkommene Rinde des Ziels.

Fröhlich drehte sie sich zum getreuen Robbie um. „Robbie kann nicht laufen!" schrie sie mit der ganzen Kraft ihrer achtjährigen Stimme. „Ich kann ihn jeden Tag besiegen!"

Robbie antwortete nicht, weil er das nicht konnte. Trotz des wissenschaftlichen Fortschritts war es immer noch unmöglich, Roboter mit ausreichend komplizierten phonographischen Geräten auszustatten, ohne die Beweglichkeit zu beeinträchtigen. Deshalb gab er sich damit zufrieden, sie in die Luft zu schwingen und umherzuwirbeln, bis sie ihn anflehte, sie wieder auf die Beine zu stellen.

„Jetzt darf ich mich verstecken, Robbie", erklärte sie, „weil du längere Beine hast – und weil du versprochen hast, erst loszulaufen, bis ich dich gefunden habe."

Robbie nickte und drehte sich gehorsam zum Baum um. Ein dünner Metallfilm glitt über seine glühenden Augen, und aus seinem Körper kam ein rhythmisches metallisches Klicken. Es klang wie ein Metronom, das die Sekunden zählte.

„Nicht schauen – und laß keine Zahl aus!“ rief Gloria, dann rannte sie davon und ging in Deckung.

Nach der hundertsten Sekunde hoben sich die Lider, und Robbies rotglühende Augen schweiften umher. Für einen kurzen Moment ruhten sie auf einem bunten Stück Gingan, das hinter einem Felsblock hervorlugte. Dann schlug ein Tentakel klirrend gegen die schimmernde Metallbrust, und das andere zeigte direkt auf den Felsblock. Mürrisch tauchte Gloria auf.

„Du hast geguckt!“ rief sie, was eine eklatante Unsportlichkeit war. „Außerdem habe ich jetzt keine Lust mehr, Verstecken zu spielen. Ich will reiten.“

Aber Robbie fühlte sich durch diese ungerechte Anschuldigung beleidigt, und so setzte er sich vorsichtig auf den Boden und schüttelte langsam den Kopf.

Sofort begann Gloria zu schmeicheln. „Komm doch, Robbie! Ich habe es ja nicht ernst gemeint, als ich sagte, du hättest geguckt. Laß mich reiten – sonst weine ich.“ Ihr Gesicht verzerrte sich zu einer schrecklichen Grimasse.

Der hartherzige Robbie schenkte diesem beängstigenden Anblick nur wenig Beachtung, und Gloria sah sich gezwungen, ihre Trumpfkarte auszuspielen.

„Wenn du es nicht tust, erzähle ich dir nie mehr ein Märchen! Du wirst es schon sehen!“

Robbie gab auf der Stelle nach, ohne weitere Bedingungen zu stellen, und nickte so heftig, daß das Metall seines Halses zu summen begann.

Vorsichtig hob er das kleine Mädchen hoch und setzte es auf seine breiten, flachen Schultern.

Glorias gespielte Tränen versiegten sofort, und sie krähte vor Entzücken. Robbies Metallhaut, die durch Widerstandsrollen in seinem Körper die konstante Temperatur von siebzig Grad hatte, fühlte sich angenehm an, und der wunderbare Lärm, den ihre Schuhe machten, wenn sie gegen seine Brust schlugen, war hinreißend.

„Ich habe ja gewußt, daß du mich reiten läßt, wenn ich dir Märchen erzähle, Robbie“, sagte sie kichernd. „Ich habe es gewußt ...“ Sie hielt sich an seinem Kopf fest und begann auf und ab zu wippen.

„Schneller, Robbie, schneller!“ Und der Roboter beschleunigte seine Schritte, bis die Vibration Glorias fröhliches Gelächter in krampfartige, rhythmische Schreie verwandelte. Er stürmte geradewegs über die Wiese, zu dem hohen Gras auf der anderen Seite, wo er so plötzlich stoppte, daß seine hochrote Reiterin aufkreischte. Dann ließ er sie in den weichen Grasteppich gleiten.

Gloria keuchte und schnappte nach Luft, und dazwischen flüsterte sie immer wieder kraftlos: „Das – war – sehr – schön!“

Robbie wartete bis sie wieder zu Atem gekommen war, dann hob er ein Tentakel und zog sie sanft an den Haaren. Damit wollte er ihre Aufmerksamkeit auf sich lenken.

„Was willst du denn, Robbie?“ fragte sie schelmisch und täuschte eine Verblüffung vor, die den klugen Robbie keine Sekunde lang täuschte. Er zog noch ein bißchen fester an den goldblonden Löckchen.

„Oh, ich weiß es. Du willst ein Märchen hören.“ Robbie nickte eifrig. „Welches denn?“ Robbie bog einen Tentakelfinger zu einem Halbkreis. „Aber Cinderella habe ich dir doch schon tausendmal erzählt. Geht dir das noch nicht auf die Nerven?“ Er hielt ihr immmer noch den Halbkreis vor die Nase.

„Also gut.“ Gloria rief sich alle Einzelheiten des Märchens ins Gedächtnis zurück, dann begann sie. „Bist du bereit? Also – es war einmal ein schönes kleines Mädchen, das hieß Ella. Sie hatte eine schrecklich böse Stiefmutter und zwei sehr häßliche, sehr böse Stiefschwestern, und ...“

Gloria näherte sich gerade dem Höhepunkt der Geschichte, als sie unterbrochen wurde.

„Gloria!“

„Mama ruft mich“, sagte sie, nicht sonderlich begeistert. „Trag mich ins Haus zurück, Robbie.“

Robbie gehorchte augenblicklich. Glorias Mutter flößte ihm immer wieder Unbehagen ein.

„Ich habe mich ganz heiser geschrien, Gloria“, sagte Mrs. Weston streng. „Wo warst du?“

„Ich – war mit Robbie zusammen“, stammelte sie. „Ich habe ihm Cinderella erzählt und ganz vergessen, daß Essenszeit ist.“

„Schade, daß Robbie das auch vergessen hat.“ Als ob sie sich erst jetzt daran erinnerte, daß auch Robbie anwesend war, fuhr sie zu ihm herum. „Du kannst jetzt gehen, Robbie. Sie braucht dich nicht mehr." Dann fügte sie brutal hinzu: „Und komm erst wieder, wenn ich dich rufe!"

Robbie wandte sich zum Gehen, zögerte aber, als Gloria seine Partei ergriff. „Laß ihn hierbleiben, Mama, bitte! Ich möchte ihm doch Cinderella zu Ende erzählen."

„Gloria!"

„Wirklich, Mama, er wird ganz still sein, Du wirst gar nicht merken, daß er da ist, nicht wahr, Robbie?"

Robbie bewegte seinen massiven Kopf auf und ab, voller Angst vor der Frau, die ihm gegenüberstand.

„Gloria, wenn du nicht sofort mit diesem Unsinn aufhörst, darfst du Robbie eine Woche lang nicht sehen."

Tränen stiegen in Glorias Augen. „Also gut. Aber Cinderella ist sein Lieblingsmärchen."

Der Roboter ging niedergeschlagen davon, und Gloria unterdrückte ein Schluchzen.

George Weston war nicht sehr erfreut, als seine Frau hereinkam. Nach zehn Jahren Ehe war er immer noch so verrückt, sie zu lieben, und er freute sich natürlich immer, wenn er sie sah – aber die Sonntagnachmittage nach dem Essen waren ihm heilig, und es war seine Vorstellung von stillem Wohlbehagen, um diese Zeit für zwei oder drei Stunden allein zu sein. Deshalb richtete er den Blick ganz fest auf den Artikel über die letzte Douglas-Expedition zum Mond (die anscheinend gelingen würde) und tat so, als ob seine Frau nicht da wäre.

Mrs. Weston wartete geduldig zwei Minuten, dann wartete sie ungeduldig zwei weitere Minuten. Schließlich brach sie das Schweigen.

„George!"

„Hmpf!"

„George, ich rede mit dir! Willst du diese Zeitung nicht weglegen und mich ansehen?"

Das Blatt fiel raschelnd zu Boden, und Weston wandte seiner Frau ein müdes Gesicht zu. „Was ist denn, meine Liebe?"

„Das weißt du ganz genau, George. Es geht um Gloria und diese gräßliche Maschine."

„Was für eine gräßliche Maschine?"

„Nun tu doch nicht so, als ob du nicht wüßtest, wovon ich rede! Ich meine diesen Roboter, den Gloria Robbie nennt. Er läßt sie keine Sekunde aus den Augen."

„Warum sollte er auch? Dazu habe ich ihn ja schließlich gekauft. Und er ist keine gräßliche Maschine, sondern der beste Roboter, den man für Geld kriegen kann. Weiß Gott, er hat mich ein halbes Jahresgehalt gekostet. Aber er ist sein Geld wert und verdammt clever – viel schlauer als die halbe Belegschaft in meinem Bürro."

Er bückte sich, um die Zeitung wieder aufzuheben, aber seine Frau war schneller und riß sie an sich.

„Du hörst mir jetzt zu, Georg! Ich werde meine Tochter keinem Roboter anvertrauen – und mag er noch so clever sein. Eine Maschine ist einfach nicht imstande, richtig auf ein Kind aufzupassen."

„Aber meine Liebe! Ein Roboter ist viel vertrauenswürdiger als ein menschliches Kindermädchen. Robbie wurde eigens zu diesem Zweck konstruiert – um als Gefährte kleiner Kinder zu fungieren. Er kann gar nicht anders als treu und liebevoll und freundlich sein."

„Ja, aber irgend etwas könnte doch schiefgehen. Eine – eine ..." Mrs. Weston kannte sich im Innenleben eines Roboters nicht besonders gut aus. „Eine – Schraube könnte sich lockern, und dann würde das schreckliche Ding Amok laufen und – und ..." Sie konnte sich nicht dazu überwinden, den schrecklichen Gedanken zu Ende zu denken.

„Unsinn!" protestierte Weston. „Du hast Angst vor harmlosen Schatten, Grace. Tu doch so, als ob Robbie ein Hund wäre! Ich habe schon Hunderte von Kindern gesehen, die genauso verrückt nach ihrem Haustier sind wie Gloria nach Robbie."

„Ein Hund ist etwas anderes. George, wir müssen das schreckliche Ding loswerden. Du kannst es doch sicher an die Firma zurückverkaufen."

„Das kommt nicht in Frage, Grace. Schlag dir das aus dem Kopf. Und hör lieber auf, ‚Frankenstein' zu lesen – wenn das der Grund sein sollte ..."

Und damit ging er verärgert aus dem Zimmer.

Trotzdem liebte er seine Frau – und was noch viel schlimmer war, seine Frau wußte das. George Weston war auch nur ein

Mann, und seine Frau wandte alle Künste und Listen an, die das plumpere, skrupulösere Geschlecht schon seit unvordenklichen Zeiten fürchtet.

Mindestens zehnmal rief er in der nächsten Woche: „Robbie bleibt – und damit basta!“ Aber der Ruf klang jedesmal schwächer und war jedesmal von einem noch lauteren, schmerzlicheren Stöhnen begleitet.

Und dann brach der Tag heran, an dem sich Weston schuldbewußt seiner Tochter näherte und sie zu einer „herrlichen“ Visivox Show in der Stadt einlud.

Gloria klatschte entzückt in die Hände. „Kann Robbie auch mitkommen?“

„Nein, Liebes.“ Oh, wie ihn sein schlechtes Gewissen quälte ... „Roboter haben keinen Zutritt. Aber du kannst ihm ja alles erzählen, wenn du nach Hause kommst.“ Er stolperte über die letzten Worte und sagte sich, daß er ein sehr schlechter Lügner war.

Gloria kam hellauf begeistert aus der Stadt zurück, denn die Visivox Show war wirklich ein tolles Spektakel gewesen. Die Streiche des berühmten Komikers Francis Fran inmitten der wilden Leopardenmenschen auf dem Mond hatten schrille Lachsalven hervorgerufen.

Fröhlich lief sie zum Haus und blieb plötzlich stehen, als sie einen schönen Collie entdeckte, der sie aus ernsten braunen Augen ansah und mit dem Schwanz auf den Boden der Veranda klopfte.

„Oh, was für ein netter Hund!“ Gloria ging vorsichtig auf ihn zu und streichelte ihn. „Ist der für mich, Daddy?“

Weston räusperte sich unglücklich und überlegte, ob dieser Ersatz gut genug sein würde. „Ja, mein Liebes.“

„Oh! Vielen Dank, Daddy.“ Dann wirbelte sie herum, rannte die Kellerstufen hinab und schrie: „Robbie! Komm und schau, was Daddy mir geschenkt hat!“

Nach einer Minute kam sie völlig verstört zurück. „Mama! Robbie ist nicht in seinem Zimmer. Wo ist er denn?“ Sie bekam keine Antwort, und George Weston hüstelte und schien sich plötzlich sehr für eine ziellos dahintreibende Wolke zu interessieren. Gloria war den Tränen nahe. „Wo ist Robbie, Mama!“

Mrs. Weston setzte sich und zog ihre Tochter auf den Schoß. „Kränk dich nicht, Gloria! Robbie ist – weggegangen.“

„Weggegangen? Wohin ist er gegangen, Mama?“

„Das weiß niemand, Liebling. Er ist einfach davonmarschiert. Wir haben ihn überall gesucht. Aber wir konnten ihn nicht finden."

„Du meinst – ich werde ihn nie wiedersehen?" Glorias Augen wurden kugelrund vor Entsetzen.

„Vielleicht finden wir ihn eines Tages, und inzwischen kannst du ja mit deinem hübschen neuen Hund spielen. Er heißt Lightning, und er kann ..."

Aber da flossen bereits die Tränen. „Ich mag den ekligen Hund nicht – ich will Robbie. Du mußt Robbie finden." Ihre Gefühle überwältigten sie, ließen sich nicht mehr in Worte fassen, und so brach sie in ein schrilles Geschrei aus.

Die Mutter stöhnte entnervt und ließ Gloria mit ihrem Kummer allein.

„Sie soll sich ausweinen", sagte sie zu ihrem Mann. „Kindliches Leid hält nicht lange an. In ein paar Tagen wird sie vergessen haben, daß dieser scheußliche Roboter jemals existiert hat."

Aber Mrs. Weston war zu optimistisch gewesen. Gloria weinte zwar nicht mehr, aber sie hatte auch zu lächeln aufgehört. Und mit jedem neuen Tag schien ihr seelischer Kummer zu wachsen. Allmählich zermürbte das Kind seine Mutter mit dieser Haltung passiven Leids, und der einzige Grund, der sie noch am Nachgeben hinderte, war die Unmöglichkeit, ihrem Mann eine Niederlage einzugestehen.

Und dann stürmte sie eines Abends ins Wohnzimmer, setzte sich, verschränkte die Arme vor der Brust und kochte vor Wut.

Ihr Mann reckte den Hals, um über den Rand seiner Zeitung zu blicken. „Was ist denn jetzt schon wieder, Grace?"

„Dieses Kind, George! Heute mußte ich den Hund zurückschicken. Gloria konnte seinen Anblick einfach nicht ertragen. Sie wird mich noch zu einem Nervenzusammenbruch treiben."

Weston legte die Zeitung beiseite, und seine Augen begannen hoffnungsvoll zu leuchten. „Vielleicht – vielleicht sollten wir Robbie zurückholen. Ich könnte mit der Firma in Verbindung ..."

„Nein!" erwiderte sie grimmig. „Davon will ich nichts hören. So leicht geben wir nicht auf. Mein Kind soll nicht von einem Roboter großgezogen werden. Und wenn es Jahre dauert, bis sie sich diese Maschine aus dem Kopf geschlagen hat! Gloria braucht einfach etwas Abwechslung. Wir werden mit ihr nach New York fliegen."

„O Gott!" jammerte ihre schlechtere Hälfte. „Zurück aufs glühende Pflaster!"

„Du mußt", lautete die unbarmherzige Antwort. „Gloria hat im letzten Monat fünf Pfund abgenommen. Und die Gesundheit meines kleinen Mädchens ist mir wichtiger als deine Bequemlichkeit."

Glorias seelischer Zustand besserte sich sichtlich, als sie von der bevorstehenden Reise erfuhr. Sie begann zu lächeln und aß wieder mit ihrem früheren Appetit.

Mrs. Weston ließ keine Gelegenheit aus, ihrem immer noch skeptischen Mann triumphierende Blicke zuzuwerfen.

„Siehst du, George? Sie schwatzt so fröhlich, als hätte sie überhaupt keine Sorgen. Was habe ich dir gesagt? Wir müssen sie von ihrem Kummer ablenken."

„Hmpf", lautete die skeptische Entgegnung. „Hoffentlich hast du recht."

In bester Laune fuhr die Familie zum Flughafen und stieg in die wartende Verkehrsmachine.

„Komm, Gloria!" rief Mrs. Weston. „Ich habe dir einen Fensterplatz reservieren lassen."

„Ja, Mama", sagte Gloria desinteressiert. Dann lächelte sie ihre Mutter vielsagend an. „Ich weiß, warum wir nach New York fliegen, Mama."

„So?" Mrs. Weston hob verwirrt die Brauen. „Warum denn, mein Liebes?"

„Du hast es mir nicht gesagt, weil du mich überraschen wolltest. Aber ich weiß es." Für einen Augenblick schwieg sie, hingerissen von ihrer eigenen Klugheit, dann lachte sie fröhlich. „Wir fliegen nach New York, um Robbie zu suchen, nicht wahr? Und wir werden ihn auch finden."

Mrs. Weston bewahrte Haltung, aber sie war fast am Ende ihrer Kraft.

„Vielleicht", erwiderte sie spitz. „Und jetzt sei um Himmels willen still!"

Im schönen Jahr 1982 hatte New York City einem achtjährigen Mädchen allerhand zu bieten, und Glorias Eltern machten das Beste aus dieser Reise.

Sie führten Gloria aufs Dach des Roosevelt Building, das eine halbe Meile hoch war, und Gloria blickte voller Ehrfurcht auf das zerklüftete Panorama der Dächer hinab, die in weiter Ferne in die Felder von Long Island und New Jersey übergingen. Sie besuchten die Tiergärten, wo Gloria in wohligem Grauen auf einen „richtigen lebenden Löwen" starrte und dann sehr enttäuscht war, weil der Wärter ihn mit rohen Steaks statt mit Menschen fütterte. Daraufhin verlangte sie hoffnungsvoll den Wal zu sehen.

Auch den diversen Museen wurde gebührende Aufmerksamkeit gewidmet, ebenso den Parks, den Stränden und dem Aquarium.

Gloria fuhr den halben Hudson hinauf, auf einem Exkursionsdampfer, der im reizenden altmodischen Stil der „goldenen zwanziger Jahre" ausgestattet war.

In einem Touristenschiff flog sie in die Stratosphäre, wo sich der Himmel purpurrot färbte und die Sterne viel strahlender funkelten, wo die Erde tief unten wie eine riesige konkave Scheibe aussah. Dann glitt sie in die Tiefen des Long Island Sound hinab, in einem U-Boot mit Glaswänden, wo in einer grünen, bebenden Welt seltsame Meereswesen langsam hin und her wackelten und das kleine Mädchen anstarrten.

Nachdem sie fast einen Monat in New York verbracht hatten, waren die Westons überzeugt, daß sie nun alles Menschenmögliche getan hatten, um Gloria ein für allemal von dem verschwundenen Robbie abzulenken. Aber sie waren sich ihres Erfolges nicht ganz sicher.

Es war die Episode im Museum für Wissenschaft und Industrie, die Mrs. Weston schließlich die Augen öffnete. Sie stand wie gebannt vor einem mächtigen, surrenden Elektromagnetismus, als sie plötzlich merkte, daß Gloria nicht mehr an ihrer Seite war. Die anfängliche Panik wurde von einer ruhigen Entschlossenheit verdrängt, und mit der Hilfe von drei Museumsdienern machten sich die Westons auf die Suche nach ihrer Tochter.

Glorias Verschwinden ließ sich sehr einfach erklären. Im dritten Stock verkündete ein großes Schild: „Zum sprechenden Roboter!" Nachdem sie das buchstabiert und festgestellt hatte, daß ihre Eltern nicht in die richtige Richtung gingen, beschloß sie es auf eigene Faust zu wagen.

Der „sprechende Roboter" ließ als technische Errungenschaft viel zu wünschen übrig. Seine sperrige Masse von Drähten und

Spulen war auf fünfundzwanzig Quadratyards verteilt, und jede Roboterfunktion war dem bedeutsamen Attribut der Sprache untergeordnet. Er funktionierte, und in dieser Hinsicht stellte er einen Sieg dar, aber vorläufig konnte dieser Roboter nur einfache, konkrete Gedanken in Wörter umsetzen. Und nach Glorias Meinung war er nicht einmal halb so klug wie ihr Spielgefährte.

Schweigend beobachtete sie ihn eine Zeitlang und wartete, bis die zwei oder drei Museumsbesucher, die ihn ebenfalls anstarrten, weitergingen. Als sie allein vor ihm stand, fragte sie hastig: „Haben Sie Robbie gesehen, Mr. Roboter – Sir?" Sie war sich nicht ganz sicher, wie höflich man zu einem Roboter sein mußte, der reden konnte.

Ein öliges Surren klang auf, und eine Stimme mit metallischem Timbre dröhnte ohne Akzentuierung: „Wer – ist – Robbie?"

„Er ist ein Roboter, Mr. Roboter – Sir. Genau wie Sie, wissen Sie, aber er kann natürlich nicht sprechen."

„Ein – Roboter – wie – ich?"

„Ja, Mr. Roboter, Sir."

Die einzige Antwort darauf bestand aus einem wilden Rattern und ein paar unzusammenhängenden Silben. Die Vorstellung, daß es noch andere Roboter von seiner Sorte geben sollte, hatte seine Denkmaschine völlig durcheinandergebracht, da sein geistiges Fassungsvermögen nicht ausreichte, um diesen Gedanken zu begreifen.

Gloria wartete noch immer mit sorgsam verholener Ungeduld auf die Antwort der Maschine, als sie einen Schrei hinter sich hörte und die Stimme ihrer Mutter erkannte.

„Da ist sie! Was machst du denn hier, du schlimmes Mädchen?" Mrs. Westons Sorge verwandelte sich in Zorn. „Weißt du, daß du Mama und Daddy fast zu Tode erschreckt hast?"

„Ich wollte den sprechenden Roboter sehen, Mama. Ich dachte – vielleicht weiß er, wo Robbie ist – weil sie ja beide Roboter sind." Und als die Erinnerung an Robbie mit aller Macht zurückkehrte, brach Gloria in Tränen aus. „O Mama, ich will Robbie wiedersehen! Ich vermisse ihn so sehr!"

Ihre Mutter stieß einen erstickten Schrei aus und danach ein halbes Schluchzen und rief ihrem Mann zu: „Fliegen wir nach Hause, George! Ich kann das nicht mehr ertragen."

An diesem Abend verschwand George Weston, um eine mysteriöse Besorgung zu machen, und am nächsten Morgen ging er zu seiner Frau, mit einem Lächeln, das ihr verdächtig selbstsicher vorkam.

„Ich habe eine Idee, Grace."

„Welche denn?" fragte sie desinteressiert.

„Es geht um Gloria ..."

„Dann schieß los! Ich muß dir wohl oder übel zuhören, weil ich mit meinen Ideen keinen Erfolg hatte. Aber eins will ich dir gleich sagen – diesen gräßlichen Roboter darfst du nicht zurückkaufen."

„Natürlich nicht. Aber jetzt paß mal auf. Ich habe über unser Problem nachgedacht. Die Schwierigkeit besteht darin, daß Gloria ihren Robbie als Person betrachtet und nicht als Maschine. Deshalb kann sie ihn nicht vergessen. Aber wenn wir ihr klarmachen könnten, daß Robbie nur eine Masse aus Stahl und Kupfer in Form von Folien und Drähten ist, daß nicht Blut durch seinen Körper fließt, sondern elektrischer Strom, wäre sie von diesem Wahn geheilt."

Mrs. Weston runzelte die Stirn. „Das klingt nicht schlecht. Aber wie willst du das anstellen?"

„Ganz einfach. Was glaubst du, wo ich gestern abend war? Ich habe den alten Finmark von der Finmark Robot-AG überredet, morgen eine Besichtigungstour durch seine Fabrik zu arrangieren. Wir werden alle drei hingehen, und wenn Gloria das alles gesehen hat, wird sie begreifen, daß Roboter keine Lebewesen sind."

„O George, wie bist du nur auf diese wunderbare Idee gekommen?" Entschlossen hob sie das Kinn.

„Wir werden dafür sorgen, daß Gloria sich alles ganz genau anschaut, und dann wird diese leidige Affäre ein für allemal erledigt sein."

Mr. Struthers war ein pflichtbewußter Generaldirektor, mit einem leichten Hang zur Geschwätzigkeit. Die Kombination dieser beiden Wesenszüge resultierte in einer Besichtigungstour, bei der alles ganz genau erklärt wurde – vielleicht übertrieben genau. Mrs. Weston langweilte sich trotzdem nicht. Sie unterbrach ihn sogar mehrmals und bat ihn, seine Ausführungen in einfacheren Worten zu wiederholen, damit Gloria alles verstand. Sichtlich geschmeichelt ob dieser Würdigung seiner Redekunst, erfüllte Mr. Struthers ihren Wunsch nur zu gern und wurde sogar noch freundlicher – falls das überhaupt möglich war.

Hingegen legte Weston eine merkwürdige, fast ärgerliche Ungeduld an den Tag.

„Verzeihen Sie, Struthers“, unterbrach er den Mann inmitten einer Lektion über photoelektrische Zellen. „Ich habe gehört, daß es in dieser Fabrik eine Abteilung gibt, wo nur Roboter arbeiten.“

„Eh? O ja! Ja, in der Tat!“ Er lächelte Mrs. Weston an. „In gewisser Weise könnte man das als gefährlichen Kreislauf bezeichnen – Roboter, die immer mehr Roboter erzeugen ... Aber wir haben nicht die Absicht, diese Praktik in der ganzen Fabrik einzuführen. Sie müssen nämlich wissen“, er klopfte mit seinem Pincenez auf die Handfläche, „der Roboter ...“

„Ja, ja, Struthers – können wir diese Abteilung sehen? Das wäre sehr interessant.“

„Ja – ja, natürlich.“ Mr. Struthers plazierte sein Pincenez ruckartig auf der Nase und gab seiner Enttäuschung durch ein diskretes Hüsteln Ausdruck. „Wenn Sie mir bitte folgen wollen ...“

Er war relativ still, als er die drei durch einen langen Korridor und dann eine Treppenflucht hinab führte. Als sie einen großen, hell erleuchteten Raum betreten hatten, der vor metallischer Aktivität surrte, öffneten sich die Schleusen wieder, und eine neue Flut von Erklärungen brach über die Besucher herein.

Die Stimme des Generaldirektors war in Glorias Ohren schon längst zu einem eher einschläfernden Gemurmel herabgesunken. Ihr Blick fiel auf sechs oder sieben Roboter, die emsig an einem runden Tisch in der Mitte des Raumes arbeiteten. Ihre Augen weiteten sich in ungläubigem Staunen. Einer der Roboter sah aus wie – wie ...

„Robbie!“ Ihr Schrei durchdrang schrill die Luft, und einer der Roboter, die um den Tisch standen, richtete sich zögernd auf und ließ sein Werkzeug fallen. Gloria wurde fast verrückt vor Freude. Sie schlüpfte unter dem Geländer hindurch, bevor ihre Eltern sie festhalten konnte, sprang flink auf den Boden hinab, der einige Fuß tiefer lag, und rannte mit ausgebreiteten Armen und wehenden Locken auf Robbie zu. Und die drei entsetzten Erwachsenen, die wie erstarrt am Geländer standen, konnten sehen, was das kleine Mädchen nicht sah – einen großen, rumpelnden Traktor, der blindlings auf seinen Schienen heranrollte.

Robbie agierte sofort und mit Präzision.

Blitzschnell überwanden seine Metallbeine die Entfernung, die ihn von seiner kleinen Herrin trennte. Und dann passierte alles auf einmal. Mit einer schwungvollen Armbewegung riß der Roboter Gloria an sich, ohne sein Tempo zu verringern, und preßte ihr fast die Luft aus den Lungen. Weston begriff nicht ganz, was da geschah, und er spürte es eher, als daß er es sah, wie Robbie an ihm vorbeiraste. Verwirrt blieb er stehen. Der Traktor durchkreuzte Glorias Weg eine halbe Sekunde nach Robbie, rollte noch zehn Fuß weiter und hielt dann knirschend an.

Gloria war wieder zu Atem gekommen, ließ geduldig die innigen Umarmungen ihrer Eltern über sich ergehen, aber dann drehte sie sich aufgeregt zu Robbie um. Von ihrem Standpunkt aus betrachtet, war weiter nichts geschehen, als daß sie ihren Roboter wiedergefunden hatte.

Mrs. Weston gewann ihre Fassung ziemlich rasch zurück, wobei ihr ein Verdacht half, der plötzlich in ihr aufstieg. Sie wandte sich ihrem Mann zu und sah trotz ihrer leicht derangierten Erscheinung furchterregend aus. „Du hast das inszeniert, was?"

George Weston wischte sich die heiße, schwitzende Stirn mit einem Taschentuch ab. Seine Hand zitterte ein wenig, und seine Lippen verzogen sich zu einem unsicheren Lächeln. „Aber Grace! Ich hatte doch keine Ahnung, daß dieses Wiedersehen so bestürzende Formen annehmen würde." Er beobachtete seine Frau aufmerksam und wagte dann eine weitere Bemerkung. „Jedenfalls kannst du nicht leugnen, daß er ihr das Leben gerettet hat. Du darfst ihn jetzt nicht mehr fortschicken."

Nachdenklich runzelte sie die Stirn, und allmählich ließ ihr Zorn nach. Sie drehte sich zu Gloria und Robbie um und sah den beiden geistesabwesend zu. Gloria umklammerte den Hals des Roboters so fest, daß sie jedes Wesen, das nicht aus Metall bestand, erwürgt hätte, und schnatterte in halb hysterischer Aufregung lauter sinnloses Zeug. Robbies Chromstahlarme, die Metallstäbe von zwei Zoll Durchmesser zu Brezeln biegen konnten, schlangen sich liebevoll um das kleine Mädchen, und seine Augen erglühten in einem tiefdunklen, warmen Rot.

Mrs. Westons Zorn war nun restlos verraucht, und ihr Lächeln war fast herzlich.

„Also, wenn es nach mir geht", sagte sie, „dann kann Robbie bei uns bleiben, bis er rostet."

Harry Bates

Abschied vom Herrn

Als erster Herausgeber der Astounding Stories *(1930–33) wohlbekannt, wurde Harry Bates in S-f-Leserkreisen als Autor der* Hawk-Carse-*Reihe berühmt, die von den Erlebnissen eines interstellaren Abenteurers handelt und unter dem Namen „Anthony Gilmore" publiziert wurde. Diese Stories, die Bates großteils zusammen mit D.W. Hall schrieb, waren recht populär und erschienen später gesammelt als* Space Hawk *(1952). Eine weitere außergewöhnliche Geschichte aus dieser Periode ist* „Eine Frage der Größe" (Astounding Stories, *1934).*

Aber Bates' wahrer Ruhm beruht auf dieser wunderbaren Story, nach der 1951 der Film „Der Tag, an dem die Erde stillstand" *gedreht wurde. Der Film, in dem Michael Rennoe und Patricia Neal die Hauptrollen spielten, war einer der besten Versuche in den fünfziger Jahren, Science-fiction auf die Leinwand zu bannen, auch wenn er sich nicht ganz getreu an die Story hielt. Diese Geschichte ist auch eine der ersten, in der die Menschheit im Vergleich zu außerirdischen Wesen als minderwertig dargestellt wird, vor allem in moralischer Hinsicht. Damit kam sie ähnlichen Stories von berühmteren Schriftstellern zuvor, zum Beispiel Arthur C. Clarkes* „Das Ende der Kindheit" *(1953).*

(Ich glaube, es ist immer frustrierend für einen Autor, nur aufgrund einer einzigen Story berühmt zu sein. Ähnliche Gefühle bewegen den Leser, der auf weitere, ebenso gute Stories wartet. Sie haben keine Ahnung, wie sehr ich mich nach „Die Nacht wird kommen" *vor diesem Schicksal fürchtete und wie entzückt ich war, als meine* Basis-Stories *einschlugen. Und da ich diese Geschichte sehr liebe, war ich* so *frustriert, als Lester und ich beide beauftragt wurden, Nachrufe für John Campbell zu schreiben, und als es Lester war,* nicht *ich, der auf die Idee kam, seinen Essay* „Abschied vom Herrn" *zu betiteln. Ich hätte mir am liebsten alle Fingernägel abgekaut. - I. A.)*

I

Cliff Sutherland saß auf einer Leitersprosse hoch über dem Museumsboden und studierte sorgfältig jede Linie und jedes Detail des großen Roboters. Dann wandte er sich um und blickte zu den Besuchern hinab, die aus dem ganzen Solarsystem herbeigströmt waren, um Gnut und das Schiff mit eigenen Augen zu sehen und ihre erstaunliche, tragische Geschichte noch einmal zu hören.

Er selbst war gekommen, weil er ein fast besitzergreifendes Interesse an der Ausstellung hatte, und das mit gutem Grund. Er war der einzige freiberufliche Photoreporter auf dem Gebiet des Capitols gewesen, als die Besucher aus der unbekannten Welt eingetroffen waren, und hatte die ersten professionellen Schnappschüsse von dem Schiff gemacht. Jedes Ereignis dieser aufregenden Tage hatte er aus nächster Nähe beobachtet. Danach hatte er den acht Fuß großen Roboter, das Schiff und Klaatu, den schönen schlanken Botschafter, und sein imposantes Grab im Tidebecken noch oft photographiert. Da das Interesse der vielen Milliarden Leute im ganzen bewohnbaren All noch immer nicht nachgelassen hatte, war er wieder einmal hier, um neue Photos zu machen – wenn möglich, aus einem neuen Blickwinkel.

Diesmal war er auf ein Bild versessen, das Gnut unheimlich und drohend darstellte. Die Schnappschüsse, die er am Vortag gemacht hatte, erzielten nicht ganz die Wirkung, die er sich wünschte, und er hoffte, daß er es heute schaffen würde. Aber das Licht stimmte noch nicht, und er mußte warten, bis die Abenddämmerung hereinbrach.

Die letzten Leute, die zu dem derzeit zugelassenen Besucherkontingent gehörten, eilten herein und schrien bewundernd auf, als sie die schöngeschwungenen Kurven des geheimnisvollen Zeitenraumschiffs sahen, doch sie vergaßen es sofort beim Anblick des furchterregenden Riesen Gnut. Drehbare Roboter von annähernd menschlicher Gestalt waren allgemein bekannt, aber noch nie zuvor hatten irdische Augen auf einem solchen Geschöpf geruht. Denn Gnut sah fast genauso aus wie ein Mensch – wie ein gigantischer Mann, dessen Fleisch und schwellende Muskeln durch grünliches Metall ersetzt worden waren. Bis auf einen Lendenschurz war er nackt. Er stand da wie der mächtige Maschinengott einer Zivilisation, die zu ungeahnten wissenschaftlichen Leistungen fähig war, mit ernstem, nachdenklichem Gesichtsausdruck. Die Leute, die ihn anschauten, machten keine Witze oder oberflächlichen Bemerkungen, und jene, die ihm am nächsten standen, sagten überhaupt nichts. Seine seltsamen, von innen beleuchteten roten Augen waren so eingestellt, daß jeder Betrachter das Gefühl hatte, sie wären auf ihn allein gerichtet. Und er erweckte den Eindruck, als würde er jeden Moment wütend vortreten und unvorstellbare Taten vollbringen.

Ein leises Rauschen drang aus den Lautsprechern, die versteckt an der Decke installiert waren, und die Menge verstummte sofort. Nun sollte die auf Tonband aufgezeichnete Vorlesung gehalten werden. Cliff seufzte. Er kannte den Text auswendig, war sogar dabei gewesen, als man ihn aufgenommen hatte. Damals hatte er den Sprecher, einen jungen Burschen namens Stillwell, kennengelernt.

„Meine Damen und Herren", begann eine klare, gut modulierte Stimme – aber Cliff hörte nicht mehr zu. Die Schatten in den Vertiefungen von Gnuts Gesicht und seiner Gestalt waren dunkler geworden. Bald würde er seine Aufnahme machen können. Er griff nach den Probeabzügen der Photos, die er am Vortag gemacht hatte, und verglich sie kritisch mit dem Roboter.

Plötzlich runzelte er die Stirn. Zuvor war es ihm nicht aufgefallen – aber jetzt hatte er das Gefühl, daß sich Gnut seit gestern irgendwie verändert hatte. Die Haltung war die gleiche wie auf den Photos, alle Details schienen übereinzustimmen. Trotzdem konnte er sich des Eindrucks nicht erwehren, daß irgend etwas anders geworden war. Er zog eine Lupe hervor, sah sich die Photos noch einmal in allen Einzelheiten an und verglich sie mit der Riesengestalt. Und da entdeckte er den Unterschied.

Erregt machte Cliff zwei Aufnahmen mit verschiedenen Belichtungszeiten. Er wußte, daß er noch ein wenig warten und weitere Photos schießen müßte. Aber er war ganz sicher, daß er einem wichtigen Geheimnis auf die Spur gekommen war, und so packte er rasch seine Ausrüstung zusammen, kletterte die Leiter hinab und lief hinaus. Zwanzig Minuten später entwickelte er die neuen Photos in seinem Hotelzimmer, von brennender Neugier getrieben.

Als Cliff die Negative von gestern und heute miteinander verglich, rann ihm ein Schauer über den Rücken. Da war tatsächlich eine schräge Linie. Und offenbar hatte es niemand außer ihm bemerkt. Trotzdem – was er da herausgefunden hatte, war nur ein kleiner Fingerzeig, wenn seine Entdeckung auch im ganzen Solarsystem Schlagzeilen machen würde. Was wirklich geschehen war, wußte er ebensowenig wie die anderen, und es war sein Job, die Wahrheit zu finden.

Das bedeutete, daß er sich ins Museum einschleichen und die Nacht darin verbringen mußte – diese Nacht. Er hatte gerade noch Zeit, vor der Sperrstunde in das Gebäude zurückzukehren. Er würde eine kleine Infrarotkamera mitnehmen, die im Dunkel sehen konnte, und dann würde er ein wirklich interessantes Bild mitsamt der passenden Story bekommen.

Er packte den kleinen Photoapparat, nahm sich ein Lufttaxi und flog zum Museum zurück. Inzwischen war ein weiterer Teil der unaufhörlichen Menschenschlange in das Gebäude geströmt, und die Vorlesung wurde gerade beendet. Er dankte dem Himmel, daß er eine Vereinbarung mit der Museumsleitung getroffen hatte, die es ihm gestattete, zu kommen und zu gehen, wann er wollte.

Er hatte bereits beschlossen, was er tun würde. Zuerst ging er zu einem der Wächter, die ständig unterwegs waren, stellte eine Frage, und seine Vorfreude wuchs, als er die erwartete Antwort erhielt. Dann mußte er eine Stelle finden, wo er vor den Blicken der Männer sicher war, die diese Etage für die Nacht schließen würden. Es gab nur einen einzigen Ort, der sich für seine Zwecke eignete – das Labor. Selbstbewußt zeigte er einem zweiten Museumsaufseher in dem Korridor, der zum Labor führte, seinen Presseausweis und erklärte, daß er den Wissenschafter interviewen wollte. Und einen Augenblick später stand er an der Tür des Labors.

Er war schon oft hier gewesen und kannte den Raum gut, in dem ein heilloses Durcheinander herrschte. Inmitten schwerer, massiver Gegenstände versuchten die Wissenschafter in das Schiff einzudringen, umgeben von Elektro- und Heißluftöfen. Glasballons mit Chemikalien, Asbestplatten, Kompressoren, Schüsseln, Schöpfkellen, einem Mikroskop und einer Menge kleinerer Geräte, die man in einem metallurgischen Labor brauchte. Am anderen Ende des Raumes arbeiteten drei Männer in weißen Kitteln an einem Experiment. Cliff wartete eine Weile, dann schlüpfte er hinein und versteckte sich unter einem Tisch, auf dem sich Vorräte türmten. Hier würde man ihn ganz sicher nicht entdecken. Es war Abend, und die Wissenschafter würden bald nach Hause gehen.

Er hörte, wie an der anderen Seite des Schiffes ein weiterer Besucherstrom vorbeizog, der letzte des heutigen Tages, wie er hoffte. Er setzte sich so bequem zurecht, wie es unter diesen Umständen möglich war. Nun mußte jeden Augenblick die Vorlesung beginnen. Er mußte lächeln, als er an einen ganz bestimmten Satz des Textes dachte.

Und da klang sie wieder auf – Stillwells klare, gut ausgebildete Stimme. Die Menge hörte auf zu flüstern und mit den Füßen zu scharren, und Cliff konnte jedes Wort verstehen, obwohl das große Schiff zwischen ihm und dem Lautsprecher lag.

„Meine Damen und Herren – Smithsonian Institution heißt Sie in diesem neuen interplanetarischen Flügel willkommen und präsentiert Ihnen diese großartigen Ausstellungsstücke", begannen die vertrauten Worte, dann machte Stillwell eine kleine Pause.

„Inzwischen wissen Sie sicher alle, was vor drei Monaten geschehen ist, auch wenn Sie es nicht auf dem Fernsehschirm verfolgt haben", fuhr die Stimme fort. „Die wenigen Fakten sind schnell erzählt. Am 16. September, kurz nach fünf Uhr nachmittags, drängten sich die Besucher so zahlreich wie üblich vor diesem Gebäude, zweifellos von den üblichen Gedanken ergriffen. Es war ein schöner, warmer Tag. Ein Menschenstrom verließ das Museum durch den Hauptausgang, bewegte sich genau in die Richtung, in die Sie jetzt blicken. Damals gab es diesen Flügel natürlich noch nicht. Alle strebten nach Hause, müde nach den vielen Stunden, die sie auf den Beinen gewesen waren, während sie das Museum und die vielen anderen Gebäude rings um das Capitol besichtigt hatten. Und dann geschah es:

Auf dem Platz zu Ihrer Rechten erschien das Zeitenraumschiff, von einer Sekunde zur anderen. Es war nicht vom Himmel herabgeflogen – es war plötzlich da. Das können Dutzende von Zeugen beschwören. Es stand an derselben Stelle wie jetzt.

Die Leute in der Nähe des Schiffes wurden von Panik erfaßt und rannten schreiend davon. Die Aufregung breitete sich in ganz Washington wie eine riesige Welle aus. Reporter eilten sofort herbei. Die Polizei bildete einen breiten Kordon rund um das Schiff, Armee-Einheiten gingen in Stellung und richteten Geschütze und Strahlenprojektoren darauf. Man fürchtete, daß jeden Augenblick eine Katastrophe über uns hereinbrechen könnte.

Man hatte auf den ersten Blick erkannt, daß dies kein Raumschiff aus unserem Solarsystem war. Jedes Kind weiß, daß man auf der Erde nur zwei Raumschiffe und auf den anderen Planeten und

Satelliten kein einziges gebaut hatte. Eins der beiden Schiffe wurde zerstört, als es von der Sonne angezogen wurde. Das andere ist, wie wir soeben erfahren haben, sicher auf dem Mars gelandet. Außerdem besaßen die Schiffe, die man hier hergestellt hatte, Rümpfe aus einer festen Aluminiumlegierung, während dieses hier aus einem unbekannten grünlichen Metall besteht.

Das Schiff erschien und stand einfach da. Niemand stieg aus, und nichts wies darauf ein, daß sich irgendwelche Lebewesen darin befanden. Die allgemeine Aufregung wuchs. Wen oder was beherbergte das Schiff? Waren uns die Besucher freundlich oder feindlich gesinnt? Woher war das Schiff gekommen? Warum hatte es ganz plötzlich an dieser Stelle gestanden, ohne vom Himmel herabzufliegen?

Zwei Tage lang stand das Schiff da, so wie Sie es jetzt sehen, ohne daß irgendeine Bewegung oder ein Anzeichen erkennen ließen, ob es lebende Wesen enthielt oder nicht. Schon vor Ablauf dieser zwei Tage hatten die Wissenschafter erklärt, daß es kein Raumschiff sei, sondern ein Zeitenraumschiff, denn nur ein solches könnte auf eine so seltsame Weise landen – indem es sich einfach materialisiert. Sie machten uns darauf aufmerksam, daß wir die Funktion dieses Schiffs zwar theoretisch verstehen könnten, aber beim derzeitigen Stand unserer Wissenschaft unfähig seien, ein ähnliches Exemplar herzustellen, und daß dieses hier, von Relativitätsprinzipien betrieben, aus einer fernen Ecke des Universums kommen könnte und eine Strecke zurückgelegt haben müßte, zu deren Bewältigung sogar das Licht Millionen von Jahren benötigen würde.

Als diese Meinung verbreitet wurde, wuchs die Spannung in der Öffentlichkeit, bis sie fast unerträgliche Ausmaße annahm. Woher war das Schiff gekommen? Wer saß darin? Warum waren die Fremden zur Erde geflogen. Und – vor allem – warum zeigten sie sich nicht? Bereiteten sie womöglich eine Waffe von schrecklicher Zerstörungskraft vor?

Und wo war die Einstiegsluke? Die Männer, die sich in die Nähe des Schiffs gewagt hatten, berichteten, daß sie keine Luke entdeckt hätten. Keine noch so schmale Ritze unterbricht die glatte Oberfläche des eiförmigen Rumpfes. Eine Delegation hoher Beamter klopfte an die Schiffswand, aber die Insassen rührten sich nicht.

Endlich, nach genau zwei Tagen, vor den Augen der vielen Tausend Menschen, die sich in gebührendem Abstand rings um das

Schiff versammelt hatte, vor den zahlreichen Mündungen der mächtigen Geschütze und den Strahlenprojektoren, klaffte plötzlich ein Loch in der Schiffswand, eine Rampe glitt herab, und ein Mann stieg aus, von göttlicher Erscheinung und menschlicher Gestalt dicht gefolgt von einem riesigen Roboter. Als ihre Füße den Boden berührt hatten, glitt die Rampe zurück, und die Öffnung schloß sich wieder.

Die vielen Tausend, die sich versammelt hatten, erkannten sofort, daß uns der Fremde freundlich gesinnt war. Er hob den rechten Arm in der universalen Friedensgeste. Aber nicht das war es, was die Menschen beeindruckte, die ihm am nächsten standen, sondern der Ausdruck seines Gesichts, das Freundlichkeit, Weisheit und reinsten Edelmut ausstrahlte. In seiner schön gefärbten Robe sah er aus wie ein gütiger Gott.

Ein Komitee hoher Regierungsbeamter und Armeeoffiziere, das auf diesen Augenblick gewartet hatte, trat vor, um den Gast zu begrüßen. Voller Anmut und Würde zeigte er auf sich selbst, dann auf seinen Begleiter, und sagte in perfektem Englisch mit merkwürdigem Akzent: „Ich bin Klaatu ...“ Zumindest klang der Name so ähnlich. „... und das ist Gnut.“ Damals hatte man die Namen noch nicht so deutlich verstanden, doch der Tonfilm, den das Fernsehen gedreht hatte, hielt sie fest, und bald wurden sie allgemein bekannt.

Und dann kam es zu jenem Ereignis, für das sich die menschliche Rasse bis ans Ende ihrer Tage schämen muß. In einem Wipfel, etwa hundert Yards entfernt, blitzte ein violettes Licht auf, und Klaatu stürzte zu Boden. Die versammelte Menge stand sekundenlang wie betäubt da und begriff nicht, was geschehen war. Gnut, der schräg hinter seinem Herrn stehengeblieben war, wandte sich zu ihm, bewegte zweimal den Kopf. Und dann stand er still, in derselben Haltung, in der Sie ihn jetzt sehen.

Nun brach die Hölle los. Die Polizei zerrte Klaatus Mörder aus dem Baum. Er war geistesgestört und schrie immer wieder, daß der Teufel gekommen wäre, um alle Menschen zu töten. Man führte ihn ab, und Klaatu wurde in die nächste Klinik gebracht, obwohl er offensichtlich tot war. Man versuchte verzweifelt, ihn ins Leben zurückzurufen. Verwirrt und verängstigt harrte die Menge bis zum Abend und auch noch die halbe Nacht vor dem Capitol aus. Das Schiff stand still und reglos da wie zuvor. Und auch Gnut rührte sich nicht von der Stelle, an der er erstarrt war.

Gnut bewegte sich auch danach nicht mehr. Er blieb die ganze Nacht hindurch und auch noch während der nächsten Tage in der Haltung stehen, in der Sie ihn jetzt sehen. Als das Mausoleum im Tidebecken gebaut war, wurde Klaatu hier an dieser Stelle die letzte Ehre erwiesen. Die höchsten Funktionäre aus allen großen Ländern der Welt nahmen an den Feierlichkeiten teil. Die Zeremonie war nicht nur angemessen, sie galt auch als Sicherheitsfaktor. Denn falls noch weitere Lebewesen im Schiff saßen, was damals noch vermutet wurde, wollte man sie beeindrucken, indem man demonstrierte, wie sehr die Erdenmenschen jenen schrecklichen Vorfall bedauerten. Falls Gnut noch lebte – oder vielleicht sollte ich besser sagen, falls er noch funktionierte, war nichts davon zu bemerken. Während der ganzen Zeremonie stand er so reglos da, wie Sie ihn jetzt sehen. Er stand auch so da, als sein Herr ins Mausoleum getragen und gemeinsam mit dem traurigen kurzen Filmbericht über seinen historischen Besuch den späteren Jahrhunderten übergeben wurde. Und so stand er auch danach da, Tag für Tag, Nacht für Nacht, im Sonnenschein und im Regen, rührte sich nicht, gab nicht einmal durch das leiseste Zeichen zu erkennen, ob er sich seiner Umgebung bewußt war.

Nach der Bestattung wurde dieser Flügel an das Museum angebaut, der nun Gnut und das Schiff beherbergt. Das war die einzige Möglichkeit, denn der Roboter und das Schiff sind so schwer, daß sie mit unseren verfügbaren Mitteln nicht transportiert werden können.

Sie wissen, daß sich unsere Metallurgen bemühen, das Schiff zu öffnen, und daß sie bisher keinen Erfolg hatten. Wie Sie zu beiden Seiten des Schiffes sehen können, wurde dahinter ein Labor eingerichtet, wo sie immer noch experimentieren. Das wunderbare grünliche Metall hat sich bisher als unantastbar erwiesen. Die Wissenschafter sind nicht nur unfähig, es zu durchdringen, sie können auch die exakte Stelle nicht finden, an der Klaatu und Gnut ausgestiegen waren. Die Kreidemarkierungen, die Sie hier sehen, weisen nur auf Vermutungen hin.

Viele Leute haben befürchtet, daß Gnut nur für eine gewisse Zeit erstarrt sei und uns allen gefährlich werden könnte, sobald er wieder funktionieren würde. Deshalb haben die Wissenschafter diese Möglichkeit ausgeschaltet. Er schien aus demselben grünlichen Metall zu bestehen wie das Schiff, was bald bestätigt wurde, da es ihren Angriffen ebenso eisern standhielt. Es gab keine Möglichkeit, in das Innere des Roboters vorzudringen, aber die Wissenschafter hatten andere Mittel. Sie schickten elektrische Ströme von ungeheurer Voltspannung und Amperezahl durch seinen Körper. Sie setzten alle Teile seiner Metallhülle einer gewaltigen Hitze aus. Sie tauchten ihn tagelang in Gase und Säuren und stark korrodierende Lösungen, sie bombardierten ihn mit allen bekannten Strahlenarten. Sie brauchen nun keine Angst mehr vor Gnut zu haben. Er kann seine Funktionsfähigkeit nie mehr zurückgewinnen. Das ist völlig unmöglich.

Aber seien Sie trotzdem vorsichtig. Die Regierungsbeamten wissen, daß manche Besucher dieses Gebäudes den nötigen Respekt vermissen lassen. Vielleicht wird die unbekannte, unvorstellbare mächtige Zivilisation, aus der Klaatu und Gnut stammen, weitere Repräsentanten zu uns schicken, um herauszufinden, was den beiden zugestoßen ist. Dann darf keiner von uns eine Haltung einnehmen, die jene Macht beleidigen könnte. Niemand konnte voraussehen, was an jenem Tag geschah – aber in einem gewissen Sinne sind wir trotzdem dafür verantwortlich, und wir müssen alles Menschenmögliche tun, um keine Vergeltungsmaßnahmen herauszufordern.

Sie dürfen jetzt noch fünf Minuten hierbleiben, und wenn der Gong ertönt, gehen Sie bitte sofort. Die Roboterwärter an den Wänden werden Ihnen alle Fragen beantworten.

Schauen Sie sich Gnut und das Schiff genau an – denn sie sind die starren Symbole für die Macht, das Mysterium und die Schwäche der menschlichen Rasse."

Die Tonbandstimme verstummte. Vorsichtig bewegte Cliff seine verkrampften Glieder und grinste. Wenn sie alle wüßten, was er wußte ...

Denn die Geschichte, die seine Photos erzählten, stimmte nicht ganz mit der Vorlesung überein. Auf den Photos von gestern war am Außenrand eines Roboterfußes ganz deutlich eine Linie des gemusterten Bodens zu sehen. Und auf den heutigen Photos war diese Linie bedeckt. Gnut hatte sich bewegt.

Oder er war bewegt worden, was allerdings unwahrscheinlich war. Wo war der Kran, wo waren andere Anzeichen solcher Aktivitäten? Man hätte es kaum in einer Nacht schaffen und dann alle Spuren so rasch beseitigen können. Und warum hätte man es überhaupt tun sollen?

Um ganz sicher zu gehen, hatte er den Museumsaufseher befragt. Er konnte sich ganz genau an die Antwort erinnern.

Nein, Gnut hat sich seit dem Tod seines Herrn nicht mehr bewegt, und er wurde auch nicht bewegt. Man hat genau darauf geachtet, daß er die Position beibehielt, die er nach Klaatus Tod eingenommen hatte.

Der Boden wurde unter seinen Füßen gebaut, und die Wissenschafter, die ihn funktionsunfähig machten, stellten ihre Apparate rings um ihn auf, ohne seinen Standort zu verändern. Sie brauchen keine Angst zu haben."

Cliff lächelte. Er hatte keine Angst.

Noch nicht.

II

Einen Augenblick später ertönte der große Gong über dem Ausgang und kündigte die Sperrstunde an. Gleich danach rief die Stimme aus dem Lautsprecher: „Fünf Uhr, meine Damen und Herren! Sperrstunde!"

Die drei Wissenschafter schienen erstaunt zu sein, weil es schon so spät war. Hastig wuschen sie sich die Hände, zogen ihre Kittel aus und verschwanden im Korridor, ohne den jungen Reporter zu bemerken, der sich unter dem Tisch versteckt hatte. Rasch verklangen die Schritte der Museumsbesucher, und dann war nur noch zu hören wie die beiden Aufseher umhergingen, die sich vergewisserten, daß alles in Ordnung war. Der eine blickte sekundenlang in die Tür des Labors, dann wandte er sich zusammen mit dem anderen zum Ausgang. Klirrend fiel das schwere Metalltor ins Schloß, dann war alles still.

Cliff wartete noch ein paar Minuten, dann steckte er vorsichtig den Kopf unter dem Tisch hervor. Als er sich aufrichtete, hörte er ein klirrendes Geräusch am Boden, dicht neben seinen Füßen. Er bückte sich und entdeckte die dünnen Glasscherben einer Pipette, die er vom Tisch gestoßen hatte.

Daraus ergab sich eine Möglichkeit, an die er bisher nicht gedacht hatte. Ein Gnut, der sich bewegt hatte, konnte vielleicht auch sehen und hören – und ihm gefährlich werden. Er mußte sehr vorsichtig sein.

Er blickte sich um. Der Raum war durch zwei Holzfaserwände abgegrenzt, deren eine dicht am geschwungenen Ende des Schiffes aufragte. Eine Seite des Labors bildete das Schiff selbst, die dritte war die Südwand des Flügels. Der Raum hatte vier hohe Fenster und nur eine einzige Tür.

Ohne sich zu bewegen, schmiedete er seinen Plan, wobei ihm seine genaue Kenntnis des Gebäudes zugute kam. Der Flügel war mit dem westlichen Teil des Museums durch eine Tür verbunden, die niemals benutzt wurde, und erstreckte sich nach Westen bis zum Washington Monument. Das Schiff lag in der Nähe der Südwand, und Gnut stand davor, nicht weit von der Nordostecke entfernt, zwischen dem Haupteingang und dem Korridor der zum Labor führte. Wenn Cliff den Weg zurückging, den er gekommen war, würde er eine Stelle erreichen, die möglichst weit vom Roboter entfernt war. Und genau das wollte er, denn an der anderen Seite des Eingangs stand, auf einer Plattform, ein paneelierter Tisch, in dessen Fach das Tonbandgerät untergebracht war. Hinter diesem Tisch konnte er sich verstecken und Gnut beobachten. Die einzigen anderen Gegenstände im Ausstellungsraum waren sechs menschenähnliche Roboterwärter, die an der Nordwand postiert waren, um die Fragen der Besucher zu beantworten. Er mußte diesen Tisch erreichen.

Er wandte sich um, verließ auf Zehenspitzen das Labor und schlich den Korridor hinab. Hier war es bereits dunkel, denn das Licht, das durch den Ausstellungsraum hereinfiel, wurde von dem großen Schiffsrumpf abgehalten. Lautlos erreichte er das Ende der Passage, spähte vorsichtig um das Schiff herum, zu Gnut hinüber.

Sein Atem stockte. Die Augen des Roboters waren direkt auf ihn gerichtet. Zumindest sah es so aus. Lag das nur an der Einstellung der Augen – oder war Cliff bereits entdeckt worden? Gnuts Kopfhaltung hatte sich anscheinend nicht verändert. Sicher war alles in Ordnung – aber er wünschte, er müßte nicht zum anderen Ende des Ausstellungsraums kriechen, von dem Gefühl erfaßt, daß ihm die Roboteraugen folgten.

Er zog sich zurück, setzte sich auf den Boden und wartete. Es mußte erst völlig dunkel werden, bevor er es wagen konnte, zu dem Tisch hinüberzugehen.

Er wartete eine volle Stunde lang, bis der Schimmer der Lampen draußen auf dem Vorplatz den Raum schwach erfüllte, stand auf und spähte wieder um das Schiff herum. Die Roboteraugen schienen ihn zu durchdringen wie zuvor, aber nun wirkte die seltsame Innenbeleuchtung viel heller, was zweifellos auf die Dunkelheit zurückzuführen war. Ein Schauer lief über Cliffs Rücken. Wußte Gnut, daß er da war? Was dachte der Roboter? Was *konnte* eine von Menschenhand geschaffene Maschine schon denken – auch wenn sie so großartig war wie Gnut?

Es war Zeit, hinüberzugehen, und so schlang sich Cliff die Kamera um den Hals, sank auf Hände und Knie hinab und bewegte sich vorsichtig zur Nordwand des Ausstellungsraumes. Dicht an die Mauer gedrückt, kroch er weiter, Zoll für Zoll, ohne anzuhalten, ohne einen Blick auf Gnuts entnervende rote Augen zu riskieren. Er brauchte zehn Minuten, um eine Strecke von hundert Fuß zurückzulegen. Er war schweißüberströmt, als seine Finger endlich die einen Fuß hohe Plattform berührten, auf der sein Ziel stand – der paneelierte Tisch. Immer noch ganz langsam, lautlos wie ein Schatten, kletterte er hinauf und ging hinter dem Tisch in Deckung. Zumindest hatte er den ersten Teil seines Plans verwirklicht.

Er erholte sich ein paar Sekunden lang von der Anstrengung, dann spähte er vorsichtig um den Tisch herum.

Gnuts Augen waren direkt auf ihn gerichtet. Oder es sah so aus ... Im dichten Dunkel ragte der Roboter auf wie ein mysteriöser, noch dunklerer Schatten und schien den Raum zu beherrschen, ebenso diese Plattform, obwohl er hundertfünfzig Fuß entfernt war.

Aber wenn Gnut ihn auch ansah, so tat er zumindest nichts anderes. Cliff nahm nicht die geringste Bewegung wahr. Der Roboter stand genauso da wie in den letzten drei Monaten – in der Finsternis, im Regen und seit einer Woche im Museum.

Cliff beschloß, seiner Angst nicht nachzugeben. Die Kriechtour war mühsam gewesen, und er verspürte noch immer einen brennenden Schmerz in den Händen und Knien. Seine Hose war zweifellos ruiniert. Aber was bedeutete das schon, wenn sich seine Hoffnungen erfüllen sollten? Wenn Gnut sich bewegte und wenn es ihm gelang, diese Bewegung mit seiner Infrarotkamera einzufangen würde er eine phantastische Story haben. Dann konnte er sich fünfzig neue Anzüge kaufen. Wenn er dann auch noch herausfand, welchen Zweck Gnut mit seinen Bewegungen verfolgte, wenn überhaupt ein Sinn darin lag, würde die Story auf der ganzen Welt Aufsehen erregen.

Er wartete. Er wußte nicht, wann Gnut sich bewegen würde – falls er sich in dieser Nacht überhaupt bewegen sollte. Cliffs Augen hatten sich längst an das Dunkel gewöhnt, und er konnte die größeren Gegenstände gut erkennen. Von Zeit zu Zeit blickte er zu dem Roboter hinüber, starrte ihn lange und intensiv an, bis seine Umrisse zu beben schienen, bis er sich zu bewegen schien, und dann mußte Cliff blinzeln und seinen Augen eine Zeitlang Ruhe gönnen, bevor er wieder hinschaute und feststellte, daß alles nur Einbildung gewesen war.

Wieder kroch der Minutenzeiger auf seiner Armanduhr ein Stückchen weiter.

Da so lange nichts geschehen war, ließ Cliffs Wachsamkeit nach, und er spähte immer seltener am Tisch vorbei. Deshalb wurde er dann halb verrückt vor Angst, als Gnut sich tatsächlich bewegte. Seine Sinne waren bereits abgestumpft vor Langeweile – und da sah er den Roboter plötzlich mitten im Ausstellungsraum stehen, der Plattform zugewandt.

Aber das war weniger beängstigend als die Tatsache, daß Gnut sich nicht zu bewegen schien, als Cliff ihn anstarrte. Er stand reglos da, wie eine Katze, die sich an eine Maus heranschleichen will. Seine Augen strahlten jetzt noch heller, und an der Blickrichtung gab es gar keinen Zweifel mehr – er sah direkt auf Cliff.

Und Cliff erwiderte den Blick, halb hypnotisiert, wagte kaum zu atmen. Seine Gedanken überschlugen sich. Was hatte der Roboter vor? Warum rührte er sich jetzt nicht mehr? Hatte er sich heranschleichen wollen? Wieso konnte er sich völlig lautlos bewegen?

Und dann kamen Gnuts Augen im dichten Dunkel näher. Langsam, aber in vollendetem rhythmischem Gleichmaß, drang das fast unhörbare Geräusch der Schritte in Cliffs Ohren. Der junge Reporter, der sich sonst in jeder Situation zurechtfand, war wie gelähmt vor Furcht, war unfähig zu fliehen, konnte nur reglos daliegen, während das Metallmonstrum mit den feurigen Augen auf ihn zukam.

Für einen Augenblick verlor er das Bewußtsein, und als er wieder zu sich kam, stand Gnut dicht vor ihm, die Beine fast in Reichweite, leicht gebeugt. Die brennenden schrecklichen Augen schienen sich in die seinen zu bohren.

Es war zu spät, um noch an Flucht zu denken. Zitternd wie eine Maus in der Falle wartete Cliff auf den Schlag, der ihn zermalmen würde. Eine Zeitlang, die ihm wie eine Ewigkeit erschien, starrte Gnut ihn an. Und in jeder Sekunde dieser Ewigkeit erwartete er die Vernichtung – plötzlich, blitzschnell und endgültig. Und dann war es vorbei, völlig unerwartet. Gnuts Körper richtete sich auf, er trat zurück. In einem harmonischen Rhythmus, ganz im Gegensatz zu den ruckartigen Bewegungen anderer Roboter kehrte er an den Ort zurück, von dem er gekommen war.

Cliff konnte kaum glauben, daß er noch lebte. Gnut hätte ihn wie einen Wurm zertreten können. Aber er hatte sich abgewandt und war davongegangen. Warum? Man konnte doch nicht annehmen, daß ein Roboter menschlicher Regungen fähig war.

Gnut ging geradewegs zum anderen Ende des Schiffs, blieb abrupt stehen und gab seltsame Laute von sich. Cliff sah, wie sich plötzlich ein Loch in der Schiffswand auftat, schwärzer als der dunkle Ausstellungsraum, dann klang ein leises, gleitendes Geräusch auf, als die Rampe herabgelassen wurde. Gnut ging die Rampe hinauf, bückte sich und verschwand im Innern des Schiffes.

Erst jetzt erinnerte sich Cliff an die Aufnahmen, die er machen wollte. Gnut hatte sich bewegt, und er hatte ihn nicht photographiert. Aber wenigstens konnte er jetzt die Rampe mit der Öffnung aufnehmen, dann würde er abwarten, ob sich später noch weitere Gelegenheiten ergaben. Er stellte die Kamera ein und machte ein Photo.

Eine lange Zeit verstrich, und Gnut ließ sich nicht blicken. Was tat er da drinnen? Cliff hatte seine Angst inzwischen überwunden und spielte mit dem Gedanken, zu dem Schiff zu kriechen und durch die Luke zu spähen. Aber soviel Mut konnte er denn doch nicht aufbringen, Gnut hatte ihn verschont, zumindest vorerst, aber man konnte nicht wissen, wie weit seine Toleranz gehen würde.

Eine Stunde verstrich, dann noch eine. Gnut mußte irgend etwas im Innern des Schiffes tun, aber was, das konnte sich Cliff nicht vorstellen. Wäre der Roboter ein Mensch gewesen, dann hätte sich Cliff zum Schiff gewagt, um einen Blick durch die Luke zu riskieren.

Aber Gnut war eine unbekannte Größe. Auch die einfachsten Erdenroboter zeigten in gewissen Situationen überraschende Reaktionen. Was konnte man dann von diesem Roboter erwarten, der einer unbekannten, sogar unvorstellbaren Zivilisation entstammte, von dieser wunderbarsten Konstruktion, die das menschliche Auge jemals erblickt hatte? Welche übermenschlichen Kräfte besaß Gnut? Es war den Erdenwissenschaftern nicht gelungen, ihn auszuschalten. Säure, Hitze, Strahlen, schreckliche Schläge – er hatte alles überstanden, völlig unversehrt. Wahrscheinlich konnte er in der Dunkelheit alles genau sehen. Und vielleicht könnte er es sogar drinnen im Schiff hören oder fühlen, wenn Cliff seine Position auch nur geringfügig veränderte.

Weitere Stunden verstrichen, und irgendwann nach zwei Uhr geschah etwas ganz Simples, Vertrautes. Aber es kam so unerwartet, daß Cliff beinahe sein inneres Gleichgewicht verlor. Plötzlich drang das leise Surren von Flügeln durch das dunkle, schweigende Gebäude, und kurz darauf klang die süße, durchdringende Stimme eines Vogels auf. Eine Spottdrossel, irgendwo in der Finsternis über seinem Kopf ... Rein und klar ertönte ihr Zwitschern, und sie sang ein Dutzend kleiner Lieder, eins nach dem anderen, ohne Pause dazwischen – ließ kurze, eindringliche Rufe erschallen, tschirpende Laute, lockende Melodien, bezaubernde Frühlingsliebeslieder. Und dann verstummte die Vogelstimme so plötzlich, wie sie erklungen war.

Wenn eine Invasionsarmee aus dem Schiff gequollen wäre, Cliffs Staunen wäre nicht größer gewesen. Es war Dezember, und die Spottdrosseln hatten nicht einmal in Florida zu singen begonnen. Wie war der Vogel in das fest verschlossene, düstere Museum gelangt? Warum sang er da oben in den Schatten?

Er wartete neugierig. Dann entdeckte er plötzlich Gnut, der vor der Luke stand, ganz still. Die glühenden Augen blickten in Cliffs Richtung. Sekundenlang schien sich die Stille im Museum zu vertiefen, dann wurde sie durchbrochen von einem leisen Aufprall auf dem Boden, in Cliffs Nähe.

Das Licht in Gnuts Augen veränderte sich, und er kam mit seinen geschmeidigen Schritten auf Cliff zu. Nur wenige Fuß von dem Reporter entfernt, blieb der Roboter stehen, bückte sich und hob etwas auf. Lange Zeit stand er reglos da und starrte auf das kleine Ding in seiner Hand. Cliff wußte, daß es die Spottdrossel war, obwohl er sie nicht sehen konnte. Nein, ihre Leiche – denn er war sicher, daß ihr Lied für immer verstummt war. Dann wandte Gnut sich ab, und ohne Cliff einen Blick zu schenken, kehrte er zum Schiff zurück und ging wieder hinein.

Einige Stunden verstrichen, während Cliff auf eine Fortsetzung seiner erstaunlichen Erlebnisse wartete. Vielleicht lag es an seiner Neugier, daß seine Angst vor dem Roboter nachließ. Wenn der Mechanismus ihm feindlich gesinnt war und ihm etwas antun wollte, hätte er ihn längst getötet. Sollte er es wagen, einen Blick in das Schiff zu werfen? Und ein Photo zu machen? Daran mußte er unbedingt denken. Er vergaß immer wieder, warum er hier war.

Im schwindenden Dunkel der ersten Morgendämmerung hatte er endlich genug Mut gefaßt, um das Wagnis auf sich zu nehmen. Er zog seine Schuhe aus, band sie an den Schnürsenkel zusammen und schlang sie über die Schultern. Dann lief er auf Socken hinter den ersten der Roboter, die an der Wand postiert waren, blieb stehen, wartete auf ein Geräusch, das ihm verraten würde, ob Gnut seinen Stellungswechsel mitbekommen hatte. Als er nichts hörte, schlüpfte er hinter den nächsten Roboter und blieb wieder stehen. Wieder blieb alles still. Ermutigt spurtete er zum sechsten und letzten Roboter, der direkt gegenüber der Luke stand. Dort erwartete ihn eine Enttäuschung. Kein Licht war im Innern des Schiffes zu sehen. Nur Dunkelheit – und Stille ... Trotzdem beschloß er, eine Aufnahme zu machen. Er hob die Kamera, stellte sie auf die schwarze Öffnung ein, knipste ein Photo mit langer Belichtungszeit. Dann stand er da und wußte nicht, was er als nächstes tun sollte.

Plötzlich drangen gedämpfte Geräusche an sein Ohr, die offenbar aus dem Schiff kamen. Tierische Laute – ein Scharren und Keuchen, begleitet von einem Klicken, das sich mehrmals wiederholte, dann ein tiefes, heiseres Knurren, unterbrochen von weiteren scharrenden, keuchenden Geräuschen, als ob da drinnen irgendein Kampf stattfinden würde ... Und dann, bevor Cliff auch nur den Entschluß fassen konnte, zum Tisch zurückzulaufen, sprang ein langer, niedriger Schatten aus der Luke, wirbelte herum, wuchs zur Größe eines Mannes an. Eine grausige Angst stieg in Cliff auf, noch bevor er wußte, was das für ein Schatten war.

Im nächsten Augenblick erschien Gnut in der Luke, lief ohne zu zögern die Rampe herab, auf den Schatten zu, der langsam zurückwich. Doch dann blieb die dunkle Gestalt stehen, dicke Arme erhoben sich an beiden Seiten, begannen laut auf die Brust zu trommeln, während sich ein tiefes Knurren der Entrüstung aus der Kehle rang. Nur ein einziges Wesen auf der ganzen Welt würde so auf seine Brust trommeln und solche Laute von sich geben. Der Schatten war ein Gorilla.

Ein riesengroßer Gorilla ...

Gnut ging auf ihn zu, und als er nahe genug herangekommen war, sprang er vor und packte das Tier. Cliff hätte nicht geglaubt, daß sich der Roboter so schnell bewegen könnte. Im Dunkel konnte er nicht genau sehen, was nun geschah. Er wußte nur, daß die beiden großen Schatten, der titanische, metallische Gnut und der vierschrötige, aber schrecklich starke Gorilla für einen Augenblick miteinander verschmolzen. Der Roboter gab keinen Laut von sich, während der Affe ein tiefes, unbeschreibliches Brüllen ausstieß. Dann trennten sich die beiden, und es sah so aus, als wäre der Gorilla zurückgeschleudert worden.

Er richtete sich zu seiner vollen Größe auf und schrie ohrenbetäubend. Gnut kam wieder auf ihn zu, sie verschmolzen erneut miteinander, der Kampf fand das gleiche Ende wie zuvor. Der Roboter näherte sich dem Tier von neuem, das nun quer durch den Raum zurückwich. Plötzlich sprang es einen menschenähnlichen Schatten an der Wand an, warf den fünften Roboterwärter mit einer blitzschnellen Bewegung zu Boden und enthauptete ihn.

Atemlos vor Angst duckte sich Cliff hinter seinen Roboter und dankte dem Himmel dafür, daß Gnut zwischen ihm und dem Gorilla gestanden hatte und jetzt wieder auf die Bestie zuging. Der Affe wich zurück, packte plötzlich den nächsten Roboter in der Reihe, und mit unglaublicher Kraft riß er ihn aus seiner Verankerung und schleuderte ihn auf Gnut. Mit einem scharfen metallischen Klicken stießen die beiden Roboter zusammen, und der Erdenmechanismus fiel zur Seite, rollte über den Boden und blieb dann reglos liegen.

Später verfluchte sich Cliff, weil er wieder vergessen hatte, ein Photo zu machen. Der Gorilla wich weiter zurück, demolierte in schrecklichen Wutausbrüchen jeden Roboter, an dem er vorbeikam, und warf die Trümmer auf den unerbittlichen Gnut. Bald waren sie bei dem Tisch angekommen, und Cliff dankte seinem Schicksal, weil er rechtzeitig die Stellung gewechselt hatte. Nun trat eine kurze Stille ein, Cliff konnte nicht feststellen, was nun vorging, aber er nahm an, daß der Gorilla das Ende des Raumes erreicht hatte und nun in der Falle saß.

Aber offenbar nur für einen Augenblick ... Plötzlich zerriß ein schreckliches Brüllen die Stille, und die plumpe Tiergestalt raste auf Cliff zu. Zwischen dem sechsten Roboter und der Luke wirbelte der Affe herum. Verzweifelt hoffte der junge Reporter, daß Gnut schnell zurückkommen möge, denn der Erdenmechanismus würde ihm keinen ausreichenden Schutz vor der wilden, gefährlichen Bestie bieten. Und da tauchte Gnut aus dem Dunkel auf. Der Gorilla richtete sich zu seiner vollen Größe auf, trommelte auf seine Brust und stieß ein herausforderndes Heulen aus.

Dann geschah etwas Merkwürdiges. Langsam brach er zusammen, als ob er erschöpft oder verletzt wäre. Er keuchte, gab furchterregende Laute von sich. Dann kam er mühsam wieder auf die Beine und blickte Gnut entgegen, der mit großen Schritten auf ihn zukam. Während er wartete, fiel sein Blick auf den letzten Roboter – und vielleicht auch auf Cliff, der sich dahinter versteckte. In wilder, zerstörerischer Wut wackelte der Gorilla auf Cliff zu, der trotz seiner Panik sah, daß sich das Ding nur mit Mühe bewegen konnte und anscheinend verwundet war. Im letzten Moment sprang er zurück. Der Gorilla zerrte den letzten Roboter aus seiner Verankerung, schleuderte ihn mit aller Kraft auf Gnut und verfehlte sein Ziel nur um Haaresbreite.

Das war seine letzte Tat. Wieder überwältigte ihn ein Schwächeanfall. Schwerfällig stürzte er zur Seite, rollte ein paarmal hin und her, zuckte krampfhaft, dann blieb er reglos liegen.

Das erste schwache Tageslicht kroch in den Raum. Aus der Ecke, in die er geflohen war beobachtete Cliff den großen Roboter, der sich sehr sonderbar benahm. Er stand vor dem toten Gorilla und sah auf ihn herab, mit einem Blick, der in menschlichen Augen wie Trauer gewirkt hätte. Cliff sah es ganz deutlich. Gnuts grüne Gesichtszüge zeigten einen nachdenklichen, leidvollen Ausdruck, der eine ganz neue Erfahrung für den jungen Reporter darstellte. Sekundenlang stand Gnut bewegungslos da, dann beugte er sich hinunter, wie ein Vater zu seinem kranken Kind, nahm den großen Affen auf seine Metallarme und trug ihn in das Schiff.

Cliff rannte zurück zu seinem Tisch, voller Angst vor neuen unbegreiflichen Ereignissen. Dann überlegte er, daß er im Labor am sichersten wäre, und auf zitternden Knien kroch er hinter das Schiff und versteckte sich in einem der großen Öfen. Verzweifelt betete er darum, daß es bald Tag werden möge. Seine Gedanken schwirrten chaotisch durcheinander. Als er wieder klarer denken konnte, rief er sich alle Geschehnisse dieser Nacht in die Erinnerung, eins nach dem anderen, doch sie waren ihm alle rätselhaft. Anscheinend gab es keine vernünftige Erklärung dafür. Die Spottdrossel – der Gorilla, Gnuts trauriger Blick, seine Zärtlichkeit ... Was sollte man mit einem so phantastischen Wirrwarr von Eindrücken anfangen?

Langsam brach der Tag an. Eine lange Zeit verstrich. Schließlich begann er zu glauben, daß er diese geheimnisvolle, gefährliche Stätte tatsächlich lebend verlassen würde. Um halb neun hörte er Geräusche am Eingang. Er kroch aus dem Ofen und schlich auf Zehenspitzen zum Korridor.

Plötzlich hörten die Geräusche auf, ein angstvoller Schrei drang durch das Gebäude, gefolgt von schnellen Schritten. Dann war alles still. Vorsichtig ging Cliff den Korridor hinab und spähte furchtsam um das Ende des Schiffes herum.

Gnut stand an der üblichen Stelle, in derselben Pose, die er nach dem Tod seines Herrn eingenommen hatte, starrte düster vor sich hin. Das Schiff war wieder fest verschlossen – der Raum ein Trümmerfeld. Das Metalltor stand weit offen, und Cliff rannte atemlos hinaus.

Ein paar Minuten später, in der Sicherheit seines Hotelzimmers, ließ er sich erschöpft auf einen Stuhl fallen und schlief sofort ein. Später, immer noch angezogen und im Halbschlaf, taumelte er zum Bett hinüber. Er erwachte erst am Nachmittag.

III

Nur langsam fand er aus dem Schlaf zurück, wußte nicht, daß die Bilder, die durch seinen Kopf rasten, reale Erinnerungen waren und kein phantastischer Traum.

Erst als ihm die Photos einfielen, stand er auf und begann hastig den Film zu entwickeln.

Bald hielt er den Beweis dafür in der Hand, daß die Ereignisse der Nacht Wirklichkeit gewesen waren. Die beiden Aufnahmen waren sehr gut geworden. Die erste zeigte deutlich die Rampe, die zu der Luke hinaufführte und die er in der Nacht nur verschwommen gesehen hatte. Das Photo von der offenen Luke war eine Enttäuschung, denn eine blanke Wand, direkt hinter der Öffnung, versperrte die Sicht ins Innere des Schiffes. Deshalb also war kein Licht herausgedrungen, als Gnut an Bord gewesen war – vorausgesetzt, daß er überhaupt Licht für seine Aktivitäten brauchte.

Cliff betrachtete die Negative und schämte sich. Was für ein miserabler Reporter war er doch! Mit zwei lächerlichen Photos zurückzukommen! Dabei hätte er genug Gelegenheiten gehabt, viel bessere zu machen – Schnappschüsse von Gnut in voller Aktion – von Gnuts Kampf mit dem Gorilla – von Gnut, wie er die Spottdrossel aufhob – das wären Bilder geworden, die den Leuten Angstschauer über den Rücken gejagt hätten. Aber alles, was er mitgebracht hatte, waren zwei Aufnahmen von einer Schiffsluke. Sicher, sie waren nicht zu verachten – aber er war ein Idiot ersten Grades.

Und um das Maß voll zu machen, war er auch noch eingeschlafen. Jetzt mußte er sich beeilen, um endlich auf die Straße zu kommen und herauszufinden, was in der Zwischenzeit geschehen war.

Rasch duschte er und rasierte sich, wechselte die Kleider, und bald darauf betrat er ein nahegelegenes Restaurant, in dem hauptsächlich Reporter verkehrten. An der Lunchbar saß ein Freund und Rivale.

„Na, was hälst du davon?“ fragte er, als Cliff auf dem Nebenhokker Platz genommen hatte.

„Ich kann nicht denken, bevor ich gefrühstückt habe.“

„Hast du es denn noch gar nicht gehört?“

„Was denn?“ fragte Cliff, der sehr wohl wußte, was jetzt kommen würde.

„Du bist mir ein feiner Reporter“, meinte sein Freund. „Wenn endlich mal was Tolles passiert, schläfst du.“ Dann erzählte er von der Entdeckung, die man heute morgen im Museum gemacht hatte, und von der weltweiten Aufregung. Cliff tat drei Dinge gleichzeitig – und das auch noch erfolgreich. Er verschlang ein üppiges Frühstück, dankte immer wieder seinem Schicksal, das weitere Sensationen verhindert hatte, und spielte den Überraschten. Dann sprang er auf, immer noch mit vollem Mund, und lief zum Museum hinüber.

Vor dem Tor drängten sich zahllose Neugierige, aber es fiel Cliff nicht schwer, sich mit Hilfe seines Presseausweises Eingang zu verschaffen. Gnut und das Schiff standen genauso da wie am Morgen, als er sie verlassen hatte, aber der Boden war inzwischen gesäubert worden. Die Trümmer der demolierten Roboter lagen in einem großen Haufen an der Wand. Natürlich waren schon viele Kollegen vor ihm eingetroffen.

„Ich war nicht da – ich habe alles verpaßt“, sagte er zu einem Rivalen namens Gus. „Hat man schon eine Erklärung für den Vorfall?“

„Frag mich was Leichteres! Das weiß niemand. Einige Leute glauben, daß irgendwas aus dem Schiff gekommen ist – vielleicht ein zweiter Roboter. Wo warst du eigentlich die ganze Zeit?“

„Ich habe geschlafen.“

„Dann mach, daß du an die Arbeit kommst! Mehrere Milliarden Zweibeiner sind ganz wild vor Angst. Sie befürchten, daß Klaatus Freunde seinen Tod rächen und die Erde angreifen wollen.“

„Aber das ist doch ...“

„Verrückt, ich weiß, aber genau das ist die Story, die ihnen verkauft wird. Und ich kann dir sagen, sie verkauft sich gut. Jetzt ist allerdings noch was Neues aufgetaucht. Eine tolle Überraschung! Komm hierher!“

Er führte Cliff zu dem Tisch, wo ein paar Leute standen und interessiert auf mehrere Gegenstände starrten, die von einem Techniker bewacht wurden. Gus zeigte auf ein längliches Deckglas, auf dem ein paar kurze dunkelbraune Haare lagen.

„Diese Haare stammen von einem großen männlichen Gorilla“, erklärte Gus mit hartgesottenem Gleichmut. „Die meisten wurden heute morgen auf dem Boden gefunden, im Kehricht. Die restlichen klebten an den Robotertrümmern.“

Cliff versuchte überrascht dreinzuschauen. Gus wies auf eine Teströhre, die zum Teil mit einer hellbraunen Flüssigkeit gefüllt war.

„Das ist verdünntes Blut – Gorillablut. Es wurde an Gnuts Armen gefunden.“

Cliff brachte mühsam einen staunenden Aufschrei zustande. „Gütiger Himmel! Hat man eine Erklärung dafür.“

„Nicht einmal eine Theorie. Das ist deine große Chance, du Wunderknabe.“

Cliff wandte sich von Gus ab, unfähig, noch länger Theater zu spielen. Er wußte nicht, was er mit seiner Story machen sollte. Die

Pressedienste würden ihm eine schöne Summe dafür anbieten, auch für die Photos. Aber damit wären ihm die Hände gebunden, er könnte nichts mehr unternehmen. Im Hintergrund seines Bewußtseins entstand der Plan, auch die nächste Nacht im Museum zu verbringen, aber ... Nun, er hatte ganz einfach Angst. Er hatte genug durchgemacht ...

Er ging zu Gnut hinüber und sah zu ihm auf. Niemand hätte erraten können, daß sich der Roboter bewegt und daß ein trauriger Ausdruck auf dem grünlichen Metallgesicht gelegen hatte. Diese unheimlichen Augen ... Cliff fragte sich, ob sie ihn wirklich anschauten oder ob er sich das nur einbildete, ob sie den kühnen Eindringling von gestern nacht wiedererkannten. Aus welchem unbekannten Stoff waren sie gemacht, diese Dinger in den Augenhöhlen, hineingesteckt von unbekannten Verwandten der Menschenrasse, so kompliziert, daß die Erdenwissenschaft ihre Funktion nicht beeinträchtigen konnte? Was dachte Gnut? Was konnte ein Roboter denken – ein Mechanismus aus Metall, entstanden in menschlichen Schmelztiegeln. War er böse auf ihn? Das bezweifelte Cliff. Er war Gnut wehrlos ausgeliefert gewesen – und der Roboter war davongegangen.

Würde er es wagen, noch eine Nacht im Museum zu verbringen?

Vielleicht ...

Cliff wanderte im Ausstellungsraum umher und dachte darüber nach. Er war überzeugt, daß Gnut sich erneut bewegen würde. Mit einer Mikton-Strahlenwaffe könnte er sich vor einem weiteren Gorilla schützen – auch vor fünfzig Gorillas. Noch hatte er keine wirklich gute Story – nur zwei jämmerliche Photos von einer schwarzen Luke.

Er hätte sich schon von Anfang an denken können, daß er hierbleiben würde. In der Abenddämmerung lag er wieder unter dem Tisch im Labor, bewaffnet mit seiner Kamera und einem kleinen Mikton-Revolver, und hörte, wie das Metalltor zufiel.

Diesmal würde er seine Story bekommen – und auch die passenden Photos.

Hoffentlich war kein Wächter im Museum postiert worden ...

IV

Cliff lauschte angestrengt auf Geräusche, die ihm verraten hätten, daß man den Ausstellungsraum bewachen ließ. Aber nichts störte die Stille ringsum. Er war froh darüber – wenn auch mit Vorbehalten. Das Dunkel, das immer dichter wurde, und das Bewußtsein, daß er hier unausweichlich festsaß, ließen den Gedanken an einen Gefährten in angenehmen Licht erscheinen.

Eine Stunde, nachdem die Nacht hereingebrochen war, zog er die Schuhe aus, schlang sich die verknoteten Schnürsenkel um die Schulter und stahl sich lautlos durch den Korridor zum Ausstellungsraum.

Alles sah genauso aus wie am vergangenen Abend. Gnut war ein unheimlicher verschwommener Schatten am anderen Ende des Saales, und die glühenden roten Augen schienen sich wieder auf Cliff zu richten. Wie gestern abend, nur noch vorsichtiger, kroch Cliff an der Wand entlang zu der niederen Plattform. Nachdem er sich hinter den Tisch gesetzt hatte, stellte er seine Kamera ein und legte den Revolver schußbereit auf die Knie. Diesmal würde er seine Photos machen, das schwor er sich.

Er wartete und beobachtete Gnut. Seine Augen hatten sich längst an das Dunkel gewöhnt. Nach einiger Zeit begann er sich einsam zu fühlen, und eine vage Angst stieg in ihm auf. Gnuts rotglühende Augen zerrten an seinen Nerven. Immer wieder sagte er sich vor, daß der Roboter ihm nichts antun würde. Er bezweifelte nicht, daß er ebenfalls beobachtet wurde.

Langsam schlichen die Stunden dahin. Von Zeit zu Zeit hörte er leise Geräusche vor dem Eingang. Vielleicht ein Wachtposten – oder ein neugieriger Besucher ...

Um neun Uhr sah er, daß Gnut sich bewegte. Zuerst wandte er nur den Kopf, so daß die Augen noch intensiver in Cliffs Richtung starrten. Dann regte sich auch die dunkle Metallgestalt und begann langsam auf den Reporter zuzugehen. Cliff hatte geglaubt, daß er sich heute nacht nicht mehr fürchten würde, aber nun drohte sein Herz stillzustehen. Was würde nun geschehen? Erstaunlich lautlos kam Gnut näher, bis er wie ein ominöser Schatten vor Cliffs Versteck aufragte. Lange Zeit starrten die roten Augen brennend auf den Mann hinab, der da hinter dem Tisch lag. Cliff zitterte am ganzen Körper. Es war schlimmer als das erstemal. Und ohne es geplant zu haben, begann er plötzlich mit der Kreatur zu sprechen.

„Du wirst mir doch nicht weh tun ... Ich war nur neugierig. Ich wollte sehen, was hier vorgeht. Das ist mein Job. Kannst du mich verstehen? Ich werde dich nicht angreifen – oder belästigen. Ich könnte es gar nicht – selbst wenn ich es wollte. Bitte!“

Der Roboter rührte sich nicht, und Cliff hatte keine Ahnung, ob Gnut seine Worte verstanden oder auch nur gehört hatte. Als er die Anspannung nicht mehr ertragen konnte, streckte Gnut die Hand aus und nahm etwas aus der Schublade des Tisches – oder er legte etwas zurück. Dann trat er zurück, wandte sich ab und ging davon. Cliff war gerettet. Wieder hatte der Roboter ihn verschont.

In diesem Augenblick ließen Cliffs Ängste erheblich nach. Er war jetzt ganz sicher, daß der Roboter ihm nichts zuleide tun würde. Zweimal hatte er ihn in seiner Gewalt gehabt, und jedesmal hatte er ihn nur angesehen und war dann davongegangen. Cliff konnte sich nicht vorstellen, was Gnut in der Schublade gemacht hatte. Neugierig wartete er ab, was nun als nächstes passieren würde.

Wie in der vergangenen Nacht kehrte der Roboter geradewegs zum Schiff zurück und gab die seltsamen Laute von sich, mit denen er die Luke öffnen konnte. Als die Rampe herabgeglitten war, ging er hinein. Danach blieb Cliff lange Zeit allein im Dunkel – vielleicht zwei Stunden. Kein Geräusch drang aus dem Schiff.

Cliff wußte, daß er sich zur Pforte schleichen und hineinschauen müßte, doch er konnte sich nicht dazu durchringen. Zwar wäre er mit seiner Waffe einem Gorilla gewachsen, aber wenn Gnut ihn erwischte, könnte das sein Ende bedeuten. Er erwartete, daß auch heute nacht irgend etwas Phantastisches geschehen würde – wenn er auch nicht wußte, was. Vielleicht würde wieder das süße Lied einer Spottdrossel erklingen, vielleicht würde ein weiterer Gorilla auftauchen – oder irgend etwas anderes ... Aber was dann passierte, kam völlig überraschend. Er hörte ein gedämpftes Rauschen, dann Worte – menschliche Worte, die ihm sehr vertraut waren.

„... Herren ...“ Eine kleine Pause entstand, dann fuhr die Stimme fort: „Die Smithsonian Institution heißt Sie in diesem neuen interplanetarischen Flügel willkommen und präsentiert Ihnen diese großartigen Ausstellungsstücke.“

Es war Stillwells Tonbandstimme. Aber sie kam nicht aus dem Lautsprecher an der Decke, sondern aus dem Schiff.

Nach einer weiteren Pause fügte sie hinzu: „Sie alle müssen –

müssen ...“ Die Stimme stotterte und verstummte. Cliffs Haare sträubten sich. Dieses Stottern war nicht auf dem Band.

Nur für einen Augenblick herrschte Stille, dann klang im Innern des Schiffes ein wilder Schrei auf, gefolgt von einem Keuchen und Stöhnen. Es hörte sich an, als würde ein verzweifelter Mann große Ängste ausstehen.

Mit angespannten Nerven beobachtete Cliff die Luke. Dann drang plötzlich ein Lärm aus dem Schiff, ein Schatten flog aus der Tür, ein Schatten von menschlicher Gestalt. Er rang nach Luft, dann rannte er stolpernd durch den Raum, auf Cliff zu. Als er nur noch zwanzig Fuß von der Plattform entfernt war, trat Gnut aus der Luke.

Atemlos sah Cliff zu. Der Mann – es war Stillwell, das konnte er jetzt deutlich sehen – kam geradewegs auf den Tisch zu, hinter dem Cliff lag, als wollte er dort ebenfalls Zuflucht suchen, aber als er bis auf wenige Schritte herangekommen war, knickten seine Knie ein, und er brach zusammen. Plötzlich stand Gnut vor ihm, aber Stillwell schien es nicht zu bemerken. Offenbar fühlte er sich hundeelend. Krampfhaft versuchte er den Tisch zu erreichen – vergeblich.

Gnut rührte sich nicht, und so faßte Cliff Mut und fragte: „Was ist denn los, Stillwell? Kann ich Ihnen helfen? Haben Sie keine Angst! Ich bin Cliff Sutherland – Sie wissen doch – der Photoreporter.“

Stillwell schien sich nicht über Cliffs Anwesenheit zu wundern, klammerte sich an diese neue Hoffnung wie ein Ertrinkender an einen Strohhalm. „Helfen Sie mir! Gnut – Gnut ...“ Offenbar war er unfähig, weiterzusprechen.

„Was ist denn mit Gnut?“ Nur zu deutlich war sich Cliff der Gegenwart des glutäugigen Roboters bewußt, und er wagte es nicht, sich dem Mann zu nähern. „Gnut wird Ihnen nichts tun“, versicherte er. „Mir tut er auch nichts. Was ist denn passiert? Wie kann ich Ihnen helfen?“

Plötzlich sammelte Stillwell neue Kräfte und richtete sich auf den Ellbogen auf.

„Wo bin ich?“ fragte er.

„Im interplanetarischen Flügel“, antwortete Cliff. „Wissen Sie das denn nicht?“

Sekundenlang war nur Stillwells schwerer Atem zu hören. Dann fragte er mit heiserer, schwacher Stimme: „Wie bin ich hierhergekommen?“

„Das weiß ich nicht.“

„Ich habe gerade einen Text auf Tonband gesprochen", sagte Stillwell. „Und plötzlich war ich hier – das heißt – im ..." Er brach ab, und neues Entsetzen schien ihn zu erfassen.

„Was war dann?" fragte Cliff sanft.

„Ich war – in dieser Schachtel. Und vor mir stand Gnut – der Roboter. Gnut! Aber sie haben doch dafür gesorgt, daß er sich nie mehr bewegen kann ..."

„Reißen Sie sich zusammen? Ich glaube nicht, daß Gnut Ihnen was antun wird."

Stillwell sank auf den Boden zurück.

„Ich bin sehr schwach", stieß er keuchend hervor. „Ich brauche ... Könnten Sie einen Arzt holen?"

Er bemerkte den schwarzen Schatten nicht, der hinter ihm aufragte, auch nicht die Augen, die glühend durch das Dunkel zu ihm drangen, die Augen des Roboters, den er so fürchtete.

Während Cliff noch zögerte und nicht wußte, was er tun sollte, begann der Mann stoßweise zu atmen, und die keuchenden Laute kamen so gleichmäßig wie das Ticken einer Uhr. Cliff kroch trotz seiner Angst zu ihm, aber er konnte ihm ohnehin nicht mehr helfen. Die Atemzüge wurden schwächer und immer krampfhafter, dann war er plötzlich still. Cliff tastete nach seinem Herzen, dann sah er zu den Augen auf, die über ihm im Dunkel glühten.

„Er ist tot", flüsterte er.

Der Roboter schien seine Worte zu verstehen oder zumindest zu hören. Er beugte sich herab und betrachtete die reglose Gestalt.

„Was ist es, Gnut?" fragte Cliff plötzlich. „Was ist es, was du da tust? Kann ich dir irgendwie helfen? Ich kann nicht glauben, daß du unser Feind bist. Und ich glaube auch nicht, daß du den Mann getötet hast. Aber was ist geschehen? Kannst du mich verstehen? Kannst du sprechen? Was hast du vor?"

Gnut gab keinen Laut von sich, als er auf die Leiche zu seinen Füßen hinabblickte. Und im Gesicht des Roboters, das ihm jetzt so nahe war, sah Cliff wieder diese nachdenkliche Trauer.

Minutenlang stand Gnut so da, dann beugte er sich noch tiefer hinab, hob die schlaffe Gestalt vorsichtig – und sehr zärtlich, wie Cliff fand – hoch und trug sie zu der Stelle, wo die Trümmer der Roboterwärter lagen. Behutsam legte er Stillwell daneben, dann kehrte er ins Schiff zurück.

Cliff empfand keine Angst mehr, als er die Wand entlangschlich.

Er hatte den Trümmerhaufen beinahe erreicht, als er plötzlich wie festgewurzelt stehenblieb. Gnut war wieder aufgetaucht.

Er trug eine Gestalt, die wie eine weitere Leiche aussah – eine größere. Er hielt sie in einem Arm fest, und dann deponierte er sie an Stillwells Seite. In der anderen Hand hielt er etwas, das Cliff nicht erkennen konnte und das er jetzt neben die Leiche legte, die er soeben aus dem Schiff geholt hatte. Dann verschwand er wieder in der dunklen Luke, kam erneut mit einer Gestalt heraus, die er sanft neben die anderen bettete. Dann blickte er eine Weile auf die schwarzen Schatten hinab. Schließlich wandte er sich langsam um, kehrte zum Schiff zurück, blieb neben der Rampe stehen, in tiefe Gedanken versunken.

Cliff unterdrückte seine Neugier, so lange er konnte, dann schlich er weiter und beugte sich über die Gestalten, die Gnut nebeneinander gelegt hatte. Die erste in der Reihe war Stillwells Leiche, wie er erwartet hatte, die nächste war die große, formlose pelzige Masse eines toten Gorillas, und daneben lag das kleine Ding, das Knut in der Hand gehalten hatte – die tote Spottdrossel. Aber da lag noch eine vierte Gestalt, die er bisher nur verschwommen gesehen hatte. Er ging noch näher heran und beugte sich hinab.

Was er erblickte, raubte ihm den Atem. Unmöglich ... Seine Phantasie mußte ihm einen Streich spielen. Er blickte zu der ersten Leiche zurück, und sein Blut schien zu gefrieren. Die erste Leiche war Stillwell – die letzte ebenfalls. Da lagen zwei tote Stillwells.

Mit einem Schrei wich Cliff zurück, dann erfaßte ihn eine wilde Panik, und er floh vor Gnut, rannte zu dem großen Metalltor und hämmerte mit beiden Fäusten dagegen. Auf der anderen Seite des Tors waren Geräusche zu hören.

„Laßt mich hinaus!“ schrie er in namenlosem Entsetzen. „Laßt mich hinaus! Schnell!“

Eine Spalte öffnete sich zwischen den beiden Torflügeln, und er zwängte sich hinaus und stürmte auf den Rasen. Ein Ehepaar, das einen der Parkwege entlangwanderte, starrte ihn erstaunt an, und das brachte ihn wieder zur Besinnung. Er blieb stehen und sah sich um. Der Museumsflügel sah unverändert aus, und Gnut verfolgte ihn nicht.

Er spürte, wie die Kälte des nassen Grases durch seine Socken drang, setzte sich und zog keuchend seine Schuhe an. Dann stand er auf und versuchte sich zusammenzureißen. Was für ein unglaublicher Alptraum ... Der tote Stillwell, der tote Gorilla, die tote Spottdrossel – und alle waren vor seinen Augen gestorben. Und am schlimmsten war der Anblick des zweiten toten Stillwell gewesen – den hatte er *nicht* sterben gesehen. Und Gnuts seltsame Zärtlichkeit – der traurige Ausdruck, den er schon zweimal auf dem Robotergesicht gesehen hatte ...

Die Nacht erwachte zum Leben. Mehrere Leute hatten sich vor dem Metalltor versammelt, in der Luft dröhnte die Sirene eines Polizeihubschraubers, in der Ferne klang eine zweite auf, und von allen Seiten kamen Menschen angelaufen. Die Hubschrauber landeten auf dem Rasen vor dem Museum, Polizisten rannten die Stufen hinauf, dann flammten Lichter hinter den Fenstern auf. Cliff hatte seine Fassung wiedergewonnen und ging in den Ausstellungsraum zurück.

Als er geflohen war, hatte Gnut nachdenklich neben der Rampe gestanden, aber jetzt stand er wieder in der alten, wohlbekannten Pose auf dem üblichen Platz, als hätte er sich nie bewegt. Die Schiffsluke war geschlossen, die Rampe verschwunden. Aber die vier Leichen lagen immer noch neben den Trümmern der Roboter.

Er zuckte zusammen, als ein Schrei hinter ihm aufklang. Ein uniformierter Museumsaufseher zeigte auf ihn.

„Das ist der Mann!" rief er. „Als ich die Tür öffnete, schob er sich hindurch und rannte davon, als ob alle Teufel hinter ihm her wären."

Die Polizisten wandten sich zu Cliff um.

„Wer sind Sie?" fuhr ihn einer der Männer an."

„Ich bin Cliff Sutherland – Photoreporter", antwortete Cliff mit ruhiger Stimme. „Ich war hier drin, und dann rannte ich davon. Der Museumsaufseher hat die Wahrheit gesagt."

„Was haben Sie hier gemacht?" fragte der Beamte. „Und woher kommen diese Toten?"

„Gentlemen, das werde ich Ihnen alles erzählen – aber das Geschäft kommt zuerst. In diesem Raum haben sich phantastische Dinge abgespielt. Ich habe sie beobachtet, und ich habe meine Story, aber ..." Cliff lächelte. „Ich kann Ihnen nichts sagen, ohne einen Anwalt zu konsultieren, solange ich die Story nicht an eins der neuen Syndikate verkauft habe. Sie wissen ja, wie das ist. Wenn Sie mir erlauben, das Funkgerät in Ihrem Hubschrauber zu benutzen –

nur für ein paar Minuten, Gentlemen, werde ich Ihnen nachher alles erzählen – sagen wir, in einer halben Stunde, wenn das Fernsehen die Story gebracht hat. Vorläufig können Sie hier gar nichts tun, und es wird auch kein Schaden durch die Verzögerung entstehen."

Der Beamte, der die Fragen gestellt hatte, blinzelte verwirrt, und der andere war geistesgegenwärtiger und ganz gewiß kein Gentleman. Mit erhobenen Fäusten kam er auf Cliff zu. Der Reporter entwaffnete ihn, indem er ihm seinen Presseausweis zeigte. Der Mann warf einen raschen Blick darauf, dann steckte er ihn in die Tasche.

Inzwischen hatten sich etwa fünfzig Leute versammelt, und darunter waren auch zwei Mitglieder einer Nachrichtenagentur, die Cliff kannte. Sie waren ebenfalls mit einem Hubschrauber gekommen. Die Polizisten murrten, aber sie erlaubten ihm sich flüsternd mit den beiden zu verständigen und dann unter polizeilicher Bewachung in den Hubschrauber der Agenten zu gehen. Fünf Minuten später hatte Cliff per Funk ein Geschäft abgeschlossen, das ihm mehr Geld einbringen würde, als er je zuvor in einem ganzen Jahr verdient hatte. Er übergab den Agenten seine Photos und Negative, erzählte ihnen seine Story, und sie verloren keine Zeit und flogen sofort zu ihrem Büro zurück.

Immer mehr Leute hatten sich eingefunden, und die Polizei räumte das Gebäude. Zehn Minuten später traf das Team der Nachrichtenagentur ein, bahnte sich einen Weg durch die Menge, zwängte sich durch das Metalltor. Und bald darauf stand Cliff im gleißenden Scheinwerferlicht vor dem Schiff, nicht weit von Gnut entfernt – er hatte sich geweigert, direkt vor dem Roboter Position zu beziehen, und erzählte vor Kamera und Mikrophon seine Story, die dann blitzschnell in alle Teile des Solarsystems gesendet wurde.

Danach brachten ihn die Polizisten sofort ins Gefängnis – aus Prinzip und weil sie schrecklich wütend waren.

V

Cliff blieb bis zum nächsten Morgen in der Zelle – bis die Burschen vom Nachrichtendienst endlich einen Anwalt aus dem Bett gezerrt hatten, der ihn herausholte. Aber als er das Gefängnis verlassen wollte, packte ihn ein Regierungsbeamter am Handgelenk.

„Sie müssen sich einem weiteren Verhör unterziehen, drüben im

Kontinentalen Bundeskriminalamt“, sagte der Mann, und Cliff ging bereitwillig mit.

Ganze fünfundreißig hohe Kriminalbeamte und andere „große Tiere“ erwarteten ihn in einem imposanten Konferenzraum – ein Sekretär des Präsidenten, der Unterstaatssekretär, der Verteidigungsminister, Wissenschafter, ein Colonel, Generaldirektoren, und Kongreßmitglieder. Der alte Sanders mit dem grauen Schnurrbart, der Chef des Kontinentalen Bundeskriminalamts, führte den Vorsitz.

Sie forderten Cliff auf, seine Geschichte zu erzählen, dann einige Teile zu wiederholen, und dann noch mal von vorn anzufangen – nicht weil sie an seinen Worten zweifelten, sondern weil sie hofften, irgendwelche Hinweise zu entdecken, die ein Licht auf das Rätsel werfen könnten. Geduldig durchforschte Cliff sein Gehirn nach Einzelheiten, die er vielleicht vergessen hatte.

Sanders stellte die meisten Fragen. Nach etwa einer Stunde, als Cliff schon glaubte, man würde ihn entlassen, fragte ihn der alte Mann nach seiner persönlichen Meinung.

„Glauben Sie, daß Gnut auf irgendeine Weise durch die Säuren, die Strahlen und die anderen Behandlungsmethoden unserer Wissenschafter beeinflußt wurde?“

„Davon habe ich nichts bemerkt.“

„Glauben Sie, daß er sehen kann?“

„Davon bin ich überzeugt. Oder er hat andere Fähigkeiten, die unserer Sehkraft entsprechen.“

„Glauben Sie, daß er hören kann?“

„Ja, Sir. Als ich ihm zuflüsterte, daß Stillwell tot sei, beugte er sich herab, als wollte er selber nachsehen. Es würde mich nicht überraschen, wenn er verstanden hätte, was ich gesagt habe.“

„Und er hat kein einziges Mal gesprochen? Er hat nur diese Laute von sich gegeben, mit denen er die Luke öffnen kann?“

„Er hat kein Wort gesagt, weder in Englisch noch in einer anderen Sprache.“

„Wurden seine Kräfte Ihrer Meinung nach durch unsere Behandlung beeinträchtigt?“ erkundigte sich einer der Wissenschafter.

„Ich habe Ihnen ja erzählt, wie mühelos er mit dem Gorilla fertig wurde. Er griff das Tier an und schleuderte es zurück, worauf es sich ängstlich in den Hintergrund des Raumes zurückzog.“

„Und wie erklären Sie sich die Tatsache, daß bei unseren

Autopsien keine tödlichen Wunden, keine Todesursachen festgestellt werden konnten – werder im Gorilla noch in der Spottdrossel noch in den beiden identischen Leichen Stillwells?“ fragte ein Mediziner.

„Das kann ich mir nicht erklären.“

„Glauben Sie, daß Gnut gefährlich ist?“ wollte Sanders wissen.“

„Potentiell ist er sehr gefährlich.“

„Aber Sie haben gesagt, Sie hätten das Gefühl, daß er uns nicht feindlich gesinnt ist.“

„Ich habe gesagt, daß er *mir* nicht feindlich gesinnt ist. Ich kann Ihnen leider nicht erklären, warum ich dieses Gefühl habe – ich kann nur wiederholen, daß er mich zweimal verschont hat, als ich in seiner Gewalt war. Vielleicht wurde ich auch von der sanften Art beeinflußt, mit der er die Toten behandelte – oder von dem traurigen, nachdenklichen Ausdruck, den ich zweimal auf seinem Gesicht sah.“

„Würden Sie es riskieren, eine weitere Nacht im Museum zu verbringen – allein mit Gnut.“

„Um nichts in der Welt.“

Sie lächelten.

„Haben Sie in der vergangenen Nacht keine Photos gemacht?“

„Nein, Sir“, gestand Cliff widerstrebend und bewahrte nur mühsam Haltung, weil er sich maßlos schämte.

Ein Mann, der bisher geschwiegen hatte, kam ihm zu Hilfe, indem er das Thema wechselte.

„Sie haben vorhin im Zusammenhang mit Gnuts Aktionen das Wort ‚zweckdienlich‘ gebraucht. Können Sie uns das genauer erklären?“

„Ja, das ist mir mehrmals aufgefallen. Gnut scheint sich niemals sinnlos zu bewegen. Und wenn er will, bewegt er sich erstaunlich schnell. Das konnte ich beobachten, als er den Gorilla angriff. Sonst geht er ruhig umher, als ob er irgendwelche simplen Aufgaben methodisch erledigen würde. Das erinnert mich an eine andere merkwürdige Beobachtung. Manchmal nimmt er irgendwelche Positionen ein, zum Beispiel eine gebückte Haltung, und dann verharrt er minutenlang in dieser Pose, ohne sich zu rühren. Anscheinend hat er ein anderes Zeitgefühl als wir. Manchmal bewegt er sich überraschend schnell – dann wieder überraschend langsam. Vielleicht hängen auch seine langen reglosen Perioden damit zusammen."

„Das ist sehr interessant", meinte ein Wissenschafter. „Und welche Erklärung haben Sie für die Tatsache, daß er sich nur nachts bewegt?"

„Vielleicht will er bei seinen Aktivitäten nicht beobachtet werden. Und er ist nur nachts allein."

„Aber er setzte seine Tätigkeit fort, obwohl er Sie entdeckt hatte."

„Ich weiß. Aber ich habe keine andere Erklärung. Vielleicht betrachtet er mich als harmlos – oder unfähig, ihm in die Quere zu kommen. Womit er ganz sicher recht hätte."

„Bevor Sie hierherkamen, hatten wir überlegt, ob wir ihn in einen großen Block aus Glastex einmauern sollen. Glauben Sie, daß er das zulassen würde?"

„Keine Ahnung. Wahrscheinlich schon. Er hat die Säuren und Strahlen ja auch über sich ergehen lassen. Aber man sollte das besser tagsüber machen, weil er sich nachts bewegt."

„Aber er hat sich auch bei Tag bewegt, als er mit Klaatu aus dem Flugzeug gestiegen ist."

„Ich weiß."

Anscheinend fielen ihnen keine weiteren Fragen ein, Sanders schlug mit der flachen Hand auf den Tisch.

„Das wäre alles, Mr. Sutherland. Vielen Dank für Ihre Hilfe. Und ich muß Sie beglückwünschen. Sie sind ein schrecklich verrückter, bornierter, aber sehr tapferer junger Mann – und ein guter Geschäftsmann." Er lächelte schwach. „Sie können jetzt gehen, aber wahrscheinlich werden wir Sie später noch einmal brauchen."

„Danke, Sir", sagte Cliff. „Würden Sie mir bitte erlauben, die nächste Nacht vor dem Gebäude zu verbringen? Nicht drinnen, nur davor. Ich habe das Gefühl, daß irgend etwas geschehen wird."

„Immer auf der Jagd nach Sensationen, was?" erwiderte Sanders nicht unfreundlich. „Und wenn was Tolles passiert, lassen Sie die Polizei warten, bis Sie Ihre Geschäfte abgewickelt haben."

Das werde ich nicht mehr tun, Sir. Wenn irgend etwas passiert, werde ich die Polizei sofort informieren."

Der alte Mann zögerte.

„Ich weiß nicht recht ... Ich mache Ihnen einen Vorschlag. Alle

Nachrichtenagenturen wollen ihre Leute vor dem Museum postieren, und das können wir nicht zulassen. Aber wenn Sie es so einrichten könnten, daß Sie sämtliche Nachrichtenzentralen vertreten, hätte ich nichts dagegen. Wahrscheinlich wird gar nichts passieren, aber ihr Bericht würde die Hysteriker beruhigen. Halten Sie mich auf dem laufenden!“

Cliff bedankte sich, lief hinaus und rief sein Syndikat an, um ihnen kostenlos ein paar Tips zu geben, dann erwähnte er Sanders' Vorschlag. Zehn Minuten später riefen sie zurück und sagten, daß alles arrangiert wäre und daß er ein paar Stunden schlafen sollte, damit er abends frisch und munter sei. Sie würden inzwischen die Stellung halten. Leichten Herzens ging Cliff zum Museum. Auf dem Vorplatz drängten sich Tausende von Neugierigen. Ein starker Polizeikordon drängte die Menge immer wieder zurück. Er kam nicht durch, denn die Polizisten erkannten ihn. Er sah ihnen an, daß sie ihm immer noch nicht verziehen hatten. Aber das machte ihm nichts aus. Plötzlich war er sehr müde. Er ging ins Hotel und legte sich ins Bett.

Er hatte nur ein paar Minuten geschlafen, als sein Telefon läutete. Mit geschlossenen Augen nahm er den Hörer ab. Es war ein Bursche vom Syndikat, der seltsame Neuigkeiten für ihn hatte. Soeben hatte sich Stillwell gemeldet, quicklebendig. Der echte Stillwell. Die beiden Toten waren offenbar Kopien. Stillwell konnte sich das nicht erklären. Er hatte keine Brüder.

Für einen Augenblick war Cliff hellwach. Dann sank er ins Bett zurück. Jetzt konnte ihn nichts mehr aufregen.

VI

Um vier Uhr passierte Cliff den Kordon, munter und ausgeschlafen, eine Infrarot-Vergrößerungskamera um die Schulter geschlungen, und ging ins Museum. Man hatte ihn erwartet und machte ihm keine Schwierigkeiten. Als sein Blick auf Gnut fiel, erfaßte ihn ein sonderbares Gefühl, und aus einem unerklärlichen Grund tat ihm der riesige Roboter fast leid.

Gnut stand so da wie immer, den rechten Fuß ein wenig vorgeschoben, einen nachdenklichen Ausdruck auf dem Gesicht. Aber nun steckte er in einem großen Block aus transparentem Glastex, von den Füßen bis zum Kopf war er in einem wasserklaren Gefängnis eingemauert, in einem Würfel von acht Fuß Seitenlänge, der es nicht einmal seinen erstaunlichen Muskeln gestattete, auch nur ganz leicht zu zucken.

Es war zweifellos absurd, Mitleid mit einem Roboter zu haben, mit einem von Menschenhand hergestellten Mechanismus, aber Cliff hatte begonnen, ihn ebenso als Lebewesen zu betrachten wie seine Mitmenschen. Er hatte bewiesen, daß er einen zielgerichteten Willen besaß, er hatte komplizierte Aktionen durchgeführt, sein Gesicht hatte zweimal ganz deutlich gezeigt, daß er Trauer empfinden konnte, und mehrmals tiefe Nachdenklichkeit. Er war gnadenlos mit dem Gorilla umgegangen und sehr sanft mit der Spottdrossel und den beiden menschlichen Leichen. Zweimal hatte er darauf verzichtet, Cliff zu zerschmettern, der in seiner Gewalt gewesen war. Cliff bezweifelte keine Minute lang, daß Gnut noch lebte – was für eine Art von Leben das auch immer sein mochte.

Aber draußen warteten die Männer vom Rundfunk und vom Fernsehen. Er mußte mit seiner Arbeit beginnen. Er ging zu den Leuten hinaus, die sofort hektische Betriebsamkeit entwickelten.

Eine Stunde später saß Cliff allein auf einem Ast, etwa fünfzehn Fuß hoch über dem Boden. Durch eines der Fenster konnte er Gnuts Oberkörper sehen. Auf den Zweigen rings um ihn waren drei Apparate befestigt – seine Infrarot-Vergrößerungskamera, eine infrarote Fernsehkamera mit Tonaufnahmegerät. Mit Hilfe seiner Kamera konnte er im Dunkeln so gut wie bei Tageslicht sehen und den Roboter vergrößern. Die anderen Geräte würden alles aufnehmen, in Bild und Ton, auch seine Kommentare, und sie an mehrere Sendestudios weiterleiten, die sie dann in alle Richtungen ausstrahlen würden, so daß sie im ganzen Solarsystem empfangen werden konnten, auch auf den entferntesten Planeten. Wahrscheinlich hatte man noch nie zuvor einen Photoreporter mit einer so wichtigen Aufgabe betraut – und ganz bestimmt keinen, der im entscheidenden Augenblick vergessen hatte, Photos zu machen. Aber daran dachte jetzt niemand mehr, und Cliff war sehr stolz und in voller Aktionsbereitschaft.

Weit hinten stand die Menge der Neugierigen und der Ängstlichen. Würde der Glastex-Würfel den Roboter festhalten können? Und wenn nicht – würde er herauskommen und Rache üben? Oder würden unvorstellbare Wesen aus dem Schiff kommen, ihn befreien und dann die Erdenmenschen vernichten? Millionen saßen zitternd vor ihren Fernsehapparaten, bereit, beim ersten Anzeichen einer Gefahr in die fernsten Zonen des Solarsystems zu fliehen.

An strategisch ausgewählten Punkten, nicht weit von Cliff entfernt, standen mobile Strahlenbatterien, von Armee-Einheiten bemannt. In einer Senke, schräg hinter ihm, war ein riesiger Panzerwagen mit einem gewaltigen Geschütz stationiert.

Jede Waffe war auf das Tor des Museumsflügels gerichtet. Eine Reihe kleinerer, schnellerer Panzerwagen stand einsatzbereit fünfzig Yards weiter nördlich. Ihre Strahlenprojektoren waren ebenfalls auf das Tor gerichtet, nicht aber die Geschütze. Im Gebiet rings um das Gebäude gab es nur eine einzige Stelle – die Senke, wo der große Panzerwagen stand – an der ein Schuß, auf das Metalltor gezielt, keinen Schaden in der Stadt anrichten und kein Menschenleben gefährden würde.

Die Dämmerung brach herein. Die letzten Armeeoffiziere, Politiker und andere Privilegierte kamen aus dem Museum, das Metalltor wurde verschlossen. Bald blieb Cliff allein mit den Männern zurück, die an den ringsum verteilten Waffen postiert waren.

Die Stunden verstrichen. Der Mond ging auf. Von Zeit zu Zeit teilte Cliff dem Studioteam mit, daß alles ruhig war. Mit dem bloßen Auge konnte er nichts von Gnut sehen außer den beiden roten Augenpunkten, aber durch das Vergößerungsglas seiner Kamera sah er ihn so deutlich wie bei Tageslicht und aus einer scheinbaren Entfernung von zehn Fuß. Abgesehen von den glühenden Augen wies nichts darauf hin, daß der Roboter noch funktionierte, daß er nicht nur lebloses Metall war.

Eine weitere Stunde verstrich. Hin und wieder schaltete Cliff seinen winzigen Armbandfernseher ein, immer nur für ein paar Sekunden, um die Batterie nicht vorzeitig zu verbrauchen. Gnut tauchte auf dem Bildschirm auf, dann sein eigenes Gesicht mit seinem Namen, auch der Baum, auf dem er saß, wurde gezeigt. Es war ein komisches Gefühl, sich selbst zu beobachten.

Und dann entdeckte Cliff plötzlich etwas und beugte sich zu seinem Vergrößerungsglas hinab. Gnuts Augen bewegten sich – zumindest veränderte sich die Lichtintensität, die sie ausströmten. Es war, als ob die Strahlen zweier winziger roter Taschenlampen hin und her schweifen würden.

Atemlos informierte Cliff das Studio, schaltete die Fernsehkamera und das Tonaufnahmegerät ein, schilderte das Phänomen. Millionen hörten die Erregung in seiner Stimme. Würde sich Gnut nun aus seinem schrecklichen Gefängnis befreien?

Minuten verstrichen, die Augen wanderten weiterhin von einer Seite zur anderen, aber Cliff konnte nicht feststellen, ob sich der Körper des Roboters bewegte oder zu bewegen versuchte. In kurzen Abständen schilderte er, was er sah. Gnut lebte, und er stemmte sich zweifellos gegen sein transparentes Gefängnis, aber bis jetzt war keine Bewegung darin zu erkennen.

Cliff blickte von seinem Vergrößerungsglas auf – und zuckte zusammen. Die bloßen Augen auf den Roboter gerichtet, der in Dunkelheit gehüllt war, machte er eine erstaunliche Entdeckung – sah etwas, das er durch das Gerät nicht wahrgenommen hatte. Ein schwacher roter Schimmer hatte sich über Gnuts Körper ausgebreitet. Mit zitternden Fingern regulierte Cliff das Objektiv der Fernsehkamera, gleichzeitig verstärkte sich der rote Schimmer. Bald leuchtete der Körper des Roboters, als sei er bis zur Weißglut erhitzt worden.

Erregt beschrieb er den Anblick, nur in Satzfragmenten, denn er mußte sich hauptsächlich darauf konzentrieren, das Objektiv zu regulieren. Gnut erstrahlte immer greller, und dann begann er sich zu bewegen. Ja, er bewegte sich unverkennbar.

Offenbar besaß er die Fähigkeit, seine Körpertemperatur zu erhöhen, und suchte nun nach dem Schmelzpunkt des Plastikstoffs, der ihn umschloß. Cliff wußte, daß Glastex ein thermoplastisches Material war, das bei Kälte erstarrte und unter Hitzeeinwirkung wieder weich wurde. Gnut schmolz sich einen Weg in die Freiheit.

In abgehackten Worten schilderte Cliff den Vorgang. Gnuts Körper strahlte nun in blendendem Weiß, und der Würfel rings um ihn begann sich zu verbiegen. Der Roboter konnte sich jetzt freier bewegen. Das flüssige Glastex rann an seinem Kopf herab, dann floß es von den Schultern, von der Taille – Cliff konnte den restlichen Körper nicht sehen. Aber er wußte, daß Gnut frei war. Und dann verschwand der Roboter aus seinem Blickfeld.

Cliff kniff die Augen zusammen, spitzte die Ohren, aber er sah nichts und er hörte nichts außer dem fernen Johlen der Menge hinter dem Polizeikordon und den Stimmen der kommandierenden Offiziere, die den Soldaten an den Strahlenbatterien und Geschützen knappe, scharfe Befehle erteilten. Auch die hatten Cliffs Bericht gehört und das Geschehen vielleicht auch am Fernsehschirm verfolgt, und nun warteten sie angespannt.

Einige Minuten verstrichen. Dann flog das Metalltor krachend auf, und der Metallriese trat heraus, Stocksteif stand er da. Die weiße Glut war erloschen, nur die roten Augen leuchteten, ihr Blick wanderte durch das Dunkel.

Stimmen drangen durch die Nacht, brüllten Befehle, und Sekunden später war er in ein Kreuzfeuer aus bunten, zischenden Strahlen getaucht. Hinter ihm begannen die Metallflügel des Tors zu schmelzen, aber an seinem großen grünen Körper zeigte sich keine Veränderung. Und dann drohte die Welt unterzugehen. Es krachte ohrenbetäubend, und Cliffs Umgebung schien in einem rauchenden Chaos zu explodieren. Sein Baum wurde zur Seite gebogen, so daß er fast hinabstürzte, Schutt regnete herab. Der große Panzerwagen hatte einen Schuß abgefeuert, und der Reporter war überzeugt, daß Gnut getroffen worden war.

Cliff hielt sich an seinem Ast fest und starrte in die Rauchschleier. Als sich die Schwaden auflösten, nahm er eine Bewegung zwischen den Trümmern vor dem Tor wahr, und dann tauchte verschwommen, aber unverkennbar die große Gestalt Gnuts auf, der sich langsam erhob. Er wandte sich dem Panzerwagen zu, und plötzlich stürmte er zu der Senke. Das große Geschütz schwang in seine Richtung, aber der Roboter sprang blitzschnell in Deckung, und dann hatte er den Panzerwagen auch schon erreicht. Während die Soldaten das Weite suchten, zerschmetterte Gnut den Hinterlader mit einem einzigen Faustschlag, dann wandte er sich um und blickte zu Cliff hinüber.

Er ging auf ihn zu, und Sekunden später stand er unter dem Baum. Cliff kletterte höher hinauf. Gnut schlang die Arme um den Stamm, zerrte daran, und der entwurzelte Baum landete krachend auf dem Boden. Bevor Cliff fliehen konnte, hoben ihn die Metallhände hoch.

Cliff glaubte, daß seine letzte Stunde geschlagen hatte, aber in dieser Nacht sollte er noch viele seltsame Dinge erleben. Gnut tat ihm nichts zuleide. Er hielt ihn auf Armeslänge von sich ab, blickte ihn sekundenlang an, dann setzte er ihn auf seine Schultern, so daß ihm die Beine auf die Brust hingen. Er umklammerte einen Knöchel des Reporters, dann ging er ohne zu zögern den Weg hinab, der nach Westen führte.

Cliff saß hilflos auf den Metallschultern. Drüben auf dem Rasen sah er, wie die Geschützmündungen Gnut verfolgten – und ihn. Aber sie feuerten nicht. Gnut war vor den Waffen sicher, da er eine Geisel bei sich hatte – das hoffte Cliff wenigstens.

Der Roboter ging geradewegs auf das Tidebecken zu. Die meisten kleinen Panzerwagen folgten ihm in großem Abstand. In weiter Ferne sah Cliff eine dunkle Woge über den Rasen rollen. Die Menge hatte den Polizeikordon durchbrochen, rannte hinter Gnut her, und bald hörte der Roboter die erregten Stimmen. Die Leute kamen nur bis auf fünfzig Yards heran, dann blieben sie stehen, nur wenige wagten sich noch weiter vor.

Gnut beachtete sie ebensowenig wie die Last auf seinen Schultern. Cliff saß auf hartem Stahl, aber die Muskeln, die unter der grünen glänzenden Haut lagen, spielten bei jeder Bewegung, und diese metallische Muskulatur war für ihn ein unfaßbares Wunder.

Schnurgerade ging Gnut dahin, über Wege und Wiesen, zwischen dünnen Baumreihen hindurch, verfolgt vom Gebrüll der Menge. Über Cliffs Kopf dröhnten Hubschrauber, Flugzeuge schnellten umher, Polizeiautos mit entnervenden Sirenen fuhren hinter dem Roboter her. Vor ihm lag das stille Wasser des Tidebeckens, in dessen Mitte sich das einfache Marmorgrab des ermordeten Botschafters Klaatu erhob. Schwarz und kalt schimmerte es im Licht der vielen Scheinwerfer, die den Nachthimmel erhellten. War dies ein Rendevous mit dem Tod?

Ohne zu zögern, schritt Gnut die Uferböschung hinab und stieg ins Wasser. Es reichte ihm bis zu den Knien, dann bis zur Taille. Bald hingen auch Cliffs Füße im Wasser. Geradewegs ging der Roboter durch die dunklen Fluten, auf Klaatus Grab zu.

Der schwarze Marmorwürfel ragte immer höher auf, je näher sie herankamen. Gnuts Körper tauchte aus dem Wasser, als er die pyramidenförmige Treppe hinaufstieg, dann blieb er auf der schmalen Plattform stehen, auf der das Grabmal stand.

Hell angestrahlt von den blendenden Scheinwerfern, schritt der Roboter einmal um den Grabstein herum, dann bückte er sich, spannte die Muskeln an und stemmte sich dagegen. Der Marmor knirschte, der Würfel brach auseinander.

Im Licht der kreisenden Scheinwerfer spiegelte sich ein transparenter Plastiksarg wider, mit dicken Wänden, versiegelt für Jahrhunderte.

Darin lag die sterbliche Hülle Klaatus, des Besuchers, der von einer großen unbekannten Welt stammte. Er lag da, als würde er schlafen, auf dem Gesicht jenen Ausdruck göttergleichen Adels, der einige Ignoranten veranlaßt hatte, ihn als Gott zu bezeichnen. Er trug noch die Robe, in der er angekommen war. Keine welken Blumen, keine Juwelen schmückten den Sarg, denn sie hätten nur banal gewirkt. Am Fußende des Sarges stand eine kleine versiegelte Kiste, ebenfalls aus transparentem Plastik, die einen Bericht über Klaatus Besuch und die Ereignisse nach seiner Ankunft sowie einen kurzen Tonfilm enthielt, auf dem seine wenigen Gesten und Worte aufgezeichnet waren.

Cliff saß ganz still auf den Metallschultern und wünschte, er könnte Gnuts Gesicht sehen. Auch der Roboter verharrte lange Zeit reglos in seiner gebeugten Haltung, in einer Pose respektvoller Betrachtung. Auf dieser hell beleuchteten Pyramide, vor den Augen einer angstvollen, erregten Menge, erwies Gnut seinem schönen, angebeteten Herrn die letzte Ehre.

Dann bewegte er sich plötzlich, griff nach der kleinen Plastikkiste, richtete sich auf und begann die Treppe hinabzusteigen.

Er ging zurück durch das Wasser, geradewegs auf das Gebäude zu, über Wiesen und Wege, unaufhaltsam, mit gleichmäßigen Schritten. Vor ihm wichen die Menschen zurück, liefen hinter ihm her in gebührendem Abstand, zertrampelten einander im Bemühen, ihn nicht aus den Augen zu verlieren. Von Gnuts Rückkehr gab es keine Fernsehaufzeichnung. Denn die erregte Menge hatte die Geräte bereits demoliert, als Gnut zum Grab gegangen war.

Als sie sich dem Gebäude näherten, sah Cliff, daß das Projektil des Panzerwagens ein Loch in die Wand gerissen hatte, das mit einem Durchmesser von zwanzig Fuß vom Dach bis zum Boden reichte. Das Tor stand immer noch offen, und Gnut stieg über den Schutt hinweg, ohne den gleitenden Rhythmus seiner Schritte zu unterbrechen, und ging geradewegs auf das Schiff zu. Cliff fragte sich, ob ihn der Roboter jetzt freilassen würde.

Seine Hoffnung erfüllte sich. Gnut stellte ihn auf die Füße und zeigte zum Tor. Dann gab er die Laute von sich, die das Schiff öffneten. Die Rampe sank herab, und er ging hinein.

Und dann beging Cliff jene verrückte, mutige Tat, die ihn berühmt machte. Als die Rampe zurückzugleiten begann, sprang er darauf und betrat das Schiff. Die Luke schloß sich.

VII

Es war stockdunkel und ringsum herrschte Grabesstille. Cliff rührte sich nicht. Er spürte, daß Gnut dicht vor ihm stand.

Die harte Metallhand packte ihn um die Taille, zog ihn an den kalten Körper, trug ihn irgendwohin. Plötzlich übergossen versteckte Lampen den Schiffsraum mit bläulichem Licht.

Gnut stellte Cliff auf die Beine und sah ihn an. Der junge Mann bereute seine unüberlegte Tat bereits, aber der Roboter schien nicht böse zu sein, wenn die roten Augen auch unergründlich waren. Er zeigte auf einen Stuhl in der Ecke des Raumes, und Cliff gehorchte und setzte sich ermattet und wagte vorerst nicht sich umzublicken.

Als er sich von seinem Schrecken erholt hatte, stellte er fest, daß er sich in einem kleinen Labor befand. Komplizierte Metall- und Plastikapparate waren an den Wänden aufgestellt oder bedeckten mehrere kleine Tische. Er wußte nicht, wozu diese Geräte dienten, und er konnte es auch nicht erraten. Das Zentrum des Raumes beherrschte ein länglicher Metalltisch, auf dem eine große Kiste stand. Sie sah wie ein Sarg aus und war durch viele Drähte mit einem komplizierten Apparat an der gegenüberliegenden Wand verbunden. Ein Lichtkegel strömte von einer Lampe, aus vielen Röhren zusammengesetzt, auf den Tisch herab.

Ein Ding, das halb verdeckt auf einem anderen Tisch lag, sah wohlvertraut aus und schien überhaupt nicht hierherzupassen. Es war eine Aktentasche – eine ganz gewöhnliche Erdentasche, und Cliff fragte sich, wie sie hierhergekommen war.

Gnut schenkte ihm keine Beachtung. Mit einem massiven Werkzeug öffnete er die kleine Plastikkiste, die er aus dem Grab geholt hatte. Er nahm die Filmrolle heraus und verbrachte eine volle halbe Stunde damit, sie in den Apparat einzulegen, der durch Drähte mit dem Sarg verbunden war. Fasziniert sah Cliff zu, wie geschickt der Roboter die harten Metallfinger bewegte. Als diese Aufgabe bewältigt war, begann Gnut an mehreren Zusatzgeräten zu arbeiten, die auf einem anderen Tisch standen.

Dann hielt er nachdenklich inne. Schließlich zog er an einem langen Hebel.

Eine Stimme kam aus dem Sarg – die Stimme des ermordeten Botschafters.

„Ich bin Klaatu", sagte sie. „Und das ist Gnut."

Der Tonfilm, dachte Cliff. Die ersten und letzten Worte, die der Botschafter nach seiner Ankunft gesprochen hatte. Aber in der nächsten Sekunde erkannte er, daß er sich geirrt hatte. Ein Mann lag in der Kiste. Der Mann bewegte sich, setzte sich auf, und Cliff starrte in Klaatus lebendes Gesicht.

Klaatu blinzelte überrascht und redete hastig auf Gnut ein, in einer fremden Sprache. Und dann hörte Cliff den Roboter zum erstenmal sprechen. Die Silben stürzten hervor, wie aus menschlichen Emotionen geboren, und der verwirrte Ausdruck in Klaatus Augen wich einer staunenden Bewunderung. Sie unterhielten sich einige Minuten lang, dann sank Klaatu, sichtlich ermüdet zurück, richtete sich aber sofort wieder auf, als er Cliff entdeckte. Gnut begann wieder zu sprechen, Klaatu winkte Cliff zu sich, und der junge Mann gehorchte.

„Gnut hat mir alles erzählt", sagte Klaatu mit leiser, sanfter Stimme, dann sah er Cliff schweigend an, mit einem schwachen, müden Lächeln.

Hundert Fragen lagen Cliff auf der Zunge, aber er wagte es nicht, den Mund aufzumachen.

„Aber ...", begann er schließlich in respektvollem Ton, „Sie sind doch nicht der Klaatu, der im Grab lag?"

Das Lächeln des Mannes erlosch, und er schüttelte den Kopf.

„Nein." Er sah zu dem Roboter auf und sagte etwas in seiner Muttersprache.

Gnuts metallische Gesichtszüge verzogen sich schmerzlich. Dann wandte sich Klaatu wieder an Cliff. „Ich sterbe", erklärte er ganz schlicht, als müßte er seine Worte vereinfachen, um sie einem Erdenmann begreiflich zu machen. Wieder glitt dieses schwache, müde Lächeln über sein Gesicht.

Cliffs Zunge war wie gelähmt. Er konnte den Mann nur anstarren, auf eine Erleuchtung hoffen. Klaatu schien seine Gedanken zu lesen.

„Sie verstehen das nicht", sagte er. „Obwohl er anders ist als wir, so verfügt Gnut doch über große Fähigkeiten. Als der Flügel gebaut war und die Vorlesungen gehalten wurden, hatte er eine wunderbare Inspiration. Eines Nachts stellte er diesen Apparat her, und nun hat er auch mich neu geschaffen – aus der Stimme, die Ihr Volk aufgenommen hat. Sie müssen wissen, daß jeder Körper charakteristische Laute hervorbringt. Gnut hat einen Apparat konstruiert, der den Tonaufnahmeprozeß in umgekehrter Reihenfolge ablaufen läßt, und auf diese Weise kann aus einer Stimme der dazupassende Körper entstehen."

Cliff schnappte nach Luft. So war das also ...

„Aber Sie müssen nicht sterben!" rief er plötzlich voller Eifer. „Ihre Stimme wurde aufgenommen, als Sie aus dem Schiff gestiegen waren, und da waren Sie noch kerngesund. Erlauben Sie mir, Sie in eine Klinik zu bringen! Unsere Ärzte sind sehr tüchtig."

Kaum merklich schüttelte Klaatu den Kopf.

„Sie verstehen es noch immer nicht", sagte er langsam und mit schwächerer Stimme. „Die Tonbandaufnahme war unvollkommen. Vielleicht waren die Fehler nur geringfügig – aber sie haben das Produkt beeinträchtigt. Gnuts Experimentalgeschöpfe sind alle schon nach wenigen Minuten gestorben. Er hat es mir gesagt ... Und auch ich muß sterben ..."

Plötzlich verstand Cliff den Ursprung der „Experimente". Er erinnerte sich, daß ein Angestellter der Smithsonian Institution an dem Tag, als der neue Museumsflügel eröffnet worden war, eine Aktentasche verloren hatte. Darin hatten sich Tonbänder befunden, mit Aufnahmen von Tierstimmen. Und hier auf dem Tisch lag eine Aktentasche.

Die beiden Stillwells mußten aus den Tonbändern entstanden sein, die in der Schublade des paneelierten Tisches im Ausstellungsraum gelegen hatten.

Mit schwerem Herzen sah er Klaatu an. Er wollte nicht, daß dieser Fremde starb. Und langsam nahm ein Gedanke in seinem Kopf Gestalt an, mit wachsender Erregung erklärte er, was er vorhatte.

„Sie sagen, daß die Aufnahme unvollkommen war. Und das war sie auch, weil das Aufnahmegerät unvollkommen war. Wenn Gnut den Apparat hätte, mit dem Ihre Stimme aufgezeichnet wurde, könnte er die Fehler ausmerzen – und Ihnen ein neues Leben schenken."

Kaum waren die letzten Worte über Cliffs Lippen gekommen, als Gnut zu ihm herumwirbelte und seinen Arm packte. Echte menschliche Erregung schimmerte in den Metallmuskeln seines Gesichts.

„Holen Sie mir den Originalapparat – damit ich die Fehler ausschalten kann!“ befahl er – in akzentfreiem Englisch. Er wollte Cliff zur Tür schieben, aber Klaatu hob die Hand.

„Es ist zu spät für mich“, sagte er mit ruhiger Stimme. „Wie heißen Sie, junger Mann?“

„Cliff Sutherland.“

„Bleiben Sie bei mir – bis zum Ende“, bat Klaatu. Er schloß die Augen und schwieg eine Weile. Dann lächelte er, ohne die Augen zu öffnen. „Seien Sie nicht traurig, denn vielleicht werde ich wieder leben – und das wird Ihr Verdienst sein. Ich habe keine Schmerzen ...“ Seine Stimme wurde immer schwächer. Und obwohl so viele Fragen auf Cliffs Zunge brannten, konnte er den Sterbenden nur stumm ansehen. Wieder schien Klaatu seine Gedanken zu lesen.

„Ich weiß“, flüsterte er, „ich weiß. Wir hätten einander so viele Fragen zu stellen – über Ihre Kultur – und Gnuts Kultur ...“

„Und Ihre“, sagte Cliff.

„Und Gnuts Kultur“, wiederholte die sanfte Stimme. „Vielleicht – eines Tages – wenn ich zurückkomme ...“

Reglos lag er da – für lange Zeit, und schließlich erkannte Cliff, daß Klaatu tot war. Tränen stiegen ihm in die Augen. Innerhalb weniger Minuten hatte er diesen Mann lieben gelernt. Er sah Gnut an. Auch der Roboter wußte, daß Klaatu tot war, aber in seinen roten Augen glänzten keine Tränen. Sie waren auf Cliff gerichtet, und der junge Mann wußte, was Gnut dachte.

„Gnut“, sagte er ernsthaft, als würde er einen heiligen Eid schwören. „Ich hole den Originalapparat – jetzt gleich.“

Wortlos führte Gnut ihn zur Luke. Er gab die Laute von sich, die das Schloß öffneten. Als die Tür aufschwang, drängten sich lärmende Menschen zum Ausgang zu.

Der Ausstellungsraum war hell erleuchtet. Cliff ging die Rampe hinab.

An die nächsten beiden Stunden hatte Cliff später nur vage, traumhafte Erinnerungen. Es war, als sei das mysteriöse Labor, in dem der Tote friedlich ruhte, die Wirklichkeit, der Mittelpunkt seines Lebens, als sei diese Szene mit den lärmenden Menschen nur ein barbarisches Zwischenspiel. Er stand nicht weit von der Rampe entfernt und erzählte nur einen Teil seiner Geschichte. Man glaubte ihm. Er wartete gelassen, während die höchsten Beamten seines Landes ihren ganzen Einfluß geltend machten, um ihm den Apparat, den der Roboter verlangt hatte, möglichst schnell zu beschaffen.

Als er das Gerät in Empfang genommen hatte, trug er es in das kleine Vestibül hinter der Luke. Gnut erwartete ihn. In seinen Armen hielt er die schlanke Gestalt des zweiten Klaatu, die er dem jungen Mann behutsam übergab. Wortlos nahm Cliff den Toten entgegen, als sei das alles zuvor besprochen worden. Er spürte, daß dies ein Abschied war.

Von allen Fragen, die er Klaatu hatte stellen wollen, ging ihm nur eine einzige nicht aus dem Kopf. Und jetzt, wo der große grüne Roboter vor ihm stand, eingerahmt von der Luke des grünen Schiffes, nutzte er die Gelegenheit.

„Gnut", sagte er mit ernster Stimme, den schlaffen Körper an sich gedrückt, „du mußt mir einen Gefallen tun. Hör mir jetzt ganz genau zu. Erzähl deinem Herrn – dem Herrn, der wieder leben wird, daß es ein unglückseliger Unfall war, den der erste Klaatu erlitten hat – ein Unfall, den alle Erdenmenschen grenzenlos bedauern. Wirst du das tun?"

„Ich habe es gewußt", antwortete der Roboter sanft.

„Aber du versprichst mir, es deinem Herrn zu sagen – mit meinen Worten – sobald er wieder am Leben ist?"

„Sie mißverstehen das alles", sagte Gnut, immer noch sanft, und dann fügte er mit ruhiger Stimme vier weitere Worte hinzu. Als Cliff sie hörte, glitt ein Nebel über seine Augen, und sein Körper erstarrte.

Als er aus seiner Erstarrung erwachte und der Schleier von seinen Augen fiel, sah er das große Schiff verschwinden. Es war plötzlich nicht mehr da. Er taumelte einen Schritt zurück. In seinen Ohren dröhnten Gnuts letzte Worte wie schwere Glocken. Niemals – niemals würde er sie seinen Mitmenschen verraten, bis ans Ende seiner Tage nicht.

„Sie mißverstehen das alles", hatte der mächtige Roboter gesagt. „Ich bin der Herr."

L. Sprague de Camp

Der exaltierte Professor

Während seiner langen, produktiven Karriere verfaßte L. Sprague de Camp mindestens fünf Serien: ‚Viagens interplanetarische Geschichten', *von denen* ‚Die Königin von Zamba' *den größten Erfolg hatte; die* ‚Poseidon Stories', *die zum größten Teil im* ‚Tritonischen Ring' *gesammelt wurden; die* ‚Harold-Shea-Erzählungen', *die er zusammen mit dem verstorbenen Fletscher Pratt schrieb – aus zwei von diesen Stories besteht* ‚Der unvollkommene Zauberer'; *dann die* ‚Gavagans Bar Stories', *ebenfalls zusammen mit Pratt geschrieben und als* ‚Erzählungen aus Gavagans' *Bar gesammelt; und die unbekannteste Serie, die* ‚Johnny Black Stories', *sind fast zu geistreich, um wahr zu sein.*

‚Der exaltierte Professor' *ist die letzte und amüsanteste dieser vier Geschichten.*

(Neben John Campbell war auch L. Sprague de Camp meine Vaterfigur in der Science-fiction-Branche. Er war der erste Autor, der mich gesellschaftlich als gleichwertig betrachtete und mich in sein Haus einlud, wo ich mich prompt in seine schöne Frau verliebte – platonisch. Zusammen mit Bob Heinlein waren wir während des Zweiten Weltkriegs in der Marinewerft von Philadelphia. Und jetzt sind wir Mitglieder der Trap-Door-Spiders zusammen mit Lester del Rey. In all dieser Zeit war mir Sprague immer ein guter Freund, war stets nett und herzlich, und ich liebe und bewundere alles, was er geschrieben hat – die Sachbücher fast noch mehr als die Stories. Ich imitierte ihn sogar ganz bewußt, als ich meine Sachbücher zu schreiben begann. – I. A.)

Der storchenbeinige Mann mit dem grauen Ziegenbart verteilte die zwölf schwarzen Karten auf der Tischplatte. „Versuchen Sie es noch einmal", sagte er.

Der Student seufzte. „Okay, Professor Methuen." Er sah Johnny Black, der auf der anderen Seite des Tisches saß, eine

Tatze auf der Stoppuhr, ängstlich an. Johnny erwiderte den Blick ausdruckslos durch die Brille, die auf seiner gelben Schnauze saß.

„Los!“ sagte Ira Methuen.

Johnny drückte auf den Knopf. Der Student unterzog sich seiner zweiten Schnelligkeitsprüfung. Die zwölf Karten bildeten eine Art dreidimensionales Puzzle. Wenn man sie richtig zusammensetzte, konnte man einen Würfel draus machen. Der Würfel war in welligen, unregelmäßigen Linien auseinandergeschnitten worden, was die Aufgabe erschwerte.

Der Student wühlte in den Karten herum, versuchte mal diese, mal jene mit der Karte zusammenzusetzen, die er in der Hand hielt. Die Uhr tickte. Nach vier Minuten hatte er alle Karten beisammen – bis auf eine. Diese eine, ein Eckstück, wollte einfach nirgendwohin passen. Der Student versuchte sie da und dort hineinzupressen, sah sie ganz genau an, versuchte es noch einmal – sie paßte nicht.

Der Student gab es auf: „Was ist denn da für ein Trick dabei?“

Methuen setzte den Würfel neu zusammen, und jetzt paßte auch die letzte Karte hinein.

„O verdammt!“ sagte der Student. „Ich hätte es auch geschafft, wenn Johnny nicht dabei gewesen wäre.“

Statt sich zu ärgern, verzog Johnny Black die Schnauze zu einem bärbeißigen Grinsen. Methuen fragte den Studenten, warum Johnny denn schuld daran sei.

„Er lenkt mich irgendwie ab. Ich weiß, er ist nett und so ... Aber – das ist so, wissen Sie? Ich bin nach Yale gekommen, um Psychologie zu studieren. Ich hatte schon von den Testtieren gehört, von den Schimpansen und Bären und so. Und als ich dann hier ankam, wurde ich von einem Bären geprüft. Das brachte mich irgendwie durcheinander.“

„Genau das wollen wir ja auch“, sagte Methuen. „Wir sind gar nicht so sehr an dem Würfeltest interessiert, sondern an der Wirkung, die Johnnys Gegenwart auf die Prüflinge ausübt. Wir studieren Johnnys Ablenkungsfaktor – seine Fähigkeit, die Leute von einer Aufgabe abzulenken. Wir studieren auch die Ablenkungsfaktoren vieler anderer Dinge – zum Beispiel von Geräuschen und Gerüchen. Ich habe Ihnen das vorher nicht gesagt, denn vielleicht hätten Sie anders reagiert, wenn Sie es gewußt hätten.“

„Ich verstehe. Kriege ich trotzdem meine fünf Dollar?"

„Natürlich. Auf Wiedersehen, Kitchell. Komm, Johnny. Wir schaffen es gerade noch, pünktlich in die Psychobiologie 100 zu kommen. Das Zeug da können wir nachher wegräumen."

Auf dem Weg zu Methuens Büro fragte Johnny: „He, Boß, haben Sie schon Angst vor dem Effekt?"

„Kein bißchen", sagte Methuen. „Ich glaube, daß meine Originaltheorie stimmt – der elektrische Widerstand der Lücken zwischen menschlichen Neurosen kann gar nicht mehr geringer sein, als er es ohnehin schon ist. Und so werden die Methueninjektionen keinen nennenswerten Effekt auf die Menschen ausüben. Tut mir leid, Johnny, aber ich fürchte, dein Boß wird kein großes Genie werden, nachdem er eine Dosis von seiner eigenen Medizin ausprobiert hat."

Durch die Methuen-Behandlung war Johnny viel intelligenter als normale schwarze Bären und konnte es in dieser Beziehung sogar mit den Menschen aufnehmen. Deshalb hatte er seine spektakulären Kunststücke auf den Virgin Islands und im Central Park Zoo machen können.

Auch andere Zootiere waren der Behandlung unterzogen worden – mit bedauerlichen Resultaten.

Johnny knurrte in seinem Amerikanisch mit Bärenakzent: „Ich glaube, es ist nicht gut, diese Dummköpfe zu unterrichten, wenn Sie mit diesem Zeug vollgestopft sind. Man kann nie wissen ..."

Aber da waren sie bereits an ihrem Ziel angekommen. Im Hörsaal saßen ein paar ernsthafte Studenten, auf die Johnnys Ablenkungsfaktor keine große Wirkung ausübte.

Ira Methuen war kein guter Dozent. Er flocht zu viele ‚uhs' und ‚ehs' ein und neigte zum Nuscheln. Außerdem wurde in der Psychobiologie 100 ein Überblick über wissenschaftliche Grundbegriffe gegeben, und Johnny wußte auf diesem Gebiet bestens Bescheid. Also schaute er sich den Grove-Street-Friedhof auf der anderen Straßenseite an und gab sich melancholischen Betrachtungen über die kurze Lebenserwartung seiner Species verglichen mit der menschlichen hin.

„Autsch!"

R. H. Wimpus, Bakkalaureus der Naturwissenschaften, '68, riß seine Wirbelsäule aus dem üblichen nonchalanten Bogen und straffte sie zu einem kerzengeraden bebenden Pfahl. Seine Augen weiteten sich in stummem Zorn.

„... während entdeckt wurde", dozierte Methuen gerade, „daß die eh-Paralyse des Pes, resultierend aus der Entfernung des korrespondierenden motorischem Gebiets des Kortex bei den Simiiden viel dauerhafter wirkte als bei den anderen Schmalnasenprimaten. Und bei letzteren wirkte sie dauerhafter als bei den Breitnasen ... Mr. Wimpus!"

„Es ist nichts", sagte Wimpus. „Tut mir leid."

„Die Breitnasen hatten mehr darunter zu leiden als die Halbaffen. Während ..."

„Uh!" Ein anderer Student fuhr auf. Während Methuen ihn mit offenem Mund anstarrte, bückte sich ein dritter, hob einen kleinen Gegenstand vom Boden auf und hielt ihn hoch.

„Also wirklich, Gentlemen", sagte Methuen, „ich dachte, Sie wären über das Alter hinaus, wo man sich mit Gummiringen beschießt. Also – während ..."

Wimpus grunzte und zuckte zusammen. Methuen starrte ihn an, dann versuchte er seine Vorlesung fortzusetzen. Aber als immer neue Gummiringe aus heiterem Himmel heranflogen und die Ohren und Hälse der Hörer trafen, löste sich die Disziplin im Saal auf wie ein Stück Zucker in einem schwachen Tee.

Johnny hatte seine Brille aufgesetzt und blickte sich um. Aber er konnte die Quelle des Bombardements ebensowenig entdekken wie die anderen.

Er rutschte von seinem Stuhl und trabte zum Lichtschalter. Das Tageslicht, das durch die Fenster hereinfiel, drang nicht bis zum Hintergrund des Hörsaals vor. Sobald das Licht aufflammte, stand die Herkunft der elastischen Geschosse fest. Zwei Studenten stürzten sich auf eine kleine Holzkiste, die auf dem Regal neben dem Projektor stand.

Die Kiste surrte leise und spuckte durch einen Schlitz Gummiringe aus – alle paar Sekunden einen. Sie brachten sie nach vorn, stellten sie auf Methuens Tisch und öffneten sie. Darin kam eine komplizierte Maschinerie zum Vorschein, die offenbar aus den Einzelteilen zweier Reisewecker und einer Menge handgeschnitzter Holznocken bestand.

„O Gott, o Gott!" rief Methuen. „Eine geniale Erfindung, nicht wahr?"

Die Maschine schaltete sich mit einem Klicken aus. Man untersuchte sie immer noch, als die Glocke läutete.

Methuen blickte aus dem Fenster. Ein Septemberregen plätscherte herab. Er schlüpfte in Überzieher und Überschuhe und holte seinen Schirm aus einer Ecke. Er trug niemals einen Hut. Er verließ das Gebäude und ging die Prospect Street hinab, Johnny trottete hinter ihm her.

„Hallo!“ sagte ein dicker junger Mann, der einen Haarschnitt nötig gehabt hätte. „Haben Sie irgendwelche Neuigkeiten für uns, Professor Methuen?“

„Leider nicht, Bruce“, erwiderte Methuen. „Es sei denn, Sie betrachten Fords Riesenmaus als Neuigkeit.“

„Was für eine Riesenmaus?“

„Dr. Ford hat durch orthogonale Mutation eine Riesenmaus produziert. Er mußte ihre morphologischen Eigenschaften ändern ...“

„Ihre *was?*“

„Ihre äußere Gestalt – falls Sie das besser verstehen. Er mußte sie ändern, um ihr das Weiterleben zu ermöglichen?“

„Wo? Wo ist sie?“

„Im Osborn-Labor. Wenn ...“ Aber Bruce Inglehart rannte schon den Hang hinauf zu den Forschungsgebäuden. „Da wir keinen Krieg haben und New Haven so langweilig ist wie eh und je, müssen sie wohl zu uns kommen, wenn sie Sensationen brauchen. Komm, Johnny! Anscheinend werde ich auf meine alten Tage noch geschwätzig.“

Ein Hund, der gerade vorbeikam, wurde bei Johnnys Anblick halb wahnsinnig und begann zu knurren und zu kläffen. Johnny ignorierte ihn. Sie betraten die Woodbridge Hall.

Dr. Wendell Cook, der Rektor der Yale-Universität, ließ Methuen sofort hereinbitten. Johnny hatte keinen Zutritt zur heiligen Stätte und ging zur Sekretärin des Rektors. Er richtete sich auf und legte die Tatzen auf den Schreibtisch. Dabei zwinkerte er lüstern – um sich das vorstellen zu können, muß man einen Bären lüstern zwinkern gesehen haben – und fragte: „Na, was haben Sie denn Schönes für mich, Kindchen?“

Miß Prescott, eine typische alte Bostoner Jungfer, lächelte ihn an. „Einen Augenblick, Johnny!“ Sie tippte einen Brief zu Ende, dann öffnete sie eine Schublade und nahm Hechts ‚Fantazius

Mallare‘ heraus. Sie gab Johnny das Buch, und er setzte sich auf den Boden, rückte seine Brille zurecht und begann zu lesen.

Nach einer Weile hob er den Kopf. „Miß Prescott, jetzt habe ich schon die Hälfte gelesen und weiß noch immer nicht, – warum die Leute das obszön finden. Wenn Sie mich fragen – das Zeug ist sterbenslangweilig. Haben Sie nicht was *richtig* Unanständiges für mich?“

„Also wirklich, Johnny, ich habe doch hier keinen Pornoladen. Die meisten Leute finden das deftig genug.“

Johnny seufzte. „Daß die Menschen sich an so was aufgeilen können ...“

Mittlerweile hielt Methuen mit Cook und Dalrymple, einem voraussichtlichen Geldgeber, eine dieser sinn- und endlosen Konferenzen ab. R. Hanscom Dalrymple sah wie eine Statue aus, die ein Bildhauer zu vollenden vergessen hatte. Der einzige Gesichtsausdruck, den sich der Aufsichtsratsvorsitzende des Stahlkonzerns dann und wann gestattete, war ein pfiffiges, geheimnisvolles Lächeln. Cook und Methuen hatten das Gefühl, daß er sie an einer langen Angelschnur zappeln ließ, die aus schönen Scheinchen von der Bundesreservebank gedreht war. Nicht, weil es ihm schwerfiel, sich von seinen Scheinchen zu trennen, sondern weil er das Gefühl genoß, diese ach so gebildeten Männer in seiner Gewalt zu haben ... Und in dieser Welt durfte man nicht die Beherrschung verlieren und einem Krösus sagen, daß er sich sein Geld sonstwohin schieben sollte. Man sagte: „Ja, Mr. Dalrymple! Was für ein großartiger Vorschlag, Mr. Dalrymple! Ach, warum haben wir nicht selbst daran gedacht?“ Cook und Methuen waren sehr erfahren in diesem Spiel. Methuen, der Wendell Cook im allgemeinen zwar für einen aufgeblasenen Dummkopf hielt, bewunderte die Fähigkeit des Rektors, Subventionen herauszuschinden. Immerhin trug die Yale-Universität den Namen eines Kaufmanns, der ihr nach seinem Rückzug ins Privatleben fünfhundertzweiundsechzig Pfund und zwölf Shilling gespendet hatte.

„Wollen Sie nicht mit mir im Taft essen, Dr. Cook?“ fragte Dalrymple. „Sie sind herzlich eingeladen, Professor Methuen.“

Die Akademiker waren von seinem Vorschlag recht angetan und schlüpften in ihre Überzieher. Im Vorraum blieb Dalrymple stehen, um Johnny hinter den Ohren zu kratzen. Johnny ließ das

Buch sinken, hielt es so, daß man den Titel nicht sehen konnte, und mußte sich sehr beherrschen, um nicht nach der Hand des Stahlmannes zu schnappen. Dalrymple meinte es zwar gut, aber Johnny mochte die Leute nicht, die sich solche Freiheiten herausnahmen.

Und so gingen drei Männer und ein Bär die College Street hinab. Cook blieb immer wieder stehen, ignorierte den Regen und wies mit einstudierten großen Gesten auf diverse Besonderheiten der georgianischen und gotischen Architektur des Kollegiats hin. Er erklärte dies und das, aber Dalrymple lächelte nur sein leeres Lächeln.

Johnny, der hinterher trottete, bemerkte als erster, daß die Studenten immer wieder stehenblieben, um auf die Füße des Rektors zu starren. Das Wort ‚Füße' ist hier wörtlich gemeint, denn Cooks Überschuhe verwandelten sich zusehends in ein Paar riesengroßer nackter rosa Füße.

Cook selber merkte nichts, bis sich eine große Studentenschar angesammelt hatte und jene prustenden Laute von sich gab, die man immer machte, wenn man einen Lachreiz erfolglos unterdrückte. Als Cook ihrer Blickrichtung folgte und nach unten starrte, war die Metamorphose beendet. Seine Verwirrung war verständlich – denn diese Füße waren wirklich verwirrend. Sein Gesicht nahm allmählich die rosa Farbe seiner Füße an und bildete einen fröhlichen Farbfleck in der grauen Szenerie.

R. Hanscom Dalrymple ließ sich ausnahmsweise aus der Reserve locken. Sein Gebrüll konnte allerdings Cooks mittlerweile apoplektische Gesichtsfarbe nicht mildern. Der Rektor blieb schließlich stehen, um die Überschuhe auszuziehen. Es stellte sich heraus, daß man sie rosa bemalt und die Farbe mit Lampenruß überdeckt hatte. Und nun hatte der Regen den Ruß abgewaschen.

Wendell Cook ging in düsterem Schweigen weiter und hielt die skandalösen Gummischuhe zwischen Daumen und Zeigefinger, als ob sie etwas Unappetitliches, Ekelerregendes wären. Er fragte sich, wer ihm das angetan hatte. In seinem Büro waren schon seit Tagen keine Studenten mehr gewesen, aber man durfte die Raffinesse von Studenten natürlich nie unterschätzen. Er stellte fest, daß Ira Methuen Überschuhe von der gleichen Größe und Machart trug wie er. Aber einen Verdacht in dieser Richtung schob er von sich, noch bevor er ihn formuliert hatte. Methuen würde ihm doch nicht solche Streiche spielen, wenn Dalrymple dabei war. Immerhin sollte Methuen der Leiter des neuen biophysikalischen Instituts werden, wenn Dalrymple das Geld locker machte.

Der nächste Mann, der Verdacht schöpfte, daß das Yale Campus an einer ernsthaften Konfusion krankte, war John Dugan, der große, dünne von den beiden Campus-Bullen. Er ging an der Christlichen Kirche vorbei, die so bischöflich ist, daß sie Charles I. von England als St. Charles den Märtyrer bezeichnet, und zu seinem Domizil im Phelps Tower. Eine schwache Stimme flüsterte in sein Ohr: „Paß auf, John Dugan! Deine Sünden werden ans Licht kommen!"

Dugan zuckte zusammen und blickte sich um. Die Stimme wiederholte ihre Botschaft. Im Umkreis von fünfzig Fuß war niemand zu sehen. Außerdem fielen ihm gar keine richtigen Sünden ein, die er in letzter Zeit begangen haben könnte. Die einzigen Leute, die er sah, waren ein paar Studenten und Professor Methuens wohlerzogener schwarzer Bär, der wie üblich hinter seinem Boß hertrottete. Also blieb John Dugan nichts anderes übrig, als an seinem Verstand zu zweifeln.

R. Hanscom Dalrymple war ein wenig erstaunt über den grimmigen Ernst, mit dem die Professoren ihren Anteil an James Pierponts Dinner wegputzten. Sie litten beide an dem ewigen Hunger, der all jene heimsucht, die von einem Universitätsgehalt abhängig sind. Einige verdächtigten die Universitätsköche einer Verschwörung, mit dem Ziel, stets dafür zu sorgen, daß der Intellekt der Professoren und Studenten nicht durch etwaige Überfütterung seine messerscharfe Logik einbüßte. Sie wußten, daß an anderen Universitäten ähnliche Bedingungen herrschten.

Dalrymple trank seinen Kaffee und studierte seine Notizen. Bald würde sich Cook erheben und ein paar nette Belanglosigkeiten sagen. Dann würde er von Dalrymples Stiftung sprechen, die für ein biophysikalisches Labor verwendet werden sollte. Der neue Bau würde selbstverstädnlich Dalrymples Namen tragen. Alle würden applaudieren und erklären, die Biophysik hätte lange genug ein Schattendasein zwischen den Domänen der Zoologie, der Psychologie und den physiologischen Wissenschaften gefristet. Dann würde Dalrymple aufstehen und sich räuspern und sagen – wenn auch in gewählteren Worten: „Quatsch, Jungs! Macht doch nicht soviel Wind!“

Dr. Wendell Cook erhob sich programmgemäß, strahlte die weißen Hemdfronten an und sagte seine netten Belanglosigkeiten. Die Professoren wechselten nervöse Blicke, als er Anstalten machte, seine Lieblingsrede zu halten, mit dem Thema ‚Es-gibt-keinen-Konflikt-zwischen-Wissenschaft-und-Religion‘. Die hatten sie schon oft genug gehört.

Er hatte bereits einen Großteil von Version A3 dieser Predigt rezitiert, als sein Gesicht plötzlich blau anlief. Es war nicht dieses dunkle Purpurgrau, fälschlicherweise Blau genannt, das auf den Gesichtern strangulierter Leute erscheint, sondern ein fröhliches Kobaltblau. Diese Farbe ist sehr wirkungsvoll auf einem Gemälde, das ein Schiff darstellt, wie es unter einem klaren blauen Himmel dahinsegelt, oder ein Kinoplatzanweiser in kobaltblauer Uniform kann durchaus Wohlgefallen erregen. Aber auf dem Gesicht eines Universitätsrektors hat diese Farbe nichts zu suchen. Das fanden zumindest die Professoren. Sie rutschten hin und her, ihre weißen Hemdfronten quollen vor, sie tuschelten und schnappten nach Luft.

Cook runzelte die Stirn und sprach weiter. Er schnüffelte, als ob ihm irgendein seltsamer Geruch in die Nase gedrungen wäre. Die Professoren, die in der Nähe des Rednerpults saßen, nahmen einen schwachen Acetonduft wahr. Aber das war wohl kaum eine Erklärung für den knallblauen Teint ihres Rektors. Die Farbe beschränkte sich nicht aufs Gesicht, sie breitete sich bis zu der Region aus, wo Cooks Haare gewachsen wären, wenn er welche gehabt hätte, und auch der Kragen schimmerte blau.

Cook hatte keine Ahnung, warum seine Zuhörer umherschwankten wie junge Bäume im Wind und so aufgeregt flüsterten. Er fand das sehr unhöflich. Aber seine gerunzelte Stirn blieb wirkungslos. Also kürzte er die Version 3A ab, sprach in sachlichen Worten von der Stiftung und schwieg, in Erwartung eines donnernden Applauses.

Er kam nicht. Um genau zu sein – ein schwaches Klatschen klang auf, das kein vernünftiger Mensch als donnernd bezeichnen konnte.

Cook sah R. Hanscom Dalrymple an und hoffte, daß der

Stahlmann nicht beleidigt sein würde. Dalrymples Gesicht war ausdruckslos. Cook nahm an, daß dies zu seiner stets gewahrten Zurückhaltung gehörte. In Wirklichkeit war Dalrymple viel zu neugierig auf die Ursache des blauen Gesichts, daß er den Applaus gar nicht vermißte. Als Cook ihn der Zuhörerschaft vorstellte, dauerte es ein paar Sekunden, bis sich Dalrymple zusammengerissen hatte.

Er sagte eher lahm: „Gentlemen und Mitglieder der Yale-Fakultät – uh – ich meine natürlich – Sie sind *alle* Gentlemen ... Ich muß an die Geschichte von dem Geflügelfarmer denken, der heiraten will – nein, die habe ich nicht gemeint, sondern die von dem Theologiestudenten, der starb und ..." An dieser Stelle fing Dalrymple einen Blick vom Dekan der theologischen Fakultät auf und nahm einen neuen Anlauf. „Vielleicht sollte ich – uh – lieber von dem Schotten erzählen, der auf dem Heimweg verlorenging und ..."

Die Story war nicht schlecht, aber niemand lachte. Statt dessen begannen die Professoren wieder hin und her zu schwanken wie fernöstliche Asketen bei ihren Gebeten und aufgeregt zu flüstern.

Dalrymple konnte zwei und zwei zusammenzählen. Er beugte sich vor und zischte in Cooks Ohr: „Stimmt was nicht mit mir?"

„Ihr Gesicht ist grün geworden."

„Grün?"

„Hellgrün. Wie Gras. Wie hübsches junges Gras."

„Nun, dann kann ich Ihnen ja auch sagen, daß Ihr Gesicht blau ist."

Die beiden Männer betasteten ihre Gesichter. Kein Zweifel – die Haut war mit einer Farbe bedeckt die sich noch feucht anfühlte.

„Was für ein Gag soll denn das sein?" wisperte Dalrymple.

„Keine Ahnung. Beenden Sie doch bitte Ihre Rede."

Dalrymple versuchte es. Aber seine Gedanken schwirrten wirr durcheinander. Er erklärte noch, wie froh es ihn stimmte, hier inmitten der Ulmen, des Efeus und der Traditionen des alten Eli zu sein, und setzte sich wieder. Sein Gesicht war härter denn je. Wenn man ihm einen Streich gespielt haben sollte – nun, er hatte ja noch keinen Scheck unterschrieben.

Der Vizegouverneur des Staates Connecticut stand als nächster auf der Rednerliste. „Aber wenn ich mich nun auch verfärbe, wenn ich da hinaufgehe ...“, murmelte er.

Die Frage, ob seine Exzellenz sprechen sollte oder nicht, erübrigte sich, denn in diesem Augenblick tauchte ein seltsames Wesen neben dem Rednerpult auf. Es war etwa so groß wie ein Bernhardiner und sah aus wie eine Fledermaus ohne Flügel. Es hatte scheibenförmige Kissen an den Fingerspitzen, und seine Augen waren groß und tellerrund.

Der Mann, der dem Ding am nächsten saß, fiel nach hinten. Der Vizegouverneur bekreuzigte sich. Ein englischer Zoologe setzte seine Brille auf und sagte: „Beim Jupiter! Ein Koboldmaki! Aber ein bißchen groß, was?“

Ein Koboldmaki von natürlicher Größe konnte auf einem Handteller sitzen und ist recht niedlich, wenn auch ein bißchen unheimlich. Aber einen Koboldmaki von dieser enormen Größe kann man eigentlich nicht anschauen und dann Alley Oops Abenteuer lesen. So was kann einen ganz schön verwirren und schokkieren.

Der Koboldmaki ging feierlich am zwanzig Fuß langen Tisch vorbei. Die Professoren waren so damit beschäftigt, aus seiner Nähe zu kommen, daß ihnen gar nicht auffiel, wie schwebend er sich bewegte. Er fegte weder Vasen noch Aschenbecher vom Tisch, er war sogar leicht transparent. Am anderen Ende des Tisches verschwand er.

Johnny Blacks Neugier kämpfte mit seinem besseren Wissen. Seine Neugier sagte ihm, daß all diese seltsamen Ereignisse in Ira Methuens Gegenwart stattgefunden hatten. Deshalb war Ira zumindest ein vielversprechender Verdächtiger. „Na und?“ entgegnete sein besseres Wissen. „Er ist der einzige Mensch, den du wirklich magst. Wenn du herausfändest, daß er ein Kobold ist, würdest du ihn nicht verraten. Also halt deine Schnauze!“

Aber am Ende siegte doch die Neugier, wie gewöhnlich. Und es war ein Wunder, daß sein besseres Wissen immer noch dreinzureden versuchte.

Er ging zu Bruce Inglehart. Der junge Reporter war bekannt für seine Diskretion.

„Er hat sich selber mit dieser Methuen-Methode behandelt“, erklärte Johnny. „Sie wissen ja – diese Injektionen ins Rückenmark. Er wollte wissen, wie das Zeug auf einen Menschen wirkt. Das war vor einer Woche. Inzwischen müßte es gewirkt haben. Aber er sagte, daß er nichts gemerkt hätte. Vielleicht hat er recht. Aber einen Tag, nachdem er sich diese Dosis gespritzt hat, fing dieser Zirkus an. Sehr raffinierte Witze – typisch für ein verrücktes wissenschaftliches Genie ... Wenn er es wirklich ist, muß ich ihn zurückhalten, bevor er in ernsthafte Schwierigkeiten kommt. Werden Sie mir helfen?"

„Klar, Johnny. Meine Hand darauf."

Johnny streckte die Tatze aus.

Zwei Tage später fing die Durfee Hall Feuer. Man hatte in Yale schon seit vierzig Jahren über die Frage diskutiert, ob man dieses häßliche, sinnlose Gebäude nicht abreißen sollte. Es stand schon seit einiger Zeit leer, abgesehen vom Schatzmeisterbüro im Keller.

Um zehn Uhr abends entdeckte ein Student, daß kleine rote Flammenzungen das Dach hinaufkletterten. Man konnte der Feuerwehr von New Haven nicht vorwerfen, daß sich das Feuer so schnell ausbreitete, als hätte man das Gebäude mit Kerosin übergossen. Als das Löschfahrzeug und etwa tausend Zuschauer eingetroffen waren, stand das Haus bereits in hellen Flammen. Der Assistent des Schatzmeisters lief mit Todesverachtung hinein und kam mit einem Stoß Papiere wieder heraus, die sich später als unbedeutende Prüfungsformulare erwiesen. Die Feuerwehr goß so viel Wasser in die Flammen, als müßte sie den Vesuv löschen. Ein paar Männer kletterten auf Leitern hoch, um Löcher ins Dach zu schlagen.

Das Wasser schien keine Wirkung zu haben. Also holte die Feuerwehr weitere Löschgeräte, schloß noch mehr Schläuche an und spritzte noch mehr Wasser auf die Flammen.

„Ra, ra, Feuer! Ra, ra, Feuer!" schrien die Studenten. „Unsere Feuerwehr, sie lebe hoch! Hoch! Hoch!"

Johnny Black stieß mit Bruce Inglehart zusammen, der sich mit Notizblock und Bleistift durch die Menge drängte, um Informationen für seinen New Haven Courier zu sammeln. Inglehart fragte Johnny, ob er was wüßte.

„Ich weiß nur eins", sagte Johnny. „Das ist das wildeste Feuer, das ich je gesehen habe."

Inglehart sah Johnny an und dann die Feuersbrunst. „Großer Gott! Aus dieser Nähe müßten wir doch die Hitze spüren. Glaubst du, daß das auch wieder so ein wissenschaftlicher Scherz ist?"

„Hm ... Schauen wir uns mal um", sagte Johnny. Sie kehrten dem brennenden Haus den Rücken und begannen die Gebüsche entlang der Elm Street zu untersuchen.

„Wumm!" rief Johnny. „Kommen Sie mal her, Bruce!"

Im Schatten eines Baumes standen Professor Ira Methuen und ein Stativ, auf das ein Filmprojektor montiert war. Es dauerte ein paar Sekunden, bis Johnny unterscheiden konnte, wer was war.

Methuen schien sich unbehaglich zu fühlen und nahe daran zu sein, die Flucht zu ergreifen.

„Hallo, Johnny! Warum schläfst du denn nicht? Ich habe gerade diesen – uh – Projektor erfunden."

Johnnys Gehirn funktionierte blitzschnell. Er schlug mit einer Tatze auf den Projektor. Methuen fing das Gerät auf, bevor es umfallen konnte. Das Surren verstummte, und im selben Augenblick ging auch das Feuer aus. Aber es war gar kein Feuer gewesen. Auf dem Dach, das man mit ganzen Wassergallonen übergossen hatte, fand man keine einzige verkohlte Stelle. Die Feuerwehrleute starrten einander verständnislos an.

Während sich Johnnys und Ingleharts Pupillen im Dunkel immer noch weiteten, verschwand Methuen mit seinem Projektor. Sie entdeckten ihn, als er um die Ecke der College Street rannte und das Stativ hinter sich her schleifte, und nahmen die Verfolgung auf. Ein paar Studenten liefen Johnny und Inglehart nach, von dem Instinkt getrieben, der Hunde veranlaßt, Autos zu jagen.

Sie sahen Methuen, verloren ihn wieder aus den Augen, entdeckten ihn erneut. Inglehart besaß nicht die Kondition eines Langstreckenläufers, und Johnny war kurzsichtig. Aber er beschleunigte seine Schritte, als ihm klar war, daß Methuen das alte Phelps-Haus ansteuerte, wo er mit Johnny und ein paar unverheirateten Professoren wohnte. Die anderen waren alle weggelaufen, um das Feuer zu sehen. Methuen erreichte die Haustür drei Schritte vor Johnny und schlug sie ihm vor der Nase zu.

Johnny stand auf der Treppe und überlegte, ob er ein Fenster zertrümmern sollte. Aber während er noch versuchte, einen

Entschluß zu fassen, passierte irgend etwas mit den Stufen unter ihm. Sie wurden plötzlich glitschiger als das glätteste Eis, und Johnny rutschte nach unten.

Als er sich aufrappelte, war er nicht gerade in bester Stimmung. So wurde man also von einem Mann behandelt, der ... Aber wenn Methuen wirklich verrückt war, konnte man ihn ja für nichts verantwortlich machen.

Ein paar Studenten kamen an. Sie drängten sich um das Haus – bis die Füße unter ihnen davonrutschten, als ob sie unsichtbare Rollschuhe trügen. Sie versuchten aufzustehen, fielen wieder hin, glitten im Rinnstein der leicht abschüssigen Straße hinab, und als sie auf Händen und Knien den Rückzug antraten, hatten ihre Hosen große Löcher.

Ein Polizeiauto fuhr heran und versuchte stehenzubleiben. Entweder funktionierten die Bremsen nicht, oder die Reifen waren defekt. Das Auto schlingerte und hielt schließlich weiter unten am Straßenrand an. Der Bulle, es war ein sehr wichtiger Bulle, ein Captain, stieg aus, um das Haus zu stürmen.

Er fiel ebenfalls auf die Nase. Er versuchte auf Händen und Knien weiterzukriechen, aber jedesmal, wenn er eine horizontale Kraftkomponente einsetzte, um eine Hand oder ein Knie weiterzubewegen, rutschten ihm die Hand oder das Knie davon. Der Anblick erinnerte Johnny an diese nordamerikanischen Vipernattern, die im Affenhaus des Central Park Zoos die Betonwände hinaufzukriechen versuchten.

Als der Captain aufgab und den Rückzug anzutreten versuchte, wurden die Reibungsgesetze wieder wirksam. Aber als er aufstand, lösten sich seine Kleider unterhalb der Gürtellinie in eine Wolke aus Textilfasern auf.

„Wie eine von diesen etruskischen Statuen“, meinte der englische Zoologe, der soeben eingetroffen war.

„He, Sie da!“ fuhr der Captain Bruce Inglehart an. „Geben Sie mir um Gottes willen ein Taschentuch!“

„Wieso? Ist Ihnen kalt?“ fragte Inglehart unschuldig.

„Nein, Sie Trottel! Sie wissen genau, wozu ich es brauche!“

Inglehart schlug dem Captain vor, seine Uniformjacke als Schürze zu benutzen. Als der Captain die Ärmel hinter dem Rücken verknotete, erklärten ihm Inglehart und Johnny, was sie von der Sache hielten.

„Hm“, sagte der Captain. „Wir wollen nicht, daß jemand verletzt wird – oder daß das Haus zu Schaden kommt. Aber angenommen, er hat eine tödliche Strahlenwaffe oder so was ähnliches?“

„Das glaube ich nicht“, erwiderte Johnny. „Bisher hat er niemandem weh getan. Er hat den Leuten nur Streiche gespielt.“

Der Captain überlegte, ob er das Hauptquartier anrufen und Verstärkung anfordern sollte. Aber der Gedanke einen gefährlichen Irren allein zu überwältigen, war zu verlockend. „Wie kommen wir denn in das Haus, wenn er den Boden ringsherum so schlüpfrig machen kann?“ fragte er.

Sie dachten nach. Dann sagte Johnny: „Vielleicht könnten Sie eins von diesen Dingern holen, die aus einem Holzstab bestehen und eine Gummischeibe am Ende haben.“

Der Captain runzelte die Stirn. Johnny führte eine Pantomime vor, und Inglehart sagte: „Oh, du meinst einen Saugnapf! Klar! Warte, ich hole einen. Sieh zu, daß du einen Schlüssel findest!“

Der Angriff auf Methuens Festung wurde auf allen vieren vorgetragen. Der Captain bildete die Vorhut und rammte den Saugnapf auf die unterste Stufe. Wenn Methuen auch die Reibungsgesetze abschaffen konnte, er hatte noch nicht herausgefunden, wie man dem Luftdruck entgegenwirkte. Die Gummischeibe klebte fest auf der Stufe, und der Captain zog sich daran hoch und Inglehart und Johnny hinter sich her. Indem sie das Gerät auch auf den folgenden Stufen benutzten, stiegen sie hinauf. Dann klebte der Captain den Saugnapf an die Tür und zog sich und die anderen heran.

Während er sich an der Klinke festhielt, sperrte er die Tür mit einem Schlüssel auf, den sich Johnny von Dr. Wendell Cook ausgeliehen hatte.

Methuen saß geduckt an einem Fenster, hinter einem Ding, das wie ein Theodolit aussah. Er schwang das Gerät zu den dreien herum und drehte an ein paar Knöpfen. Der Captain und Inglehart spürten wie ihre Schuhe auf dem Boden Halt fanden, und wollten losspringen. Aber Methuen setzte den Apparat in Betrieb, und die Beine der beiden rutschten davon.

Johnny benutzte seinen Kopf. Er stand neben der Tür. Nun

warf er sich zu Boden und stemmte die Hinterbeine gegen den Türrahmen und stieß sich ab. Sein Körper rutschte über die reibungslose Fläche und warf Methuen samt seinem Gerät um.

Jetzt leistete der Professor keinen Widerstand mehr. Er schien sich köstlich zu amüsieren, trotz der Beule, die an seiner Stirn wuchs. „Seid ihr aber hartnäckig!" sagte er. „Wahrscheinlich wollt ihr mich jetzt in irgendeine Anstalt bringen. Ich dachte, ihr beide wärt meine Freunde." Er zeigte auf Inglehart und Johnny. „Aber das ist wohl nicht so wichtig."

„Was haben Sie mit meinen Hosen gemacht?" fragte der Captain wütend.

„Das war ganz einfach. Mein Telelubrikator neutralisiert die interatomaren Verbindungen auf jeder festen Oberfläche, auf die der Strahl fällt. Dadurch werden die obersten Moleküle der Fläche in eine superkalte Flüssigkeit verwandelt, solange der Strahl darauf gerichtet ist. Da die Flüssigkeit die feste Materie darunter befeuchtet, wird eine perfekte Gleitfläche erzielt."

„Aber meine Hosen ..."

„Sie wurde durch Reibung zwischen den Fasern zusammengehalten. Ich habe noch vielmehr von diesen Erfindungen. Mein Leisesprecher und mein dreidimensionaler Projektor sind zum Beispiel ..."

Inglehart fiel ihm ins Wort. „Haben Sie damit das Feuer gemacht? Und das Gespenst, mit dem Sie die Leute beim Dinner erschreckt haben? Mit einem dreidimensionalen Projektor?"

„Natürlich – wenn es auch, um exakt zu sein, zwei Projektoren sind, die im rechten Winkel zueinander stehen. Dazu gehören noch ein Phonograph und ein Verstärker, die für die passenden Geräusche sorgen. Es war doch sehr lustig, nicht wahr?"

„Aber warum machen Sie denn das alles?" jammerte Johnny. „Wollen Sie Ihre Karriere aufs Spiel setzen?"

Methuen zuckte mit den Schultern. „Meine Karriere ist mir egal. Alles ist mir egal. Dir würde es auch so gehen, wenn du in meinem – uh – Zustand wärst, Johnny. Wohin wollen Sie mich jetzt bringen, Gentlemen? Wohin ich auch immer gehe – ich werde auch dort etwas finden, womit ich mich amüsieren kann."

Dr. Wendell Cook besuchte Ira schon am ersten Tag seiner Gefangenschaft im New Haven Hospital. Bei normalen Gesprächen wirkte Methuen ganz vernünftig und liebenswürdig. Er gab bereitwillig zu, daß er für all die Scherze verantwortlich war. „Ich habe Ihr und Dalrymples Gesicht mit einem elektrischen Nadelspray bemalt, das ich erfunden habe“, erklärte er. „Ein lustiges kleines Ding! Man kann es in einer Faust verstecken und mit einem Ring, den man am Finger trägt, einschalten. Mit dem Daumen kann man die Acetonmenge regulieren, die mit dem Wasser vermischt ist und die Oberflächenspannung kontrolliert und den Punkt bestimmt, wann sich der Sprühnebel in Tröpfchen auflöst. Ich habe den Spray so eingestellt, daß sich der Nebel kurz vor Ihrem Gesicht in Tröpfchen verwandelte. Wie Sie ausgesehen haben, Cook – besonders, als Sie herausfanden, was los war! Sie sahen beinahe so komisch aus wie an dem Tag, als ich diese Füße auf meine Überschuhe malte und sie dann mit Ihren vertauschte. Sie reagieren einfach himmlisch, wenn Ihre Würde angetastet wird. Sie wissen doch sicher, daß Sie schon immer ein aufgeblasener Dummkopf waren.“

Cook pumpte Luft in seine Backen und beherrschte sich mühsam. Immerhin war der arme Mann verrückt. Das bewiesen diese absurden Äußerungen. Traurig sagte er: „Dalrymple reist morgen ab. Er war sehr verärgert über sein bemaltes Gesicht. Und als ich ihm erzählte, daß Sie nun unter Beobachtung stünden, sagte er, daß es nun keinen Sinn mehr für ihn hätte, noch länger hierzubleiben. Ich fürchte, daß wir nun auf die Subvention verzichten müssen. Es sei denn, Sie können sich zusammenreißen und uns sagen, was mit Ihnen los ist und wie man Ihre Krankheit heilen kann.“

Ira Methuen lachte. „Ich soll mich zusammenreißen? Ich kann versichern, daß ich aus einem Stück bin. Und ich habe Ihnen ja erzählt, was mit mir los ist – wie Sie es ausdrücken. Ich habe mich nach meiner eigenen Methode behandelt. Und ich würde Ihnen niemals sagen, wie man diesen Zustand beenden könnte, selbst wenn ich es wüßte. Für nichts auf der Welt möchte ich wieder so werden wie früher. Ich habe endlich erkannt, daß das alles gar nicht so wichtig ist. Auch Subventionen spielen keine Rolle. Man wird für mich sorgen, und ich werde mich nach Herzenslust amüsieren.“

Johnny hatte den ganzen Tag vor Cooks Büro gewartet. Als der Rektor aus der Klinik zurückkam, trat ihm der Bär in den Weg.

Cook erzählte ihm, was geschehen war. „Er hat jedes Verantwortungsgefühl verloren. Wir müssen seinen Sohn verständigen und ihm die Vormundschaft übertragen. Und mit dir müssen wir auch irgend etwas unternehmen, Johnny."

Das gefiel Johnny ganz und gar nicht. Er wußte, daß er nicht mehr Rechte hatte als jedes andere gezähmte wilde Tier. Die Tatsache, daß er Methuen gehörte, war während der Bärenjagdzeit sein einziger Schutz. Und von Ralph Methuen hielt er nicht besonders viel. Ralph war ein durchschnittlicher junger Schullehrer, ohne die wissenschaftliche Qualifikation seines Vaters und gänzlich humorlos. Wenn er Johnny zwischen die Finger bekäme, würde er ihn sofort in einen Zoo bringen. Er legte seine Tatzen auf Miß Prescotts Schreibtisch und sagte: „Hallo, meine Schöne! Könnten Sie bitte Bruce Inglehart in der Redaktion anrufen?"

„Johnny", sagte die Sekretärin des Rektors, „du wirst jeden Tag frecher."

„Das ist der schlechte Einfluß von diesen Studenten. Werden Sie Inglehart anrufen, mein schönes Fräulein?"

Miß Prescott, die keineswegs schön war, erfüllte seinen Wunsch.

Als Inglehart im Phelps-Haus ankam, duschte Johnny gerade. Dabei gab er schreckliche Geräusch von sich. „waaaaa!" brüllte er. „Hooooooooooo! Yrrrrrrrrr! Waaaaaaaa!"

„Was machst du denn da?" schrie Inglehart.

„Ich dusche!" erwiderte Johnny. „Wuuuuuuuh!"

„Bist du krank?"

„Nein. Ich singe immer beim Duschen. Die Menschen singen doch auch, wenn sie in der Badewanne sitzen. Warum soll ich dann nicht unter der Dusche singen? Jaaaaaaaaaa!"

„Hör auf, um Himmels willen? Das klingt ja, als würde dir jemand den Hals abschneiden! Und was haben diese Badetücher zu bedeuten, die auf dem ganzen Boden ausgebreitet sind?"

„Das werde ich Ihnen gleich zeigen." Johnny kam aus der Duschkabine, legte sich auf die Badetücher und wälzte sich darauf umher. Als er mehr oder weniger trocken war, knüllte er die Tücher zusammen und warf sie in eine Ecke.

Er erzählte Inglehart, in welcher Lage sich Methuen befand. „Ich glaube, ich kann ihn wieder auf Vordermann bringen, Inglehart, aber Sie müssen mir dabei helfen."

„Okay, du kannst dich auf mich verlassen."

Pop!

Der Krankenwärter sah von seiner Zeitung auf. Aber keiner seiner Knöpfe leuchtete auf. Also wurde er auch zu keinem Patienten gerufen. Er beugte sich wieder über seine Zeitung.

Pop!

Es hörte sich an, als würde eine kleine Glühbirne zerbrechen. Der Wärter seufzte, legte seine Zeitung beiseite und machte sich auf den Weg. Als er sich dem Zimmer Nummer 14 näherte, dem Zimmer des verrückten Professors, merkte er, daß es nach Limburger Käse roch.

Pop!

Der Lärm kam zweifellos aus Nummer 14. Der Wärter steckte den Kopf durch die Tür.

Ira Methuen saß an einer Wand. Er hielt ein Gerät in der Hand, das aus einem Glasstab und verschiedenen Drähten bestand. An der anderen Seite des Raumes lagen ein paar Käsekrümel auf dem Boden. Eine Küchenschabe krabbelte aus einer dunklen Ecke hervor und steuerte den Käse an. Methuen richtete seinen Glasstab auf das Tierchen und drückte auf einen Knopf. *Pop!* Ein Blitz zuckte auf, und die Küchenschabe war verschwunden.

Methuen zielte mit seinem Stab auf den Wärter. „Keinen Schritt näher, Sir! Ich bin Buck Rogers, und das ist mein gefährlicher Desintegrator!"

„Ja, ja", sagte der Wärter mit schwacher Stimme. Der alte Bursche war immerhin verrückt und was mit der Küchenschabe passiert war ... Er lief hinaus und trommelte eine Schwadron von Assistenzärzten zusammen.

Aber die Ärzte hatten keine Probleme mit Methuen. Er warf sein Gerät auf das Bett und sagte: „Wenn es mir so wichtig wäre, würde ich in diesem angeblich hygienischen Krankenhaus einen Küchenschabenmassenmord veranstalten."

„Aber ich bin sicher, daß es hier keine Küchenschaben gibt", protestierte einer der Ärzte.

„Und als was würden Sie das da bezeichnen?“ fragte Methuen trocken und zeigte auf die sterblichen Überreste eines seiner Opfer.

„Die muß von draußen hereingekommen sein – angelockt durch den Käsegestank. Puh! Judson, machen Sie den Boden sauber! Was ist denn das, Professor?“ Er griff nach dem Stab, an dem eine Taschenlampenbatterie befestigt war.

Methuen machte eine wegwerfende Handbewegung. „Nichts von Bedeutung. Nur ein kleines Gerät, das ich mir ausgedacht habe. Wenn man reines Kronglas mit der richtigen elektromotorischen Kraft versorgt, kann man den Index der Lichtbrechung bis zu einem bemerkenswerten Grad steigern. Dadurch wird das Licht, das auf das Glas fällt, so verlangsamt, daß es wochenlang dauert, bis es auf gewöhnliche Weise hindurchgedrungen ist. Das eingefangene Licht kann durch einen kleinen Funken dicht neben dem Glas freigesetzt werden. Also habe ich den Glasstab heute nachmittag einfach aufs Fensterbrett gelegt, damit er das Sonnenlicht aufsaugen kann. Einen Teil dieses Lichts kann ich freisetzen, indem ich hier mit diesem Knopf einen Funken erzeuge. Man kann die im Verlauf einer Stunde gesammelte Lichtenergie innerhalb eines Sekundenbruchteils am Vorderende des Stabes herauslassen. Wenn der Strahl auf einen undurchsichtigen Gegenstand fällt, wird dessen Temperatur erhöht. Und so habe ich mich amüsiert, indem ich die Küchenschaben hereinlockte und explodieren ließ. Sie können das Ding haben. Die Batterie ist ohnehin schon fast leer.“

„Das ist eine gefährliche Waffe“, sagte der Arzt streng. „Wir können Ihnen nicht erlauben, mit solchen Dingern herumzuspielen.“

„Nein? Nicht daß es mir wichtig wäre – aber ich bleibe nur hier, weil ich recht gut versorgt werde. Wenn ich will, kann ich jederzeit gehen.“

„Nein, das können Sie nicht, Professor. Sie sind zur Beobachtung hier und vorübergehend inhaftiert.“

„Das stimmt schon, mein Junge. Ich sage trotzdem, daß ich jederzeit gehen kann, wenn ich Lust dazu habe. Aber es ist mir eigentlich egal, ob ich hier bin oder anderswo.“ Und mit diesen Worten schaltete Methuen das Radio ein, das auf seinem Nachttisch stand, und ignorierte die Ärzte.

Genau zwölf Stunden später, um zehn Uhr vormittags, stellte man fest, daß Ira Methuens Zimmer leer war. Man durchsuchte die ganze Klinik, konnte ihn jedoch nicht finden. Der einzige Hinweis auf seine Flucht war das Radio, das er auseinandergenommen hatte. Röhren, Drähte und Kondensatoren lagen in unordentlichen Haufen auf dem Boden.

Die Polizeiautos von New Haven erhielten die Anweisung, nach einem großen dünnen Mann mit grauem Haar und Ziegenbart zu fahnden, der vermutlich mit Strahlenprojektoren, Desintegratoren und weiteren fortschrittlichen Waffen ausgerüstet war.

Stundenlang rasten sie mit kreischenden Sirenen durch die Stadt. Schließlich entdeckten sie den gefährlichen Verrückten, der friedlich auf einer Parkbank saß, drei Häuserblocks von der Klinik entfernt, und eine Zeitung las. Er leistete keinen Widerstand, grinste die Männer an und sah auf seine Uhr. „Drei Stunden und achtundvierzig Minuten. Nicht schlecht, Jungs, nicht schlecht, wenn man bedenkt, wie raffiniert ich mich versteckt habe."

Einer der Bullen deutete auf eine Beule an Methuens Rocktasche. Die Beule wurde durch ein Gerät aus Drähten verursacht. Methuen zuckte mit den Schultern. „Meine Hyperbelspule. Damit erhält man ein konisches Magnetfeld, das eiserne Gegenstände über große Entfernungen hinweg beeinflussen kann. Mit diesem Ding habe ich die Tür des Aufzugs aufgebrochen."

Als Bruce Inglehart um vier Uhr ins Krankenhaus kam, sagte man ihm, daß Methuen schlief. Bald darauf teilte man ihm mit, daß Methuen gerade aufstehen würde und in ein paar Minuten einen Besucher empfangen könne. Der Professor trug einen Schlafrock, als der Reporter in sein Zimmer kam.

„Hallo, Bruce!" sagte Methuen. „Sie haben mich in ein nasses Tuch gewickelt, wie eine Mumie. Wenn Sie mal fest schlafen wollen, kann ich Ihnen diese Methode nur empfehlen. Dabei entspannt man sich großartig. Ich habe ihnen gesagt, das können sie öfter mit mir machen. Ich glaube, sie haben sich geärgert, weil ich davongelaufen bin."

Inglehart war leicht verlegen.

„Machen Sie sich keine Sorgen", sagte Methuen. „Ich bin nicht böse auf Sie. Ich weiß jetzt, daß nichts auf der Welt wichtig ist – auch Ressentiments nicht. Und es ist hier wirklich sehr lustig.

Passen Sie mal auf, wie die durchdrehen werden, wenn ich das nächstemal türme!"

„Aber machen Sie sich denn gar keine Gedanken über Ihre Zukunft?" fragte Inglehart. „Man wird Sie nach Middletown bringen – in eine Gummizelle ..."

Methuen winkte ab. „Das ist mir egal. Ich werde auch dort meinen Spaß haben."

„Und was soll aus Johnny Black und Dalrymples Stiftung werden?"

„Das interessiert mich nicht."

Der Wärter steckte den Kopf zur Tür herein, um festzustellen, was sein unberechenbarer Patient machte. Da die Klinik unter Personalmangel litt, konnte man Methuen nicht ständig bewachen lassen.

„Ich habe Johnny natürlich sehr gern", fuhr der Professor fort. „Aber wenn Sie einen Sinn für Proportionen hätten wie ich, dann würden Sie erkennen, daß die Menschheit nichts weiter ist als eine Art Hautkrankheit, von der ein schmutziger Planet befallen ist, und daß es sich nicht lohnt, irgendwelche Anstrengungen zu unternehmen, die über das Streben, hinausgehen, ein Dach über dem Kopf und was zu essen zu haben und sich im übrigen zu amüsieren. Der Staat Connecticut ist gewillt, mir die beiden ersteren Sorgen abzunehmen, also kann ich mich ganz auf das dritte Problem konzentrieren. Was haben Sie denn da?"

Sie haben recht, dachte Inglehart. Er ist ein kindisches, verantwortungsloses, wissenschaftliches Genie geworden. Der Reporter stellte sich mit dem Rücken zur Tür und holte sein Familienerbe hervor – einen großen silbernen Flachmann, der aus den Zeiten der Prohibition stammte. Seine Tante Martha hatte ihm die Flasche vererbt, und er hatte vorgehabt sie einem Museum zu vermachen.

„Aprikosenbrandy", murmelte er.

„Das ist endlich mal eine gute Idee, Bruce! Warum haben Sie die Flasche nicht schon längst hervorgeholt, statt an mein Pflichtgefühl zu appellieren?"

Die Flasche war leer. Ira Methuen saß mit ausgestreckten Beinen auf seinem Stuhl. Hin und wieder strich er sich über die Stirn. „Ich kann es nicht glauben", sagte er. „Ich kann nicht glauben, daß ich mich noch vor einer halben Stunde so aufgeführt habe. O Gott, was habe ich getan?“

„Eine ganze Menge“, erwiderte Inglehart.

Methuen war keineswegs betrunken, sondern von ernsthafter Reue erfüllt.

„Ich erinnere mich an alles – an diese Erfindungen, die meinem Gehirn entsprungen sind – an alles. Aber es war mir egal. Wieso haben Sie gewußt, daß Alkohol die Wirkung der Methuen-Injektion aufheben würde?“

„Das hat Johnny herausgefunden. Er hat die Wirkungsweise von Alkohol studiert und festgestellt, daß er in massiven Dosen die Proteine in den Nervenzellen gerinnen läßt. Da kam er auf die Idee, daß der Brandy ihre Leitfähigkeit steigern könnte, so daß sie der verstärkten Leitfähigkeit durch die Lücken dazwischen entgegenwirken könnten, die durch Ihre Behandlungsmethode verursacht wurden.“

„Wenn ich also nüchtern bin, bin ich betrunken“, sagte Methuen, „und wenn ich betrunken bin, bin ich nüchtern. Aber was sollen wir jetzt tun. Ich meine – die Subvention, meine neue Abteilung – das Labor – und alles ...?“

„Ich weiß es nicht. Dalrymple will heute abend abreisen. Er ist noch einen Tag länger geblieben, weil er irgendwelche Geschäfte mit einem Treuhänder abwickeln mußte.

Und vorläufig wird man Sie hier nicht rauslassen – auch wenn wir den Ärzten von der Alkoholbehandlung erzählen. Also denken Sie sich was aus, aber möglichst schnell, weil die Besuchszeit bald vorbei ist.“

Methuen dachte nach. Dann sagte er: „Ich erinnere mich, wie all diese Erfindungen funktioniert haben – obwohl ich nichts dergleichen erfinden könnte, solange ich mich im Normalzustand befinde.“ Er erschauerte. „Da ist zum Beispiel dieser Leisesprecher ...“

„Was ist denn das?“

„So was Ähnliches wie ein Lautsprecher – aber es spricht nicht laut. Es sendet einen Überschallstrahl aus, der durch die menschliche Stimme moduliert wird, so daß er den Effekt hörbarer Tonfrequenzen erzielt, wenn er das menschliche Ohr trifft. Da man mit einem Überschallstrahl fast so genau zielen kann wie mit einem Lichtstrahl, kann man den Leisesprecher auf eine Person einstellen, die dann eine leise Stimme im Ohr hört, ohne zu wissen, woher sie kommt. Ich habe das mal mit Dugan ausprobiert. Es hat funktioniert. Könnten Sie was damit anfangen?"

„Ich weiß es nicht. Vielleicht."

„Hoffentlich. Das alles ist so schrecklich ... Ich habe immer gedacht, daß ich vernünftig bin und mich nur nach meinem Verstand orientiere. Vielleicht war ich ... Vielleicht stimmt es, daß nichts wirklich wichtig ist. Aber so denke ich jetzt nicht mehr – und ich möchte nie wieder so denken ..."

Der allgegenwärtige Efeu, auf den Yale so stolz ist, bildet ein wunderbares Klettergerüst. Bruce Inglehart, der mit einem Auge immer wieder nach Campus-Bullen Ausschau hielt, stieg am großen Turm an der Ecke der Bingham Hall hinauf, während Johnny unten im dunklen Schatten wartete.

Plötzlich baumelte das Ende einer Wäscheleine herab. Johnny befestigte den Haken am Ende einer Strickleiter. Inglehart zog die Leiter hoch, machte sie fest und wünschte sich, daß er für eine Weile mit Johnny tauschen könnte. Der Aufstieg hatte ihn gewaltig entnervt und erschöpft. Aber er konnte klettern, und Johnny konnte es nicht.

Die Leiter knarrte unter dem Gewicht von Johnnys fünfhundert Pfund. Ein paar Minuten später glitt sie langsam und ruckartig die Mauer hoch, wie ein gigantischer Tausendfüßler. Dann waren Inglehart und Johnny mitsamt der Leiter auf dem Dach des Turms.

Inglehart packte den Leisesprecher aus und richtete den teleskopischen Sichtstrahl auf das Fenster von Dalrymples Zimmer im Taft, drüben an der Kreuzung der College und der Chapel Street. Er fand das gelbe Lichtviereck und konnte etwa die Hälfte des Raumes überblicken. Sein Atem stockte, bis eine untersetzte Gestalt in seinem Blickfeld auftauchte. Dalrymple war also noch nicht abgereist. Aber er packte seine Koffer.

Inglehart schlang sich den Transmitter um den Hals, so daß das Gerät über seinem Kehlkopf lag. Als Dalrymple das nächstemal zu sehen war, richtete der Reporter das Fadenkreuz auf den Kopf des Stahlmanns. „Hanscom Dalrymple!" sagte er. „Er sah, wie der Mann zusammenzuckte. „Hanscom Dalrymple!" wiederholte er.

„Huh?“ sagte Dalrymple. „Wer sind Sie? Und *wo* sind Sie, zum Teufel?“ Inglehart konnte ihn natürlich nicht hören, aber er konnte sich vorstellen, was der Mann sagte.

„Ich bin dein Gewissen“, fuhr Inglehart in feierlichem Ton fort.

Nun war Dalrymples Erregung trotz der weiten Entfernung deutlich zu sehen.

„Wer hat bei dieser infamen Reorganisation alle kleinen Aktionäre aus der Hephaestus Steel gedrängt?“ fragte Inglehart. „Das hast du getan, Hanscom Dalrymple! Wer hat einen US-Senator bestochen, damit er für einen höheren Stahltarif stimmt? Wer hat ihn mit fünfzigtausend Dollar bestochen und ihm weitere fünfzigtausend versprochen, die nie bezahlt wurden?“ Inglehart machte eine kleine Pause. „Das hast du getan, Hanscom Dalrymple! Wer hat Wendell Cook Geld für ein neues biophysikalisches Institut versprochen? Wer hat dann seiner Gier den Vorrang gegeben? Wer hat das Versprechen zurückgenommen – mit der fadenscheinigen Ausrede, daß der Mann, der das Institut leiten sollte, einen Nervenzusammenbruch hatte?“

Während Inglehart die nächste Pause einlegte, überlegte er, daß ‚Nervenzusammenbruch‘ nur eine nette Umschreibung für ‚Wahnsinnsanfall‘ war.

„Das hast du getan, Hanscom Dalrymple! Weißt du, was mit dir geschehen wird, wenn du das nicht wiedergutmachst, Dalrymple? Du wirst als Spinne wiedergeboren und wahrscheinlich von einer Wespe gefangen werden, die dich als lebendes Futter für ihre Larven benutzen wird. Wie würde dir das gefallen, ha ha? Und was kannst du tun, um das wiedergutzumachen? Sei klug und ruf Cook an! Sag ihm, du hättest es dir anders überlegt und würdest ihm dein Angebot noch einmal unterbreiten.“ Inglehart machte eine Pause. „Nun, worauf wartest du? Sag ihm, daß du das Angebot nicht nur wiederholst – sag ihm, daß du es verdoppelst!“ Wieder eine Pause ... „Sag ihm ...“

Aber in diesem Augenblick ging Dalrymple bereits zum Telefon. Inglehart sagte: „Ah, das ist schon besser, Dalrymple“, und schaltete das Gerät aus.

„Woher wissen Sie denn diese haarsträubenden Sachen?“ fragte Johnny.

„Ich habe in seiner Biographie gelesen, daß er an die Wiedergeburt glaubt. Und einer von unseren Bearbeitern in der Redaktion hat mal in Washington gearbeitet und mir erzählt, daß dort jedes Kind über Dalrymples Machenschaften Bescheid weiß. Aber so was kann man nicht drucken, solange man keine Beweise hat."

Sie ließen die Strickleiter hinab und kletterten in umgekehrter Reihenfolge hinunter. Dann packten sie ihre Ausrüstung ein und gingen zum Phelps-Haus. Aber als sie um die Ecke der Bingham Hall bogen, stießen sie fast mit einer vertrauten, storchenbeinigen Gestalt zusammen.

Methuen baute gerade einen Apparat an der Ecke der Welch Street auf.

„Hallo!" sagte er.

Der Mann und der Bär starrten ihn an. Dann fragte Inglehart: „Sind Sie wieder ausgebrochen?"

„Mhm. Als ich nüchtern war und wieder zu meinem Standpunkt zurückgefunden hatte. Es war ganz einfach, obwohl sie mir das Radio weggenommen hatten. Ich erfand einen Hypnotiseur. Dazu benutzte ich eine Glühbirne und einen Rheostat, den ich aus der Drahtwolle in meiner Matratze hergestellt hatte. Ich hypnotisierte den Wärter, und der gab mir seine Uniform und sperrte mir die Tür auf. War das lustig!"

„Und was machen Sie jetzt?" Inglehart merkte, daß Johnnys schwarzer Pelz in der Dunkelheit verschwunden war.

„Das da? Ich, ich war daheim und habe einen verbesserten Leisesprecher konstruiert. Der da kann auch die dicksten Mauern durchdringen. Ich werde alle Studenten einschläfern und ihnen sagen, daß sie Affen sind. Wenn sie aufwachen, werden sie auf allen vieren rumlaufen und sich kratzen und an den Pfosten der Straßenlampen hochklettern. Sie sind ja praktisch schon Affen, also wird es nicht allzu schwierig sein. Das wird sicher wahnsinnig lustig."

„Aber das können Sie doch nicht machen, Professor. Johnny und ich haben Dalrymple, gerade mühsam dazu gebracht, sein Angebot zu erneuern."

„Was Sie und Johnny machen, interessiert mich nicht im geringsten. Ich werde meinen Spaß haben, und alles andere ist unwichtig. Versuchen Sie ja nicht, sich da einzumischen, Bruce!"

Methuen richtete einen neuen Glasstab auf Ingleharts Brust. „Sie sind ein netter junger Bursche, und es wäre jammerschade, wenn ich Ihnen die ganze Sonnenenergie, die ich in drei Stunden gespeichert habe, auf einmal verpassen müßte."

„Aber heute nachmittag haben Sie doch gesagt ..."

„Ich weiß, was ich heute nachmittag gesagt habe. Ich war betrunken und wieder in meinem alten Geisteszustand, voller Verantwortungsgefühl und Pflichtbewußtsein. Schrecklich! Jedenfalls werde ich keinen Schnaps mehr anrühren, nachdem ich nun weiß, was für eine Wirkung er auf mich hat. Nur ein Mann, der sich der Methuen-Behandlung unterzogen hat, kann ermessen, wie vergeblich alles menschliche Streben ist."

Methuen wich in den Schatten zurück, als zwei Studenten vorbeikamen. Dann arbeitete er an seinem Apparat weiter, während er mit einer Hand den Glasstab umklammerte, mit dem er Inglehart in Schach hielt.

„So, jetzt müßte es klappen", sagte er. „Dieses Ding enthält ein tonisches Metronom, das den Burschen einen Frequenzton von 349 Umdrehungen pro Sekunde schickt, mit 68,4 Tonimpulsen pro Minute. Das hat aus verschiedenen technischen Gründen den maximalen hypnotischen Effekt. Von hier aus kann ich die Häuser in der Collage Street erreichen ..." Er nahm noch eine letzte Regulation vor. „Das wird der lustigste Streich von allen werden, die ich bisher inszeniert habe. Und am allerschönsten ist es, daß sie mich nicht bestrafen können, weil mich der Staat Connecticut ja als verrückt betrachtet. So, jetzt geht's los, Bruce ... Pfui Teufel, hat hier jemand eine Schnapsbrennerei gegründet? Schon seit fünf Minuten rieche und schmecke ich Alkohol – autsch!"

Der Glasstab versprühte einen grellen Blitz, und dann sprang Johnnys großer, pelziger Körper aus dem Dunkel. Ira Methuen ging zu Boden.

„Schnell, Bruce!" schrie Johnny. „Heben Sie den Nadelspray auf, den ich fallen gelassen habe! Und dann schrauben Sie die Flasche da auf! Geben Sie acht, daß Sie nichts verschütten! Und dann stecken Sie ihm den Flaschenhals in den Mund!"

Inglehart gehorchte, während Johnny den Professor festhielt wie Samson den Löwen und ihm die Zähne auseinanderriß.

„Ich bin nach Hause gelaufen und habe diesen Nadelspray aus

seinem Zimmer geholt", erklärte Johnny. Dann bat ich Webb, den Forschungsassistenten im biophysikalischen Institut, mich ins Labor zu lassen. Dort fand ich diesen Alkohol. Ich versuchte mich ranzuschleichen und dem Professor was von dem Zeug in den Mund zu spritzen, während er redete. Aber ich konnte das Ding nicht richtig einstellen, und der Nebel traf ihn ins Gesicht. Dann zerbrach das Gerät ... Ich habe einfach nicht die richtigen Finger für so was, wissen Sie? Also mußten wir ihm das Zeug mit brutaler Gewalt reinzwingen."

Methuen Normalisierungsprozeß hatte bereits begonnen. Ohne seinen Glasstab war er nur ein harmloser alter Professor. Johnny ließ ihn los. Seine Stimme überschlug sich. „Ich bin so froh, daß du das gemacht hast, Johnny. Du hast meinen guten Ruf gerettet – vielleicht sogar mein Leben. Diese Holzköpfe in der Klinik wollten nicht glauben, daß ich ständig unter Alkoholeinfluß stehen muß. Deshalb wurde ich natürlich wieder nüchtern und demzufolge verrückt. Vielleicht werden sie es jetzt glauben. Komm, gehen wir schnell in die Klinik! Wenn sie meine Abwesenheit noch nicht entdeckt haben, sind sie vielleicht bereit, meine zweite Flucht vor der Öffentlichkeit geheimzuhalten. Wenn sie mich herauslassen, werde ich an einer Methode arbeiten, mit der man den Effekten der Methuen-Behandlung beikommen kann – ohne Alkohol. Und ich werde diese Methode finden – wenn ich nicht schon vorher an Magenkrebs sterbe – weil ich mich doch dauernd betrinken muß ..."

Johnny watschelte die Temple Street zu seinem Haus hinauf und kam sich in seiner neuen Eigenschaft großartig vor. Vielleicht hatte der nüchterne Methuen recht, und alles Streben auf Erden war tatsächlich sinnlos.

Er war froh, daß Methuen bald wieder ganz gesund werden und nach Hause kommen würde, Methuen war der einzige Mensch, für den Johnny sentimentale Gefühle hegte. Aber solange der Professor eingesperrt war, wollte Johnny das ausnutzen. Als er das Phelps-Haus erreichte, ging er nicht sofort hinein, sondern griff mit einer Pranke unter die Hecke neben der Hausmauer. Als er sie wieder hervorzog, steckte ein großes Stück Kautabak darin. Johnny biß die eine Hälfte davon ab, den Rest legte er in das Versteck zurück. Dann ging er ins Haus und brabbelte bei jedem Schritt fröhlich vor sich hin. Warum auch nicht?

P. Schuyler Miller

Der alte Mulligan

Obwohl er seinen Magister in Chemie machte, gehörte P. Schuyler Millers große Liebe der Archäologie, eine Leidenschaft, die in einigen seiner besten Stories zum Ausdruck kam. Er begann seine Werke in den dreißiger Jahren zu veröffentlichen, Stories wie „Die Larve“ *(1936), die mit Recht berühmte Geschichte* „Der Sand der Zeit“ *(1937) und* „Die Höllenbrut“ *(1939). Wohlbekannt als langjähriger Buchkritiker (1951–1974) für Astounding/Analog, wo seine* Reference Library *zur Institution wurde, publizierte er nur zwei einschlägige Bücher –* „Genus Homo“ *(1950, eine Umarbeitung einer 1941 erschienenen Story), ein Roman, den er in Zusammenarbeit mit L. Sprague de Camp verfaßt hatte, und eine ausgezeichnete Sammlung,* „Der Titan“ *(1952). Bitte! Könnte nicht irgend jemand diese beiden wunderbaren Bücher nachdrucken?*

(Ich traf Schuyler Miller gelegentlich bei S-f-Kongressen. Er war sanftmütig, vernünftig und ein vielversprechender Mann. So schien es mir. Er hatte 1931 zu schreiben begonnen, und eine seiner ersten Stories, „Der Tetraeder des Raums“, *faszinierte mich in meiner Kindheit. Er war ein Dauerrenner in John Campbells Stall während der ersten drei oder vier Berufsjahre dieses Herausgebers, und dann, während des Zweiten Weltkriegs, hörte Schuyler Miller zu schreiben auf. Er verbrachte den Rest seines Science-fiction-Lebens als Campbells Buchkritiker, und er war der netteste und leidenschaftloseste Buchkritiker seiner Zeit.*

„Der alte Mulligan“ *war sicher nicht seine populärste Story, und das ist verständlich. Der Rest sind vielleicht Räubergeschichten, aber* „Mulligan“ *ist das Werk eines Genies. Es gibt ein Neandertal, das tatsächlich ein Neantertal ist.* „Der alte Mulligan“ *ist an einem Ende des Tals anzusiedeln, Lester del Reys* „Der Tag ist vorbei“ *am anderen, und L. Sprague de Camps* „Der knorrige Mann“ *liegt vielleicht irgendwo dazwischen. – I. A.)*

Davis blieb unter der Glimmlampe stehen, um sich eine Zigarette anzuzünden. In zehn Fuß Entfernung sank der Nebel herab, verschluckte alles außer dem bleichen Lichtkegel, in dem er stand, und die mächtige Gestalt des Ersten Sergeanten Gibbon warf einen Gorillaschatten neben seinen eigenen. Der fischige Geruch des seichten Venusmeers und der Gestank des weggeworfenen Abfalls in Laxas schmalen Gassen drang einem in die Kehle, und man hatte ständig den Geschmack von verfaultem Müll im Mund.

Er würde froh sein, wenn er wieder Dosenluft atmen und die Sterne wie Diamantensplitter im Raum hängen sehen würde. Außer der Erde gab es keinen Planeten in diesem System, wo ein Mensch angenehm leben konnte – und die Venus war am allerschlimmsten.

Weiter unten in der Straße schwang eine Tür auf, und die Silhouette zweier schwankender Gestalten zeichneten sich vor dem schwachen Schein einer gelben Lampe ab. Weinseliges Geheul drang hinter ihnen heraus, und eine wilde Stimme übertönte die anderen.

Ich wurde geboren vor hunderttausend Jahren,
Und es gibt nichts, was ich nicht erfahren;
Ich habe Peter, Paul und Moses gekannt ...

Die Tür fiel ins Schloß, unterbrach den Gesang, aber Davis trat bereits seine Zigarette mit dem Absatz aus, und die Stiefel des Sergeanten trabten rastlos über das Kopfsteinpflaster. Sie kannten diese alte Stimme. Mulligan!

Und wenn Mulligan dieses Lied sang, würde in wenigen Minuten der Teufel los sein.

Gibbons behaarte Faust trommelte gegen die Tür. Den Revolver in der Hand, betrat Davis hinter ihm die Schankstube. Unbeirrt wanderte der Blick des Polizisten über die mörderische Bande hinweg, die den Raum füllte, Quelle allen Übels. Mulligan stand mit gespreizten Beinen an der Bar, sein Lieblingsstock aus Eichennholz steckte drohend in seiner kräftigen Faust, und sein kirschrotes Gesicht erinnerte an einen wütenden Affen. Seine kleinen roten Augen spähten zornig unter einer massiven Stirn hervor, und sein runder Schädel glänzte wie ein Türknauf aus

Porzellan. Sein Rücken war gebeugt, das Hemd war aufgeknöpft und gab die breite Brust frei, und am Ende seines langen linken Arms baumelte eine leere Flasche.

„Wer hat mich so genannt?“ brüllte er.

In einer Wandnische saßen ein paar Slumtouristen, ein blondes Mädchen und drei bleiche, schlanke Jünglinge in makelloser Abendkleidung. Der eine, ein Bursche mit einem schütteren Schnurrbart und einer Hornbrille war schon ziemlich betrunken. Er war ebenso rot im Gesicht wie Mulligan, als er taumelnd aufstand.

„Das ist eine Lüge!“ schrie er. „Eine verdammte Lüge! Er – niemand kann so alt sein!“

Davis zückte seinen Revolver. Dieser besoffene Narr! Aber es war zu spät. Mulligans Arme schnellten vor wie angriffslustige Schlangen. Die Flasche zerbrach an der Wand über dem Kopf des Burschen. Seine Beine rutschten unter ihm davon, und er landete hart auf dem Boden, gerade, als der Eichenstock ein Loch in die dünne Holzwand neben seinem Ohr bohrte.

Dann passierte alles auf einmal. Das Mädchen sprang auf, eine schlanke Gestalt mit weißem Gesicht und scharlachroten Lippen, gehüllt in ein enges Silberkleid. Ihre Begleiter kämpften mit ihren Stühlen. Und irgendwo im Hintergrund der Nische klang das Zischen eines Revolvers mit Schalldämpfer auf. Ein tropfender roter Strich durchschnitt Mulligans fliehendes Kinn. Im gleichen Augenblick schrie Gibbon auf. Instinktiv wirbelte Davis herum, und die Welt schien in einer Feuerexplosion unterzugehen.

Dieselbe heisere Stimme bahnte sich einen Weg in Davis' Träume, und er stöhnte. Sie rief Erinnerungen zurück, die wie Feuerräder durch seinen Schädel rollten.

„... Ich habe Peter, Paul und Moses gekannt
Ich bin um den Rosenstrauch gerannt
Und ich verprügle den Kerl, der behauptet, daß ich lüge!
Ich ließ den Bart des alten Samson erbeben;
Ich half Joe und Adolf die Welt aus den Angeln zu heben,
Mit meiner Hilfe war die Bande getürmt
Als George Washington herangestürmt
Mit der A.E.F., um zu sehen, ob ihr Plan mißlungen war!
Ich habe Salomon das Abc beigebracht;

Ich habe Brigham Young geholfen, als er den Limburger Käse gemacht;
Und ich habe das Flugzeug für Lindy geflogen
Als er den Atlantik überquerte – in weitem Bogen,
Während Chris Columbus um eine Brise flehte!"

Mehr konnte er nicht ertragen. Mühsam kam er auf die Gummibeine, hielt sich mit beiden Händen den berstenden Kopf und schrie: „Halten Sie den Mund!" Dann schlug er die Augen auf.

Er sah kahles graues Felsgestein, einen grauen Himmel und einen Vorhang aus grauem Nebel, der alles bedeckte. Es nieselte, und er war splitterfasernackt. Lauwarmes Wasser rann über seinen Rücken und tropfte von seiner Nasenspitze. Er sah Mulligan, hundert Yards weit weg, am Ufer der grauen See, die mit grausigem Gurgeln die feuchten, grauen Felsen umbrandete. Der alte Mann war nackt und rosa wie ein abgehäuteter Affe, hockte am Wasserrand und betrachtete interessiert eine Muschel.

Mulligans Affengesicht wandte sich zu ihm. Es grinste, und der alte Mann schlug krachend mit der Faust auf einen Stein, der vor ihm lag. Muschelsaft spritzte hoch, und Mulligan fing ihn auf und begann ihn aus der hohlen Hand zu schlürfen.

Davis hörte, wie sich jemand hinter seinem Rücken übergab. Es war der betrunkene junge Mann aus der Bar. Er trug nur noch seinen Schnurrbart und die Brille und sah nicht mehr so eindrucksvoll aus wie damals, als er noch sein gestärktes Hemd und die rote Schärpe angehabt hatte. Er hatte X-Beine, und der Bauch war viel zu groß für sein Alter. Davis klopfte sich wohlgefällig auf den eigenen flachen Bauch und setzte sich in Bewegung, um den Fall zu untersuchen.

Sie befanden sich auf einem Felsmassiv, das aus dem dampfenden, stinkenden Wasser des Schlammlochs ragte, das hier auf der Venus Meer genannt wurde. Nach den Spuren auf der Felswand zu schließen, würden sie sechs bis acht Quadratfuß zur Verfügung haben, wenn die Flut kam. Und die Flut würde Wesen heranschwemmen, die einen gewaltigen Appetit auf die wehrlosen Menschen entwickeln würden.

Er zählte die Häupter der kleinen Schar. Sechs – inklusive Mulligan. Gibbon saß in einer Pfütze und starrte wehmütig auf seine nackten Zehen. Im Bizeps seines rechten Arms klaffte ein

Kugelloch, und im kurzgestutzten Haar auf seinem runden Schädel war eine blutige Schnittwunde zu sehen. Die beiden Jungen, die mit der Brillenschlange und dem Mädchen zusammen in der Bar gesessen hatten, waren immer noch bewußtlos. Und sie waren alle so nackt wie an dem Tag, als sie das Licht der Welt erblickt hatten, wenn man vom Pelz auf Gibbons Brust und der Zahnbürste unter der Nase des Brillenmannes absah.

Der alte Mulligan watschelte über die Felsen auf sie zu. Er war jetzt nüchtern und sah so harmlos aus wie eine junge Katze. Davis spürte, wie von Amts wegen Zorn in ihm aufstieg.

„Sie haben uns in dieses Schlamassel reingeritten, Mulligan", stieß er hervor. „Jetzt sehen Sie zu, wie Sie uns da wieder rausholen!"

Mulligans langes Gesicht verzog sich zu einem zahnlosen Grinsen. „Sie sehen großartig aus ohne Hosen, Captain", bemerkte er. „Ich erinnere mich, daß wir mal in Nubien einen Stamm trafen, der überhaupt nichts anhatte. Aber die Jungs konnten kämpfen! Der Pharao sagte zu mir: ‚Mike ...' Das war die Kurzform für alle Namen, die mir diese Ägypter gaben. Also, er sagte: ‚Mike, du mußt zweitausend von diesen Kannibalen drillen, und dann werden wir die alte Wasserpfeife mitsamt ihren Hethitern von der Landkarte fegen.' Also suchte ich mir eine Brigade von den größten und nacktesten und schwärzesten Böken aus, die ich finden konnte, und zeigte ihnen, was ich am West Point gelernt hatte. Dann zogen wir hinüber nach Karkemisch, und die verdammten Schwarzen bekamen schreckliches Heimweh und flüchteten nach Nubien zurück. Und ich stand da, sozusagen mit heruntergelassenen Hosen. Ich hüpfte an Bord eines Schiffes, das Mykenä ansteuerte, und dort wurde ich in einen Krieg verwickelt, in dem es um eine Puppe namens Helena ging. Sie hatte rote Haare." Seine kleinen Augen blickten in die Ferne. „Ach, Captain, das waren schöne Zeiten ..."

Davis spürte, wie seine Schultermuskeln erschlafften. Man konnte Mulligan einfach nicht fertigmachen. Das hatten schon stärkere Männer versucht. „Sie verdammter alter Lügner!" schrie er. „Können Sie diese Phantasievergangenheit nicht wenigstens so lange vergessen, bis Ihnen eingefallen ist, wie Sie uns da rausholen?"

Das rote Glitzern kehrte in Mulligans Augen zurück, und er

schob sein nicht vorhandenes Kinn vor. „Es waren so viele", klagte er. „Ich wäre mit ihnen fertig geworden, aber der Barkeeper erwischte mich von hinten mit einer vollen Flasche." Er betastete seinen kahlen Hinterkopf. „Schauen Sie mal! Ich habe eine Beule – so groß wie ein Ei."

„Kümmern Sie sich nicht drum!" Es ging nicht nur um die Beule. Mulligans Raufereien brachten ihn meistens in Gefängnis oder ins Krankenhaus, aber sie hatten ihn noch nie auf einen Felsen mitten im Meer verfrachtet. „Wer hat auf Sie geschossen? Und warum?"

„Oh – der! Das war einer von Slip Hanlans Jungs. Ich habe ihn mit einem Stuhl verprügelt, während Slip und die anderen mit dem Mädchen beschäftigt waren."

„Was ist mit dem Mädchen? Was ist mit ihr passiert? Wie sind wir hierhergekommen?" Es war der junge Mann mit dem Schnurrbart, der diese Fragen stellte. Schweigend war er auf bloßen Füßen herangekommen, gefolgt von den anderen. „Was ist mit dem Mädchen passiert?" wiederholte er. „Wo ist sie?"

„Sie?" Es schien Mulligan zu überraschen, daß sich jemand ernsthaft dafür interessierte. „Hanlan hat sie geschnappt." Er kicherte. „Sie hat wirklich Mut, die Puppe. Hat Slip ein blaues Auge geschlagen, und einem von seinen Affen hat sie beinahe mit einer Flasche ein Ohr abgehauen. Sie mußten ihr einen Beutel über den Kopf stülpen und sie zusammenbinden wie einen Heuballen. In diesem Augenblick schlug mich der Barkeeper nieder. Da waren Sie schon weg, Captain. Und der Sergeant auch."

Davis hörte Gibbon knurren und intervenierte hastig. „Wer ist das Mädchen?" fragte er. „Was hat Slip Harlan mit ihr vor? Und warum hat er uns hier ausgesetzt?"

Einer der blassen jungen Männer antwortete: „Sie ist meine Kusine – Anne Bradshaw. Ihr Vater ist Regent, wissen Sie? Ich – ich glaube, sie haben herausgefunden, daß sie eine Menge Geld wert ist. Und deshalb haben sie Anne gekidnappt."

Die Tochter des Regenten ... Der Junge hatte recht – Hanlan würde alles für sie bekommen, was er nur haben wollte. Aber das System würde den Mann, der sie entführt hatte, gnadenlos jagen, nachdem sie zu ihrem Vater zurückgekehrt war – auch den Mann, der es versäumen sollte, sie zurückzubringen, nachdem das Lösegeld bezahlt worden war. Jeder Mann von der Raumpatrouille würde den persönlichen Auftrag erhalten, den Mann zu massakrieren, der Anne Bradshaw angerührt hatte. Dabei war Slip Hanlan ein schlauer Bursche – viel zu schlau, um seinen Kopf in die Schlinge zu stecken, es sei denn, er war sich seiner Sache absolut sicher.

„Was habt ihr Nulpen überhaupt in dieser Kaschemme gemacht?“ fragte Davis. „Wie kann man nur so dumm sein, mit einer Frau in eine solche Kneipe zu gehen! Verdammt, ihr hättet einem Burschen in die Arme laufen können, der nicht wußte, wer sie ist – oder dem es egal gewesen wäre.“

„Captain Davis!“ Das war wieder der Brillenmann. „Vielleicht kann ich Ihnen das erklären. Ich arbeite an der Universität – als Professor für Anthropologie. Und diese beiden jungen Männer sind meine Studenten. Im Universitätsklub fand ein Tanzabend statt, und Miß Bradshaw wollte unbedingt mit uns in diese Kneipe gehen. Wir müssen sie sofort finden.“

Er sah genauso aus wie der Typ von Gänseblümchen, den die Regierung für ihr Lieblingsinternat nach Laxa importierte. In dieser Schule spielte sich alles auf hoher Ebene ab – keine rauhen sportlichen Wettbewerbe, kein Maschinenbau, nichts Praktisches. Die Kinder der oberen Zehntausend von Laxa bekamen hauptsächlich Kulturunterricht. Deshalb wurden die bedeutendsten Philosophen der Erde zur Venus verfrachtet. Was dieser Planet brauchte, dachte Davis grimmig, war eine Militärakademie mit dem Hauptfach ‚Pionierarbeit‘. Weil die erste Generation auf der Venus harte Zeiten durchmachen mußte, um am Leben zu bleiben, wollten die Leute nun ihre Nachkommenschaft auf Rosen betten. Das Problem war nur, daß die Menschen erst zwei Prozent der Planetenoberfläche urbar gemacht hatten und daß man noch einige Pioniergenerationen brauchen würde.

„Hören Sie mal, Boß ...“ Gibbon machte ein mürrisches Gesicht und schien sich seiner Nacktheit zu schämen. „Wahrscheinlich geht es in dieser Affäre um politische Machenschaften. Sonst hätte Slip das nicht gewagt. Im Hauptquartier wurde vermutlich besprochen, daß man alles vertuschen wird, sobald er das Mädchen zurückgebracht hat. Die Patrouille sollte gar nicht erfahren, daß sie vermißt wird oder daß der Professor mitsamt seinen Jungs abhanden gekommen ist. Aber nun hat sich Mulligan eingemischt, und wir sind auch aufgetaucht. Also haben sie uns hierhergebracht, damit wir ihnen nicht im Weg herumstehen und keine Fragen stellen. Wenn alles vorbei ist, wird irgend jemand in einem Boot vorbeikommen und überrascht sein, wenn er uns hier antrifft. Dann wird man uns das erzählen, was wir wissen dürfen, und wie bedauerlich es doch sei, daß manche Leute in gewissen Dingen verschiedener Ansicht seien. Aber dann werden wir nicht mehr leben – nicht im Winter, ohne Kleider. Slip Hanlan ist ziemlich gerissen."

Der junge Bradshaw, der Vetter des Mädchens, drängte sich mit hochrotem Gesicht vor. „Ich glaube es nicht!" rief er. „Onkel Arthur würde sich niemals auf so was einlassen."

Davis klopfte ihm auf die schmale Schulter. „Regen Sie sich nicht auf. Auch wenn der Sergeant recht hätte, muß das noch lange nicht bedeuten, daß Ihr Onkel in die Sache verwickelt ist. In seinem Lager gibt es gewisse einflußreiche Personen, die ihre eigenen Fäden haben, an denen sie ziehen, und auch ihre eigenen Gründe, warum sie daran ziehen. Es wäre ein raffinierter Schachzug, seine schöne Tochter zu entführen, damit er sich um sie Sorgen macht und von anderen Dingen abgelenkt wird. Wenn ihr nichts passiert, wird er zum Wohl der Kolonie auf alle Forderungen eingehen. Auf diese Weise funktioniert unsere Politik."

Er drehte sich zu Mulligan um. Der alte Mann hockte wieder auf dem Felsenboden, fischte Schalentiere aus dem Wasser und sog sie genüßlich aus. „Mike", rief er, „kommen Sie her! Sie wissen mehr über die Venus als alle anderen. Das hat mir mein Vater gesagt. Wo sind wir? Und wie kommen wir von hier weg?"

Mulligan runzelte die Stirn. „Ich war schon einmal hier", gab er zu. Vor der Küste, wo die Wolkenkratzer dicht am Wasserrand stehen, gibt's viele kleine Inseln, die so ähnlich aussehen wie diese hier. Ich war einmal mit Morgan dort, vor langer Zeit, um Seeschlangen zu fischen."

„Seeschlangen?" fragte der zweite Junge. „Sie meinen – hier – in diesem Gewässer – rings um uns?"

Der alte Mann nickte. „Ja, hier ist es ziemlich tief. Da haben sie genug Platz, um riesengroß zu werden, so groß, wie sie früher mal auf der Erde waren. Ich erinnere mich an ..."

„Vergessen Sie's!" fiel ihm Davis ins Wort. „Sie meinen also, daß wir hier festsitzen?"

„Das würde ich nicht sagen", protestierte der Alte. „Lassen Sie mich mal nachdenken. Wir müssen jedenfalls auf die Flut warten."

Sie ließen ihn mit seinen Schalentieren allein und suchten Schutz unter einem Felsvorsprung, wo sie sich setzen und die Arme um die Beine schlingen konnten, wo es nicht ganz so ungemütlich war wie am Wasserrand. Der Winter auf der Venus war ziemlich feucht und windig. Es war heiß, die Luft war schwül, und der Regen war wie kalte Suppe.

Der Professor hatte es aufgegeben, durch seine nassen Brillengläser zu blicken, und spähte nun wie eine Eule über die Hornränder hinweg. „Können wir diesem Mann trauen?" wollte er wissen. „Wie kann er uns denn helfen?"

Davis zuckte mit den Schultern. „Der alte Mulligan ist das größte Rätsel von der Venus. Er ist schon seit ewigen Zeiten hier und war auch dabei, als Morgan seine erste Forschungsreise auf diesen Planeten unternahm, wenn man den damaligen Berichten Glauben schenken kann. Innerhalb von zwei Generationen hat er sich kein bißchen geändert, und ich bezweifle ernsthaft, ob er sich in meiner oder Ihrer Generation ändern wird. Er kennt die Venus besser als jeder andere Mensch in diesem System, und wenn er sagt, daß er uns von hier wegbringen kann, dann wird er auch einen Weg finden, um sein Versprechen zu halten. Habe ich recht, Gibbon?"

„Ja." Der Sergeant hatte Flechten auf das Einschußloch in seinem Arm gelegt. „Sein Lied war das erste, das ich auf diesem Planeten hörte, als ich vor dreißig Jahren aus dem Frachter stieg. Er war betrunken und verprügelte gerade einen Burschen, der es gewagt gatte, ihn einen Lügner zu nennen. Ich mußte drei andere Polizisten holen, und erst mit deren Hilfe gelang es mir, ihn in eine Zelle zu schaffen. Dann erzählte er mir von Moses und der Tochter des Pharao – und daß er Priester in einem Ort namens Midian gewesen sei, und dieser Moses hätte seine Tochter geheiratet. Wenn man auch nur die Hälfte von seinem Gefasel glauben will, dann hat er überall im ganzen System Töchter."

„Phantastisch!" Der Professor stand kurz vor einem Wutanfall. „Kein Mensch kann von Moses' Zeiten bis zum heutigen Tag leben. Viertausend Jahre! Das ist ja absurd! Ich bin zufällig Anthropologe, und deshalb weiß ich Bescheid."

„Wenn ich mich richtig erinnere, behauptet er, daß er hunderttausend Jahre alt ist“, sagte Davis trocken. „Zumindest weiß ich ganz genau, daß er vor achtzig Jahren schon gelebt hat. Damals kam mein Vater hierher. Und den Akten zufolge ist Mulligan fast doppelt so alt. Er ist historisch sehr bewandert, wenn er auch einiges durcheinanderbringt. Man muß ja auch eine ganze Menge in sein Gehirn zwängen, wenn man hunderttausend Jahre alt wird.“

Der Professor starrte ihn anklagend an. „Machen Sie doch keine Witze! Sie sind ein gebildeter Mann. Sie wissen genausogut wie ich, daß kein Mensch tausend Jahre leben kann – und schon gar nicht hunderttausend Jahre. Das ist doch lächerlich! Ich gebe zu, daß der Mann seltsam ist – zum Beispiel die Kopfform, seine Haltung, diese fliehende Stirn ... Jedenfalls stellt er einen sehr primitiven Typus dar. Neandertaloid, würde ich sagen. Ein Entwicklungsrückschritt ... Wo ist er denn jetzt?“

Wilson, der zweite Junge, saß am anderen Ende des Felsvorsprungs. „Er hat an einem großen Felsen herumgehämmert“, sagte er, „und jetzt bricht er mit einem anderen Stein kleine Stücke heraus. Schauen Sie doch, diese Muscheln! Wenn wir hierbleiben müssen – sollten wir sie nicht irgendwie konservieren? Ich meine – das ist doch alles, was wir zu essen haben – und sie werden nicht lange vorhalten, wenn Mulligan sie weiterhin in diesen rauhen Mengen verschlingt.“

Es wurde kälter, als die Nacht hereinbrach. Auf der Venus war es niemals richtig kalt, auch nicht in Polnähe und nicht einmal mitten im Winter. Aber eine Nacht in der Regenzeit konnte ziemlich unangenehm werden. Davis versuchte sich an den Rhythmus der Gezeiten zu erinnern. Durch das seichte Meer und die teilweise überschwemmte Küstenlinie kam und ging die Flut ziemlich unregelmäßig, obwohl sie auf der Venus nur von der Sonneneinwirkung abhing. Er stand auf und blickte aufs Meer hinaus. Eine starke Strömung zog an der Insel vorbei, und Felsen, die vor einer halben Stunde aus dem Wasser geragt hatten, waren nun in phosphoreszierendem Schaum versunken. Der Wasserspiegel stieg an.

Er kletterte über die Felsenkanten zu dem alten Mann hinab. Hier draußen im Freien traf ihn der Wind mit voller Gewalt, und er erschauerte. Er hörte Schritte hinter sich und sah, daß Gibbon und der Professor ihm folgten.

Mulligan hatte eine Feuersteinader im Kalkgestein gefunden, aus dem die Insel bestand. Ein halbes Dutzend großer Stücke lagen bereits neben ihm auf dem Boden, und nun hieb er mit einem Klumpen aus Quarzit, den die Wellen geglättet hatten, faustgroße Splitter aus dem Feuerstein. Ein Dutzend dieser Splitter hatte er bereits zurechtgehauen, und als die Männer auf ihn zukamen, bearbeitete er sie mit seinem Hammerstein, schabte kleine Späne von den Kanten. Bald hatte er seine speerförmige Schneide hergestellt, an der einen Seite flach, an der anderen abgerundet, mit einer unregelmäßigen Spitze und einem runden Unterteil.

Er legte das Werkzeug beiseite und begann ein anderes zurechtzuhauen. Der Professor stieß Davis aufgeregt in die Rippen.

„Die Moustérien-Technik!" flüsterte er. „Ganz zweifellos! Wie außergewöhnlich ...

Davis räusperte sich unsicher. Er kam sich wie ein Esel vor, als er da im Regen stand und einen alten Mann beobachtete, der Höhlenmensch spielte, aber andererseits hatte er das Gefühl, daß er ihn bei einer sehr wichtigen Tätigkeit unterbrach.

„Mulligan", sagte er, „die Flut steigt. Sollten wir nicht irgendwas unternehmen?"

Der alte Mann sah zu ihm auf. „Ich tu ja was. Ich mache Speere und Messer für uns alle. Mit der Flut werden Dinge ankommen, die den Sergeanten und Sie auf einmal runterschlucken könnten und dann den Professor als Zahnstocher benutzen würden. Wenn ich Sie wäre, dann würde ich diese Jungs losschicken und ihnen sagen, sie sollen mir irgendwas suchen, aus dem ich Griffe machen kann. Es ist nämlich nicht ratsam, diesen Biestern zu nahe zu kommen."

„Behaupten Sie wirklich, daß Sie hunderttausend Jahre alt sind?" Die Stimme des Professors überschlug sich beinahe.

Mulligan grinste einfältig. „Das ist wohl ein bißchen übertrieben", gab er zu. „Als ich es das letztemal zusammen mit einem Burschen ausgerechnet habe, der was von diesen Dingen verstanden hat, sind wir auf dreißigtausend gekommen. Er meinte, es könnten auch fünf- bis zehntausend mehr oder weniger sein. Ich hatte die Jahre ja schon endlos lange nicht mehr gezählt, und deshalb fiel es mir schwer, genauere Angaben zu machen. In Sumer kannten sie sich ja auch nicht so gut mit großen Zahlen aus. Aber ich war jedenfalls schon bei den Sumerern, bevor sie – ja, bevor sie aus diesen Bergen herabkamen."

Davis wandte sich ab, als er sah, wie die Kinnlade des Professors nach unten klappte. Dieser verdammte alte Lügner! Er schickte Gibbon mit den zwei Jungen los, trug ihnen auf, nach langen, geraden Stäben zu suchen, die als Speerschäfte dienen könnten. Sie fanden nur drei, die lang und fest genug waren. Davis überlegte, daß der Kontinent nicht weit entfernt sein konnte, nachdem so viele grüne Hölzer angeschwemmt worden waren. Vielleicht wußte Mulligan wirklich, was er tat.

Eine halbe Stunde lang würde noch Zwielicht herrschen, schätzte Davis. Durch die dichte Atmosphäre der Venus dauerte die Abenddämmerung ziemlich lange.

Als sie zu Mulligan zurückkehrten, stand der alte Mann bis zu den Achselhöhen in der Brandung, die große Nase fast im Wasser, und stocherte mit einem zugespitzten Stock in den Wellen herum. Und als sie den Wasserrand erreichten, tastete er hastig in der Nachbarschaft seiner Füße umher, dann stieg er hustend aus der Brandung, spuckte Salzwasser aus, und am Ende seiner Harpune wand sich ein formloses Ding mit vielen Beinen.

Davis sah interessiert zu, und der Professor beobachtete das Geschehen mit einem Gesichtsausdruck, der an Verzweiflung grenzte, als der alte Mann die nackten Füße auf die zuckenden Tentakel des Wesens stellte und es mit seinem Flintsteinmesser aufzuschlitzen begann. Bald hatte er mehrere lange Streifen aus einem zähen, lederartigen Gewebe zurechtgeschnitten, mit denen er die Spitzen der Speere an den Stöcken befestigte, die der Sergeant und die jungen Männer gefunden hatten. Da Gibbon seinen rechten Arm nicht gebrauchen konnte, entschied Davis, daß der Sergeant als Reserve dienen sollte. Gibbons Jammern bildete eine Art Begleitmusik, als die fünf Männer in den Schutz ihres Felsvorsprungs zurückkehrten und warteten.

Mulligan gesellte sich nicht zu ihnen. Er stellte nun eine Waffe für sich selbst her, einen gefährlich aussehenden Zahn aus zurechtgeschabtem Flintstein, halb so lang wie sein Unterarm, mit einem abgerundeten Unterteil, das als Griff diente. Der Professor nannte das Ding eine Faustaxt und begann dann zu schmollen, weil Wissenschaft und Augenschein einander mit jeder Minute deutlicher widersprachen.

Nun wurde es schnell dunkel. Mulligans vierschrötige Gestalt war kaum mehr zu erkennen vor dem bleichen, phosphoreszierenden Schimmern der See. Er saß am Ende einer schmalen Klippe, die ins tiefe Wasser hinausragte. Davis fragte sich, wie lange es noch dauern würde, bis die Flut sie zwang, auf dem höchsten Punkt der Insel Zuflucht zu suchen, sich den Winden und dem Regen auszusetzen und allen hungrigen Seeungeheuern, die des Weges kommen würden. Grimmig beobachtete er die glänzende Linie der Brandung, die immer höher stieg. Sie hatte Mulligans hinabhängende Beine schon fast erreicht, als er einen durchdringenden Schrei ausstieß und verschwand.

Hastig stiegen sie über die Felsen hinab, die Speere in den Händen, zu der Klippe, wo Mulligan eben noch gesessen hatte. Bis zur Taille im ansteigenden Wasser, sprang der alte Mann auf und ab wie ein Verrückter, winkte mit beiden Armen und brüllte wie ein kranker Affe. Und dann sah Davis hundert Fuß weiter draußen ein Wesen, das träge aus dem Wasser emportauchte. Auch der alte Mann sah es. Er zog sich zur Küste zurück, schrie immer noch und ruderte heftig mit den Armen. Wieder erhob sich das Ding.

Es sah aus wie der Leviathan aus dem Alten Testament. Es stieg aus der See wie eine bebende Woge, überzogen von cremiger Gischt, der kolossale Rückenschild einer Schildkröte, gerippt, wie mit Nägeln beschlagen, überwachsen von Entenmuscheln und Tang, ein gepanzerter Kopf mit Riesenaugen und spöttisch grinsendem Schnabel, auf einem faltigen Hals, große, geschwungene Flossen, die nach den Felsen tasteten ... Die großen lidlosen Augen sahen aus wie schwarze Blasen und starrten auf die kleine Gestalt mit den krummen Beinen, die herausfordernd vor ihnen umherhüpfte. Eine Weile überflutete die Gestalt des Ungeheuers, verbarg sie, und dann tauchte es wieder auf, war inzwischen viel näher gekommen, bewegte sich schwerfällig auf die Küste zu, den schlangengleichen Drachenkopf böse drohend vorgeschoben.

Mulligan krabbelte die Felsen herauf, kam auf die Männer zu, schrie sie an in einer fremden Sprache. Schreiend forderte Davis die anderen auf, den gleichen verrückten Tanz zu vollführen, die Aufmerksamkeit des Dings zu erregen und es an Land zu locken. Der gebogene Schnabel, die starrenden Augen erhoben sich dicht vor ihren Füßen aus der schäumenden Gischt. Das Wesen versuchte sich auf die kleine Gruppe zu werfen, die auf der Felsspitze tanzte, fiel zurück, und bevor es sich wieder erheben konnte, sprang der alte Mann hinab.

In der Luft drehte er sich wie eine Katze, landete auf dem faltigen Nacken des Monstrums, lag flach auf dem Bauch, die Beine um den muskulösen Hals geschlungen, und stieß seine Faustaxt in den Nacken des Tieres. Blut spritzte wie schwarzes Öl in die wilde See. Mulligans Arm versank in der klaffenden Wunde, die er aufgerissen hatte. Das Monstrum zuckte und wand sich, die Flossen wühlten die See auf. Es drehte sich um, nahm Kurs auf das tiefere Wasser.

Gibbon kletterte mit leeren Händen von der Klippe, ruderte wie verrückt mit seinem gesunden Arm, trat nach dem Kopf des Ungeheuers. Als es nach ihm zu schnappen versuchte, sprang er zurück, und dann waren Davis und die anderen an seiner Seite. Der Speer des jungen Bradshaws prallte harmlos vom Kopf des Monstrums ab und versank im Meer. Die Augen des Professors funkelten seltsam hinter der Hornbrille. Er tänzelte den Felshang hinab, bis direkt vor den Schnabel des Seeungeheuers, dann stellte er sich auf die Zehenspitzen, um die Spitze seines Speeres tief in ein starrendes Auge der Riesenschildkröte zu bohren.

Das Ding wich zurück und warf Mulligan beinahe ab, dann schnellte es blitzartig vor. Die Kante seines Rückenschilds traf den Professor, schleuderte ihn zur Seite, und der Schnabel öffnete sich vor Davis' verwirrten Augen. Bevor er sich wieder schließen konnte, rammte der Captain seinen Speer tief hinab in den würgenden Schlund, dann sprang er zurück. Die hornigen Kiefer schlossen sich um den Schaft des Speeres, zerbissen ihn wie einen dünnen Zweig. Und dann trat Wilson heran und stieß seinen Speer in das andere Auge und durch das Gehirn.

Die gigantischen Kiefer klafften weit auseinander. Schwarzes Blut ergoß sich auf die Männer. Die zuckenden Flossen sanken hinab, und das Ungeheuer warf sich auf den Strand, während sich der lange Hals blindlings hin und her wand. Dann schlug Mulligans Axt noch einmal zu, und das Leben floß aus der großen Bestie, in einem gewaltigen dampfenden Strom. Reglos blieb sie auf den Felsen liegen, während die Flut den mächtigen, gebogenen Rückenschild umbrandete.

Der alte Mann richtete sich auf und blickte auf die kleine Schar.

Sie waren blutüberströmt, sahen erschöpft aus – aber sie hatten gesiegt. Er grinste anerkennend und zeigte zum Strand hinauf.

„Holt die Messer!“ befahl er. „Wir müssen uns an die Arbeit machen.“

Bis zu den Schenkeln standen sie in Blut und Schaum, als sie den riesigen Körper zerstückelten, die Muskeln weghackten, die den schüsselförmigen Rückenschild trugen, als sie die Rippen lostrennten und die gigantische Wirbelsäule durchschnitten. Das Meer ringsum hatte sich rot gefärbt, und hinter der ersten Wellenreihe sahen sie schwarze, mißgestaltete Wesen aufsteigen und fallen, im Rhythmus der Wogenbewegung – leichenschänderische Geister, herbeigelockt vom Geruch des Todes. Und, so dachte Davis, ein lebender Wall, der zwischen der Insel und dem Festland stand ...

Die Flut hatte die Hochwassermarkierung beinahe erreicht, als sie den Rückenschild abhoben und umgedreht auf das Wasser legten. Eine blutige Suppe schwappte ins Innere der Schüssel, und Davis erschauerte, als ihm bewußt wurde, daß sie in diesem Boot zum Festland fahren würden.

Am Ende der Insel ragte eine Felsenspitze aus dem Meer, die zu Beginn des Tages noch eine hohe Klippe gewesen war. Auf Mulligans Befehl zerrten sie den riesigen Schild von dem Kadaver weg – und weg von den wilden Kreaturen aus der Tiefe, die das Blut gewittert hatten und nun warteten, bis sie die Flut zur Insel trug. Der junge Wilson hatte seinen Speer behalten, und den Speer des Professors hatten sie aus dem Auge der Schildkröte gezogen, nachdem sie zusammengebrochen war. Mulligans Faustaxt war die einzige zusätzliche Waffe, und das Gebrüll des monströsen Lebens da draußen im Dunkel sagte ihnen, was sie vielleicht erwartete, bevor ihr Kahn das Festland erreichte.

Während sich Mulligan mit den verschlungenen Eingeweiden des Seeungeheuers befaßte, sie zu Streifen schnitt und zu einer Art Strick drehte, den er sich um die Taille schlang, schöpften die anderen das rote Wasser aus dem Innern der Schüssel und setzten sich vorsichtig auf ihren schlüpfrigen Boden. Davis und der alte Mann wollten als letzte einsteigen. Sie schoben die Schüssel an den Felsen entlang, hinaus in die Strömung, die an der Felsenspitze vorbeirauschte. Als der Sog den Kahn erfaßt hatte, sprangen sie hinein und hockten sich zu den anderen. Wie betrunken schwankte die Schüssel, nachdem Davis und Mulligan sie von den Felsen abgestoßen hatten, schabte über eine Klippe hinweg, die im Meer versunken war, dann trieb sie frei dahin.

Jede neue Woge füllte den Kahn mit Wasser. Gibbon und die Jungen schöpften es unermüdlich hinaus. Davis nahm Wilsons Speer und postierte sich am Schwanzende des ovalen Rückenschilds. Der Professor benützte seine Waffe als Stütze und hockte schwankend in der Mitte, und Mulligan saß im Bug, seine Faustaxt aus Flintstein in der Hand, die langen Zehen auf der schleimigen Leiter, die von den Rippen der Kreatur gebildet wurde.

Die rastlosen Augen des alten Mannes entdeckten die erste Gefahr. Als Davis den Schrei hörte, richtete er sich auf, so hoch er es wagte. Nur zehn Yards entfernt, tauchte das Ding aus dem Wasser. Es hatte ein Maul wie ein Krokodil und einen stromlinienförmigen glänzenden Körper, der mühelos durch die Wellen glitt. Es drehte sich auf den Rücken, zeigte einen schimmernden Bauch und tauchte wieder unter. Zehn Sekunden verstrichen – zwanzig – eine Minute, und Davis ließ sich wieder zurücksinken. Dann stieg das Monstrum wieder empor, direkt neben seinem Ellbogen. Zwei winzige rote Augen, eingebettet in Schlitze aus gleißendem Fleisch, starrten auf ihn herab. Ein Maul mit winzigen spitzen Zähnen grinste ihn an. Mit aller Kraft trieb er seinen Speer in den weichen Kropf unter dem schmalen Kiefer.

Das große Ding erhob sich wie ein wütender Wal, immer höher, bis es schließlich auf seinem Schwanz zu stehen schien. Dann fiel es zurück, wühlte das Wasser auf, so daß der Rückenschild fast kenterte. Davis hielt sich mit beiden Händen fest und sah zu, wie die Wellen an der Kante der Schüssel vorbeirauschten. Zu seiner Linken tauchte das Ding wieder aus dem Wasser empor. Seine Umrisse waren kaum zu erkennen vor dem bleichen Phosphorschein des Wassers. Etwas Dickes, Massiges mit borstigen Flossen hatte sich am schlaffen Kiefer der Kreatur festgeklammert.

Plötzlich war das ganze Meer ringsum zu wildem Leben erwacht. Der Geschmack vom frischen Blut lag in den Wellen, und die Bestien versammelten sich, um die Totenwache zu halten. Ein riesiges, schuppiges Etwas stieg fast direkt unter der Schüssel hoch und schleuderte Davis in das Menschengewirr in der Mitte.

Wasser ergoß sich über die Männer, und aus dem Dunkel starrte ein dorniger Kopf mit Kehllappen auf sie herab. Mulligan brüllte herausfordernd und schwang seine Faustaxt. Eine Welle traf Davis ins Gesicht, warf ihn auf den Rücken. Die angstvolle Stimme des Sergeanten übertönte das Gebrüll der Seeungeheuer.

„Schöpft doch das Wasser hinaus, verdammt! Wir gehen unter!“

Sie schöpften – Gibbon mit seiner gesunden Hand, die anderen mit beiden Händen, beförderten das blutige Wasser etwas schneller hinaus, als es hereinflutete. Der Speer des Professors lag irgendwo zu ihren Füßen, rutschte hin und her in der stinkenden Bilge, und Mulligan klebte immer noch wie eine Klette an seinem Platz. Draußen in der Nacht brüllte ein weiteres Meeresmonstrum, und Davis' Finger schlossen sich wieder um den Speer.

Er richtete sich auf, setzte sich rittlings auf die knotige Knochensäule, die vom Bug zum Heck ihres wild schaukelnden Kahns verlief – die Wirbelsäule der Schildkröte. Sein Blick fiel auf Mulligan, dessen Silhouette sich vom bleichen Schimmer der See abhob, und ein prickelnder Schauer rann ihm über das Rückgrat. Der alte Mann hatte den Kopf zwischen die vernarbten Schultern gezogen und reckte das fliehende Kinn in den Wind. Sein breiter Rücken war gebogen wie der eines geduckten Wolfes. Er hockte auf den angezogenen krummen Beinen, die langen Arme hingen herab. Er sah aus wie ein großer, unbehaarter Nachtaffe, geschnitzt aus Ebenholz, der nun als Galionsfigur im Bug saß, um die Dämonen abzuwehren. Plötzlich schwang der große, kahle Kopf zu den Männern herum, und Davis glaubte ein grünliches Feuer in den kleinen Augen aufleuchten zu sehen, bevor sich der Alte wieder abwandte.

Die Minuten verstrichen – dann die Stunden. Wieviel Zeit verging, konnte Davis nicht feststellen. Der Wind hatte nachgelassen, das Meer war ruhiger geworden. Ein sanftes Schaukeln bewegte den wackeligen Kahn wie eine Wiege – hin und her, hin und her. Dem Professor war schlecht, und die beiden Jungen kauerten unglücklich nebeneinander. Eine Stunde nach der anderen verstrich, während Davis den Himmel vergeblich nach dem ersten Grau der Morgendämmerung absuchte und der alte Mulligan schweigend und rätselhaft im Bug hockte und ins Dunkel starrte.

Sie waren ein Spielzeug der See, mutwillig umhergeschleudert, der Gnade einer unbekannten Macht ausgeliefert, unbekannten Strömungen ausgesetzt. Wenn sich die Flut gedreht hatte, trieben sie vielleicht vom Festland weg, hinaus in das unkartographierte, unerforschte, nebelverhangene Nichts, das die halbe Venus bedeckte. Fünf nackte Männer in der Nacht, im kalten Regen, der über ihre Rücken rieselte, und das gurgelnde Flüstern der Wellen war das einzige Geräusch in der Stille. Fünf Männer, dachte Davis, und Mulligan.

Er schloß die Augen und lauschte. In weiter Ferne glaubte er ein dumpfes Dröhnen zu hören – Wellen, die eine felsige Küste umbrandeten. Vielleicht trug die Strömung den Kahn zu der Insel zurück. Oder zum Festland ... Er strengte seine Ohren an, aber jetzt war das Geräusch verstummt. Mulligan hatte sich nicht gerührt.

Plötzlich stand der alte Mann auf, spreizte die Beine, schob den Kopf vor wie ein witternder Hund. Er wickelte das Seil aus gedrehten Gedärmen von seiner Taille, ließ es durch die knotigen Finger laufen, zog es straff, formte eine Schlinge. Davis erhob sich vorsichtig. Inzwischen war es heller geworden. Hinter der angespannten Gestalt des alten Mannes sah er eine gleißende Kuppel aufragen – eine weitere Riesenschildkröte. Mulligan duckte sich, und mit einem Schrei in Gibbons Richtung warf er sich ins Heck, als der alte Mann dem Monstrum die Schlinge über den Kopf warf.

Nur das Gewicht der beiden Männer im Heck verhinderte, daß der Kahn kenterte. Das Seil straffte sich, als die Schildkröte die Wellen durchpflügte. Davis klammerte sich mit beiden Händen am Schüsselrand fest, Gibbon hatte den gesunden Arm um die Taille des Captains geschlungen, die anderen lagen auf dem Boden des Kahns. Einer nach dem anderen kroch heran, um sich zu den beiden Polizisten zu gesellen. Wie fünf nackte Affen hockten sie im Heck, um der Kraft des fliehenden Monstrums entgegenzuwirken. Der alte Mulligan lehnte sich nach hinten, das Seil fest um die Körpermitte geschlungen. Die Muskeln an Armen und Beinen wölbten sich vor wie Eichenwurzeln. Endlich hatte der Kahn Fahrt aufgenommen – aber wohin die Reise ging, wußte nur der Allmächtige. Oder die Schildkröte ...

Auf ein Wort von Davis kroch der junge Wilson zum Bug, um

Mulligan zu helfen. Er war der leichteste von den fünf Männern, und allein würde der Alte der Anstrengung nicht mehr lange gewachsen sein. Seite an Seite, wie Wagenlenker aus alten Zeiten, standen sie da und fuhren über die See – der vernarbte braune Körper und der schlanke weiße, im Licht des beginnenden Tages.

Jetzt gab es keinen Zweifel mehr – das Dröhnen einer Brandung drang ihnen entgegen. Mulligan schrie etwas nach hinten, aber der Wind riß ihm die Worte von den Lippen. Dann lief die Schüssel mit einem heftigen Ruck, der sie kopfüber ins Meer schleuderte, auf Grund. Wie ein Kürbis zerbrach der Rückenschild und ging unter. Verzweifelt kämpfte sich Davis zur Wasseroberfläche empor. Gibbon klammerte sich an einen Felsen, dessen Spitze aus dem Wasser ragte. Wilsons Kopf schaukelte zwischen den beiden Polizisten auf und ab, heftig ruderte der Junge mit beiden Armen, um zu dem Sergeanten zu gelangen. Von Mulligan, dem Professor und dem jungen Bradshaw war nichts zu sehen.

Der Nebel löste sich auf. Sie waren von zerklüfteten, schwarzen Felsen umgeben, an denen sich wütende Wellen brachen. Aus dem Halbdunkel kam ein Schrei.

„Ho-o-o o-o!“

Eine zweite Stimme vereinte sich mit der ersten. „Ho-o-o o-o! Da-a-avis!“

Gibbon antwortete mit einem erstickten Schrei, und dann sah Davis die beiden. Die Klippen waren ganz nah, ragten steil und drohend auf, und die Brandung hatte sie dagegen geschleudert. Mulligan und der Junge klammerten sich an ein langgestrecktes Riff, das sich an einer kleinen Bucht erhob. Davis holte tief Luft und ließ sich von den Wellen hinübertragen.

Mulligans Finger schlossen sich um sein Handgelenk, zerrten ihn auf das Riff und in Sicherheit. Aus dem Schaum zu Füßen des Felsens sah er Gibbons Kopf mit dem kurzgeschnittenen Haar auftauchen und den schmalen Schädel des jungen Wilson. Der Sergeant ruderte heftig mit beiden Armen, trotz seiner Verletzung. Ein paar Minuten später waren sie alle wieder beisammen – alle bis auf den Professor.

Langsam ertasteten sie sich einen Weg durch die Brandung, die das Riff überschwemmte, kämpften sich zum Land vor. Es war

Gibbon, der den vermißten Mann entdeckte. Die schlaffe Gestalt schaukelte in den Wellen, die Brille war verschwunden, eine Schnittwunde zog sich über die Stirn. Aber als sie ihn den Strand hinaufschleiften, bewegte er sich und schlug die Augen auf.

Als Davis zusah, wie Gibbon das Wasser aus dem unglücklichen Professor schüttelte, fragte er sich, was nun als nächstes geschehen würde. Sie waren nackt, halb verhungert, gestrandet an einer Küste, die meilenweit von der nächsten Siedlung entfernt war. Vielleicht konnte man über die Klippen klettern, aber dahinter ragte die unerforschte Wildnis steiler Berge auf, die sich wie Wolkenkratzer erhoben und die stolzesten Gipfel der Erde zu Zwergen degradierten. Und hinter den Bergen lag der Dschungel. Die Venus war kein Paradies.

Er starrte Mulligan an, der sich über den Professor beugte. Der alte Mann war der einzige in der kleinen Schar, der hier nicht deplaziert wirkte. Die Narben und massiven Muskeln erzählten von Kämpfen mit der Natur, die viel schrecklicher gewesen sein mußten als alles, was sie in den letzten Stunden durchgestanden hatten. Würde er jemals die Wahrheit über Mulligan erfahren?

Gibbon humpelte zu ihm und umklammerte seinen verletzten Arm. „Dem Professor geht's ziemlich schlecht, Boß", sagte er seufzend. „Wir werden eine Weile hierbleiben müssen." Er runzelte die Stirn. „Wir würden ohnehin nicht weit kommen – barfuß und mit leerem Magen."

„Sie müßten eben Füße haben wie ich", sagte Mulligan. Die Fußsohlen des alten Mannes waren wie schwarzes Horn. „Ich gehe immer barfuß, sobald ich eine Gelegenheit dazu habe – schon seit ich denken kann. Schuhe engen einen nur ein, wenn man bloßfüßig aufgewachsen ist wie ich."

„Wir sind aber nicht bloßfüßig aufgewachsen", entgegnete Davis bissig. „Wir müssen zurück und Hanlans Spur folgen, bevor er die Trumpfkarte ausspielen kann, die er vermutlich noch im Ärmel hat. Aber ohne Schuhe schaffen wir in diesen Bergen nur eine Meile pro Tag. Außerdem würden wir verhungern."

Der alte Mann kicherte. „Wir werden schon Schuhe kriegen, und Sie werden auch nicht verhungern. Ich war schon mal hier, und wenn ich noch nie hier gewesen wäre, ich könnte an jedem Ort überleben, wo's Würmer gibt. Sagen Sie den beiden Jungs, sie sollen einen kleinen Sandhaufen oberhalb der Flutmarkierung suchen. Und wenn sie ihn gefunden haben, sollen sie schreien."

Nach etwa zehn Minuten Stieß Bradshaw ein Gebrüll aus. Fast gleichzeitig fing auch Wilson zu schreien an, weiter unten am Strand. Jeder hatte einen niederen Sandhügel von ungefähr acht Fuß Durchmesser entdeckt. Mulligan stürzte sich auf den ersten wie ein Terrier auf ein Rattenloch. Eine Minute lang flog Sand in allen Richtungen, dann wirbelte der Alte auf den Fersen herum und hielt ein schmutziggelbes Ding hoch, das etwa einen Fuß lang war.

„Schildkröteneier", erklärte er. „An dieser Küste gibt es mehrere kleine Buchten, wo sie ihre Eier legen. Die eine Kröte, die wir unterwegs getroffen haben, war vermutlich auf dem Weg hierher, aber wir haben sie offenbar verscheucht."

In dem Nest, das Bradshaw gefunden hatte, lagen zwölf Eier, in Wilsons Sandhaufen zehn.

Mulligan schabte sich ein weiteres Steinmesser zurecht, mit dem er sorgfältig einen Kreis aus einem Ei herausschnitt, groß genug, um einen Fuß hindurchzuschieben. Die lederartige Schale des Eis bildete einen brauchbaren Mokassin, und mit dem Inhalt der Eier konnten sie ihren Hunger stillen.

Sie verbrachten die Nacht unter den Klippen, eng aneinandergedrängt, naß und unglücklich. Das Treibholz, das sie gefunden hatten, war zu feucht, um zu brennen, außerdem hatten sie nichts, womit sie Feuer machen könnten. Als das erste graue Tageslicht durch die Wolken drang, verzehrten sie ihr Frühstück, das aus rohen Schildkröteneiern bestand, zogen ihre plumpen Schuhe an und begannen die Klippen ringsum zu erforschen. Der Professor hatte sich einigermaßen erholt, und Mulligan war frisch und munter wie ein Jüngling. Gibbons Arm schmerzte, und Davis machte ihm eine Schlinge aus Seegras, doch das war alles, was er für ihn tun konnte.

Davis hatte vorgehabt, eine Konferenz einzuberufen, bei der jede Möglichkeit besprochen und dann ein Plan ausgearbeitet werden sollte. Aber er fand nicht einmal eine Gelegenheit, diesen Vorschlag zu machen. Bevor er protestieren konnte, kletterte Mulligan wie ein Eichhörnchen an einer Klippenwand hinauf, und der Korb aus Seegras, den er mit Eiern gefüllt hatte, hüpfte fröhlich auf seinem Rücken auf und ab. Es blieb ihnen nichts anderes übrig, als ihm zu folgen.

Der alte Mann war in dieser Wildnis zu Hause. Er trabte dahin, während der Nieselregen auf sein Rückgrat tröpfelte, ohne zu klagen, mit sicheren Schritten wie eine Bergziege. Die anderen kamen nicht so gut zurecht. Nachdem sie mühsam einen steilen Hang hinaufgestiegen waren, wobei sie sich mit Zähnen und Nägeln am Felsen festgeklammert hatten, erreichten sie endlich den Grat, wo Mulligan auf einem schmalen Felsrücken saß und bei ihrem Anblick sofort wieder unermüdlich aufsprang, um in einer Schlucht zu verschwinden oder einen weiteren Hang zu erklettern.

Als sie die Berge endlich verlassen hatten und den Dschungel erreichten, wurde es noch schlimmer. Es gab keinen Weg, in dieser Wildnis, und Mulligan schien durch das Unterholz zu fliegen, während sich die anderen Schritt für Schritt durch einen Wall aus Dornen und verschlungenen Ranken kämpfen mußten. Es war Mulligan, der ihnen das Leben rettete. Der sechsfüßige Stab, den er hergestellt hatte, erwies sich als Zaubergerät. Damit erforschte er scheinbar bodenlose Moraste, oder der Stab diente als Brücke von Wurzel zu Wurzel, wenn der Dschungelboden nur aus schwarzem Schlamm bestand, in dem es von giftigem Leben wimmelte. Mit dem Stab erschlug er kleine Tiere, die sie roh essen konnten, oder spießte damit giftig aussehende Pilze auf, mit denen sie immerhin ihre Mägen füllten. Und einmal schlug er damit ein knurrendes, gelbes Katzenwesen in die Flucht, das ihnen den Weg versperren wollte.

Und einmal fand er sogar einen Baum, dessen innere Rinde trocken wie Zunder war. In dieser Nacht drängten sie sich dankbar um das kleine Feuer, das er entfacht hatte, indem er trockenes Holz aneinanderrieb. Am Morgen war die primitive Zündvorrichtung durchnäßt, der Brennstoff war unbrauchbar geworden. Steifbeinig standen sie auf und stolperten weiter, frierend und ausgelaugt, folgten dem alten Mann, der mit großen Schritten durch den Schlamm stapfte.

Sie hatten eine Nacht auf dem Meer verbracht, im Rückenschild der Riesenkröte, und eine Nacht am Strand. Sie verbrachten eine Nacht in den Bergen und drei weitere im Dschungel. Durch die gigantischen Farngewächse drang immer noch schwaches Licht herab, als sie plötzlich auf Mulligan stießen, der flach auf dem Bauch lag, das Gesicht im Schlamm am Rand einer Lichtung.

David bildete die Nachhut. Er stolperte beinahe über den Professor, der mitten auf Mulligans Spur lag und kurzsichtig nach vorne starrte. Auf Händen und Knien kroch er zu der Stelle, wo der alte Mann und der Sergeant lagen. Gibbon zeigte wortlos geradeaus.

Ein Haus stand auf der Lichtung – ein Haus in der vertrauten Pillenschachtelform, wie es die Kaufleute auf der Venus bevorzugten. Ein großes Ding aus Beton, ohne Fenster, ohne all die anderen unnötigen Öffnungen, die der unangenehm beharrlichen Dschungelfauna Zugang gewähren würde.

„Hanlan!“ stieß der Sergeant flüsternd zwischen den Zähnen hervor.

Hanlan? Dann hatte Mulligan also die ganze Zeit gewußt, wo sie waren. Er hatte sie absichtlich hierhergeführt, nackt und unbewaffnet zu dieser Lichtung, wo sie nur dasitzen und sich über ihre Hilflosigkeit ärgern konnten. Rote Punkte tanzten vor Davis' Augen. Er hatte lange genug die zweite Geige gespielt.

„Sergeant Gibbon, nun müssen wir aktiv werden. Ich werde die Lage auskundschaften, Sie bleiben hier, bis ich Ihnen ein Zeichen gebe. Wenn Hanlan in dem Haus da vorn ist, wird er uns nicht erwarten. Wir können ihn überrumpeln – und das werden wir auch tun.“

Der alte Mulligan richtete sich aus dem Schlamm auf und kicherte. „Sie haben kein Dienstabzeichen, Captain“, sagte er. „Sie haben nicht einmal eine Uniform. Vielleicht wird Slip Sie gar nicht erkennen.“

Davis ignorierte ihn. „Vielleicht ist Hanlan gar nicht hier. Wir wissen nicht, ob das sein Schlupfwinkel ist – auch wenn Mulligan das offenbar glaubt. Aber wenn er in dem Haus ist und ich nicht zurückkomme, übernehmen Sie das Kommando. Haben Sie mich verstanden?“

„Klar, Boß.“ Gibbon salutierte ungeschickt. „Aber ich weiß nicht, was wir tun können, wenn er einen Streit vom Zaun bricht.“

Im Schutz des Waldes ging Davis um die Lichtung herum. Offenbar hielt sich irgend jemand im Haus auf, denn ein großes Boot lag in einem schmalen Meeresarm. Zur Sicherheit entfernte er ein paar Maschinenteile und sah zu, wie sie im schlammigen Wasser verschwanden.

Hinter dem Haus stiegen mehrere Terrassen steil an, und eine rasche Inspektion verriet ihm, daß keine Straße bergauf führte. Das Haus stand in einer Nische am Hang und konnte von Patrouillenbooten aus nicht gesehen werden, wenn sie sich nicht in die unbekannten Gewässer des Fjordes vorwagten, an dessen Ufer es stand. Ein ideales Versteck ...

Wenn Hanlan ein Radargerät besaß, so war nichts davon zu sehen. Als Davis sich vergewissert hatte, daß keine Antennen auf dem Dach standen, die seine Anwesenheit verraten könnten, schlich er zur Hausmauer. Er entdeckte die Strahlungsplatte der Klimaanlage gegenüber der einzigen Tür. Sie war heiß, und das bewies, daß sich jemand im Haus befand.

Vielleicht befanden sich Gucklöcher im Türrahmen, von außen unsichtbar, und deshalb wagte er sich nicht in die Nähe der Tür. Vorsichtig inspizierte er die Mauer. Auf dem Dach befand sich ein Ventilator, der jedoch von einem massiven Käfig umgeben war. Außerdem wäre das Loch kaum groß genug gewesen, um den Kopf hindurchzustecken, geschweige denn, den Körper hineinzuzwängen. Wenn Slip Hanlan bis zum jüngsten Tag da drinnen bleiben wollte, konnte Davis nichts dagegen tun.

Er ging zur Strahlungsplatte zurück. Wenn das Haus nach dem üblichen Grundriß gebaut war, müßte die Klimaanlage in einer Zelle im kleinen Lagerraum installiert sein, der üblicherweise an der Hinterfront dieser Bauten lag. Man konnte darauf hoffen, daß niemand in diesen Raum ging, wenn nicht irgend etwas schieflief. Aufmerksam studierte er die Platte. Das Metallgitter der Kühlrippen war in die Wand eingemauert, aber der Beton war fleckig und zerbröckelte an manchen Stellen. An einer Seite entdeckte Davis sogar eine breite Ritze. Wenn er nur irgendein Werkzeug hätte ...

Er erinnerte sich an das Boot. Fünf Minuten später war er bereits bei der Arbeit, schabte an dem Beton. Er war weich und ließ sich leicht entfernen. Bald konnte er das Ende eines Stahlbarrens unter dem Rand der Platte erreichen. Mit aller Kraft zerrte er daran, und das Ding gab ein wenig nach. Er versuchte es noch einmal. Irgend etwas im Haus klirrte, und die Platte rückte um zwei Zoll weiter vor.

Wer immer die Klimaanlage installiert hatte, war sehr achtlos gewesen. Die Bolzen, von denen die Platte festgehalten wurde, saßen so locker, daß Davis einen Schraubenschlüssel durch den Schlitz schieben und sie entfernen konnte. Dadurch hatte er genug Platz, um einen Arm hindurchzuschieben und nach der Kupplung des Hitzeexhaustors zu tasten. Er fand sie sofort, weil sie sehr heiß war, und nach einigen Verrenkungen und Flüchen hatte er sie von der Strahlungsplatte gelöst und diese leise zu Boden gleiten lassen.

Er lauschte. Im Haus war es dunkel und still, bis auf das Gurgeln der Kühlflüssigkeit in den Rohren der Klimaanlage. Er umwickelte seine Hände mit Blättern, um sie zu schützen, und bog die Rohre so weit wie möglich zur Seite. Mit einem Meißel, den er im Werkzeugkasten an Bord der Yacht gefunden hatte, schob er den Zapfen des Schlosses an der Tür des Gehäuses beiseite. Lautlos schwang sie auf. Er zwängte sich durch die Öffnung, die heißen Rohre brannten auf seiner Haut, und er schürfte sich die Hüfte auf.

Der Lagerraum war dunkel, aber unter der Tür, die zum anderen Teil des Hauses führte, schimmerte ein heller Spalt. Auf Zehenspitzen schlich er weiter, den großen Schraubenschlüssel in der Faust. Plötzlich traf ihn ein harter Schlag hinter dem linken Ohr, und er brach zusammen.

Als er wieder zu sich kam, waren seine Beine gefesselt, die Arme waren ihm auf den Rücken gebunden. In seinem Mund steckte ein Stofflappen, der nach Metall schmeckte. Er begann sich zu winden und versuchte durch den Knebel hindurch seine Meinung zu äußern. Eine kleine Hand schlug ihn aufs Kinn.

„Halten Sie den Mund!“ zischte eine Frauenstimme.

Zwanzig Jahre später hätte Davis in der Gefahr geschwebt, einen Herzschlag zu erleiden. „Gu ga gu!“ gurgelte er. „Gu gu!“

„Seien Sie still!“ flüsterte sie. „In einer Minute werden sie hier sein! Sie müssen unters Bett.“

Resignierend ließ er sich unter ein kleines Eisenbett wälzen, das an der Wand stand. Sie legte eine Decke darauf, die bis zum Boden herabhing, um ihn zu verstecken, dann schaltete sie das Licht aus, versuchsweise bewegte er die Handgelenke. Sie hatte gute Arbeit geleistet – aber vielleicht hätte sie sich noch ein bißchen mehr anstrengen müssen. Er wand und wälzte sich umher, bis er durch ein Loch in der Decke spähen konnte. Und was er dann sah, raubte ihm sekundenlang den Atem.

Es war das Mädchen aus der Bar – Anne Bradshaw. Ihr Silberkleid war zerknittert, und der lange Rock war bis zum Knie aufgerissen und enthüllte ein Paar bemerkenswerte Beine. Sie warf einen Blick zum Bett, dann kehrte sie Davis den Rücken zu und begann unter ihrem Rock herumzufummeln. Davis' Augen verengten sich, als er den Revolver in ihrer Hand sah – klein, aber funktionell. Vermutlich kamen diese neuen blitzschnellen Geschosse aus der Mündung, die einen umwarfen wie Kanonenkugeln.

Es klopfte an der Tür. Das Mädchen bückte sich, dann schlitterte der Revolver über den Boden und unter das Bett. Ein Schlüssel klirrte im Schloß, und zwei Männer kamen herein.

Der kleinere war Slip Hanlan. Jeder Polizist kennt dieses Gesicht und das dazugehörige Strafregister. Er war ein schlanker, dunkelhaariger Mann mit einem kleinen Rattenschnurrbart. Der lange rote Kratzer an der einen Wange stammte vielleicht von einem lackierten Fingernagel. Sein Begleiter war der typische Schläger – bullig, mit ausdruckslosem Gesicht, auffällig gekleidet, im Stil seines Bosses.

Hanlan hob die Hand, und der Revolverschwinger schloß die Tür und lehnte sich dagegen. Der Bandenführer musterte das Mädchen mit kühlem Blick von Kopf bis Fuß, und sie starrte ebenso gelassen zurück. Davis versuchte verzweifelt seine Fesseln zu sprengen. Der kleine Revolver lag direkt vor seiner Nase.

„Wir haben Besuch", sagte Hanlan mit seidenweicher Stimme. „Kennen Sie die Leute? Es wäre gar nicht nett, wenn sie versuchen würden, hier einzudringen. Sie wären nämlich höchst unerwünscht."

Das Mädchen starrte ihn ausdruckslos an. „Was meinen Sie?"

Sein Lächeln war eher ein Zähnefletschen. „Ich meine, daß es sehr unangenehm für Sie werden könnte, wenn unsere kleine Konferenz von irgendwelchen Schnüfflern gestört würde. Tochter des Regenten mit Gangsterboß erwischt! Rendezvous im Dschungel! Wird viel Staub aufwirbeln ..."

Sie setzte sich auf das Bett und schlug die Beine übereinander. „Ich war mit Freunden zusammen, die genau wissen, was passiert ist. Die Polizei weiß es mittlerweile auch. Wahrscheinlich bereiten sie schon Ihre Verhaftung vor. Sie suchen ja schon lange nach einem Grund, Sie hinter Schloß und Riegel zu bringen, und ich werde genüßlich zusehen, wenn sie das endlich tun."

Hanlan lachte gellend. „Wer auch immer da draußen auf der Lauer liegt – Polizisten benehmen sich nicht so. Und was die Affen betrifft, die mit Ihnen zusammen waren – die sind erst einmal auf Eis gelegt und werden vorläufig niemanden stören."

Die Stoffstreifen, die Davis Hände fesselten, gaben so plötzlich nach, daß er sich fast den Ellbogen an der Wand anschlug. Er zog sich den Knebel aus dem Mund und band die Beine los, dann griff er vorsichtig nach dem kleinen Revolver. Er war geladen.

„Plug!" Hanlan zeigte mit einem Daumen auf den Revolvermann, der an der Tür lehnte. „Geh raus und sag den Jungs, sie sollen die Augen offenhalten. Der alte Bradshaw hat vielleicht einen Schnüffler auf die Puppe angesetzt, aber das wird ihm nichts nützen. Bei diesem Spiel führe nämlich ich Regie."

„Wirklich?" An Anne Bradshaws Stimme schienen Eiszapfen zu hängen. „Und was ist das für ein Spiel?"

Hanlans häßliches Grinsen erlosch. „Ich habe es satt, mich von diesen Hohlköpfen herumschubsen zu lassen", stieß er hervor. „Vor zwanzig Jahren haben sie alle das gleiche getan wie ich und sind dabei reich geworden. Sie waren Pioniere, und ich bin ein Krimineller. Jetzt sitzen sie in ihren eleganten Häusern, und ich muß mich in einem stinkenden Schuppen verstecken. Sie haben gemordet und gestohlen und die Regierung gestürzt – und dafür werden sie auch noch respektiert. Nun, jetzt werde ich mich in ihre Kreise begeben."

„Und was habe ich damit zu tun?" Die Stimme des Mädchens klang so sanft, daß Davis Verdacht schöpfte.

„Sie sind meine Fahrkarte", erwiderte Hanlan spöttisch. „Auf dem Schreibtisch des Regenten liegt ein Dokument. Die Ratsmitglieder haben alle dafür gestimmt, und er braucht es nur noch zu unterschreiben. Es ist ein Pachtvertrag. Die Regierung wird ihr Gebiet auf dem westlichen Kontinent der Dobermann-Kolonisationsgesellschaft für neunundneunzig Erdenjahre verpachten. Die Gesellschaft verpflichtet sich, Straßen und Häuser zu bauen und gute, tüchtige, ehrliche Siedler hierherzubringen, die auf einer neuen Welt Karriere machen wollen. Sie sind alle Mitglieder der Gesellschaft, und wenn sie nach zehn Jahren noch leben, können sie entweder aussteigen oder für weitere zehn Jahre unterschreiben. Wenn ein Mann nicht mindestens zehn Jahre durchhält, muß er für jeden Tag bezahlen, an dem er das Land benutzt hat, und für jeden Bissen, den er sich während dieser Zeit in den Mund gestopft hat. Jeder, der hierherkommt, muß eine Bürgschaft an die Regierung zahlen, und die redet der Gesellschaft dann ein, daß der Betreffende vertrauenswürdig ist. Aber wenn sich der Mann als Niete erweist oder früher aussteigt und nicht zahlen kann oder will, fällt die Bürgschaft an die Gesellschaft, die ja immerhin Geld in ihn investiert und sich große Mühe gegeben hat. Das ist völlig legal und respektabel. Nur – wenn der Regent irgendwie draufkommt, daß Felix Dobermann, der reiche Firmengründer, mit Slip Hanlan identisch ist, fühlt er sich vielleicht zwischen seiner Ehrbarkeit und seinem gesunden Menschenverstand hin und her gerissen. Und jetzt kommen Sie ins Spiel. Wenn er den Vertrag liest und nach seiner Feder greift, um ihn zu unterzeichnen, wird ihm einfallen, wo seine Tochter ist und wie lange sie schon hier ist. Und er wird sich vorstellen, was für einen Stunk die Presse machen wird, wenn sie das herausfindet. Er wird sich sagen, daß Slip Hanlan immer sein Wort gehalten hat und daß Ihnen nichts passieren wird, wenn er den Vertrag unterschreibt. Wenn was faul an der Sache wäre, würde der Regent vielleicht zögern – aber alles hat seine Ordnung, und die Gesellschaft wird von bedeutenden Männern unterstützt. Vielleicht sind diese Männer sogar noch viel wichtiger als der Regent selber. Deshalb wird er sich klarmachen, daß ihn all die Dinge, von denen er nichts weiß, auch nichts angehen und daß Felix Dobermann auch nicht schlechter sein kann als andere Leute mit ebensoviel Geld und denselben Freunden. Er wird unterschreiben – und zehn Minuten später können Sie die Heimreise antreten. Das ist doch ganz einfach, nicht wahr?“

Anne Bradshaw begann zu lachen. Es war ein silberhelles, spöttisches Lachen, das kein bißchen hysterisch klang. Sie amüsierte sich köstlich, und das gefiel dem Gangster gar nicht, was Davis deutlich erkennen konnte, als er dem Gangster ins Gesicht blickte.

„So ist das also!“ rief sie. „Slip Hanlan möchte sich verbessern. Er versucht sich in den Kreis der weißen Westen einzukaufen. Ich nehme an, Felix Dobermann wird in absehbarer Zeit auch versuchen, sich einen Sitz im Regierungsrat zu kaufen. Vielleicht möchte er sogar Regent werden, nachdem die großen Tiere endlich gemerkt haben, was für ein anständiger Kerl er ist. O Gott, ist das komisch!"

Davis sah, wie sich Slip Hanlans Lippen vor Wut verzerrten. Keine Frau durfte ihn ungestraft auslachen. Davis entsicherte seinen kleinen Revolver. Dann stieß irgend etwas mit einem lauten Krach gegen die Rückfront des Hauses, und die Erschütterung löste Betonsplitter von der Decke, die polternd herabregneten.

Es war ein Erlebnis, Hanlan zu beobachten, wenn er seine Waffen zog. Noch bevor er herumwirbelte, hielt er Revolver in beiden Händen. Als er die Tür erreichte, wurde das Haus von einem zweiten Aufprall erschüttert. Ein langer Riß öffnete die hintere Mauer, und weitere Betonfragmente rieselten herab.

Die Tür flog auf, und Plug, der Revolverheld, stand vor Hanlan. Seine Augen quollen hervor. „Bullen, Slip! Sie wälzen Felsblöcke auf uns herab. Was sollen wir tun?"

Jetzt klang Hanlans Stimme nicht mehr seidenweich. „Lauf mit der Manton raus und mach ihnen die Hölle heiß! Wenn sie spielen wollen – wir spielen gern mit."

Als sich die Tür hinter den beiden schloß, kroch Davis unter dem Bett hervor. Das Mädchen fuhr zu ihm herum, mit bleichem Gesicht und blitzenden blauen Augen. „Sie Narr!" stieß sie hervor. „Können Sie nicht irgendwo anders Detektiv spielen?"

Ein weiterer Felsblock traf mit schrecklicher Gewalt die Rückwand der Hütte. Davis erinnerte sich an die steilen Klippen am Rand der Lichtung. Gibbon benutzte sehr wirksame Waffen, aber gegen ein Manton-Schnellfeuergewehr mit Explosivkugeln konnten fünf nackte Männer nichts ausrichten. Warum hatte der Narr sich unbedingt einmischen müssen?

Der Rest der Stoffstreifen, mit denen das Mädchen Davis gefesselt hatte, lag auf dem Bett. Er wickelte sich den Fetzen als eine Art Kilt um die Taille, ging zur Tür und drückte vorsichtig auf die Klinke.

Die Tür war unverschlossen, und er stieß sie auf. Hanlan stand mit drei Männern im Nebenraum. Etwas Schweres prallte gegen die Haustür. Einer der Gangster riß sie auf, und ein Mann taumelte herein und fiel aufs Gesicht. Irgend etwas sauste an

Davis' Kopf vorbei und bohrte sich hinter ihm in die Wand. Es war ein langer Holzsplitter, mit einem schwarzen Zeug beschmiert, das nach toten Fischen roch. Als sie den Mann herumdrehten, sahen sie, daß in seinem Hals ein zweiter Pfeil steckte.

Einer der Burschen schrie auf, als das Haus von einem weiteren Felsblock getroffen wurde. „Was sollen wir tun, Slip?" jammerte er. „Diese Pfeile sind vergiftet. Sie haben Plug und Benny erwischt. Was sollen wir denn tun?"

„Wir halten die Stellung!" rief Hanlan. „Mit Felsbrocken können sie uns nichts anhaben. Und der Beton ist kugelsicher. Wir haben genausoviel Zeit wie die da draußen, und wenn der alte Bradshaw zur Vernunft gekommen ist, wird er seine Leute zurückpfeifen."

„So?" Davis trat in den Raum, mit gezücktem Revolver. „Das sind meine Männer da draußen, Hanlan. Die Männer, die Sie auf einer einsamen Insel ausgesetzt haben. Der Regent hat nichts damit zu tun. Öffnen Sie die Haustür!"

Ein häßliches Glitzern trat in Hanlans Augen. Dann stockte ihm plötzlich der Atem, als irgend etwas über Davis' Kopf glitt und ihm die Arme an die Rippen preßte. Ein schlankes Bein schlang sich um seine Knie, und er stürzte zu Boden, das Mädchen warf sich auf ihn.

Er lag da, gegen die Wand gedrückt, die Handgelenke und die Fußgelenke mit Draht gefesselt, und beobachtete wütend den weiteren Verlauf der Dinge. Das Mädchen hatte den Revolver an sich genommen, und Hanlan schien sich gar nicht wohl in seiner Haut zu fühlen.

„Sie reden wie ein Politiker, Mr. Hanlan – oder soll ich Sie Mr. Dobermann nennen?" begann sie mit kühler Stimme. „Aber Sie denken nicht wie ein Politiker. Wer hat denn dieses kleine Geschäft geplant? Wer hat Ihnen die schöne Rede eingetrichtert, die Sie mir soeben gehalten haben? Das hat meinen Vater schon seit dem Augenblick interessiert, als er zum erstenmal von Ihrer dubiosen Firma gehört hat. Er möchte natürlich auch, daß die Venus besiedelt wird. Aber er möchte verhindern, daß sie von Leuten Ihresgleichen ausgebeutet wird, verstehen Sie? Für Strohmänner hat er nicht viel übrig. Er möchte den Dingen auf den Grund kommen. Und das will ich auch."

Hanlan starrte sie mürrisch an. Die Mündung des kleinen

Revolvers zeigte auf die modische Silberschnalle an seinem Gürtel. Er schwieg.

„Der nackte Gentleman hat die Wahrheit gesagt“, fuhr das Mädchen fort. „Ich bin durchaus imstande, für mich selbst zu sorgen. Dazu brauche ich weder meinen Vater noch seine Truppe. Ich bin freiwillig hierhergekommen, um zu sehen, was Sie vorhaben und wie Sie versuchen werden, ans Ziel zu kommen. Ich möchte wissen, für wen Sie arbeiten.“

„Und was springt dabei für mich heraus?“ fragte Hanlan. „Ich bin dafür bezahlt worden, daß ich den Mund halte. Warum soll ich Ihnen alles auf die Nase binden?“

„Das ist eine gute Frage“, gab das Mädchen zu. „Sie sind wirklich ein tüchtiger Geschäftsmann. Wie Sie wissen, haben Sie zwei Männer verloren. Sie können dieses Haus nicht verlassen, solange diese wilde Schwadron da draußen nicht abberufen wird.“ Sie nahm eine Silberrosette von ihrer Schulter und warf sie dem Gangster zu. „Dieser kleine Apparat hat bestens funktioniert, seit Sie mich geschnappt haben. Seit mehreren Stunden kreuzt ein Patrouillenboot vor der Küste. Die Leute warten auf mein Signal. Man wird Sie wegen Kidnapping anklagen. Und unser tapferer nackter Held wird Sie vielleicht auch noch wegen Amtsbeleidigung anzeigen, wenn Sie ihm nicht sein Dienstabzeichen und seine Uniform zurückgeben. Sagen Sie mir, was ich wissen will, und wir können alle zusammen hier rausgehen wie gute alte Freunde.“

Ein öliges Lächeln kroch über Hanlans Gesicht. Er warf das kleine Funkgerät in die Luft und fing es wieder auf. „Sie sind verdammt clever, was?“ rief er höhnisch. „Das Boot, das Sie hergebracht hat, war gegen solche Sender abgeschirmt. Diese Hütte ist ebenfalls dicht. Niemand hat Ihre Signale gehört –.“

Davis glaubte zu sehen, daß die Waffe in der Hand des Mädchens ein wenig zitterte. Er war mit seiner Geduld am Ende. „Hören Sie auf mit dem dummen Geschwätz, und binden Sie mich los!“ verlangte er. „Meine Männer da draußen können die Bande besser fertigmachen als Sie. Die Polizei weiß, wie man mit solchen Burschen umgeht. Jetzt, wo wir endlich was gegen ihn in der Hand haben, werden hundert Ratten zu singen anfangen und all die Dinge ausplaudern, über die wir schon seit Jahren Bescheid wissen, die wir aber bisher nicht beweisen konnten. Um

Mr. Slip Hanlan Dobermann brauchen Sie sich jedenfalls keine Sorgen mehr zu machen."

Anne Bradshaw Augen funkelten. „Genau das habe ich von Ihnen erwartet!" schrie sie. „Die Art, wie Sie sich in diese Affäre eingemischt haben, war typisch für unsere aufgeblasene Polizei. Sie haben gekriegt, was Sie verdient haben, und ich bin froh darüber. Die Venus-Regierung behandelt diese Sache auf ihre Weise – und das ist auch meine Weise. Die Raumpolizei hat nichts damit zu tun und wird auch nicht mehr dazwischenfunken."

Davis setzte sich mühsam auf.

„Wenn wir hier rauskommen, werden wir sehen, wer diese Affäre regelt – und wie", sagte er. „Wenn Sie glauben, daß die Polizei oder die Triplanetarische Kommission tatenlos zusehen wird, wie ein paar aufgeblasene Politiker eine ganze Schar armer, halbverhungerter Einfaltspinsel ausbeuten, die jeden Wisch unterzeichnen würden, wenn sie dafür die Chance kriegen, sich ein halbwegs anständiges Leben aufzubauen, dann täuschen Sie sich gewaltig. Ich weiß zuviel! Und meine Männer wissen ebenfalls zuviel. Vielleicht werden Hanlan und seine Gangster nicht die einzigen sein, die wir einlochen."

Anne wandte ihm abrupt den Rücken zu. Sie zitterte vor Wut. „Mr. Hanlan, Sie wollen eine respektable Karriere machen. Okay, Sie sollen Ihre Chance haben. Wenn Sie uns die Informationen geben, die wir brauchen, dürfen Sie sich Felix Dobermann nennen. Wir wollen Siedler hierherholen, und die Leute, die den armen Menschen was zuleide tun könnten, sind in den Kreisen korrupter Politiker zu suchen – nicht in den Ihren. Sagen Sie mir, für wen Sie arbeiten, und wir vergessen, daß ich Laxa jemals verlassen habe. Wir werden auch vergessen, daß es mal einen Slip Hanlan gegeben hat."

Hanlans Kinnlade klappte nach unten. Seine Knopfaugen starrten das Mädchen ungläubig an. „Worauf wollen Sie hinaus?"

Sie antwortete nicht, denn in diesem Augenblick stieß einer von Hanlans Gangstern einen Schmerzensschrei aus und griff sich an den Hals. Ein neues Geräusch drang in den Raum – ein schrilles, summendes Winseln, das mit jeder Sekunde lauter wurde. Hanlan zuckte zusammen und begann wie ein Verrückter mit beiden Armen zu rudern. Und dann sah Davis die schwarze Wolke, die durch das Gitter des Ventilators hereinströmte. Mücken ...

Der Raum war erfüllt von den kleinen Dämonen. Die vier Männer stampften umher, schlugen nach allen Seiten, taumelten blindlings von einer Wand zur anderen. Dann stürzte sich die erste Mücke auf Davis. Ihr Biß war wie der Stich einer glühendheißen Nadel und schien Vitriol in seine Adern zu gießen. Durch den Schleier der Tränen, die in seine Augen stiegen, sah er Anne Bradshaw, die an der Tür lehnte, einen Arm vor den Augen, während sie mit dem Revolver um sich schlug.

„Keinen Schritt weiter!" schrie sie.

Der Draht um Davis' Handgelenke schien sich zu lockern. Er schob die Schlinge unter einen kleinen metallischen Vorsprung und zerrte mit aller Kraft daran. Ein Feuerstich unter seinem linken Ohr und ein weiterer in seinem Schenkel trieben ihn zu größerer Eile an. Der Draht zerbrach. Schwankend kam er auf die gefesselten Beine, dann riß er sich den Stoffetzen vom Leib, stopfte ihn in den Ventilator und warf sich zu Boden. Im gleichen Augenblick stürzte sich Hanlan auf Anne.

Sie war umgeben von einem Mückenschwarm und fast blind vor Schmerzen. Als Hanlan sie um die Taille packte, explodierte der kleine Revolver mit einem bösartigen Knall und animierte einen der Revolvermänner zu einem neuen Aufschrei. Sie wirbelte quer durch den Raum, stolperte über Davis, der zusammengekrümmt auf dem Boden lag, und stürzte. Hanlan riß die Tür auf, frische Luft strömte herein.

Mit halbgeschlossenen Augen sah Davis, daß Slip Hanlan wie eine Fetzenpuppe zusammensank, getroffen von einer Keule, die ein alptraumhaftes Monstrum schwang. Vier weitere grausige Gestalten stürmten heran, schwarz und formlos, von Kopf bis Fuß von triefendem, stinkendem Schlamm bedeckt, mit Keulen bewaffnet.

Eine der Gestalten zerrte an dem Draht, der Davis' Beine fesselte, eine andere beugte sich über das Mädchen. Die Tür war wieder geschlossen, und die Mücken strömten nicht mehr durch die Ventilatoröffnung herein. Mit seinem unverletzten Auge musterte Davis die beschmierte, einarmige Monströsität, die vermutlich Sergeant Gibbon war.

„Ich hatte Ihnen doch befohlen zu warten, bis ich das Zeichen zum Angriff gebe!" brüllte er. „Aber ich habe Ihnen kein Zeichen gegeben!"

Die schlammverschmierte Gestalt salutierte. „Ja, Sir! Es war Mulligan, Sir. Ich sah die vier miteinander flüstern, und dann warfen sie sich auf mich und fesselten mich. Als ich mich befreit hatte, schleuderten Mulligan und die Jungs bereits Felsblöcke auf das Haus, und der Professor bastelte eine Steinschleuder. Als er mit einem Stein ein Loch in das Gitter des Ventilators geschlagen hatte, goß er irgendein stinkendes Zeug hinein, das die Mücken anlockte. Und als die Dinge so weit gediehen waren, dachte ich mir, daß ich den vieren genausogut helfen könnte."

Anne starrte verwirrt auf die Schlammgestalt, die sich über sie beugte. „Ich bin Tomkins, Miß Bradshaw – Professor Tomkins von der Universität. Ich war dabei, als – als es passierte. Erinnern Sie sich?"

Davis zuckte zusammen, als er das silberhelle Lachen hörte. Sofort war sein Mißtrauen erwacht.

„Wenn Vater Sie jetzt sehen könnte!"

Der Professor errötete zweifellos unter dem Schlamm. „Sie haben uns die Kleider weggenommen", erklärte er verlegen. „Aber wenn Captain Davis und Mulligan uns nicht geholfen hätten, wären wir jetzt nicht hier."

„Oh, Sie meinen den berühmten Captain Davis?" fragte sie honigsüß. „O Captain, ich habe schon so viel von Ihnen gehört. Ich hätte nicht gedacht, daß wir uns auf – so unkonventionelle Weise kennenlernen würden."

Irgend jemand hatte eine Decke gebracht. Davis wickelte sie um sich wie eine Toga, dann erhob er sich mit der ganzen Würde, die ihm sein geschwollenes Gesicht gelassen hatte. Sie sah nicht viel besser aus, wie er zufrieden feststellte.

„Schafft die Kerle herein!" befahl er. „Alle! Jetzt werden wir die leidige Sache zu Ende bringen."

Sie stellten sich an einer Wand auf. Hanlan und seine Männer standen da mit mürrischen, geschwollenen Gesichtern. Gibbon wirkte ziemlich unsicher, und der Schlamm an den beiden Jungen und Professor Tomkin war getrocknet und begann abzubröckeln. Sie fühlten sich sichtlich unbehaglich, trotz der Ersatzkleidung, die sie gefunden hatten. Nur das Mädchen und Mulligan blickten gelassen in die Runde.

Dicke Schlammtropfen fielen vom Körper des alten Mannes. „Ein Jammer, daß Sie gebissen wurden, Captain", sagte er.

„Aber ich dachte, wir könnten sie auf diese Weise ausräuchern, nachdem die Felsblöcke nicht gewirkt hatten." Er kicherte.

„Die Steinschleuder war die Idee des Professors", berichtete Gibbon. „Wir fanden große rote Schnecken, die ein Gift verspritzen, mit dem man einem Mann für zwei bis drei Tage lähmen kann. Mulligan wußte das alles. Dann bezogen die zwei Stellung vor der Tür, während die Jungs die Felsen runterwarfen."

Wieder errötete Tomkins unter seiner Schlammaske. Sein Kinn, auf dem ein unrespektabler Bart wuchs, war schon fast sauber. „Als Anthropologe hatte ich die Gelegenheit, den primitiven Menschen zu studieren, ebenso seine Kampf- und Verteidigungsmethode," erklärte er pedantisch.

„Einen Augenblick!" Die Stimme des Mädchens war ruhig, klang aber messerscharf. „Als Vertreterin der Venus-Regierung habe ich hier zufällig das Kommando. Deshalb werden die Gentlemen mich nicht daran hindern, die Affäre auf meine Weise zu erledigen. Ich werden diesen Raum nicht verlassen, bevor ich nicht weiß, wer uns beauftragt hat, dieses kindische Geschäft abzuwickeln. Als sich Mr. Mulligan einmischte, machte ich Mr. Hanlan gerade ein Angebot. Es gilt immer noch."

Davis starrte sie entsetzt an. „Sie wollen diese Ratte entkommen lassen?"

Sie erwiderte gelassen seinen Blick. „Ich werde mein Angebot präzisieren. Die Regierung hat genug Informationen über Mr. Hanlan, um einen brauchbaren Untertan aus ihm zu machen – falls er gewillt ist, sein Talent und sein Geld einem so wertvollen Projekt wie der Kolonisierung des Westkontinents zur Verfügung zu stellen. Ich bin sicher, daß er mit uns zusammenarbeiten wird. Wenn er auf unsere Bedingungen eingeht, werden wir alle vergessen, was in den letzten Tagen geschehen ist. Das ist übrigens ein Befehl. Sie verstehen doch, was ein Befehl bedeutet, Captain Davis?"

Ein Grinsen breitete sich auf Mulligans langem Gesicht aus und zerbröckelte den Schlamm. „Ich habe von der ersten Begegnung mit Mr. Hanlan ein paar Narben zurückbehalten. Damals war er noch ein grüner Junge. Ich bin bereit, ihn zu überreden, wenn er nicht freiwillig auf Ihren Vorschlag eingeht, Ma'am."

„Vergessen Sie's!" Hanlans geschwollenes Gesicht war dunkelrot. „Es wird mir ein Vergnügen sein, Cookson reinzureiten. Er ist mein Auftraggeber. Er hat die Ratsmitglieder dazu gebracht, für das Projekt zu stimmen. Dafür sollte er die Hälfte des Profits bekommen. Aber die Hälfte hat ihm nicht genügt. Er sagte, wenn er nicht mehr bekäme, würde er mich beim Regenten verpfeifen. Der würde die Sache dann der Einwanderungsbehörde übergeben, und die würde dafür sorgen, daß ich weg vom Fenster bin, bis das Geschäft abgeschlossen ist. Deshalb habe ich Sie entführt, Miß Bradshaw. Damit der Regent erst mal nachdenkt, bevor er Cookson zuhört. Geben Sie mir eine Chance, und Slip Hanlan wird nicht mehr existieren. Darauf haben Sie Slip Hanlans Wort."

In einer Hose, die ihm viel zu klein war, hockte Davis im Heck des Küstenpatrouillenbootes, das auf Anne Bradshaw Signal hin gekommen war, um sie alle abzuholen. Er starrte düster vor sich hin und hörte zu, wie Mulligans heisere Stimme mystische Antworten auf die hartnäckigen Fragen des Professors gab.

Das alles interessierte Davis nicht. Viel wichtiger war die Tatsache, daß die Raumpolizei einem gerissenen Mädchen und einem senilen Greis auf den Leim gegangen war.

Aber er würde ihnen schon zeigen, wozu die Polizei fähig war! Wenn irgend jemand auch nur ein Wort verlauten ließ, würde er die Öffentlichkeit über das schmutzige kleine Geschäft informieren. Und er würde Slip Hanlan eine Lektion erteilen, an die der Bursche bis an sein Lebensende denken würde. Und der alte Bradshaw würde katzbuckeln und mit den Füßen scharren und sich ganz klein machen. Dann würde er den alten Mulligan betrunken machen und ihn auf die Polizeiakademie verbannen, und dort würde der Kerl schon lernen, was Disziplin war. Und wenn er sich selber blöd saufen mußte ... Und was das Mädchen betraf ...

Er wurde rot, als sie ihm ein strahlendes Lächeln schenkte. Vielleicht konnte sie Gedanken lesen. Hoffentlich!

In einem tiefen Atemzug sog er den feuchten Nebel ein, der nach Fischen roch. Er würde froh sein, wenn er wieder Dosenluft atmen konnte. Er würde froh sein, wenn er diese verrückte Welt verlassen und wieder ein friedliches Leben führen konnte. Er würde froh sein, wenn er wieder die Sterne sah. Verdammt froh!

Aber bevor er auf die Erde zurückkehrte, würde er dieser blonden Teufelskatze die Hölle heiß machen!